PER HANDSCHLAG

MORD

PFERDE KRIMI

PER HANDSCHLAG MORD

SIBYLLE LUISE BINDER

KOSMOS

PROLOG

Ich bin sauer. Mein Allegro ist stocklahm und wenn er Pech hat, wird er nie wieder klar gehen. Und er hat Schmerzen. Ich taste sein geschwollenes Bein ab, er zuckt zusammen. Brav, wie er ist, zieht er es trotzdem nicht weg, aber er zittert.

Ich würde ihn ja gerne in Ruhe lassen, aber ich muss erst eine Salbe auf die Wunde schmieren, die der verflixte Draht hinterlassen hat. Wenn ich an den denke – Allegro hat noch Glück gehabt, dass er sich »nur« das Bein angeschlagen hat. Er hätte sich bei dem Sturz über den Trakehnergraben auch den Hals brechen können – und ich gleich mit.

Das war wohl der Zweck der Übung. Die Herrschaften wollten mich ausbremsen. Sie wollten mich kaltstellen, damit ich aufhöre, herumzuschnüffeln und Fragen zu stellen.

Dass diese Aktion mich das Leben hätte kosten können, nahmen sie in Kauf. Auf ein Menschenleben kommt es ihnen nicht an, wie sie schon bei Carina Müllerschön bewiesen haben. Aber dass sie dabei auch ein Pferd über den Jordan schicken würden – das kann ich nicht fassen.

Es macht mich wütend. Dass Allegro auf drei Beinen im Stall steht – ich könnte platzen vor Zorn! Ich möchte etwas unternehmen, ich möchte mit den Fäusten gegen die Wand schlagen, ich möchte diese Kerle in die Finger bekommen und ihnen die Stiefelspitze dahin stellen, wo's einem Mann wirklich weh tut. Und eines weiß ich ganz sicher: Wenn die glauben, dass sie mich durch einen Sturz über ein Hindernis ausschalten können, dass ich mich danach zitternd vor Angst hinter die dicken Mauern von Burg Waldeck verziehe und Titus bitte, die Zugbrücke hochzuziehen – die wir übrigens auf Waldeck gar nicht mehr haben! –, liegen sie falsch. Jetzt erst recht – jetzt folge ich dem Spruch meines Großvaters, der über einen besonders widerlichen Menschen urschwäbisch sagte: »Bei dem isch he net g'nug! Da muss no a Fuß raus![1]

Mein Kopf dröhnt, wenn ich mich vorwärts beuge wie jetzt über Allegros Bein. Außerdem muss ich ein Auge zukneifen, um nicht doppelt zu sehen. Ich bin froh, dass Allegro jetzt versorgt ist und ich mich aufrichten kann. Tut allerdings auch weh – mein Brustkorb schillert links in allen Regenbogenfarben und ich habe den alten Professor Möbius im Ohr, der damals predigte: »Nehmt Prellungen nicht zu leicht. Sicher, sie hinterlassen keine Schäden, wenn sie Zeit zum Abheilen bekommen. Aber sie schmerzen ganz fies.«

Stimmt. Die Prellung tut weh und wenn ich ehrlich sein soll: Mir geht's mieser als ich gegenüber meinen Lieben zugeben will. Mich so matschig zu fühlen und so sehr das Bedürfnis nach »in die Ecke legen, zusammenrollen und ein bisschen heulen« zu haben, passt nicht zu meinem immer eifrig gepflegten Image als »Super-Max«.

Es hilft aber nichts. Die nächsten Tage muss ich Ruhe geben und mich schonen. Ich habe zwar in Tiermedizin promoviert, aber es hat sich sogar schon zu mir herumgesprochen, dass man eine Ge-

---

1 – »Bei dem ist hin(über) nicht genug. Da muss noch ein Fuß raus(gerissen werden).«

hirnerschütterung beim Menschen am besten durch Ruhe kuriert. Ansonsten muss der Patient mit Spätfolgen wie zum Beispiel migräneartigen Kopfschmerzen rechnen – und das brauche ich nicht.

Also werde ich Allegros weitere Versorgung Paula überlassen. Sie ist als künftige Pferdewirtin Zucht-und-Haltung-Azubiene auf Gestüt Waldeck. Sie hat gemistet und gestreut, nun fegt sie den Stallgang. Ich streichle Allegro über den Hals und schaue aus der Box nach draußen. »Paula, haben Sie einen Moment für mich, wenn Sie fertig sind?«

»Bin schon fast so weit!« Paula schiebt eine Schaufel unter den Staub-Strohberg, den sie zusammengekehrt hat, lädt ihn auf und kippt ihn in die Schubkarre am Eingang. Dann hängt sie Schaufel und Besen im Stalleingang hinter die Tür und kommt auf ihren langen Beinen – sie hat etwas von einem Fohlen in ihrer grazilen Schlaksigkeit – zu mir. »So, Frau Doktor – was kann ich für Sie tun?« Sie streckt den Arm und streichelt Allegro, der ihr neugierig die Nase entgegenstreckt. »Wie geht's ihm?«

»Nicht so sehr gut«, seufze ich. »Er ist beim Sturz offenkundig mit der Hufspitze von einem Hinterbein ins rechte Vorderbein getreten – und da war die Gamasche irgendwie verrutscht. Jedenfalls ist die Sehne angeschlagen.«

»Wie schlimm?«, fragt Paula.

Ich zucke mit den Schultern – besser gesagt: Mit der rechten Schulter. Die linke tut nämlich auch noch weh. »Kann man so nicht einschätzen. Dazu muss er in die Klinik – ich brauche eine Szintigrafie von seinem Bein. Aber ich fürchte, da ist einiges ab.«

»Aber er wird wieder?«

»Tja …« Ich lehne mich an die Boxenwand. »Ich wäre froh, wenn ich das schon sagen könnte. Aber das ist vom Zustand der Sehne abhängig. Wenn sie durch ist, dann war es das – dann wird er Beistellpferd und muss nie wieder was tun.«

»Oh je!« Paula schluckt. »Aber er rennt doch so gerne.«

Ich nicke. »Darum hoffen wir gemeinsam, dass die Sehne eben nicht ganz gerissen ist. Dann kann sie heilen – es wird allerdings einige Monate dauern.« Ich ringe mir ein Lächeln ab. »Ich rufe nachher wegen eines Termins für die Szintigrafie in der Klinik an. Bis dahin kühlen wir sein Bein und füttern ihm Buta«.[2]

»… auf der Dopingliste«, vollende ich ihren Satz. »Macht aber nichts – selbst im besten Fall wird Allegro die nächsten 12 Monate keinen Turnierplatz sehen. Aber das Buta wird ihm helfen. Am besten ist es, wenn Sie ihm ein Süppchen[3] kochen und dann bei mir ein paar Beutelchen Buta holen. Zweimal täglich ein Beutel in Mash – das müsste dafür sorgen, dass ihm das Bein nicht zu sehr wehtut.«

»Fein – koche ich gleich. Er mag ja zum Glück Mash sehr. Und soll ich ihm auch gleich die Kühlbandage aufs Bein machen?«

»Ich liebe Mitarbeiter, die mitdenken!«, grinse ich sie an – etwas mühsam, denn langsam schwirrt mir wirklich der Kopf und ich bin müde.

»Na, dann …«, Paula zupft an Allegros Ohr. »Kühles Bein, warmes Süppchen und Buta – Pferd, dir geht's gut!« Sie hält mir die Boxentür auf, lässt sie hinter mir ordentlich einschnappen und flitzt in Richtung Futterküche.

Ich bin nicht ganz so schnell beim Verlassen des Stalls und bleibe draußen erst einmal stehen und schaue mich um. Der Hauptstall des Gestüts Waldeck liegt am Rand eines Anstiegs im Osten der Schwäbischen Alb – und ich bin davon überzeugt, dass es keinen

---

2 – »Buta« steht bei Pferdeleuten für Phenylbutazon, ein Arzneimittel aus der Gruppe der nichtsteroidalen Antirheumatika. Es wirkt entzündungshemmend und schmerzstillend.

3 – Süppchen fürs Pferd = Wenn Pferde schlecht fressen, wenn man einen Rekonvaleszenten päppeln oder ein Medikament verabreichen muss, kocht man ihm ein Mash. Das ist ein Brei, der üblicherweise warm verfüttert wird. Die Grundbestandteile sind Weizenkleie, Leinsamenschrot und Quetschhafer.

Ort auf der Welt gibt, der so schön ist wie der Höhenzug, auf dem vorne die Burg Waldeck steht und der sich dann nach Westen über die Hochfläche des Rauen Feldes.[4] zieht.

Ich kenne jeden Baum und Busch hier – und dennoch genieße ich den Ausblick immer wieder. Hinter dem Stall nach Westen ist nicht viel Platz. Da passt eine Reihe von kleinen Paddocks, dahinter noch ein Weg und dann kommt schon die Mauer aus alten, sorgfältig behauenen Buckelquadern, einstmals Teil des mittleren Befestigungsringes der Burganlage. Sie steht auf der Kante, danach geht es steil nach unten ins Tal.

Folgt man der Straße, die über das Gestüt führt, nach Norden, hat man rechts den Stall und links den großen Reitplatz mit der Halle dahinter. Hinter dem Reitplatz kommen der Laufstall der Stuten, das Wohngebäude, in dem die Bereiter und Lehrlinge untergebracht sind, und die kleinen Einzelkoppeln. Hinter ihnen dann die beiden Außenlager, in denen wir Stroh, Heu und Hafer aufbewahren. Über die weiten Wege zwischen Stall und Futterlager beschweren sich vor allem die Azubis, aber diese dienen dem Brandschutz. Und dahinter führt die Straße dann in Serpentinen abwärts, zwischen den großen Wiesen hindurch, auf denen die jungen Pferde des Gestüts heranwachsen.

Im Osten dann hinter der Reithalle beginnt ein kleiner Anstieg, der zur Hochfläche, dem Rauen Feld, hinaufführt. Er wird durch einen Wald begrenzt – die Bäume an seinem Rand geben unseren Stuten, die darunter ihre Koppel haben, im Sommer Schatten und im Winter, wenn kalte Winde über die Hochebene pfeifen, Schutz. Die Stuten sind der Schatz des Gestüts – 12 edle Trakehnerinnen und zwei Vollblüterinnen. Eine davon kommt tatsächlich von der

---

4 – Normalerweise können Sie sich bei mir auf Ortsangaben verlassen. Aber nach Waldeck und dem Rauen Feld müssen Sie nicht auf der Karte suchen. Das gibt's nämlich nur in meiner Fantasie.

Rennbahn und ist da recht erfolgreich gelaufen; die andere ist eine Original-Araber-Stute aus Marbach.[5] Die beiden und außerdem drei Trakehner-Mädchen hat Titus zur Blutauffrischung eingekauft. Alle anderen Stuten wurden auf Waldeck geboren und stammen größtenteils von den beiden Stuten ab, mit denen Titus' Großmutter dereinst aus Ostpreußen übers vereiste Haff nach Westen[6] geflohen ist.

Im Wald hinter der Koppel ist unsere Trainingsstrecke mit einer ganzen Reihe von festen Hindernissen. An einem davon sind Allegro und ich gestern gestürzt.

Hinter dem Wald beginnt die Hochfläche, die sich ungefähr fünf Kilometer weit bis zum Ort Waldeckhausen zieht – und mittendrin, eine halbe Stunde Fußmarsch vom Ort und vom Gestüt entfernt, steht unsere »Möchtegern-Basilika« – die Pfarrkirche St. Georg auf dem Rauen Feld.

Ihren Spitznamen hat St. Georg ihrer edlen, weißen Renaissance-Kuppel zu verdanken, die tatsächlich an Bauten wie die Basilika in St. Blasien erinnert. Und dass sie so frei auf der Hochebene inmitten von Feldern steht, geht darauf zurück, dass Graf Georg von Waldeck, Herr über Burg, Güter und Dörfer im 17. Jahrhundert, ebenso stur wie eigenwillig und äußerst sparsam war.

Der Gute fand es auf seiner alten Burg – die wurde nämlich schon um 1130 herum erbaut – wahrscheinlich ausgesprochen ungemütlich. Da wehte der Wind durch die Ritzen, da fiel das Stroh

---

5 – »Marbach« steht in diesem Fall für das Baden-Württembergische Haupt- und Landgestüt Marbach, das dermaleinst die Araberzucht des Königs von Württemberg erbte. Zum sehr guten Bestand aus dieser Zucht kamen drei Hengste aus dem ägyptischen Staatsgestüt El Zahraa: Die Schimmel Hadban Enzahi und Gazal und der Rappe Gharib. Mit dem Trio kam Marbachs Araberzucht zu einigen World Champions und zu Weltruhm.

6 – Und wer mehr darüber wissen will, wie die Trakehner einst aus dem Osten über das vereiste Haff in den Westen gelangten – in »Die Flucht der Trakehner«, im Sommer 2019 bei Kosmos erschienen, kann man es nachlesen – spannend und zum Mitfrieren.

vom Dach und die Mauern bröckelten. Dazu war vom Vermögen, das die Waldecks auf den Kreuzzügen zusammengeklaut hatten, im Laufe der Zeit nicht mehr viel übrig, um »standesgemäß« leben zu können.

Graf Georg aber, so sagt die Legende, habe ausgesprochen gut ausgesehen und er war clever. So polierte er eines Tages den verrosteten Harnisch, ließ sich ein paar neue Federn auf den Helm stecken und ritt ins Tal hinunter nach Schwäbisch Gmünd. Da war nämlich Geld zuhause: Gmünd war eine reichsunmittelbare Stadt, hatte Markt- und Münzrecht und lag an einer Handelsstraße, die aus dem Norden Richtung Italien führte. Entsprechend hatten sich dort viele Kaufleute niedergelassen, die mit Salz, Gold und Silber handelten und damit richtig reich geworden waren.

Einer der reichsten hatte dazu noch ein nettes und hübsches Töchterlein. Dem wiederum gefiel der flotte Graf, was auf Gegenseitigkeit beruhte. Und weil dem Handelsherrn die Idee, seine Tochter als Gräfin von Waldeck zu sehen, sehr gefiel, ließ er sich den Spaß etwas kosten – so viel, dass Georg von Waldeck seine Burgruine abreißen lassen und ein neues, »modernes« Schloss mit allem Schnick und Schnack – Treppengiebel, Aussichtsturm, prachtvolle Wappenfelder über der repräsentativen Eingangstür, holzgetäfelte Innenräume mit Kachelöfen – errichten lassen konnte.

Dem Abbruch der alten Burg war aber auch die Kapelle zum Opfer gefallen – und zur gleichen Zeit wurde klar, dass der unter Graf Georg gewachsene Ort Waldeckhausen eine Kirche brauchte. Blaublüten schlug zwei Fliegen mit einer Klappe: Er stiftete St. Georg inklusive Kuppel und Gruft, in der künftig die von Waldecks ruhen konnten – und er bestand darauf, dass »seine« Kirche eben nicht mitten im Ort, sondern auf dem Rauen Feld gebaut wurde, sodass sein Personal am Sonntag nicht den ganzen Morgen wegen Kirchgangs abwesend war.

Georg von Waldeck war nicht der einzige aus der Familie, der – wenn die Braut genügend Mitgift hatte – keine Berührungsängste gegenüber bürgerlichen Damen kannte. Ungefähr alle zwei, drei Generationen heiratete ein von Waldeck gewinnbringend, und so ist die Familie im 19. Jahrhundert zu einigen Industriebeteiligungen gekommen, die heute noch nette Sümmchen in die Kasse spülen und es dem jetzigen Familienchef leichter machen, Schloss, Gut, Gestüt und Wald in Schwung zu halten.

Der heutige Familienchef – das ist Dr. agr. Titus Martin Philippus Bernhard Carl Eugen Graf von Waldeck und Lauterstadt, 38 Jahre alt, geschieden, Vater einer 16-jährigen Tochter und mein bester Freund.

Ich – und mein Name ist übrigens Maximiliane Kersten, geborene Raither – bin vier Jahre jünger als Titus und in Stuttgart geboren. Daran kann ich mich allerdings kaum mehr erinnern – als ich vier war, zogen meine Eltern nach Donzdorf auf die Ostalb um. Meine Mutter wurde Rektorin in der dortigen Staufer-Schule, mein Vater, der für die Landessparkasse arbeitete, übernahm dort die Filiale seiner Bank.

Als ich 10 war, hatte ich dann so lange erfolgreich gequengelt, dass ich beim Donzdorfer Reitverein reiten lernen durfte – und dabei lernte ich Titus kennen, der zweimal in der Woche von Waldeck zur Dressurstunde herüberkam. Wir freundeten uns an, und als er dann 17-jährig zur Abi-Vorbereitung in ein Internat am Bodensee verfrachtet wurde, ritt ich seine Pferde, wofür ich im Gegenzug versprochen hatte, ihm mindestens einmal in der Woche einen ausführlichen Bericht von zuhause zu schicken.

Dabei blieb es dann auch, als Titus nach dem Abitur nach Wien ging, um Landwirtschaft zu studieren und bei einem Bereiter der Spanischen Hofreitschule seine Dressurkenntnisse zu vervollkommnen. Dabei traf er auf unseren »Wikinger« – Atreju Ødegård, der aus Norwegen nach Wien gekommen war, um am Konservatorium zum Cellisten ausgebildet zu werden.

Atreju war zwar als Sohn eines Geigers in Oslo geboren worden, sein Großvater züchtet aber Pferde. Atreju wuchs beim Großvater auf – seine Eltern hatten sich schon sehr früh getrennt und seine Mutter, einzige Tochter und studierte Agrarwirtin, war auf das seit 12 Generationen im Familienbesitz befindliche Gut auf der Insel Uløybukta zurückgekehrt.

Von Uløybukta hatte Atrejus Weg über ein Internat nahe Oslo an die Musikhochschule nach Wien geführt, wo er sich mit Titus ein kleines, gemietetes Haus teilte. Darin gab es dann auch ein Kämmerchen für mich, als ich nach meinem Abi zum Studium der Veterinärmedizin nach Wien kam.

Die nächsten vier Jahre war ich nur in den Ferien in Waldeck, wobei ich Titus öfter nicht antraf. Der schrieb nämlich in Bolivien seine Doktorarbeit über die Zucht von Saatgetreide für karge Böden; danach war er ein Jahr auf der Krim und wäre vermutlich noch eine ganze Weile durch die Weltgeschichte gegeistert, wenn er sich nicht in die französische Ballerina Josephine verliebt hätte. Die beiden heirateten und Titus zog zu ihr nach Paris. Dort blieb er aber nur zwei Monate. Sein Vater kränkelte nämlich und starb acht Wochen nach der Hochzeit. Titus musste nach Hause, Josephine kam mit und so wurde die kleine Tochter schon auf Waldeck geboren.

Nun wurde ich zwar Patentante der kleinen Arabella von Waldeck, aber ich gestehe, dass ich nicht so oft in Waldeck war, wie ich eigentlich gesollt hätte. Ich war nämlich auch verliebt und bildete mir tatsächlich ein, dass ich an der Seite eines smarten Wirtschaftsanwalts glücklich sein könnte. Wie ich je auf die Idee gekommen bin, kann ich mir nur mit »hormonell bedingtem Wahnsinn« erklären. Ich habe nicht einmal mehr auf die Stimmen in meinem eigenen Hinterkopf gehört, als ich meinen Abschluss gemacht und nach

Stuttgart gezogen bin, woselbst Matthias – mein nunmehriger Ehemann – in eine renommierte Kanzlei eingetreten war, die ihm neben einem schicken Appartement in Halbhöhenlage mit Aussicht über Stuttgart auch noch einen Porsche vors Haus gestellt hatte.

Immerhin ritt Matthias auch – er hat mir mal erklärt, dass Reiten ja doch noch immer etwas »exklusiver« und nicht so langweilig wie Golf sei, daher amüsierte er sich dreimal in der Woche beim vornehmen Stuttgarter Reitverein St. Georg und becircte da – er sah im Sattel durchaus nach etwas aus, und ich ritt ihm seine Pferde so hin, dass er darauf bella figura machen konnte – die Damen.

Ich unterdessen – ja, irgendwann fiel bei mir der Groschen und ich merkte, dass ich den Spreizschritt zwischen meinen beiden Welten nicht schaffte. Auf der einen Seite waren da meine Ehe und das damit verbundene »gesellschaftliche Leben« mit Parties und Opernbesuchen und Urlauben an angesagten Orten. Auf der anderen Seite fand ich mich dann in Gummistiefeln, verkrustetem Overall und mit dem Arm bis zur Schulter im Hintern diverser Stuten, denn ich bastelte gleichzeitig als Assistentin in einer Stuttgarter Pferdeklinik an meinem Facharzt für Pferde.

Ungefähr ein halbes Jahr vor dem Facharzt-Abschluss stellte ich dann fest, dass ich den Teil im Stall und OP sehr viel lieber mochte – und das war genau zu der Zeit, zu der Matthias entdeckte, dass Segeln auf dem Bodensee noch schicker ist als Reiten und dass er in der sehr blonden, sehr langbeinigen Tochter eines Stuttgarter Topmanagers eine ideale Lehrerin gefunden hatte.

Ich überließ es der jungen Dame, ihm vielleicht auch noch mal etwas über »Loyalität« und Treue beizubringen, reichte die Scheidung ein und zog nach Waldeck.

Titus und ich hatten schon früher davon gesprochen, wie das in Zukunft sein würde: Er würde Waldeck übernehmen, und obwohl da heute viel Platz ist – im Gegensatz zu seinen Vorfahren, bei denen teilweise 30 Bedienstete im Haus herumrannten und noch viel mehr auf den Feldern – kommt er mit einer Haushälterin und einem Hauswirtschaftslehrling klar. Auch im Stall ist es deutlich übersichtlicher geworden, und so hat Titus, als er Waldeck übernommen hat, gleich entsprechend umbauen lassen.

Als ich dann mein Ehegespons verließ, stand auf Waldeck alles für mich bereit – und ich kam insofern richtig, da Josephines Begeisterung für die ländliche Idylle auf dem Familiensitz mittlerweile sehr nachgelassen hatte. Sie fand, dass der Tochter in Waldeck die »intellektuelle Anregung« fehle und sie in Paris zur Schule gehen solle – und eines schönen Tages, ich war kaum drei Monate da, warf sie Tochter und Klamotten ins Auto und verschwand.

Es folgte eine äußerst unerfreuliche Scheidungsschlacht, die Titus seine Tochter kostete und eine gewisse Melancholie hinterließ, die ihn seitdem immer wieder überkommt.

Ablenkung widerfuhr ihm dann zwei Jahre später. Da fuhren wir nach Wien und fühlten uns sehr fremd, als wir in eine »Society-Hochzeit« mit jeder Menge Bling-Bling, bekannten Gesichtern und ratternden Kameraverschlüssen gerieten. Atreju heiratete – und was das anging, war er leider nicht gescheiter als Titus und ich. Nachdem er jahrelang Society-Hyänen, Klassik-Groupies und Models mit kulturellem Anspruch entflohen war, hatte es ihn am Ende doch noch erwischt. Die Dame seines Herzens war die russische Star Sopranistin Ewelina Jefimnova Kusznov – glamourös, wunderschön, hochbegabt und laut Titus »a Zicke em King Size Format«.

Ich vermute, sie hätte uns erst gar nicht eingeladen – sie empfand uns als zu ignorierendes Überbleibsel aus Atrejus Vergangenheit.

Auf der Rückfahrt von Wien nach Waldeck – wir fuhren in einem Rutsch durch, weil wir beide das Gefühl hatten, nicht schnell genug heimkommen zu können – lästerten wir. Dabei – ja, unter uns kann ich es zugeben – war ich traurig und enttäuscht. Ich hatte eine Schwäche für Atreju und ich hatte mir gerne eingebildet, dass zwischen uns eine Verbindung war, die ausbaufähig sein könnte; dass wir uns über Sympathie und gemeinsame Interessen hinaus etwas zu geben gehabt hätten.

Die Eheschließung ließ mich daran zweifeln. Ich konnte mir nicht vorstellen, was der eigentlich doch eher bodenständige, nachdenkliche Atreju mit dieser überdrehten Schreckschraube anfing!

Als wir dann ins Waldecker Tal fuhren, ging hinter der Burg gerade die Sonne unter. Titus blinzelte hinauf und sagte: »Ich glaub', ich lass' jetzt die alte Remise umbauen.«

»Warum das denn? Die brauchst du doch nicht. Wir haben doch riesig Platz«, widersprach ich.

Titus atmete tief durch. »Atreju schwärmt immer davon, was es für eine geniale Akustik geben wird, wenn man oben den Dachstock als einen großen Raum ausbaut. Ein Lichtgaden unter den First, vorne oben die Front aufmachen und verglasen – das könnte sehr schön werden.«

Es wurde sehr schön – und gerade rechtzeitig fertig. Am Donnerstag hatte der letzte Elektriker die letzten Schalter gesetzt und seinen Klimbim auf den Wagen geschmissen, am Freitagabend kam ich – total verfroren, denn es war November und der Wind fegte über die Hochfläche – in meine vier Wände, zog die Stiefel aus, schaltete die Glotze an und stellte mich in Hühnchenstellung – den Rücken und einen Fuß im dicken Wollsocken an den Kachelofen gedrückt – zum Aufwärmen in meinen großen Wohn-Ess-Raum, als Bilder von einem zerschmetterten Flugzeug an einem Berg über den Monitor flimmerten.

Ich bin auch so abgehärtet, dass ich da nicht mehr immer genau hinschaue, aber dann drang die Stimme des Sprechers zu mir durch: »... unter den Toten sind mehrere Deutsche und die russische

Star-Sopranistin Ewelina Jefimnova Kusznov, ihr zweijähriger Sohn und ihr Partner, der Bariton …«

Mehr bekam ich nicht mehr mit. Ich war schon losgerannt, unten in die Schlappen gehüpft, über den Hof gewetzt, bei Titus die Treppe hinauf: »Titus, Titus, schalt den Fernseher ein! Atrejus Bub und seine Frau …«

Atreju war in der Nähe von Bayern und nahm Kammermusik auf. Ich fuhr Titus hin, eine Umarmung für den völlig geschockten Atreju, dann beförderte ich die beiden nach München zum Flughafen. Ein Privatflugzeug brachte sie nach Spanien, wo das Unglück geschehen war.

Titus erzählte mir später, dass Atreju – völlig versteinert – seine Frau habe identifizieren müssen. Und dann sei er vor dem kleinen Sarg mit den Überresten seines Jungen gestanden. Man hatte ihm gesagt, dass der den Absturz wohl überstanden habe, dann aber seinen inneren Verletzungen erlegen sei – und ich möchte nicht wissen, wie oft das seinem Vater in Alpträumen nachgeht, und ich werde wohl nie Atrejus wachsweißes Gesicht vergessen.

Eine Woche später wurden der kleine Jonte und Ewelina in Wien beerdigt. Und ich weiß noch von der Beerdigung, dass ich wie auf Kohlen stand – ich hatte nämlich Angst, dass mein Auto geklaut werden würde! Titus hatte zuhause kurzerhand entschieden, dass wir mit meinem Geländewagen fahren, weil Atreju zugestimmt hatte, sofort nach der Beerdigung mit uns nach Waldeck zu kommen. Das bedeutete aber, dass wir sein Gepäck und vor allem seine beiden Violoncelli – ein Guarneri del Gesu von 1738 und die »Lady Stainer« von 1670 schon eingeladen hatten. Die standen unbewacht auf dem Parkplatz vor dem Wiener Zentralfriedhof und ich hatte die hirnrissige Vision von irgendwelchen Bösewichtern, die da mit einem Lieferwagen vorfuhren, meinen alten Koreaner knackten und die beiden Instrumente klauten.

Zum Glück blieben die beiden Celli aber in meinem Kofferraum und fanden sicher nach Waldeck, wo dann zwei Wochen später auch der Dagi – Atrejus neunjähriger Lipizzaner-Hengst Favory Dagmar – eintraf.

Seitdem sind wir eine »Dreier-WG mit viel Platz und Zoo«, leben sehr friedlich miteinander – und denken nicht darüber nach, was aus uns werden würde, wenn sich einer von uns wieder verpartnerte. Atreju würde dazu sagen: »Probleme lösen wir, wenn wir sie haben.«

KAPITEL 1

Atreju war gerade erst von einer langen Asien-Tour zurückgekommen, wir wollten an diesem Abend eine Opern DVD anschauen, darum hing er in seinen Gammelchinos und einem Hoody auf meinem Sofa, als Doktor Ulrich Merländer anrief. Er ist mein Verleger – klingt gut, gell? Tatsächlich habe ich inzwischen drei Bücher geschrieben und veröffentlicht.

Selbiger hatte eine Bitte: Seine Tochter hatte Abitur gemacht und sollte dazu ein Pferd bekommen. Nun habe sie das Pferd ihrer Träume gefunden: Eine 6-jährige braune Stute, die ein Verkaufsstall in der Nähe von Stuttgart anbot. An der Stelle lachte Ulrich Merländer: »Und soll keiner sagen, ich würde die Bücher, die mein Haus macht, nicht lesen – wir haben da eines von einer gewissen Maximiliane Kersten, das sich über Pferdekauf auslässt und empfiehlt, dass man dafür einen neutralen Pferdemenschen mitnimmt, der das Pferd ausprobiert. Außerdem sollte man das Tier zwecks einer tierärztlichen Ankaufsuntersuchung vorstellen – und so weit gediehen, dachte ich an Sie, da Sie die Tierärztin unseres Vertrauens sind und Sie gut reiten.«

Für mich war das kein ungewöhnlicher Auftrag – ich werde öfter nach Ankaufsuntersuchungen gefragt und weder Titus noch ich würden ein Pferd kaufen, ohne den jeweils anderen probereiten zu lassen.

Also machte ich mit dem Verleger aus, dass wir uns zwei Tage später am Nachmittag – ich hab' ganz gerne Tageslicht, um ein Pferd anzuschauen – im Stall des Pferdehändlers treffen würden. Ich würde das liebe Tier anschauen, ausprobieren, röntgen und untersuchen.

Atreju, der das Gespräch mitbekommen hatte, fragte: »Nimmst du mich mit?« Er ging immer gerne Pferde gucken und mochte solche Ausflüge: Gemütlich von der Alb ins Unterland bummeln, Pferdchen gucken und »Sag mal, ist das nicht in der Nähe dieser Weingarten am Neckar? Da waren wir doch mal in der Kellerei – und der Wein war echt gut!«

Ja, der Pferdehändler – ein gewisser Andreas Haller – war in der Nähe von Besigheim und da sind die Felsengärten, in denen großartiger Wein wächst. Und zum steten Amüsement von Titus ist unser Norweger Atreju ein Fan württembergischer Weine.

Also Mittagessen in der Besigheimer Altstadt im Sonnenschein, Einkauf bei den Weingärtnern, danach weitergefahren zum Pferdehändler Andreas Haller. Bei dem erwartete uns ein gepflegter Hof mit hübschen Fensterboxen, aus denen eine ganze Reihe von Pferden interessiert herausschauten. Am Reitplatz stand ein Bänkchen und auf dem ließ sich Atreju mit einem zufriedenen Seufzer nieder. »Frau Doktor, walte deines Amtes – ich verdau' jetzt erst mal gemütlich!«

Andreas Haller sah ich nur kurz – einen durchaus sympathischen Herrn Mitte 50, der sich aber entschuldigte. Er müsse weg, aber »die Marit« – eine sommersprossige, knochige Bereiterin, deren Reitstiefel sich bestimmt über etwas Lederfett gefreut hätten – kümmere sich.

Leonie Merländer war zappelig. Sie war vor drei Tagen schon mit ihrer Mutter bei Haller gewesen, hatte Dorita – die Stute, um die es ging – angeschaut und ausprobiert. Nun schwärmte sie in den hellsten Tönen. So hübsch, so süß und sei ihr gleich entgegengekommen und sie fühle, dass Dorita ihr Pferd sei, und hoffentlich sei mit ihr alles in Ordnung! Dabei schaute sie mich an, als ob es an mir liege, ob ich der Kleinen ein akzeptables Gesundheitszeugnis ausstellen könnte!

Immerhin: Der erste Eindruck war gut. »Die Marit« meinte zwar, wir sollten vor dem Stall in der Sonne warten, bis sie die Stute hole, aber ich schaue mir doch ganz gerne an, wie sich so ein Vierbeiner im Stall benimmt, also dackelten wir hinterher.

Die hellbraune Stute hatte einen Langstern auf dem hübschen Köpfchen, sie schaute uns aus großen Augen interessiert an, die Ohren freundlich nach vorne gerichtet und offenkundig zum Schmusen aufgelegt. Leonie stürzte sich auf sie. Mir war's recht, gab es mir doch Gelegenheit, zu beobachten, wie die beiden Mädchen miteinander agierten.

Die Bereiterin zog der Stute ein Halfter an und führte sie nach draußen auf die Putzplatte. Dabei sah ich, dass mein Verleger sich zu Atreju gesetzt hatte. Die beiden unterhielten sich angeregt, was mir ganz lieb war – dann waren sie beschäftigt und ich hatte nicht das Gefühl, mich beeilen zu müssen. Ergo bremste ich »die Marit« aus, als sie mit Putzzeug und Sattel kam.

»Entschuldigung, ich möchte die Stute erst noch mal abtasten.« Ich krabbelte mit den Händen über ihre Wirbelsäule. Muskeln hatte sie nicht eben viele, offenkundig hatte sie noch nicht gearbeitet. Das kann bei einer Sechsjährigen positiv sein. Mir ist es auf jeden Fall lieber, als wenn sie in dem Alter schon wer-weiß-was hinter sich haben. Der Rücken war in Ordnung, Puls, Atmung und Temperatur auch, keine Lungengeräusche, das Herz klopfte regelmäßig.

Also ging ich an die Beine – die Vorderbeine gab sie problemlos, hinten links zog sie weg, was mir aber eher schlecht erzogen schien als ein Zeichen für Schmerz. Als ich energisch wurde und mich gegen ihre Schulter lehnte, überließ sie mir das Bein.

Die Männer sprangen auf und boten Hilfe an, als ich das tragbare Röntgengerät anschleppte, aber ich bin's gewöhnt, das zu tragen. Und Dorita ließ sich von Leonie Karotten füttern und stellte ihre Beine auf die Platten wie ein Profi – Nerven hatte sie also gute.

Röntgenbilder … hmm … ja, was soll ich sagen? Ganz 150 %ig waren beide Vorderbeine nicht, aber auch nicht so, dass ich wirklich Bedenken hätte anmelden müssen. Die Bereiterin beobachtete mich scharf, als ich mich schließlich aufrichtete und sagte: »Ich würde sie nicht unbedingt als Kandidat für eine olympische Vielseitigkeit sehen, aber als Damenpferd für hin und wieder Turniereinsatz passt es.«

Leonie atmete durch und lehnte die Stirn an den Hals der Stute, Doktor Merländer lächelte. »Naja, ich glaub' nicht, dass Leonie olympische Vielseitigkeitsambitionen entwickelt, oder?«

Seine Tochter schüttelte den Kopf. »Ganz bestimmt nicht. Ich will ins Gelände, vielleicht alle Vierteljahre zum Spaß eine kleine Dressur reiten, aber ich muss noch viel lernen.« Und an mich gewandt: »Reiten Sie Dorita jetzt?«

»Wenn Sie das möchten.«

»Gerne. Ich hab's ausprobiert und ich fühle mich auf ihr wohl, aber ich bin eben noch Anfänger.«

»Gut. Dann probiere ich aus, was sie kann …« Ich schaute die Bereiterin an. »Und ich würde gerne ein wenig mit ihr ins Gelände gehen – so einmal um den Hof und ein kleiner Galopp draußen. Geht das?«

»Ja, klar – nur muss ich mitkommen. Sie kennt sich hier auch nicht aus und ohne Führpferd …«, antwortete die Bereiterin.

Ja und so weit waren wir jetzt gediehen. Ich hatte Dorita auf dem Platz ausprobiert und war nicht unzufrieden. Viel konnte sie nicht, aber was sie konnte, war einigermaßen solide, und dass sie wohl nicht immer mit sensibler Hand geritten worden war – diesbezüglich bin ich meine Illusionen schon vor Jahren losgeworden.

Also ab ins Gelände – und auch da: ein kleiner Hüpfer, als ein Mäuschen im Gras raschelte. Das muss man einer Sechsjährigen verzeihen und wer das nicht sitzen kann, sollte sich kein junges Pferd kaufen. Dass sie vor einer Schranke zögerte und erst darum herum ging, als Marit auf dem Führpferd vor ihr zeigte, wie's geht – mir sind im Zweifelsfall vorsichtige, zurückhaltende Pferde lieber als die, die in alles hineintrotteln.

Wir trabten durch ein kleines Wäldchen, Marit immer schön vor mir – Dorita ließ sich gut halten und war entspannt. Marit hob den Arm. »Schritt …« Wir parierten durch, sie ließ mich neben sich aufkommen und deutete mit dem Kinn auf eine Kreuzung vor uns. »Da geht's links ab und etwas aufwärts. Wenn's Ihnen recht ist, können wir da galoppieren.«

War mir recht – und so bogen wir um die Ecke, Dorita sah den Kollegen losstürmen, legte sich für einen Augenblick schwer aufs Gebiss, knirschte ein wenig, weil ich sie nicht los ließ, galoppierte dann links an, obwohl ich rechts die Hilfe gab. Also noch mal zum Trab durchparieren, rechts bitte – lief.

Dennoch – mein Hintern meldete schon nach ein paar Galoppsprüngen Unbehagen.

Ich konnte nur nicht fassen, was mich eigentlich störte. Es war nicht so, dass irgendetwas an ihren Bewegungen nicht richtig gewesen wäre. Sie ging in allen drei Grundgangarten taktrein und klar, ihr Schritt war recht gut, der Trab ein wenig kurz – aber wenn es eine Gangart gibt, bei der man durch Training wirklich etwas verbessern kann, ist es ja der Trab – und ihr Galopp sogar ausgesprochen gut. Es machte Spaß, sie laufen zu lassen, und obwohl sie dabei Ehrgeiz zeigte und richtig vorwärtsging, war sie gut zu regeln.

Aber dennoch war da an ihrem Galopp etwas – und jetzt endete der schmale Waldweg und bog in einen breiteren ein, der aber eben war. Marit hatte ihren Fuchs durchpariert, ich hatte Dorita auslaufen lassen, nun sah ich mich um. Niemand in der Nähe – wer geht auch um halb drei herum in so einem Wald spazieren?

»Können wir noch mal?«, fragte ich.

»Ja, schon – bis da vorne zur Schonung. Da müssen wir dann aber Schritt gehen, da ist der Weg befestigt«, antwortete die Bereiterin – und galoppierte wieder an.

Dorita pullte wieder ein wenig – und dieses Mal ließ ich sie zumindest links galoppieren. Ihr Linksgalopp war sogar noch besser als der Rechtsgalopp, aber das Unbehagen ließ mich nicht los. Nur fand ich es ein wenig paranoid. Dass Dorita nach vorne am Fuchs der Bereiterin vorbei wollte – verständlich. Da meldeten sich die Blüter in ihr. Immerhin hat man die über Jahrhunderte schon darauf gezüchtet, dass es vorne Geld gibt, weswegen die Guten unter ihnen ungern hinter einem anderen Pferd herlaufen. Ich dachte an ihren Stammbaum. Dorita war eine Tochter vom Trakehner Mozart, der wiederum vom englischen Vollblüter[7] Prince of Hearts xx und der Trakehnerstute Morgenlicht abstammte. Und diese Morgenlicht hatte auch einen Blütervater gehabt. Außerdem hatte Dori-

7 – Es gibt vier sogenannte »Vollblutrassen« (wobei die natürlich nicht mehr oder weniger Blut als andere Pferde haben. Das »Vollblut« steht nur als Bezeichnung dafür, dass sie durchgezüchtet sind, ergo bei ihnen auch die Zuchtbücher geschlossen sind): Araber, englische Vollblüter, Anglo-Araber und die ursprünglich aus Russland stammenden Achal-Tekkiner. Die Araber – wie der Name schon ahnen lässt, ursprünglich aus dem Morgenland stammend und mit einem »ox« hinter dem Namen gekennzeichnet – sind für ihren Adel und ihr Stehvermögen bekannt. Die englischen Vollblüter tragen den Namenszusatz »xx« und werden vorwiegend für die Rennbahn gezüchtet. Sie sind die schnellsten aller Pferde. Die Anglo-Araber schließlich sind eine Kreuzung aus Araber und englischem Vollblut.

ta ja auch noch eine Mutter – die Dolores von Südflug aus einer Stute von Merry Jump xx.

Die Familie von Doritas Mutter kannte ich gut. Auf meinem Heimatgestüt stand nämlich eine Dreiviertelschwester von ihr. Dieser Do Good blitzte der Blüter aus allen Knopflöchern – ebenso wie den beiden Dolores-Söhnen, die ich eingeritten habe, und zwei anderen Kindern von ihrem Vater Südflug, die mir im Lauf der Jahre begegnet waren. Einer von den Südflugs hatte sogar zwei Jahre lang in meinem Stall gestanden, ich war mit ihm durch drei, vier Vielseitigkeiten geritten, kannte ihn also wirklich gut.

Und nun ging Dorita in einem lang gestreckten, flüssigen Galopp den Hang hinauf – und mir wurde klar, was mich rückwärtig so irritierte. Doritas Galopp war das, was Richter in Materialprüfungen als »Bergauf-Galopp« beschreiben und hoch bewerten. Es fühlte sich an wie eine perfekte Kurve: Aufwärts im Absprung, ein Strecken auf dem Höhepunkt der Kurve, dann abwärts und der nächste Sprung. Für den Reiter war es zu sitzen wie eine Welle, die ihn mitnahm.

Und das war's, was mich – nein, natürlich nicht störte. Wer stört sich denn an einem so guten Galopp? Ich fand es aber seltsam insofern, dass alle Südflug-Nachkommen, die ich geritten hatte, einen ganz anderen Galopp hatten. Sie waren alle fünf sehr schnell gewesen, aber bei ihnen war das Tempo nicht unbedingt aus einem ganz großen Aufwärts-Galopp entsprungen, sondern eher aus ihrer »Wuseligkeit«. Dorita bewegte sich ruhig, fließend. Ihre Verwandtschaft aber – bei denen war es gewesen, als ob die Galoppkurve vorne abbrechen würde. Die fünf hätten dennoch bei Dorita mithalten können, aber sie hätten deutlich mehr Galoppsprünge gebraucht.

War Doritas im Vergleich zu den anderen Südflug-Nachkommen verbesserter Galopp ein Zuchterfolg? Ein Produkt der väterlichen Gene? Eigentlich wählt man einen Hengst ja im Bestreben, dass er die Schwächen einer Stute ausgleicht. War das im Fall von Dolores passiert? Hatte Mozart der Tochter Dorita diesen Galopp vererbt?

Ich hatte Mozart einmal bei einer Hengstvorstellung gesehen. Titus hatte überlegt, eine seiner Stuten von ihm decken zu lassen. Und ja, Mozarts Bewegungen hatten uns gefallen. Er konnte marschieren, er hatte einen ausdrucksstarken, guten Trab und auch der Galopp sah gut aus. Allerdings – so spektakulär, dass er mir als erster Kandidat zum Ausgleich eines eher schwachen Galopps bei einer Stute eingefallen wäre, war er aber nicht. Und Titus hatte sich schließlich auch gegen ihn entschieden, weil Mozart ihm zu »puppig« im Gesamteindruck war. Ich hatte deswegen nicht geweint. Mir erschien er nämlich ein wenig übersensibel bis kurz vor dem Hysterischen.

Wir waren an der Schonung angekommen, hatten durchpariert und waren nun im Schritt unterwegs. Marit hatte versucht, ein Gespräch mit mir anzufangen und mir zu entlocken, ob ich ihren Kunden zum Kauf raten würde. Ich hatte aber nur einsilbig geantwortet – ich war nämlich nachdenklich.

Die Sache mit dem Galopp – ich glaube, wenn das alles gewesen wäre, hätte ich es unter »Chromosomenlotto« gebucht. Zucht ist nicht berechenbar und selbst wenn man Stute und Hengst in x Generationen rückwärts kennt, kann man Überraschungen erleben. Aber in diesem Fall war da noch etwas, was ich mir nicht erklären konnte.

Also, die meisten europäischen Sportpferde haben so etwas wie ein »Markenzeichen« – das Brandzeichen des Zuchtverbandes, bei dem sie eingetragen wurden. Dahinter steckt eine strenge Qualitätskontrolle, auf die Züchter und Verbände sehr stolz sind und die von den Reitern insofern anerkannt wird, dass sie sich die entsprechenden Brände etwas kosten lassen.

Dabei hat sich eine gewisse »Hierarchie« der Brandzeichen entwickelt. Sie ist durch Tradition geprägt insofern, dass in den Anfangszeiten der deutschen Sportpferdezucht die norddeutschen Verbände die Nase vorne hatten. Wer etwas auf sich hielt, kaufte einen Hannoveraner für Dressur und einen Holsteiner zum Springen. Erst in den 70ern und 80ern des vorigen Jahrhunderts haben die Süddeutschen aufgeholt, allerdings sind Reiter und Pferdezüchter konservativ, und auch wenn sie sich gegenseitig immer erzählen, dass es heute keine Unterschiede mehr gäbe – in der Praxis schlagen sie sich immer noch auf den Preis nieder.

Eine Ausnahme von der Regel sind die Trakehner, der einzige Sportpferdeverband, der in der Bundesrepublik regional übergreifend züchtet. Daraus hat sich ergeben, dass man Trakehner liebt oder hasst. Die, die sie lieben, lassen sich das was kosten – und die, denen Trakehner zu »spinnert« und nervös sind, kaufen sowieso keinen.

Auf Waldeck werden Trakehner gezüchtet und damit war ich aufgewachsen. Und jetzt saß ich auf einem. Dorita blitzte der Traki aus allen Knopflöchern. Aber auf ihrer linken Hinterbacke prangte das Wappenschild mit den Buchstaben »WBZ« – das Brandzeichen des Deutschen Warmblut-Zuchtverbandes.

So. Kenner kratzen sich an der Stelle am Kopf und sagen: »Wie kommt's?« Der WBZ ist nämlich der jüngste der deutschen Zuchtverbände, aus einer Abspaltung von Rebellen gegen die Süddeutschen Verbände entstanden. Seitdem ist der Verband gut gediehen und es ist sicher kein Schaden, dass es ihn und damit eine Alternative zu den Regionalverbänden gibt. Allerdings ist es immer noch so, dass der Brand des WBZ nicht so viel »wert« ist wie die Brände der alten Verbände.

Deshalb wunderte ich mich, warum jemand, der mit einem Pferd Anspruch auf die beiden Trakehner Elchschaufeln erheben könnte, beim WBZ eintragen lässt – aber wer weiß, welchen Zoff der Züchter mit dem Trakehnerverband gehabt hatte? Auf jeden Fall war es kein Grund, Ulrich Merländer vom Kauf der Stute abzuraten.

*****

Die nächsten 14 Tage hatte ich eine ganze Menge zu tun. September – das ist die Zeit, in der auf den Gestüten die Fohlen abgesetzt[8] werden. Und wenn man schon dabei ist, werden sie auch gleich geimpft und entwurmt. Auf Gestüt Staufenblick – das ist mein alter Freund Arthur Callert, den ich sehr schätze – hatte ich außerdem Sorgenkinder: Zwei Hengstchen hatten sich am Tag, nachdem sie von ihren Müttern getrennt worden waren, im Laufstall geprügelt.

Keine 750 Meter vom Staufenblick entfernt sind meine Freunde von der Zottelfraktion: das Isländergestüt Hagnar, das recht erfolgreich Fünfgänger[9] züchtet. Dort war im Frühjahr ein hübsches Scheckstütchen geboren worden, das allerdings einen Bockhuf mitgebracht hatte. Bei jungen Pferden mit ihren noch biegsamen Knochen und Gelenken kann man da etwas machen. Man schneidet den Huf über eine längere Zeit in Form, indem man immer wieder kleine Stücke abnimmt. Dann sorgt man dafür, dass es auf diesem Stand bleibt und das Baby hineinwächst.

Schließlich und endlich hatte ich noch das unvermeidliche »Einzelkind«. Das kommt fast jedes Jahr mindestens einmal vor: Irgendein Pferdebesitzer hat festgestellt, dass seine meist schon etwas

8 – Absetzen: Die Fohlen, die seit ihrer Geburt von den Müttern gesäugt worden sind, werden nun von ihnen getrennt und in eigenen Absetzerherden aufgestallt.

9 – Deutsche Sportpferde haben üblicherweise drei Gänge: Schritt, Trab, Galopp. Alles andere gilt als »fehlerhaft«. Nicht so bei den sogenannten »Gangpferden« wie zum Beispiel Islandpferden. Die zeigen oft auch Pass und Tölt, eine laterale Fußfolge, die für den Reiter vor allem auf längeren Strecken schonender zu sitzen ist als der Trab.

angealterte Stute nicht mehr klar geht, worauf er beschließt, aus ihr ein Fohlen zu ziehen. Wenn ich da eingeschaltet werde, rate ich meist ab. Dass eine Stute lieb und hübsch ist, macht sie nämlich noch lange nicht zur idealen Zuchtstute, und wenn sie mit 16 oder 17 noch nie ein Fohlen gehabt hat, ist es oft gar nicht so einfach, sie in Zuchtkondition und gesund durch die 11-monatige Trächtigkeit zu bringen.

Besonders »lustig« wird's dann beim Absetzen, wenn so ein Einzelkind bis dahin von den Menschen immer nur verwöhnt wurde und alles durfte, weil es ja »so niedlich« ist. Ich bin schon von halbjährigen Hengstchen »angestiegen« worden – und ich kann versichern, dass es keine Freude ist, wenn einem kleine, aber sehr scharfe und harte Vorderhufe um die Ohren strampeln. Ich kann auch gut darauf verzichten, dass sich so ein Winzling um meine Schultern hängt – die wiegen da nämlich schon 350 kg.

Dieses Jahr hatten wir eine junge Dame, die in Arthurs Absetzerherde landete. Ich sah zu, als sie auf Staufenblick ankam. Sie hatte da schon fast zwei Stunden Verspätung, weil sie beim Einladen eine Riesenshow veranstaltet hatte. Beim Aussteigen zog sie vier ausgewachsene Männer über den Hof, wobei sich Arthurs Jüngster den Knöchel verletzte. Das Ende vom Lied war, dass ich ihr mit dem Blasrohr ein Beruhigungsmittel verpasste und dabei alle Stutenbesitzer verfluchte, die ungezogene Fohlen beim Aufzüchter abliefern.

Gleichzeitig war auf Waldeck Titus' Tante Adele zu Besuch – und die fand es sehr ungehörig, dass ihr Neffe da mit einer geschiedenen Bürgerlichen »zusammenlebte«! Und dass die dann morgens ständig mit irgendwelchen sehr fröhlichen, sehr aufgedrehten und voll »deckbereiten« Hengsten am Strick über den Hof turnte, gefiel Tantchen gar nicht. Sie hielt mir gerade einen Vortrag darüber, was sich für eine Dame geziemt, als Leonie Merländer anrief. Sie hatte Probleme mit Dorita. Die Stute sei immer noch »süß und lieb«, aber sie habe Muskeln abgebaut und Leonie schaffe es nicht, sie anzugaloppieren. In der Halle und auf dem Platz sei es unter dem Sattel weder links noch rechts möglich, an der Longe brauche es immer Peitschenknallen und mehrere Ansagen. Im Gelände gehe es – allerdings nur im Linksgalopp.

Darüber, dass die Kleine Gewicht und Muskeln verloren hatte, wunderte ich mich nicht. Besitzer- und Stallwechsel sind Stress für Pferde – und die sind diesbezüglich sehr empfindlich. Dazu eine Futterumstellung und Dorita war sowieso ein zierliches Mädchen, also hätte es mich eher gewundert, wenn sie das ohne irgendwelche Auswirkungen weggesteckt hätte.

Ich hatte sowieso einiges in Stuttgart zu erledigen, also fuhr ich schon am nächsten Tag zu Leonie und Dorita – und war nicht eben erfreut, denn die beiden hatten sich richtig festgefahren. Leonie war verkrampft, Dorita spürte das natürlich und widersetzte sich. Dazu erzählte mir Leonie, dass Dorita im Stall merkwürdige Gewohnheiten habe. Sie habe in der zweiten Nacht eine Überschwemmung veranstaltet, indem sie irgendwie die Zunge ihrer Selbsttränke festgeklemmt habe. Überhaupt spiele sie ständig mit dem Wasser. »Wenn ich mit ihr draußen war und sie kommt zurück, rennt sie zuerst ans Becken und trinkt«, erzählte Leonie. »Überhaupt trinkt sie sehr viel. Kann es sein, dass die Zucker hat? Gibt's das beim Pferd?«

Ich nickte. »Ja, gibt es – wobei es bei Pferden üblicherweise Insulinresistenz genannt wird und eine Folge langzeitiger Überfütterung ist. Dorita ist nicht der Typ dafür, aber ich nehme trotzdem Blut und untersuche es.«

Ansonsten schaute ich mir die zwei miteinander an und stellte fest, dass ich Leonie unterschätzt hatte. Als sie mir erzählt hatte, dass sie Schwierigkeiten beim Angaloppieren habe, hatte ich gedacht: »Wahrscheinlich auch eine, die nach vorne fällt.« Das ist ein Fehler vieler Reitanfänger. Das war's aber nicht. Leonie saß ordentlich, ihre Galopphilfen hätten präziser sein können, aber sie waren nicht so daneben, dass sie Doritas Verweigerung erklärten.

Um ehrlich zu sein: Ich konnte sie mir noch nicht mal erklären, als ich selbst drauf saß. Bei mir galoppierte Dorita an, aber es kostete Mühe und es gefiel ihr nicht. Sie war generell verspannt und löste sich nur schwer. Gleichzeitig hatte sie weder körperlich noch mental Kondition – nach 20 Minuten war sie groggy und konnte sich nicht mehr konzentrieren. Also ließ ich sie ein wenig am langen Zügel bummeln und überlegte, wie es mit den beiden Mädchen weitergehen sollte.

Mein Vorschlag an Leonie war dann, Urlaub auf der Schwäbischen Alb zu machen. Konkret: Dorita kam erst einmal nach Waldeck. Leonie würde sie zwei-, dreimal in der Woche dort besuchen und unter Anleitung reiten. Wir würden gemeinsam ihre Kondition aufbauen und dafür sorgen, dass die Mädchen zueinander fanden. Gleichzeitig hatte ich allerdings vor, Leonie auf Favory Dagmar zu schulen. Der ist jetzt 16, hat Nerven wie breite Nudeln, beherrscht alle großen Dressurlektionen und ist ein vierbeiniger Professor. Einer seiner großen Vorzüge ist nämlich, dass er ganz korrektes Reiten verlangt. Er kann alles, er macht es auch, aber er verlangt von seinem Reiter saubere Hilfen im richtigen Moment.

*****

Mittwoch, gegen halb zwölf: Ich war schon in aller Frühe zu einem Notfall gefahren – Kolik bei einem Pony, vom Besitzer bei der Morgenfütterung entdeckt. Pony ging es inzwischen wieder gut, danach hatte ich ein paar Routinebesuche erledigt und nun knurrte mir der Magen, denn ich hatte das Frühstück ausfallen lassen.

Als ich am Stall vorbeifuhr, stieg mir der scharfe Geruch nach verbranntem Horn in die Nase. Der Schmied war da. Sein Kastenwagen stand seitlich neben der alten Schmiede, von innen hörte ich ein Pferd schrill wiehern, dann Ferencs Stimme: »Jo, Putzigam, is' gut. Musst du dich nicht aufregen – hooooh!«

Ich lächelte in mich hinein. Király Ferenc – bei den Ungarn kommt der Familienname üblicherweise vor dem Vornamen und Ferenc ist so ungarisch wie Pörkölt[10] und Gänsebraten[11] – gehört zu Waldeck wie der dicke Turm. Keiner von uns kann sich Waldeck ohne Ferenc Bacsi – das heißt »Onkel Ferenc«[12] und so nennen wir ihn alle, obwohl er nur Titus' Onkel ist – vorstellen.

Titus war drei, als seine Großmutter – eine durchaus extravagante Dame – eine kleine Erbschaft machte und beschloss, die zur Anschaffung einer Vollblutstute einsetzen. Deswegen fuhr sie nach England. Danach hörte man drei Wochen nichts von ihr. Dann kam ein Telegramm: Man möge sie mit Pferdetransporter am nächsten Abend in Süßen auf dem Bahnhof abholen.

Mit ihr kam eine Fuchsstute, die auf den ersten Blick ein wenig »langweilig« wirkte. Aber auf den zweiten zeigten sich Klasse, Eleganz, Adel und Härte. Wondergirl – so hieß die Kleine – kam aber nicht alleine. Als sie aus dem Hänger stieg, hatte sie die Nase auf der Schulter eines hochgewachsenen, etwas mageren Mannes mit dunklen Haaren und preußisch-blauen Augen. Die weiblichen An-

---

10 – Sie haben bisher gedacht, Gulyas sei typisch für Ungarn und seine Küche? Nicht ganz richtig. Gulyas nennen die Ungarn nämlich nur die Suppe. Das, was zum Beispiel mit Kartoffeln oder Eiernockerl serviert wird – eine dicke Sauce mit noch dickeren Fleischbrocken, gebunden durch zerkochte Zwiebeln und gewürzt mit Paprika – heißt bei den Ungarn »Pörkölt«.

11 – Wenn ich an Puszta denke, fallen mir nicht nur Pferde ein, sondern ein Ritt in flirrender Hitze. Und am Horizont erschien etwas, was ich zuerst für eine Fata Morgana hielt: Ein riesiges, blendend weißes Wesen, das sich bewegte wie Flüssigkeit. Als wir näher kamen, entdeckte ich dann, dass es keine Lufterscheinung war, sondern eine riesige Herde weißer Hausgänse, die da im kargen Gras weideten. Und man erklärte mir, dass Gänsemast in der ungarischen Landwirtschaft Tradition hat.

12 – Wo der Begriff »Onkel« bei den Ungarn großzügig verwendet wird und eben auch einen lieben Freund bezeichnen kann.

gestellten auf Waldeck seufzten und fanden ihn umwerfend – und als Gräfin Arabella ihn dann noch als ihren verschollenen Halbbruder Ferenc vorstellte, waren sie vollends hin und weg.

Welch ein Mann und was für eine Geschichte! 30 Jahre jünger als Gräfin Arabella, entstammte er einer Affäre ihres flotten Vaters, die der sich bei einem Besuch in Ungarn geleistet hatte. Das Produkt daraus – eben Ferenc – wuchs bei einem Cousin des Erzeugers, einem Grafen Batthyany auf, der ihm so viel über Pferde beibrachte, dass er als Kavallerieoffizier schnell Karriere machte. Dann aber kam der Krieg, Ferenc wurde bei einem Patrouillenritt in Russland gefangen genommen und saß drei Jahre in einem Gefangenenlager. Dann gelang ihm zusammen mit einem Freund die Flucht. Auf abendteuerliche Weise schlugen die beiden sich in die Mongolei durch, wo der Freund dann in eine nomadisierende Pferdezüchter-Familie einheiratete. Ferenc blieb drei Jahre lang dort, dann zog es ihn nach Ungarn, wo Graf Batthyany inzwischen enteignet und verstorben war. Ferenc wollte nach Ostpreußen zu seinem Vater gehen, hörte aber, dass der sich erschossen hatte, als die Russen kamen. Und Schwester Arabella sei irgendwie verschwunden.

Ferenc landete in Newmarket bei den Rennpferden. Für einen Jockey im Renneinsatz war er zu groß, aber als Reiter fürs Training und als Trainer-Assistent konnte er seine Brötchen verdienen – bis Gräfin Arabella kam, die Stute und ihn entdeckte und ihn mit nach Waldeck brachte.

Ferenc Bacsi ist Pferdemann durch und durch. Auf Waldeck arbeitete er sich zum unentbehrlichen Stall- und Futtermeister hoch, dazu betreute er die Reitausbildung. Aus seinem Können heraus wunderte es mich nicht, dass er nach einigen Tagen mit Dorita kam und sagte: »Du, die hat nicht nur ein Problem mit dem Wasser. Die muss am Koppeltor mal in ein Gemenge gekommen sein und hat dabei offenkundig Prügel bezogen. Hast du den weißen Fleck innen am linken Knie gesehen?«

Ja, der war mir auch aufgefallen, obwohl er recht klein war. Ich hatte ihn als Zeichen für ein eventuell vorhandenes Scheckgen gewertet.

»Wenn du die Stelle vorsichtig abtastet, spürst du, dass da eine Verletzung war«, sagte Ferenc. »Und jetzt pass auf: Sie hat sich ganz gut mit den drei kleinen Stuten angefreundet, die ich hinten stehen habe. Darum wollte ich die gestern zusammen auf die Koppel schicken. Also: Die drei Mädels raus, ich hole Dorita – und in dem Moment, in dem ich mit ihr durchs Tor der Koppel gehe, kommen die drei Stuten. Sie wollten ihr nichts Böses, aber Dorita hat völlig durchgedreht. Sie warf mich fast um, raste los, zitternd vor Angst, wie eine Irre um die Koppel, über den Zaun …«

»Ach, du Schande!« Ich mochte mir das gar nicht vorstellen. »Ihr habt sie wieder gekriegt? Ist sie verletzt?«

»Das linke Vorderbein ist ein bisschen dick – das hat sie sich beim Sprung angeschlagen. Ich hab's gekühlt, vielleicht guckst du noch mal drauf«, antwortete Ferenc. »Aber sonst ist zum Glück nichts passiert.«

»Dann lass' uns doch gleich mal gucken!«, schlug ich vor.

Wir gingen in den Stall, wo die Kleine mit hängendem Kopf in ihrer Box stand, das linke Vorderbein im Angussverband zum Kühlen. Ich wickelte die Bandage ab, tastete das Bein ab, wobei ich mir dabei fast ein wenig dumm vorkam. Ferencs Fingerspitzen sind besser als ein Röntgengerät. Er scheint Strukturen unter dem Fell damit erahnen zu können, und nach meiner Erfahrung stimmen seine Diagnosen immer.

Auch in dem Fall hatte er es wieder einmal richtig eingeschätzt, und was nun die Behandlung anging – ich wusste auch nichts Besseres als kühlen. Natürlich hätte man auch etwas spritzen können, aber wann immer es möglich ist, setze ich auf Zeit und die natürliche Heilung.

Ferenc hatte mir schweigend zugesehen, als ich Doritas Bein untersucht hatte, nun lächelte er etwas schräg. »Du, Frau Doktor, ich glaube, das Putzikam …«, er streichelte der Stute über die Samtnase, »… ist mal in einem Pulk untergepflügt worden. So panisch wie die reagiert, als die drei anderen auf sie zukamen – da ist was dahinter …«

Ferenc behauptet immer, Pferde würden einem früher oder später erzählen, was sie erlebt haben – man müsste nur gut zuhören, die Pferde beobachten und ihre Sprache verstehen. Er tut es – und ich stand nun da, beobachtete, wie die Kleine von sich aus näher kam und ihm ihren warmen, haferduftenden Atem ins Gesicht blies. Im Moment schien es kaum vorstellbar, dass dieses Pferd, das so voll Vertrauen Ferencs Zärtlichkeit suchte, in Panik flüchten konnte. Was hatte es erlebt, das eine solche Reaktion bei ihm auslöste?

»Ich rufe mal den Händler an, ob der was über das Vorleben der Stute weiß«, kündigte ich an.

»Das ist eine gute Idee!« lobte Ferenc.

*****

Bei Pferdehändler Andreas Haller hatte ich Pech – was mich nicht überraschte. Die Stute war nur drei Wochen bei ihm gewesen, und in Handelsställen ist es nicht üblich, dass Pferde gemeinschaftlich auf eine Koppel gehen. Dadurch, dass die Besetzung im Stall sich ständig ändert, können sich keine Herdenstrukturen bilden, ergo würden die Pferde auf der Weide erst einmal versuchen, ihre Rangordnung auszutragen. Das kann zu Verletzungen führen, und der Gefahr setzt kein Pferdehändler seine »Ware« aus.

Immerhin aber hatte Haller eine Telefonnummer für mich: Er verwies mich an Carina Müllerschön – das war die Dame, die in Doritas Papieren als Vorbesitzerin eingetragen war und von der Haller die Stute in Kommission genommen hatte. Laut Eintrag im Pferdepass hatte Carina Müllerschön Dorita als Absetzer gekauft, also musste sie doch wissen, wo die Kleine gewesen war und was sie erlebt hatte.

Doch die Telefonnummer brachte mich nicht weiter. »Die von Ihnen gewählte Telefonnummer ist nicht vergeben« verkündete eine Computerstimme. Hartnäckig, wie ich bin, rief ich Haller noch einmal an und glich die Nummern ab. Ich hatte sie richtig aufgeschrieben und gewählt – und Haller versicherte, dass er drei Tage nach Doritas Verkauf zuletzt unter der Nummer mit dieser Frau Müllerschön telefoniert habe.

Weiter konnte er mir aber auch nicht helfen. Also probierte ich es mit Google – und stellte fest, dass diese Carina Müllerschön offenkundig nichts mit »social media« am Hut hatte. Kein Facebook-Eintrag, auf Instagram zumindest nicht unter ihrem Namen gelistet. Es war noch nicht mal ein Telefonbucheintrag gelistet – entweder hatte sie keine Festnetznummer oder sie war eben nicht eingetragen.

Immerhin aber hatte ich eine Adresse: Gundelsheimer Str. 38 in Stuttgart-Rot. Ein Blick auf Google Maps verriet mir, dass ich in der Gegend sogar schon mal gewesen war. Unweit von der Gundelsheimer Straße hat nämlich eine Kollegin, mit der ich in Stuttgart in der Tierklinik zusammengearbeitet bin, eine Kleintierpraxis übernommen. Ich hatte sie einmal dort besucht – und war erleichtert wieder weggefahren. Die Gegend war nämlich so gar nicht meins gewesen und Natalies Arbeit hätte ich auch nicht gerne gemacht.

Stuttgart-Rot ist ein jüngerer Stuttgarter Stadtteil. Der größte Teil davon wurde nach dem zweiten Weltkrieg aus dem Boden gestampft und diente Flüchtlingen aus dem Osten als neue Heimat.

Dementsprechend standen dort größtenteils anonyme Wohnblocks, dazwischen ein paar kleine Geschäfte, eine reichlich scheußliche Kirche aus den 50ern des vorigen Jahrhunderts.

Ich wunderte mich ein wenig über diese Umgebung bei Doritas Ex-Besitzerin. Die Gundelsheimer Straße ist eher kleinbürgerlich, die Wohnblocks dort bieten preiswerte Wohnungen – und wie passte das zu Dorita, die ja kein durchschnittliches Freizeitpferdchen war? Wieso wohnte jemand, der sich ein Pferd wie sie leistete, so einfach? Dazu meinte ich, Hallers Aussagen entnehmen zu können, dass er mit Dorita nicht das erste Pferd von Carina Müllerschön gekauft hatte.

Merkwürdig. Ich war sehr neugierig – und am Samstag musste ich nach Stuttgart. Ich hatte allerlei kleine Erledigungen und am Ende stand ein Besuch bei einer kranken Tante im Robert-Bosch-Krankenhaus. Das ist im Stuttgarter Norden – gar nicht weit von Stuttgart-Rot und damit der Gundelsheimer Straße entfernt. Und als ich da aus dem Parkhaus herausfuhr, konnte ich einfach nicht widerstehen – ich fuhr in die Gundelsheimer Straße. Vielleicht hatte ich ja Glück und Carina Müllerschön war zuhause?

Die Straße ist schmal und zugeparkt. Das Haus Nummer 38 war das zweite in einem Viererblock, ich musste aber noch ein Stückchen fahren, bevor ich meine koreanische Reisschüssel in eine Parklücke stopfen konnte. Als ich ausstieg, verkündete der Kirchturm gerade mit zwei Schlägen, dass es Zeit war, den geschäftigen Teil des Samstags auslaufen zu lassen, um zum Wochenende überzugehen. Bei Schwaben bedeutet das: Kehrwoche.

Und tatsächlich: Als ich vor Haus Nummer 38 ankam, öffnete sich die Tür, eine rundliche, ältere Frau mit rotgefärbtem Haar, einer Leggings im Leomuster und einer blau-grauen Kittelschürze trat mit Besen, Eimer und Mülltüte auf die Straße. Sie beförderte den Abfall in die große Tonne, die seitlich hinter einer Abschrankung stand, dann lehnte sie den Besen an die Tür und begann, Klingelschilder, Briefkästen und Glastür mit einem Lappen zu reinigen.

»Ähm … 'tschuldigung …« Ich musste ans Klingelschild – je drei Schilder in fünf Reihen. Ich streifte von oben nach unten, fand im zweiten Stock ein freies Schild, aber nirgends eines mit dem Namen »Mülllerschön«.

Die Putzfee im Leolook hatte mich neugierig betrachtet, nun fragte sie in breitem Schwäbisch: »Suchet Sie ebber?«[13]

»Ja.« Ich lächelte sie an – es kann ja nie schaden, ein paar Sympathiepunkte einzuheimsen, und sie sah wie jemand aus, der gut über die Nachbarschaft informiert war. »Ich will zu Frau Müllerschön.«

»Oh!« Die Rothaarige schluckte, beugte sich über ihren Eimer, wrang sorgfältig den Lappen aus, hängte ihn über den Rand und stützte sich dann auf ihren Besen. »Da hen Sie Pech g'hett«, antwortete sie schließlich.

»Ist sie nicht zuhause?«, erkundigte ich mich.

»So könnt' man sagen«, antwortete sie kryptisch, und weil sie sich wohl nicht unterstellen lassen wollte, einfach herumzustehen und zu tratschen, bewegte sie zweimal ihren Besen hin und her. »Sie isch tot«, sagte sie dann.

»Oh.« Ich schluckte. »War sie schon älter gewesen?«

»Noi«, gab die Nachbarin Auskunft. »Im Gegenteil – die war höchstens 26 oder 27 – viel z' jung zum Sterben!« Und nun waren die Schleusen ihrer Beredsamkeit geöffnet und auf ihren Besen gestützt, erzählte sie mir, sie sei geschockt gewesen, als sie davon gehört habe. Sie wohne nun schon an die 25 Jahre im zweiten Stock der Gundelsheimer Straße 38 und habe allerlei Leute durchmar-

13 – Suchen Sie jemanden?

schieren sehen. Vor zwei Jahren sei ihr gegenüber in die kleine Zwei-Zimmer-Wohnung Carina Müllerschön eingezogen. Kosmetikerin sei sie gewesen, aber sie habe als Verkäuferin in der Kosmetik-Abteilung eines großen Kaufhauses in der Innenstadt gearbeitet – zuerst jedenfalls. »Wobei ich mich damals ja schon etwas gewundert habe. Sie war immer mordsmäßig hergerichtet und ist jedes Wochenende am Freitag und am Samstag ausgegangen und immer mit den neuesten Klamotten und Täschle und Schuh'. Auch wenn sie in ihrem Laden Rabatt gekriegt hat, muss das doch richtig Geld gekostet haben!«

Und dann, so nach ungefähr einem halben Jahr im Haus, habe sie aufgehört zu arbeiten. An Geld habe es ihr aber nicht gefehlt, wofür offenkundig ein Mann verantwortlich gewesen wäre. »Ich denk', der ist verheiratet und hat sie ausgehalten. Jedenfalls kam er manchmal tagsüber, aber meist eher spät abends, ist aber nie über Nacht geblieben. ›Jimmy‹ hat sie ihn g'rufen, das habe ich ein paar Mal gehört.« Und er habe einen Porsche gefahren – passend zu seinem sonstigen Auftreten mit Designer-Sonnenbrille und »teure Anzügle, so italienische«. Aber ein komisches Kennzeichen habe er gehabt – nix aus der Gegend, sondern mit einem A vorne.

»Ein-, zwei- oder dreistellig danach?«, erkundigte ich mich.

»Häh?«

»Naja – A wie zum Beispiel Augsburg? Oder eher AB wie Aschaffenburg oder AA wie Aalen? Oder gar ...« Ich musste kurz nachdenken, bis mir ein dreistelliges A-Kennzeichen fiel. »ABI – das ist Anhalt-Bitterfeld.«

»Wo isch au des? Des hab ich ja noch nie g'hört!«

»In den fünf neuen Bundesländern«, gab ich Auskunft.

Sie überlegte und antwortete nach einer Weile: »'s könnt' scho' AA g'wesen sein.« Aber so genau habe sie doch nicht darauf geachtet. Sie sei ja nicht neugierig. Aber ihre Freundin habe vermutet, dass »Jimmy« das Geld für seinen Porsche vielleicht »mit Pferdle« verdient hat.

An der Stelle spitzte ich natürlich die Ohren und fragte: »Meinen Sie, er hat auf der Rennbahn gewettet oder sowas?«

»Noi, net solche Pferdle!«, lachte sie. »Solche in der Altstadt, hat meine Freundin gemeint – mit zwei Füße und ohne Hufe, dafür mächtig Schminke druf!« Sie beugte sich nieder und schaute meine Hündin, die wunderschöne Prinzessin W. an – wobei das »W« dafür steht, dass sie ein Whippet ist –, die mit interessiertem Blick neben mir stand. »Des ist aber a hübscher Hund! Bloß so dünn – isch der krank?«

Irgendwann werde ich mir ein T-Shirt machen lassen, auf dem steht: »1. Mein Hund ist ein Mädchen. 2. Sie ist nicht krank, sondern ein Windhund und muss daher so dünn sein. 3. Nein, sie friert nicht. Wenn sie zittert, ist es Aufregung und Jagdtrieb. 4. Sie trägt den Schwanz nicht zwischen den Beinen, weil sie vor etwas Angst hat, sondern weil ihr Becken schräg steht. Das muss bei ihrer Rasse so sein.«

Ich gab also wieder einmal die diesbezügliche Erklärung ab, die Hoheit wurde gestreichelt und dankte, in dem sie mit dem Hintern wedelte. Dabei hatte ich über der Nachbarin Schulter hinweg das Klingelschild studiert. Neben dem leeren war eines mit einem griechischen Namen und auf dem dritten stand »Weckerle, Brigitte«. Ich spekulierte einfach mal: »Sie sind die Frau Weckerle, nicht?«

»Ja, woher wisset Sie?«

»Ich habe aufs Klingelschild geschaut und nachdem wir uns so nett unterhalten …« Ich streckte ihr die Hand hin. »Mein Name ist Kersten – Doktor Maximiliane Kersten.« Normalerweise benutze ich meinen Doktortitel nicht, um mich vorzustellen, aber in dem Fall wollte ich ein wenig Eindruck schinden und die Unterhaltung verlängern. »Ich bin Tierärztin und …«

Weiter kam ich nicht. Frau Weckerle unterbrach mich begeistert: »Tierärztin? Verstehet Sie au ebbes von Vögele?«

»Nicht schrecklich viel. Ich bin auf Pferde spezialisiert.«

»Des ist aber schade!«, fand mein Gegenüber. »Ich habe nämlich zwei Wellensittiche, aber glauben Sie, die kommen miteinander aus? Alle Leute haben mir immer gesagt, es ist Tierquälerei, so ein Vögele alleine zu halten, also habe ich die zwei gekauft, aber die prügeln sich nur! Jetzt habe ich zwei Käfige, denn sobald sie zusammen sind, rupfen sie sich gegenseitig die Federn aus. Es ist ganz schlimm!«

»Oh, das tut mir leid«, bedauerte ich sie.

»Wisset Sie was?« Sie schnappte energisch ihren Eimer, schüttete den Inhalt schwungvoll auf den eh schon sehr kränklich aussehenden, handtuchgroßen Rasen des Pseudo-Gartens, schnappte dann ihren Besen und schloss die Haustür auf. »Kommen Sie mit mir nauf, Frau Doktor und gucket Sie sich meine Vögele an!« Sie streichelte der Prinzessin über den Kopf. »Du bisch bestimmt au in der Wohnung manierlich, gell? Und haaren tust du net.«

»Nein, sie verliert höchstens im Fellwechsel ein paar Haare, aber im Moment behält sie alle!«, versicherte ich und stapfte hinter Brigitte Weckerle die Treppe hoch, um mich von ihr in eine reichlich vollgestopfte Wohnung – im Flur jede Menge Salzteighäuschen an den Wänden, inklusive Wohnzimmer mit großer Anbauwand in Gelsenkirchener Barock, grün-braun gemusterten Polstermöbeln und dem guten, alten Kachelcouchtisch – einladen zu lassen. Immerhin reichte mir ein Blick auf die beiden Piepmätze, um ihr erklären zu können, warum die Zwei nicht miteinander turtelten: Sowohl das türkisblaue wie auch das knallgrüne Exemplar waren nämlich Mädchen – eindeutig daran zu erkennen, dass ihre Nasen hellbraun eingefärbt waren. Bei Männchen wäre die Haut blau gewesen.

»Ja, so ebbes!«, schimpfte Frau Weckerle. »Beim Tiergeschäft haben sie mir die beiden als Paar verkauft! Ha, denen erzähl' ich am Montag was!« Sprach's – und ging Kaffee kochen, was mir nicht unrecht war. Unten auf der Straße war es nämlich doch recht kühl gewesen und ich hatte in meinem Krankenhaus-Besuch-Stadtlook gefroren.

Eine Stunde und drei Tassen dünnen Kaffees später half mir die Hoheit, der gesprächigen Brigitte Weckerle wieder zu entkommen. Sie hatte sich neben mich gelegt, doch nun meinte sie, es reiche, stand auf, lief zur Wohnungstür und fiepte leise. Ich sprang natürlich sofort auf. »Oh, Frau Weckerle – ich muss gehen! Die Kleine möchte in den Park.«

»Da müsset Sie natürlich gehen! Und ich muss ja au no mei Kehrwoch' fertigmache! Kommet Sie, mir gehen nunter!«

Zum Glück ist die Prinzessin so ein manierlicher Hund. Obwohl sie nur ein paar Tropfen im Bläschen hatte, kauerte sie sich auf den Mini-Rasen und düngte ihn, bevor sie wedelnd um mich herumhüpfte. Ich verabschiedete mich und sah zu, dass wir ganz schnell ins Auto und wegkamen.

Mir schwirrte der Kopf! Ich hatte das Gefühl, mehr über Carina Müllerschön erfahren zu haben, als ich über die meisten meiner Freundinnen wusste, und nutzte die Fahrt, um erst einmal Fakten zu sortieren.

Demnach also: Carina Müllerschön war Mitte 20 gewesen, blond, üppig, sehr modebewusst und unterhaltungsbedürftig. Sie hatte als Kosmetikerin gearbeitet, bevor sie einen ungefähr 40-jährigen Porschefahrer namens »Jimmy« kennengelernt hatte. Selbigen hatten die Nachbarinnen eher dubios gefunden.

Aber immerhin hatte »Jimmy« seiner Geliebten ein Auto geschenkt – ein gelbes Fiat 500 Cabrio, auf das sie sehr stolz gewesen war. Und es sei ja auch ein »süßes Autole« gewesen, hatte Brigitte Weckerle gefunden. »Aber es ist dann ihr Schicksal g'worden.« Mit diesem Cabrio sei Carina Müllerschön dann vor drei Wochen tödlich verunglückt.

Dabei wunderte sich die Nachbarin, was Carina Müllerschön »da unte'« am Unfallort gesucht habe. Sie beschrieb mir, dass es sie auf einer schmalen Straße zwischen Stuttgart-Mühlhausen und dem Mini-Vorort Zazenhausen erwischt habe. »Da ist es einspurig und da raset viele wie die Blöde ...«, beschrieb sie mir.

Ansonsten schwor Brigitte Weckerle Stein und Bein, dass Carina Müllerschön mit Pferden nichts am Hut gehabt habe. Ja, ihr Freund, dieser »Jimmy«, habe ein kleines Hufeisen am Schlüsselbund und er sei auch mal in einer Reithose – »des hat komisch ausg'sehe: Reithos' – so eine mit Leder besetzte, ziemlich speckig – und dazu aber keine Stiefel, sondern karierte Strümpf' und Turnschuh!« – aufgetaucht. Mir verriet die Aufmachung, dass er wohl kein »Herrenreiter« – so nennt Ferenc die Kameraden, die einmal in der Woche bei den entsprechenden Vereinen auftauchen, eine Dreiviertelstunde lang auf gelangweilten Schulpferden herumrutschen und dann im Casino Geschichten von ihren Heldentaten erzählen – war, sondern eher ein Profi. Die tragen nämlich nur dann hohe Stiefel, wenn sie müssen. Zum einen kosten die viel Geld, daher mag man sie nicht vorzeitig abnutzen, und zweitens sind sie fast immer unbequem. Darum rennen Profis meist in Reithose, Strümpfen und bequemen Schuhen herum, während die Stiefel in der Sattelkammer auf ihren Einsatz warten.

Doch Carina Müllerschön war nie in Reitkleidung gesichtet worden, hatte laut Frau Weckerle auch nie nach Pferd gerochen und in der Deko ihrer Wohnung – Brigitte Weckerle war anscheinend ein paar Mal dringewesen – hatte auch nichts nach Pferd ausgesehen. Man konnte also annehmen, dass sie die Pferde im Auftrag ihres Freundes verkauft hatte. Aber warum hatte der das nicht selbst getan? Hatte er Dreck am Stecken? War sein Ruf in der Branche so ruiniert, dass ihm zum Beispiel Haller kein Pferd mehr abnehmen würde?

Rätsel über Rätsel – und ich war inzwischen ein gutes Stück von der Gundelsheimer Straße weg, durch Stuttgart-Freiberg hindurch und auf dem Weg nach Mühlhausen, als ich an einer Tankstelle anhielt und auf die Karte schaute. Dabei stellte ich fest, dass ich keine 10 Minuten von der Straße weg war, auf der Carina Müllerschön verunglückt war.

Google Earth zufolge verlief besagtes Sträßchen durch ein Wiesental, durch das ein renaturierter Bach mäanderte. Es sah hübsch aus und ich beschloss, dass die Hoheit und ich uns dort die Beine vertreten würden, bevor wir dann vollends heimwärts aufbrachen.

Also vollends hinunter nach Mühlhausen, dort scharf links ab in ein Wohngebiet. Kurz darauf war ich schon durch den Ort, nun wurde die Straße so schmal, dass immer nur ein Auto darauf fahren konnte. Darum waren rechts am Rand eines kleinen Wäldchens immer wieder Haltebuchten. Links dafür ging es etwas abwärts in das Wiesental hinein.

Ich musste schon in der ersten Haltebucht warten, weil mir ein Kastenwagen entgegenkam. An der zweiten kam ich vorbei, an der dritten hielt ich freiwillig an – auf der war nämlich eine Bremsspur zu entdecken und dann ein beschädigter Baum, die Rinde etwas unterhalb meiner Kniehöhe so abgeschabt, als wenn eine Stoßstange dagegen geknallt wäre.

Ich nahm die Prinzessin am Halsband, lobte sie und befahl ihr, sitzen zu bleiben und dann stand ich da und … ja, ich bin als Pfarrerstochter in einem christlichen Elternhaus aufgewachsen und obwohl ich bestimmt nicht kirchenfromm bin, war mir, als wenn ich etwas von der Majestät des Todes spüren könne. Hier war ein Mensch gestorben und das war mir zumindest ein kurzes Gebet um seinen Frieden wert.

Zurück ins Auto, ein paar Meter weiter an die große Kreuzung, wo es eine Gelegenheit gab, das Auto für ein paar Minuten stehen zu lassen. Die Hoheit schmiegte sich an mein Knie, als wir zum Bach hinuntergingen, freute sich dann aber, als ich sagte »Na, komm – renn ein bisschen!«

Ich schaute ihr nach, wie sie am Bach entlangflog, einen Luftsprung machte und dann umdrehte und zu mir zurückkam. »Gute Prinzessin! Du bist so eine Liebe!« Ich kraulte sie hinter den Fledermausohren.

Ein Stück weiter setzte sie sich neben den Weg und erledigte ihr Geschäft. Ich habe für solche Fälle immer eine Papiertüte dabei, die dann im Auto in einer luftdicht verschlossenen Kiste und zuhause auf dem Kompost landet.

Zurück im Auto fuhr ich langsam und nachdenklich weiter. Ortseinfahrt Zazenhausen – ein BMW kam mir entgegen, eindeutig zu schnell, denn an der Stelle ist 30 vorgeschrieben. Seine Strafe folgte auf dem Fuße – ein Stück vor dem Ortsschild hing eine Radarfalle und der BMW löste den Blitz aus. Ich grinste in mich hinein. Ich fahre selbst gerne flott, aber in Gegenden, in denen ich mich nicht auskenne, halte ich mich zurück.

Weiter durch Zazenhausen, dabei war ich tief in Gedanken. Ich hatte nichts über Dorita erfahren und überlegte – gab es wohl eine Chance, an diesen »Jimmy« heranzukommen? Hatte die Polizei vielleicht seine Adresse? Brigitte Weckerle hatte erwähnt, dass man den Unfallfahrer nicht erwischt habe – Fahrerflucht. Und dass Carina Müllerschön wohl keine Verwandtschaft in der Nähe gehabt habe. Jedenfalls sei ungefähr acht Tage nach dem Unfall, von dem sie aus der Zeitung erfahren hatte, eine »Frau vom Amt« gekommen und habe Müllerschöns Wohnung geöffnet.

Ein paar Tage später habe dann eine andere Nachbarin erzählt, in Zuffenhausen auf dem Friedhof hänge die Ankündigung aus, dass Carina Müllerschön da und da beerdigt werde. Brigitte Weckerle und ihre Freundin waren zu der Beerdigung gegangen, die ausgesprochen »ärmlich« gewesen wäre. Aber immerhin habe man Verwandtschaft von Carina M. aufgetrieben – eine Großmutter, die »a Stückle hinter'm Denkmal vom ersten Krieg beerdigt« worden war. In deren Grab sei nun auch Carina Müllerschön gelandet und »die zwoi werdet scho' miteinander auskomme!«.

Ich war durch den kleinen Ort Zazenhausen und unter den beiden Bahnviadukten – einem alten, eisernen und gleich daneben einem modernen aus Beton – durch, nun ging es nach Zuffenhausen, für mich wohl vertraut, denn da wohnte Tante Marie – die, die ich vorher im Krankenhaus besucht hatte. Und vor zwei oder drei Jahren hatte ich sie zu einer Beerdigung auf dem Friedhof da begleitet. Dabei hatten wir uns beide das Lachen verkneifen müssen, weil wir dort auf eine Großtante gestoßen waren, die uns auf dem durchaus langen Weg von der Kapelle zum Grab zu erklären versucht hatte, wie ich mit der Dame im Sarg verwandt gewesen war. Und die Story hatte damit angefangen, dass meine Großmutter die »uneheliche Hinterlassenschaft« eines jungen Mannes gewesen war, der im ersten Weltkrieg gefallen war, bevor er seine schwangere Braut hatte heiraten können. Die hatte dann aber, obwohl sie das Kind gehabt hatte, einen wohlhabenden Bauern erwischt, der ihre Tochter sogar adoptierte. Außerdem hatte er ihr eine Halbschwester beschert, die dann Patentante meiner Mutter geworden war. Und dann wurde es kompliziert: Selbige Patentante hatte einen Postbeamten geheiratet, der um ein paar Ecken herum mit meinem Großvater verwandt gewesen war. Und der Postbeamte nun hatte eine Schwester – und das war das »Bäsle Hedwig«, die dann da im Sarg gelegen hatte.

Spontan setzte ich den Blinker nach rechts – da war der untere Parkplatz des Friedhofs. Ich stellte den Wagen ab, drehte mich nach hinten zur Hundekiste und sagte: »Sorry, Kleine – ich gehe nur kurz ans Grab dieses Mädchens. Du darfst leider nicht mit, aber ich bin gleich wieder zurück.«

Die Prinzessin in ihrer Kiste seufzte leise, kuschelte sich wieder in ihre Decke und ich vermute, sie schlief schon wieder, als ich das Auto abschloss. Früher habe ich immer ein schlechtes Gewissen gehabt, wenn ich sie auch nur für 10 Minuten alleine im Auto lassen musste, aber inzwischen weiß ich, dass sie damit kein Problem hat. Ihr ist es wichtig, so viel wie möglich bei mir zu sein. Nun werde ich sie aber bestimmt nicht in fremde Ställe mitnehmen, ergo muss sie öfter warten. Doch das macht ihr nichts. Ihre Kiste ist ihr vertraut, sie nutzt sie auch zuhause, wenn sie ihre Ruhe haben will, sie hat ihre Kuscheldecke und den Plüschdelphin, den ihr Atreju geschenkt hat, darin und damit hält sie's gut eine Weile aus.

Brigitte Weckerle hatte erwähnt, dass das Grab am Kriegerdenkmal ist und das ist in Zuffenhausen unübersehbar. Es besteht nämlich aus einer Reihe hoher Säulen. Zwischen den jeweils äußeren stehen je zwei große Gedenktafeln aus gelblichem Sandstein, in der Mitte eine Plastik aus Muschelkalk – ein hoch aufgerichteter, nackter Jüngling, an den sich eine sitzende Trauernde lehnt.

Ich kam von der Rückseite, wandte mich nach rechts und ging langsam, den Blick auf die Gräber gerichtet, um das Mahnmal herum bis zur Vorderseite. Von hier führte der Weg hinüber zur Leichenhalle und der Kapelle, rechts ging es aufwärts zu den neueren Gräbern.

Noch ein paar Schritte ums Rondell herum und da war es – ein noch ziemlich frisches Grab, die Erde noch hoch aufgetürmt, Kränze und Blumen allerdings schon abgeräumt. Auf dem kahlen Hügel stand ein einfaches Kreuz und darauf Name und Daten: »Carina Müllerschön, * 17. Juli 1995, † 8. August 2019«

24 Jahre war sie alt geworden. Und was war von diesen 24 Jahren geblieben? Welche Spuren hatte sie hinterlassen?

Der Wind war kühl und trieb mir ein welkes Blatt in den Weg. Passende Stimmung für einen Friedhof: Vergänglichkeit, Herbst, aber auch Frieden und Ruhe.

*****

Habe ich schon erwähnt, dass ich hartnäckig bin? Gehört zu meinem Job und hat mir schon öfter geholfen. Im Fall Dorita allerdings kam ich damit aber nicht weiter. Am Montagmorgen versuchte ich nämlich, auf einem anderen Weg etwas herauszufinden: Ich rief die Polizei in Stuttgart an. Ich wollte mehr über den Unfall wissen – und lief schon wieder auf.

Erst einmal wurde ich vom örtlichen Revier in Mühlhausen an die Landespolizeidirektion verwiesen, dort kam ich über drei Adressen schließlich zu einer zickig klingenden Dame, die von mir wissen wollte, welches »berechtigte Interesse« ich an dem Unfall hätte. Meine Geschichte vom Pferd interessierte sie nicht und als »berechtigtes Interesse« am Tod der Carina Müllerschön wurde sie nicht anerkannt. Immerhin bekam ich einen Satz: Carina Müllerschön sei beim Versuch, in die Ausweichbucht zu fahren, in das Wäldchen abgedrängt worden.

»Und das andere Fahrzeug wurde nicht gefunden? Das muss doch auch beschädigt gewesen sein, oder?«, fragte ich nach.

»Wahrscheinlich nicht sehr. Unsere Kriminaltechniker vermuten, dass es so ein Allrad-Panzer mit Bullenfänger vorne drauf war. Die überrollen ja alles.«

Am Nachmittag kam Leonie und im Rahmen der »vertrauensbildenden Maßnahmen« setzte ich sie auf meine Ariosa, wobei Leonie erst ein wenig bleich wurde, als ich sie ihr im Laufstall zeigte. Ihr Blick wanderte zu den Schildern hinauf, die seitlich übereinander an einem Balken angebracht sind, und ich sah, wie sie an den vielen »xx«[14] auf Ariosas Schild hängenblieb. Leonie schluckte und schaute mich an. »Ist die tatsächlich …?«

Ich nickte fröhlich. »Ja, ist sie – ich habe sie dereinst auf der Rennbahn in Krefeld gekauft. Eine Freundin von mir hat dort in einer Tierklinik gearbeitet, ich habe sie besucht und dabei Ariosa kennengelernt. Es war«, ich streckte die Hand und streichelte die Schwarzbraune, die neugierig herangekommen war, »ein Fall von ›Liebe auf den ersten Blick‹.«

»Aber sind Rennpferde nicht irre teuer?«, fragte Leonie.

»Nur, wenn sie erfolgreich sind.« Ich zauste Ariosas Schopf. »War sie aber nicht. Im Gegenteil – das Mäuschen ist zu schlau. Sie ist dreimal in kleinen Rennen gestartet. Beim ersten Mal ist sie ungefähr die halbe Strecke gelaufen, dann war's ihr zu blöd und sie ist drei Längen hinter den anderen angekommen. Beim nächsten Mal hatte sie es von Anfang an nicht besonders eilig und beim dritten Mal hatte sie für einen Lacher gesorgt: Sie hat ein paar Meter nach dem Start mit einem Buckler den Jockey abgesetzt, ist dann zur Zuschauertribüne getrabt und hat Gräschen gerupft, bis man sie eingefangen hat.«

»Du bist ja eine heiße Nummer!«, lachte Leonie. »Aber offenkundig hast du gute Nerven.«

»Hat sie!«, lobte ich. »Wenn sie Spaß hat, kann sie richtig laufen, aber sie bleibt immer gut zu regulieren und vor allem scheut sie praktisch nie. Von Anfang an war sie selbstbewusst und mutig. Wenn sie irgendwas nicht kennt, bleibt sie kurz stehen und guckt. Wenn man sie dann auffordert, geht sie an allem vorbei – wenn's sein muss, sogar an einem laufenden Betonmischer.« Ich zupfte noch einmal an Ariosas Mähne. »Sie wird auf dich aufpassen. Am

14 – In Warmblutkreisen werden englische Vollblüter mit den Buchstaben »xx« hinter dem Namen gekennzeichnet (Araber heißen hinten übrigens »ox«).

besten, du holst ihr Zeug in der Sattelkammer, stellst sie auf die Putzplatte und legst los. Bisschen aufpassen beim Satteln – sie hat zwar keinen Sattelzwang[15], aber sie ist eine Blüterin und die mögen's nicht, wenn man ihnen einen schweren Sattel auf den Rücken wirft.«

Ich schnappte mir Dorita, schaute aber immer wieder mit einem Auge zu Leonie hinüber, die sich gerade mit Ariosa anfreundete. Dabei lächelte ich in mich hinein. Nachdem ich nichts über Dorita hatte herausfinden können, hatte ich nämlich beschlossen, die »Taktik« zu wechseln. Und als wir schließlich auf den beiden Stuten Richtung Wald klapperten, erklärte ich Leonie, was mir durch den Kopf ging.

»Ich hätte dir, wenn ich es vorher gewusst hätte, natürlich kein Pferd ausgesucht, das eine Macke mitbringt. Aber nun ist es passiert und ich vermute, dass du Dorita deswegen nicht hergeben willst.«

»Nein, bloß nicht!«, protestierte Leonie prompt. »Ich hab' sie so lieb. Es ist nur so, dass ich eben Sorge habe, sie tut sich weh und ich mache was falsch.«

»Deswegen seid ihr ja hier«, antwortete ich. »Und ich denke, das ist jetzt der Punkt, an dem du Doritas Macke als eine Art ›Chance‹ annehmen solltest. Und dazu muss ich dir von Fidelio erzählen. Den habe ich in Wien kennengelernt. Ich habe in einem kleinen Stall ein paar Pferde beritten, um mir was dazuzuverdienen und da stand er mit ein paar Rentnern auf der Koppel. Er fiel mir sofort auf, denn es war eindeutig, dass er noch relativ jung – damals 10 – war, und obgleich er keine Muskeln hatte und nicht im besten Futterzustand war, konnte ich nicht übersehen, dass er eigentlich ein schi-

---

15 – Etwas auf den Rücken geschnallt zu bekommen, ist für Pferde eher erschreckend, weswegen das Satteln besonders in der Ausbildungsphase mit einiger Geduld und Sensibilität geschehen sollte. Sonst kann nämlich »Sattelzwang« entstehen – so nennt man es, wenn das Pferd sich mit aller Gewalt gegen den Sattel wehrt.

ckes Pferd war. Vor allem hatte er sensationell schöne Gänge. Ich verstand gar nicht, warum der auf einer Rentnerkoppel stand und so fragte ich nach.« Wir bogen nach links in den Wald ein, dabei ging es für einige Meter steil aufwärts. Ariosa trabte an und zog dabei Dorita mit.

Leonie lächelte und streichelte über Ariosas Hals. »Sie hat mehr Kraft als man denkt – da kommt ja richtig was von hinten!«

»Ja, sie ist gut in Form, obwohl sie im Moment in Zuchtkondition ist. Sie ist tragend – im Frühjahr wird sie wieder ein Fohlen haben.«

»Uii – sieht man ihr gar nicht an. Aber erzähl – wie war das mit diesem Fidelio? Wieso war der unter den Rentnern?«

»Weil er als ›unreitbar‹ galt«, erwiderte ich. »Sein Schicksal war es, dass er nicht nur superschick war, sondern auch ausgesprochen begabt. Dazu hatte er eine richtig gute Abstammung – und das hatte ihm eingetragen, dass er schon dreijährig als Dressurnachwuchsspitze bei einer Elite-Auktion landete.«

»Oh je!«, seufzte Leonie. »Davor hast du mich gewarnt.«

»Ja, das Gute dabei ist, dass man da innerhalb eines Tages eine ganze Reihe ausgesuchter Pferde zu sehen bekommt und man sich Rumfahrerei und Sucherei erspart. Der Haken allerdings ist, dass Auktionen teuer sind und dass die jungen Pferde vorher im Crash-Verfahren ausgebildet werden. Es kommt nicht darauf an, dass sie reell Muskeln aufbauen und die Basics lernen, sondern sie sollen sich so spektakulär wie möglich präsentieren. In Fidelios Fall hieß das, dass er mit total verspanntem Rücken dahinstrampelte. Es sah – auf den ersten Blick und für Leute, die nicht so genau hingucken – großartig aus. Aber er hatte dabei wohl Schmerzen im Rücken und im Maul, denn um ein Pferd so zum Treten zu bringen, muss man mit dem Sporn bohren und am Gebiss ziehen.«

»Schrecklich!«, fand Leonie. »So will ich nie reiten!«

»Ich auch nicht. Meine Bandscheiben beklagen sich da schon beim Zugucken!«, schimpfte ich. »Fidelio jedenfalls wurde bei der Auktion für einen Spitzenpreis – soviel ich weiß, waren es 75.000 € – an einen Dressurstall in Köln verkauft. Dort ging es weiter, wie es bei der Auktion angefangen hatte. Nach drei Monaten wurde er für rund 100.000 nach Österreich verkauft und landete in Wien bei einer Dame mit Dressurambitionen. Nur kam die nicht mit ihm klar – das war so eine Viertelsportion und das große Pferd war immer mit Kraft geritten worden. Sie konnte ihn nicht zusammenhalten und außerdem war er da wohl schon sehr verkrampft und vergurkt. Also ließ sie ihn bereiten …«

»100.000 für ein Pferd, das man nicht reiten kann? Das ist wirklich übel«, fand Leonie.

Ich nickte. »Kommt aber öfter vor bei Leuten, die meinen, sie müssten fertig ausgebildete Pferde kaufen, auf denen sie dann bei den entsprechenden Turnieren glänzen können.« Ja, ich sehe die Szene ziemlich skeptisch. Das lässt sich nicht vermeiden, wenn man einige Jahre drinsteckt.

»Taugte der Bereiter dann wenigstens etwas?«

Die Antwort konnte nur ein Seufzen sein. »Lass es mich so sagen: Wenn ich vom Bereiten leben müsste, würde ich verhungern. Bereiter sind die Leute, die versaute Pferde umgehängt bekommen und von denen man dann Wunder – aber bitt'schön in zwei, drei Wochen! – erwartet. Darum wird in diesem Bereich so viel gepfuscht. Man hat nicht die Zeit, reell und mit Geduld etwas aufzubauen, also wird es erzwungen – mit dem Effekt, dass die Pferde entweder gesundheitliche Schäden davontragen oder eine psychische Macke abbekommen.«

»Und bei ihm war es dann die Psyche?«

Ich nickte. »Ja – und am Ende sogar extrem. Er hatte noch einmal Glück: Sein zweiter oder dritter Bereiter war ein guter. Der hat der Besitzerin energisch klargemacht, dass da ›auf die Schnelle‹ nichts mehr geht, sondern dass das Pferd erst mal innerlich zur Ruhe kommen muss und dass das dauern wird. Bei ihm war Fidelio drei Jahre, sie kamen gut klar und Fidelio hat richtig etwas gelernt. Danach beherrschte er die ›großen‹ Lektionen – also Pi, Pa, a Tempo Wechsel, der ganze Katalog für den Grand Prix.«[16]

»Da wird die Frau Besitzerin dann endlich zufrieden gewesen sein, oder?«, Leonie schaute mich erwartungsvoll an.

Ich zuckte mit den Schultern. »Leider immer noch nicht. Er war nicht so ›zuverlässig‹, wie sie sich das wünschte. Sprich: Er hatte immer wieder Tage, an denen er keine große Lust hatte und sein Programm nicht auf Knopfdruck abspulen wollte. Also beklagte sich Madame darüber, dass er so ›unzuverlässig‹ ist. Aber natürlich fand sich dann vor Ort ein Bereiter, der ihr versprach, das in Ordnung zu bringen.«

Leonie verzog das Gesicht. »Lass mich raten: Er hat ihr gesagt, dass sie Fidelio klarmachen muss, wer der Chef ist?«

Ich nickte. »Genau das. Die Sprüche kennen wir doch alle: ›Lass dich nicht von dem verkohlen‹ und ›du musst dich bei deinem Pferd durchsetzen‹…«

Leonie schaute mich fragend an. »Naja damit habe ich auch ein Problem. Ich hatte eine Freundin, die ihrem Pony alles durchlässt und das ist teilweise schon gefährlich, weil das Pony sich überhaupt nichts mehr von ihr sagen lässt. Der rennt im Gelände einfach los, er rempelt sie an. Hat sie im Stall schon mal richtig fies an die Wand gedrängt …«

»Kurz gesagt: Er ist total respektlos.«

---

16 – Der Maßstab vieler Dressurreiter ist der Grand Prix, die schwierigste Prüfung, die in der Sportdressur geritten wird. In der werden Lektionen wie Piaffe und Passage (eben Pi und Pa) gefordert, außerdem fliegende Galoppwechsel von Sprung zu Sprung (A Tempo Wechsel).

»Genau!«, bestätigte Leonie. »Aber wie schafft man es, dass ein Pferd Respekt vor einem hat, aber dennoch nicht ängstlich ist?«

»Das ist relativ einfach«, antwortete ich. »Man ist ruhig, aber konsequent. Wenn das Pferd dich zum Beispiel anrempelt, schiebst du es weg, sagst energisch ›nein‹, lässt es damit aber erst mal gut sein. Ansonsten setzt du auf positive Motivation. Du lobst und belohnst immer, wenn das Pferd ein erwünschtes Verhalten zeigt. Das können Kleinigkeiten sein – wie zum Beispiel, dass es beim Putzen für eine Weile still steht oder dir von sich aus, wenn du ihn antippst, einen Huf reicht.«

»Ah ja.« Leonie lächelte. »Dorita mag es sehr, wenn sie gelobt wird. Manchmal habe ich das Gefühl, das ist ihr sogar wichtiger als Leckerli.«

»Kann durchaus sein. Ich kenne ein paar Pferde, die gar nicht so wild auf Fressen sind, aber dafür Anerkennung suchen«, antwortete ich. »Fidelio war auch so einer.«

»Lass mich raten: Nachdem er wieder bei einem Bereiter gelandet war, trat er in den Streik?«

»Genau!«, bestätigte ich. »Bei diesem Bereiter wurde er sogar aggressiv und wehrte sich. Das eskalierte so weit, dass er eines Tages stieg und anschließend ataktisch auf drei Beinen durch die Halle hüpfte. Die Besitzerin bekam Angst – und stellte ihn erst mal auf die Koppel. Aus den Augen, aus dem Sinn …«

»Und die Idee, dass es an ihr und ihrer Reiterei liegen könnte, kam sie nicht?«

»Nein.« Ich seufzte. »Die Dame ist überzeugt, dass sie alles weiß – und zwar besser.«

»Und wie kamst du an Fidelio?«, fragte Leonie.

»Ich war in ihrer Gegend, sie zeigte mir ihre beiden anderen Pferde und ich fragte nach Fidelio. Sie jammerte, dass der nur auf der Koppel rumstehe und sie Geld koste, aber so, wie er drauf sei, könne sie ihn ja nicht mal verkaufen. Wahrscheinlich würde sie ihn schlachten lassen. Ich hatte ihn immer gemocht, also sagte ich ihr, dass ich ihn zum Schlachtpreis kaufe, und nahm ihn mit.«

»Und dann? Ich bin sicher, du hast ihn hingekriegt!« Leonie war voll Vertrauen.

»Du schmeichelst mir.« Ich musste lachen, wurde aber gleich wieder ernst. »Nur war's nicht so einfach. Mir war am Anfang gar nicht klar, wie total verdorben er war. Da war überhaupt keine Bereitschaft mehr zur Kooperation und obendrauf hatte er es irgendwie geschafft, seinen Körper halb abzuschalten. Er konnte den Reiter vollkommen ignorieren. Du hättest wahrscheinlich Kopfstände auf ihm machen können – wenn er in diesem ›Ich kommuniziere nicht mit dir‹-Modus war, schien er es nicht zu bemerken.«

»Ach du je. Und was macht man mit so einem?«

»Erstmal gar nichts reiterlich. Man versucht, so Kontakt mit ihm aufzunehmen. Im speziellen Fall: Ich habe versucht, so viel Zeit wie möglich mit ihm zu verbringen. Damals hatten wir noch eine kleine Koppel mit einem Unterstand neben meinem Gärtchen. Da stellten wir ihn auf – er war nämlich auch nicht sozialkompatibel. Wenn man ihn mit anderen Pferden auf die Koppel schickte, hat er sich geprügelt. Und ich habe mich bemüht, so viel wie möglich draußen zu sein. Ich habe auf der Terrasse neben ihm gegessen, telefoniert, gelesen, meinen Bürokram gemacht – und wenn er kam und guckte, bekam er ein Leckerli oder ich sprach ihn an. Zweimal am Tag gingen wir außerdem miteinander spazieren, dabei durfte er auch immer mal am Wegrand ein bisschen Gräschen zupfen, ich erzählte ihm was. Und nach ein paar Wochen fing er an, meine Nähe zu suchen. Er stand am Zaun, wenn ich draußen war; er wartete auf mich; beim Spazierengehen nahm er von sich aus Kontakt auf – er mochte Parfüm und wühlte in meinen Haaren und schließlich hatte er meist den Kopf an meiner Schulter. Zu der Zeit frotzelten sie hier öfter ›Max, du hast was an der Schulter hängen. Es ist groß und schwarz‹. Er lief wirklich wie ein Hund hinter mir her.«

»Und geritten hast du ihn gar nicht?«

»Nein. Das war damals kein Thema. Ich habe angefangen, ihn zu longieren und am Boden mit ihm zu arbeiten, damit er wieder Kondition aufbaut und nicht nur Schritt geht. Aber einen Sattel hat er im ersten Jahr mit mir nicht gesehen.«

»Und dann? Irgendwann hast du ihn doch geritten, oder?«

»Das ergab sich im Winter. An einem Sonntag war ich mit ihm spazieren. Wir waren ziemlich weit auf der Hochfläche und ich rutschte aus und hab' mir ein wenig den Fuß verknackst. Jedenfalls tat er weh und ich hatte so gar keine Lust, darauf drei Kilometer heimzuhinken. Da war aber ein Holzstoß – und ich parkte Fidelio daneben und krabbelte auf seinen Rücken. Ich dachte, es kann nicht mehr passieren, als dass er mich absetzt, und das wäre im Schnee nicht so schlimm gewesen.«

»Er hat dich aber nicht runtergeschmissen?«

»Nein. Er ging ganz vorsichtig, als ob er ein rohes Ei transportieren würde. Wenn ich auch nur ein bisschen aus dem Gleichgewicht kam, blieb er sofort stehen und wartete, bis ich wieder gut saß. Und ich lobte ihn natürlich und erzählte ihm, dass er toll ist …«

»Und ab dann hast du ihn geritten?«, wollte Leonie wissen.

»Noch nicht regelmäßig – eher so ein- oder zweimal die Woche ins Gelände. Und immer noch unter der Voraussetzung ›Ich warte, was er von sich aus anbietet …‹« Ich lächelte zu ihr hinüber. »Was meinst du? Sollen wir ein bisschen traben?«

»Gerne.«

Trabend kann man nicht so gut reden, aber ich hatte das Gefühl, dass Leonie auch etwas zu bedenken hatte. Und tatsächlich, als wir auf der Hochfläche ankamen und wieder zum Schritt durchparierten, schaute sie zu mir herüber, streichelte nachdenklich Ariosas

Hals und sagte: »Eigentlich widerspricht das allem, was andere einem immer raten. Unsere ganze Reiterei geht doch immer in die Richtung, dass man sich durchsetzt und dafür sorgt, dass das Pferd genau das macht, was man von ihm will …«

Ich nickte. »Grundsätzlich bin ich übrigens auch der Überzeugung, dass die ›Machtverhältnisse‹ zwischen Ross und Reiter geklärt sein sollten – und dass man als Reiter bereit sein muss, der ›Boss‹ zu sein und Verantwortung zu übernehmen. Aber für mich bedeutet das eben nicht, dass ich mich – im Zweifelsfall sogar mit Gewalt – ›durchsetze‹, sondern dass ich das Pferd dazu bringe, mit mir zu kooperieren. Meine Rechtfertigung dafür, dass ich es ›nutze‹, ist, dass es daran Spaß hat. Seit ungefähr 5000 Jahren, seit der Mensch aufs Pferd gestiegen ist, haben wir sie nach ihrer Bereitschaft, mit uns zu kooperieren, selektiert. Ich bin überzeugt, dass die meisten Pferde heute gefordert werden wollen, dass sie gerne mit uns arbeiten, wenn wir es richtig machen und sie motivieren. Und ich wollte mit Fidelio so weit kommen, dass er es mag, mit mir zusammen zu sein …«

Leonie hatte aufmerksam zugehört, nun nickte sie nachdenklich. »Ja, so möchte ich eigentlich auch reiten …«

»Vielleicht findet der erste Schritt im Kopf statt«, antwortete ich. »Ich habe früher auch nicht darüber nachgedacht, warum ein Pferd eigentlich für mich arbeiten soll. Es war so eine Art ›Deal‹ in Richtung ›Ich bezahle dein Futter und sorge dafür, dass es dir gut geht, dafür entschädigst du mich durch deine Arbeit.‹. Aber das funktioniert nicht so. Pferde verbinden Futter und Box nicht damit, dass sie was dafür tun müssen. Mit meinem nicht-kooperationsbereiten Fidelio habe ich gelernt, alles, was er tut, als ›Geschenk‹ anzunehmen – und damit hat sich alles gewandelt. Plötzlich war es nämlich nicht mehr so, dass ich ein ›Korrekturpferd‹ hatte, das mir Mühe machte, sondern ich hatte ein Pferd, das sich ganz langsam wieder erschloss – und das hat mich auf eine ganze neue Art glücklich gemacht. Im ersten Jahr zum Beispiel sprach er nicht. Ich dachte schon, er gehört eben zu den stillen Pferden. Aber dann stellte ich fest: nein. Er hatte nur nichts zu sagen – jedenfalls nicht zu mir. Je besser wir uns kannten und je mehr er mir vertraute, desto ›gesprächiger‹ wurde er. Er brummte mich morgens zur Begrüßung an; er schnaubte im Gelände ab, er wieherte, wenn ich an seiner Koppel vorbeikam – und ich war glücklich und stolz, dass er mit mir Verbindung aufnahm.«

»Und dann ging es richtig gut, oder?« Sie lächelte. »Die Geschichte hat ein Happy End?«

»Ja!«, bestätigte ich. »Allerdings war's ein langer Weg.« Wir waren am Waldrand und nun wurde der Weg schmaler und wir konnten nicht mehr nebeneinander reiten. »Du gehst voraus – und wenn du magst, kannst du galoppieren«, bot ich an.

»Uuuh …« Leonie schluckte. »Deine Blüterin? Geht die nicht ab wie ein Schnitzel?«

»Sie ist schneller als ein Warmblut«, erwiderte ich. »Aber du musst keine Angst haben. Sie bleibt kontrollierbar. Halt mit der Hand eine ganz leichte, stetige Verbindung mit ihr, lass sie ihr Tempo suchen – und verlass dich drauf: Sie kennt auch die Strecken hier. Da vorne bei der alten Feldscheune, bleibt sie stehen und wartet, falls Dorita nicht mehr nachkommt.«

»Gut.« Leonie setzte sich etwas aufrechter, sortierte die Zügel neu und nickte. »Also gut …« Sie ließ Ariosa anspringen. Die hatte nur auf die Hilfe gewartet und war innerhalb von drei Sprüngen in ihrem ruhigen, aber weiten Canter.

Dorita ging ein wenig gegen die Hand. Sie wollte hinterher, aber ich machte ihr klar, dass sie auf meine Hilfe zu warten hatte. Dann aber angaloppieren – rechts, bitte, auch wenn das nicht ihre Schokoladenseite war.

Wie ich vorausgesagt hatte: Als die alte Feldscheune in Sicht kam, fiel Ariosa von sich aus in den Trab, ließ es noch ein paar Schritte auslaufen, blieb dann stehen, drehte sich um, streckte zufrieden den Hals und schnaubte, während ich mich mit Dorita neben sie setzte. Leonie strahlte. »Es fühlt sich toll an, wenn die so galoppiert! Da merkt man richtig, dass sie dazu geboren wurde. Und …« Sie beugte sich nach vorne und klopfte mit beiden Händen sanft Ariosas Hals. »Danke, du Schöne.« Und mit Blick zu mir: »Ich glaube, ich weiß, was du mir mit der Fidelio-Geschichte sagen wolltest.«

KAPITEL 2

Die letzten goldenen Oktobertage waren gegangen. Nachts pfiff der Wind um die Zinnen des Turms und ich nahm mir jeden Abend vor, hochzuklettern und den Karabiner, der am Drahtseil des Fahnenmastes hing und im Wind klapperte, zu sichern. Doch meist fiel es mir erst wieder ein, wenn er im Dunkeln ratterte – und dann war es mir schon zu kalt und zu feucht, die 87 Stufen hinaufzukrabbeln.

Dass der Karabiner klapperte, lag daran, dass – um Titus zu zitieren – »der Lappen nicht draußen und der Lump nicht drinnen war«. Titus hat seinen »Doppel-Doktor« – er ist nämlich sowohl Dr. der Agrarwirtschaft wie auch Doktor der Agrarbiologie – nicht an der Losbude gewonnen, sondern ordnungsgemäß durch zwei Forschungsarbeiten erworben. Bei beiden war es um den Anbau von Getreide auf kargen Böden gegangen, wofür er in Zusammenarbeit mit den Universitäten in Budapest und der für Bodenkultur in Wien auf seinem ungarischen Gut Anbauversuche mit alten Getreidesorten wie Dinkel und Emmer unternahm. Diese Versuche liefen immer noch und alljährlich im Herbst, wenn die Ernte auf der Alb eingefahren, die Fohlen abgesetzt und die Herden winterfest untergebracht waren. Dann verschwand Titus für drei, vier Wochen nach Ungarn.

Dieses Jahr war ich nach seiner Abreise nicht nur ziemlich beschäftigt gewesen, sondern außerdem auch ein wenig einsam. Atreju war nämlich, wie er selbst lachend gesagt hatte, »auf Vergnügungsreise« durch Asien: Seine Studienfreunde Pinchas – Geiger – und David – Pianist und Dirigent – und er zogen mit den Berlinern Symphonikern vier Wochen lang durch Asien und spielten Beethovens Tripelkonzert[17] und das Brahms-Doppelkonzert für Violine und Violoncello.[18]

Ich unterdessen war von morgens bis abends unterwegs – vor dem Winter wird auf fast allen Gestüten noch einmal geimpft und entwurmt, außerdem lassen manche Betriebe vor dem Aufstallen ihre dreijährigen Hengste kastrieren. Und dann werden natürlich allerorten junge Pferde untersucht – über den Winter hat man Zeit zum Einreiten, also muss der Tierarzt vorher schauen, dass die Remonten[19] in Ordnung sind.

Mein Programm reichte meist von morgens um halb acht bis abends um halb zehn, wobei ich die letzten zwei, drei Stunden oft in der Reithalle oder unter Flutlicht auf dem Longierzirkel verbrachte.

Der Haken daran ist nur, dass ich mir zu der Zeit im Herbst immer fast den Hintern abfriere. So warm, dass einem, wenn man stundenlang im Freien oder in der zugigen Halle steht, die Füße nicht kalt werden und die Knie vor Kälte schlottern, kann man sich gar nicht anziehen. Ich habe mir deswegen eine Heizdecke mit Zeitschaltuhr angeschafft – und ich hab' die Prinzessin, die zwar ein

17 – Gemeint ist Ludwig van Beethovens op. 56: Konzert in C-Dur für Klavier, Violine, Violoncello und Orchester.

18 – Johannes Brahms, Doppelkonzert a-Moll für Violine, Violoncello und Orchester op. 102

19 – »Remonte« nannte man bei der Kavallerie ein junges Pferd am Anfang seiner Ausbildung.

Körbchen mit Plüschsack in der Reithalle hat, mir abends gegen neun aber trotzdem meist die Gefolgschaft kündigt und verschwindet. Sie weiß nämlich: Punkt neun springt die Heizdecke in meinem Bett an – und sie saust dann über den Hof, durch die Katzenklappe in die Wohnung und dann mit einem Sprung auf der Direttissima ins warme Bett.

Wenn ich dann zähneklappernd komme, begrüßt sie mich stürmisch – und meist hüpft mir dann auch Jacob auf die Schulter und beknabbert zärtlich meine Wimpern.

Jacob ist ein Rabe, und nachdem er vor zwei Jahren als Küken – noch mit geschlossenen Augen – den Fehler gemacht hat, aus dem Nest zu fallen, war er wenigstens klug genug, jämmerlich zu piepsen, als die Prinzessin auf einem ihrer Inspektionsgänge vorbeikam. Sie hat auch schon junge Katzen eingesammelt und insofern war ich nicht erstaunt, als sie mit dem recht jämmerlich aussehenden Küken im Maul angetrabt kam. Das Rabenkind kam auf eine kleine Wärmflasche in ein Körbchen und ich fütterte es mit der Pinzette. Und als es schließlich seine schwarzen Knopfaugen aufmachte und mich anpiepste, antwortete ich – was hätte ich sonst auch tun sollen? Dabei war mir durchaus klar, dass ich ihn präge – ich habe schließlich meinen Lorenz[20] gelesen.

Seitdem habe ich einen Vogel. Ich habe zwar versucht, ihn wieder auszuwildern, aber Jacob hat es nicht so mit der »großen Freiheit«. Tagsüber fliegt er frei herum, hin und wieder, vor allem im Herbst, wenn die Krähen ziehen, lässt er sich schon mal mitreißen und verschwindet für zwei oder sogar drei Tage. Aber dann sitzt er abends wieder am Küchenfenster und verkündet: »Der Jacob ist da!« und will etwas zu fressen.

---

20 – Der große Verhaltensforscher Konrad Lorenz hat einst den Vorgang der Prägung bei Vögeln entdeckt und in »Das Jahr der Graugans« beschrieben.

Danach putzt er sich dann ausführlich und gründlich. Da wird Feder um Feder durch den Schnabel gezogen und ordentlich einsortiert. Und wenn er damit fertig ist, kommt er auf meine Schulter, quatscht mir vor, was für ein toller Jacob er ist, knabbert einen Moment zärtlich an meinem Ohr – und dann putzt er meine Wimpern.

Atreju behauptet, mit der Nummer könnten wir in den Zirkus gehen, wobei ich da sicher damit rechnen könnte, dass das Publikum die Luft anhält. So ein Rabenschnabel ist ja nicht eben klein und ungefährlich. Jacob müsste nur einmal richtig hacken und dann hätte ich kein Auge mehr. Aber er tut es nicht. Wie der Volksmund so schön sagt: Eine Krähe hackt der anderen kein Auge aus. Die Pflege der Wimpern gehört unter den schwarzen Gesellen zu den Freundschaftsbekundungen und stärkt die Sozialbeziehungen – und darum sitze ich übrigens auch manchmal da und zupfe ganz sanft an Jacobs Wimpern.

Und so ist mein Abendprogramm im Herbst abwechslungsreich: Abendessen mit Rabe und Hund, Schmusestunde mit den beiden – und dann krabbeln die Prinzessin und ich ins menschenleere Bett, wobei wir öfter das Tablet mitnehmen. Noch eine Runde Musik zum Runterkommen – und ja, ich gestehe, dass ich bei Youtube ziemlich oft bei Dvoraks Cellokonzert (mit einem gewissen Atreju Ødegård) oder eben Beethovens Tripelkonzert lande.

Mittwochabend – ich kam gegen zehn ins Haus, schmiss eine Lasagne von Frau Häberle in den Ofen, und während sie – die Lasagne, nicht die Haushälterin – leise vor sich hin brutzelte, kochte ich mir einen Früchtetee und sortierte die Post. Das übliche – Rechnungen, Werbung, Fachzeitschriften, Baden-Württembergs Pferde-Welt. Ich blätterte gelangweilt darin – wer auf welchem Turnier was gewonnen hat, interessiert mich nicht. Ich schaue eher, was sich im Bereich Zucht tut und ja, ich gebe zu, ich lese die Klatsch- und Tratschspalte hinten.

In diesem Fall erfuhr ich, dass Arthur Callert, unser Nachbar vom Gestüt Staufenblick, eine wohlverdiente Medaille vom Zuchtverband bekommen hatte und dass ein Sohn von unserem Staats- und Prachthengst Herr von Waldeck für »eine namhafte« Summe an eine »ambitionierte« Dressurreiterin in Österreich verkauft worden war. Ich hoffte, dass die junge Dame nicht nur Geld, sondern auch Talent und eine einigermaßen sensible Hand hatte – unser Waldi vererbt nicht nur seine großartigen Gänge und seinen Arbeitseifer, sondern auch seine Sensibilität. Seine Kinder wollen fein geritten werden – und wer das nicht hinbekommt, kann erleben, dass sie stur werden und im Zweifelsfall sogar bocken.

Dann ein Bericht aus dem VIP-Zelt eines großen Turniers mit einigen Springreitern in der üblichen Turnieraufmachung: weiße Hose über karierten Strümpfen und Schlappen, weißes Hemd, Anorak mit Bestickung vom Stall. Und dazu natürlich das Bierglas in der Hand und das überlegene Grinsen im Gesicht. Naja – nicht unbedingt die Gesellschaft, in der ich mich bewegen wollte.

Die Kaffeemaschine spuckte zischend aromatischen Espresso in ein großes Glas, danach sprudelte Milch. Ich stand auf, holte mir das Glas, in das ich ganz unten etwas Karamelsirup eingefüllt hatte, ließ den Metalltrinkhalm hineinrutschen und nuckelte daran. Natürlich war der Kaffee noch zu heiß und der Sirup hatte sich nicht ganz aufgelöst, aber die Mischung wärmte doch von innen.

Jetzt piepste der Ofen, ich holte die Schale mit der Lasagne, packte sie auf den Küchentisch und holte mir einen Löffel.

Meine Mutter legte dereinst Wert auf Manieren und sie hat mir durchaus beigebracht, mit Messer und Gabel zu essen, eine Serviette zu benutzen und den Tisch ordentlich zu decken. Aber wenn ich alleine bin, löffle ich die Lasagne und lese dabei eine an die Apfelsaftflasche gelehnte Zeitschrift. Das mag nicht vornehm sein, aber es ist auf jeden Fall gemütlich.

Auf die Art erfuhr ich immerhin, dass die Firma Bluback – Zaun-, Stall- und Hindernisbau –, vertreten durch ihren Geschäftsführer Gernot Bluback, einem rundlichen Herrn mit Glatze und Knollennase, künftig nicht nur seine dressurreitende Tochter Ariana fördern würde, sondern auch den Springstall des Landesmeisters Peer-Michael Bäcker. Der wiederum habe auf dem Turnier sein neuestes Pferd, einen hochbegabten, siebenjährigen Iren, gefeiert. Selbigen wiederum habe Hendrik »Jimmy« Vongehren, Springreiter und »erfolgreicher Vermittler von Cracks«, in Irland aufgegabelt, wo er unter der Tochter seines Züchters unterwegs gewesen war.

Ich wusste nicht, wen ich mehr bedauern sollte: Ross oder Reiterin. Die Letztere litt als Züchtertochter vermutlich öfter darunter, gute, junge Pferde ausbilden und in den Sport starten zu dürfen, um sie dann, wenn sie die ersten Erfolge einfuhren, abgeben zu müssen.

Der Vierbeiner unterdessen war bisher wohl geliebt und gehätschelt worden. Darauf konnte er nun nicht mehr hoffen. Im Stall von Peer-Michael Bäcker würde er bestimmt mit allem gefüttert werden, was die moderne Futterindustrie für Leistungspferde zu bieten hat; er würde wahrscheinlich öfter den Tierarzt begrüßen können als ein durchschnittlicher Kassenpatient im Krankenhaus den Stationsarzt; er würde garantiert höchst professionell beritten werden – aber die Koppel würde er vermutlich in den nächsten Jahren wegen der »Verletzungsgefahr« immer nur von weitem sehen. Ansonsten konnte er sich darauf einstellen, »eins auf die Räder« zu bekommen, wenn er die – beziehungsweise die Beine – nicht hoch genug hob und dadurch irgendwelche Stangen aus der Halterung schubste. Und im Vergleich zu der eisernen Faust, mit der Peer-Michael Bäcker seine Pferde aufrollte, war Götz von Berlichingen wahrscheinlich ein Muster an sensibler Feinfühligkeit gewesen. Bäcker gehörte den Anhängern der »Sporen ins alte Loch, bohren, bis Hafer kommt«-Methode und was seinen Pferden mangels Ausbildung an Durchlässigkeit fehlte, machte er dann durch Gerteneinsatz wett.

Vor einigen Jahren hatte ihm das auch mal eine sechsmonatige Sperre wegen »unreiterlichen Verhaltens« – da hatte er auf einem Abreiteplatz eine Gerte total zerlegt – eingetragen. Doch seine Anhänger und vor allem Pferdebesitzer hatte das nicht davon abgehalten, ihm weiter Pferde zur Verfügung zu stellen. In diesen Kreisen huldigt man dem Prinzip »Ein Guter hält es aus und um einen Schlechten ist es nicht schade.«. Sorge um ein Pferd wird als »unprofessionelle Sentimentalität« gesehen und Pferde mit eigenem Kopf, die sich nicht alles gefallen lassen, als »verdorbene Weibergäule« – angeblich sind es ja immer die Reiterinnen, die Pferde durch zu viel »Nettigkeit« verderben.

Ich bin nicht unglücklich darüber, dass Waldeck – ob nun von Titus oder mir züchterisch vertreten bei Leuten wie diesem Peer-Michael Bäcker oder auch seinem Pferdedealer Hendrik Vongehren – den Ruf genießt, »unprofessionell« zu sein. Unsere jungen Pferde sieht man nicht schon dreijährig bei irgendwelchen Zuchtchampionaten; von den Züchterprämien, die sich die Unseren in Springen und Dressur verdienen, können Titus und ich uns, wenn es gut geht, zum Jahresende ein Fläschchen Wein kaufen. Aber dafür stehen momentan fünf Kinder des Herrn von Waldeck – drei davon bei uns gezüchtet – in der Weltrangliste Vielseitigkeit. Sie brillieren mit Mut, Geschmeidigkeit, Stehvermögen und Intelligenz – denn das sind die Eigenschaften, die im Busch[21] gefragt sind.

---

21 – »Im Busch« sind die Buschreiter unterwegs – sprich: die Vielseitigkeitsreiter. Die haben nämlich, wenn es um den »großen Sport« geht, immer noch mit allen drei Disziplinen zu tun: Dressur, Gelände, Springen. Und nur ein Pferd, das in allen drei Bereichen mit seinem Reiter kooperiert, hat eine Chance auf einen Sieg. Es geht darum, dass es sich von seinem Reiter präzise ausrichten lässt und mutig genug ist, zum Beispiel auch über einen Biertisch mit wehenden Fähnchen zu springen. »Vertrauen« ist das Schlüsselwort!

Allerdings sind's ganz oft auch die, die Spring- und Dressurreiter nicht wollen. Intelligente, selbstbewusste Pferde »funktionieren« nicht auf Knopfdruck. Sie wollen überzeugt werden, sie haben auch mal »Launen« und schlechte Tage. Und wenn sie dann noch so feinfühlig sind wie zum Beispiel die Kinder von Ariosa und Herrn von Waldeck, die ja mehr als 75 % Vollblut haben – 50 % von Mütterlein Ariosa xx und über 25 von ihrem Vater, in dessen Pedigree es nur so von xxs wimmelt –, braucht es einen Reiter, der willens und fähig ist, sich wirklich auf ein Pferd einzulassen. Der Vorteil ist dann aber, dass die Vierbeiner fast »unkaputtbar« sind. Sie gehen über Stock und Stein, sind unheimlich geschickt, das Gegenteil von »wehleidig« und so ehrgeizig, dass sie vermutlich auch noch auf drei Beinen rennen würden.

So – die Lasagne hatte geschmeckt, ich kratzte den letzten Rest aus der Schale und stellte sie dann mit Wasser und Spülmittel ins Waschbecken; braute mir noch einen Kaffee und sah Jacob zu, der gerade auf dem linken Fuß stand und seinen rechten sorgfältig beknabberte – Krallenpflege ist ihm sehr wichtig. Die Prinzessin unterdessen hatte wie immer einen kleinen Anstandsrest in ihrer Schüssel gelassen, nun schaute sie mich erwartungsvoll an – sie legt sich erst dann auf ihr Abendprogramm fest, wenn sie weiß, was ich vorhabe.

Ich unterdessen trat zu Jacob, kraulte ihm den Nacken und schaute durchs Fenster auf den Hof. Der Brunnen in der Mitte – ein prachtvolles Renaissancebecken mit dem Wappen der Grafen von Waldeck als Mittelpunkt – war schon wintersicher mit Holz verschalt und die starken Scheinwerfer, die ihn am frühen Abend anstrahlen, aus. Auch links von mir in der ehemaligen Scheune, in der Atreju wohnt, war es dunkel. Immerhin, rechts in dem langgezogenen Bau, der neben der Mauer steht, brannten warme Lichter. Da lebt die Familie Häberle – Haushälterin Hertha und ihr Mann Michael, ein sehr begabter Handwerker, der so ziemlich alles kann und darum als eine Art »Hausmeister« auf Waldeck fungiert. Über ihnen in der sehr hübsch ausgebauten Mansarde sind die Lehrlinge – Paula, Fachrichtung Zucht und Haltung, drittes Lehrjahr; Basti, Fachrichtung Reiten, zweites Lehrjahr; Rainer, ebenfalls Zucht und Haltung, und wenn auch im ersten Jahr, so doch als Sohn eines Züchters sehr geschickt und erfahren. Außerdem waren da oben Hubsi – der Forsteleve – und Maximilian, unser urbayerischer Jungförster – zuhause.

Im eigentlichen Schloss war es weitgehend dunkel. Nur über der Eingangstür, die in die große Halle führte, brannte ein Licht. Und wenn man genau hinsah, konnte man hinter dem Oberlicht an der Tür ein rotes Flämmchen erkennen – da sich im Lauf der Jahrhunderte bei den von Waldecks doch einige Kunstschätze angesammelt haben, hat das Schloss vor einigen Jahren eine Alarmanlage bekommen, die mit dem roten Licht ihre Einsatzbereitschaft verkündet.

Ich vermisste Titus und Atreju. Es wäre nett gewesen, jetzt über den Hof zu marschieren und sich bei einem von ihnen zu einem Plausch und einem Glas Wein auf dem Sofa niederlassen zu können. Andererseits hatte ich Arbeit auf dem Tisch – meine Lektorin hatte mir freudig verkündet, dass die erste Auflage unseres Buches über Pferde nach nur vier Jahren schon ausverkauft war. Also stand eine Überarbeitung für die zweite Auflage an – und das war mein Job für den Abend. Ergo trollte ich mich an den Schreibtisch und warf den Computer an. Die Prinzessin folgte mir – meine verwöhnte Luxushündin hat nämlich sowohl in der Küche wie auch im Wohn-Arbeitszimmer ein Körbchen und das neben meinem Schreibtisch ist fast ihr liebstes, liegt darin doch der Plüschsack, in den sich die stets wärmebedürftige Windhündin abends gerne kuschelt.

Im Zuchtbuch hatte ich Portraits einiger bekannter Stempelhengste. Eines davon musste ich jetzt austauschen. Auch bei Hengsten gibt es Moden und der, der vor vier Jahren bei der ersten Veröffentlichung in aller Munde gewesen war, wurde – nachdem nun einige seiner Kinder aus dem ersten Jahrgang unter dem Sattel waren – nicht mehr hoch eingeschätzt. Also wurde er durch einen Falben ersetzt, der sogar einen eigenen Fanclub im Internet aufweisen konnte. Zudem hatte er eine nette »vom Tellerwäscher zum Millionär«-Geschichte zu bieten: Auf einem kleinen Gestüt von Eltern geboren, die beide keine Bäume herausgerissen hatten, war er nur durch seine etwas exotische Farbe – er war tatsächlich ein Goldfalbe – aufgefallen. Doch das hatte bei dem offenkundig eher spätreifen Youngster nicht gereicht. Er war zwar zur Körung[22] vorgestellt worden, aber dabei durchgefallen.

Sein Züchter und Besitzer hatte aber dennoch an ihn geglaubt und ihn nicht legen lassen.[23] Dafür bildete ihn die Tochter des Züchters als Springpferd aus und startete ihn auf kleinen, ländlichen Turnieren. Und da fiel er schließlich richtig auf. Obwohl die nächsten Springcracks in seinem Pedigree ziemlich weit weg sind – Züchten ist eben immer auch Genlotterie und man weiß nie, was dabei »ausgemendelt«[24] wird. Im Fall des Falben kamen Springgene hoch, die dafür sorgten, dass er – wie Reiter sagen – nicht nur »Häuser springen« kann, sondern das obendrauf auch noch in hervorragender Manier.

---

22 – Damit die Kinder eines Hengstes in die Stutbücher eines Verbandes eingetragen werden, muss ihr Vater von diesem Zuchtverband anerkannt sein. Dafür muss er mehrere Prüfungen bestehen. Die erste ist die Körung – dabei muss er vor Ablauf seines dritten Lebensjahres vor einer Kommission von Fachleuten antreten, denen er an der Hand präsentiert wird.

23 – Die meisten warmblütigen Hengstfohlen werden »gelegt«, also kastriert. Meist geschieht das vor Ablauf ihres dritten Lebensjahres – da haben sie die Hengstmanieren und typische Kennzeichen wie zum Beispiel den dicken Mähnenkamm noch nicht ausgeprägt.

24 – Im Jahr 1865 beschrieb der Augustinermönch und Hilfslehrer Johann Gregor Mendel am Beispiel von Erbsenblüten zum ersten Mal, dass die Vererbung bestimmter Merkmale gewissen Gesetzen folgt. Damit schuf er die Grundlage der Vererbungslehre.

Auch hier ging es wie üblich weiter: Er fiel auf und wurde für teuer Geld an einen großen Springstall verkauft. Glücklicherweise hielt er dort gut durch, weswegen ihn der Zuchtverband schließlich um seiner Leistung willen doch noch als Hengst anerkannte. Und als ihm dann schließlich 14-jährig doch die Beine wehtaten – kein Wunder, wenn man bedenkt, wie oft er gesprungen und mit hohem Tempo um enge Kurven gegangen ist –, kam er ins Gestüt. Dort zeigte sich dann, dass er seine Springbegabung an seine Fohlen vererbt, und er hat sich mittlerweile als Hengst schön etabliert.

Er würde also wohl in meinem Buch auftreten. Doch um ihn da entsprechend darzustellen, brauchte es Fotos – und so machte ich mich auf die Suche. Heutzutage ist das zum Glück kein großes Problem mehr: Die meisten Pferdefotografen haben ihr Archiv online, sodass ich mit der Abfrage nach dem Namen des Hengstes eine ganze Liste von Bild-Archiven bekam, bei denen ich Fotos von ihm kaufen konnte.

Ich blätterte durch das bunte Angebot: Der Falbe im Portrait, ordentlich aufgestellt – also Vorderbeine geschlossen, Hinterbeine leicht auseinander, Hals aufgewölbt, Ohren gespitzt, Blick dem Betrachter zugewandt – und in Bewegung auf der Koppel; in schwungvollem, wenn auch etwas verkrampftem Trab unter dem Reiter und jede Menge Bilder, die ihn – mit und ohne Reiter – über Sprüngen zeigten.

Es ist oft gar nicht so leicht, selbst bei einer großen Auswahl ein Bild zu finden, auf dem sich das Pferd optimal präsentiert und der Reiter nicht draufhängt wie der Affe auf dem Schleifstein – und so auch bei diesem Falben. Als junger Hengst, noch reichlich schlaksig, unter seiner ersten Reiterin, hatte er meist gut ausgesehen; aber später war er von Männern geritten worden, und einige von ihnen hatten ihn ziemlich zusammengeschraubt. Und dann war da eine Serie von einem Turnier, bei der der Reiter des Falben an drei Hindernissen keine besonders gute Figur gemacht hatte. Einen Oxer hatte er offenkundig so schräg angeritten, dass dem Pferd nichts anderes übrig geblieben war, als von schief nach schepps und mit weggedrücktem Rücken zu springen; bei einer Triple Barre hatte der Falbe dann zwar in eine gute Bascule – das ist »Flugkurve« über dem Hindernis – gefunden, aber dafür klemmte der Reiter wie eine falsch aufgesteckte Wäscheklammer mit fliegenden Unterschenkeln am Sattel. Und das dritte Bild war auch nicht eben schön – da hing der Reiter im Zügel.

Doch immerhin: Die Beschreibungen lobten ihn – und es war wieder einmal einer dieser Momente, in denen ich mich frage, wer hier der Geisterfahrer ist: Ich, die ich jede Menge Fehler sehe oder die, die solche Bilder euphorisch beschreiben. Hier hieß es nämlich: »Mit einem schneidig-dynamischen, sehr harmonischen Ritt rettete Jimmy Vongehren Dynamicos ersten Platz im Großen Preis der Stadt Heilbronn …«

Jimmy Vongehren … Moment, den Namen hatte ich vorher doch schon mal gelesen! Ich stand auf, ging in die Küche und holte mir das Verbandsblatt. Ja, da auf den Tratsch- und Klatschseiten, das Foto von den Springreitern im VIP-Zelt. Blonder Undercut, eine Designer-Sonnenbrille nach oben geschoben – naja, immerhin besser als die immer wieder gern genommene Baseball-Cap, die bei den ganz coolen Jungs falsch herum aufgesetzt wird und dann besonders bescheuert aussieht.

Hendrik »Jimmy« Vongehren – war das der Porschefahrer, mit dem Carina Müllerschön zusammen gewesen war? Ich studierte sein Gesicht auf dem Foto: blaue Augen, Stupsnase, markante Wangenknochen, durchaus gutaussehend, wenn man den Typ »Smartie« mag. Er erinnerte mich an einen Reitlehrer, den ich in einem Stuttgarter Verein gekannt hatte – und ich musste beim Gedanken an den und seine »Auswirkungen« lachen.

Männer in Reithosen scheinen auf viele Reiterinnen generell einen erotischen Reiz auszuüben – vielleicht, weil die Damen im Stall immer so in der Überzahl sind? Jedenfalls kann ein Bereiter klein, bebaucht und krummbeinig sein – es wird sich immer die eine oder andere Amazone finden, die sich auf ihn stürzt.

Sieht er dann sogar einigermaßen aus und reitet schneidig – und das war bei jenem sehr norddeutsch ausgesprochenen Björn im Stuttgarter Reitverein der Fall gewesen – scheinen Dreiviertel der Weiblichkeit im Verein durchzudrehen. Dann stöckeln sie auf High Heels unter dem Mini in den Stall – »ich komm' heute direkt aus dem Büro« – und sind angemalt, als wenn sie jenen amerikanischen Barbies aus dem Reality TV Konkurrenz machen wollten. Und kaum schwingt »er« seinen mehr oder minder knackigen Hintern in einen Sattel, haben sie alle in der Reithalle beziehungsweise am Platz zu tun und müssen »ihn« bewundern.

Der Witz ist allerdings: Wenn der Knabe seinen Verstand einigermaßen beieinander hat, praktiziert er sein Liebesleben außerhalb des Stalls. Sonst gibt es da nämlich Zoff, und darüber sind die meisten Stallbesitzer überhaupt nicht beglückt. Abgesehen davon, dass Unruhe im Stall nicht unbedingt zum Gedeihen der Pferde beiträgt, haben die dann auch keine Lust, Konflikte schlichten zu sollen. Da schmeißen sie eher – auch auf die Gefahr hin, dass er zwei oder drei Damen und ihre Pferde mitnimmt – den Bereiter raus.

Dieser »Jimmy« war aber offenkundig aus dem Stadium, in dem ein Reiter durch verschiedene Ställe kreist, hinaus. Dabei verdient man nämlich bestimmt nicht so, dass es für einen Porsche reicht. Dafür schien er zu handeln – und das ist, wenn man es gut macht, ein einträgliches Geschäft.

Ich holte mir noch einen Latte – ich bin ziemlich koffeinresistent, zudem verdünne ich ja immer so, dass unser »Coffeeholic« Atreju gerne fragt, wie viel Tropfen Kaffee ich in meiner Milch haben möchte – und ging zum Computer zurück.

Der Suchmaschine fiel zu »Hendrik Vongehren« eine ganze Menge ein. Dabei erschien gleich oben eine Homepage, auf der er seine Dienste als Vermittler und Verkäufer von »geprüften Erfolgspferden« anbot. Mit einem Klick landete ich auf dem Gestüt St. Leonhard in Unterwilflingen – und falls Sie nicht wissen, wo das ist: Unterwilflingen ist ein Teilort der Gemeinde Unterschneidheim im Ostalbkreis in Baden-Württemberg, sagt Wikipedia. Ich schaute auf der Karte und stellte amüsiert fest, dass das Gestüt St. Leonhard sogar ein Stück außerhalb des Ortes lag – und ich meinte, Titus im Ohr zu haben, der solche Anwesen mit »Nein, nein, das ist nicht am A…. der Welt. Aber man kann ihn von dort aus sehen!« kommentiert.

Andererseits hat die Kehrseite der Welt für Reiter Vorteile. Wer je in Großstadtnähe auf zertrampelten Reitwegen alle fünf Meter zum Schritt durchpariert hat, weil es darauf zugeht wie auf der Geislinger Steige beim Ferienverkehr, fährt gerne ein paar Kilometer mehr zum Pferd, wenn er dafür ein Ausreitgelände geboten bekommt, in dem keine »Reiten verboten« Schilder herumstehen. Und wer ab und zu mit einem jungen Pferd zugange ist, weiß es zu schätzen, wenn ihm nicht schon morgens herdenweise in schreiende Farben gewandete Freizeitsportler begegnen, die mit klickenden Stöcken durch den Wald rennen, als wenn's dafür Geld gäbe! Vierbeinige Menschen in bunter Ballonseide überfordern so manches Rösslein. Und sich mit Bikern darüber auseinanderzusetzen, dass man als Reiter weniger umweltschädlich ist als sie, macht auch nur bedingt Spaß.

Landleben in entlegenen Ecken – und dieses Unterwilflingen im letzten Winkel Baden-Württembergs war definitiv entlegen – hat natürlich auch den Vorteil, dass dort aufgelassene Bauernhöfe günstig zu erwerben sind. Bei dem, den Hendrik »Jimmy« Vongehren an Land gezogen hatte, handelte es sich aber nicht um einen idyllischen Altbau, sondern um einen Aussiedlerhof aus den 50ern. Die Dinger hatte man in ganz Süddeutschland standardmäßig und ziemlich lieblos zusammengeklatscht: Einstöckiges Wohnhaus, Silo, immer wieder gerne ein Vielzweckgebäude in Form eines E ohne Mittelbalken, in dem zum Beispiel Milchvieh, Scheune, Garage für Traktoren und andere landwirtschaftliche Geräte sowieso Werkstatt – ein Bauer muss heute fähig sein, sehr vieles selbst machen zu können – untergebracht sind.

Im speziellen Fall gab es zudem noch eine 60 x 20 m große, recht moderne Reithalle, an die auf der Langseite ein Stall mit Paddockboxen angebaut war. Dahinter ein Sandplatz, auf dem eine ganze Reihe respektgebietender Trainingshindernisse standen – also nichts Außergewöhnliches, sondern ein Reiterhof wie hundert andere auch.

Ich wechselte wieder zu Google Maps und schaute mir das Luftbild an. Dem Feldermosaik um den Hof herum sah man die Flurbereinigung an, die man in der Ecke offenkundig gründlich betrieben hatte – da hatte keine Baumgruppe und kein Busch überlebt. Wald gab es nicht viel und ich stellte mir vor, dass Ausreiten in dieser Ecke nicht schön war: Im Hochsommer auf asphaltierten Wegen zwischen Feldern dahinschleichen, nirgends Schutz vor der Sonne und der Blick auf konventionell bewirtschaftete Monokulturen, in denen keine Kornblume mehr den Kopf herausstreckte?

Aber vermutlich hatte bei Vongehren niemand das Bedürfnis, im Gelände herumzureiten. Von oben war zu sehen, dass seitlich neben der Reithalle eine große Führanlage stand. Sie war auf allen Seiten geschlossen, sodass den darin bewegten Pferden von außen keine »Ablenkung« wiederfuhr. Auf diese Art bringt man auch temperamentvolle Blüter früher oder später dazu, sich so zu langweilen, dass sie innerlich kündigen. Und die, die es nicht aushalten und zum Beispiel vor lauter Langeweile Ticks entwickeln – tja, die fallen dann wieder unter »Ein Guter hält's aus und um einen Schlechten ist es nicht schade.«.

Auf der Homepage gab es den Punkt »Verkaufspferde« und der interessierte mich natürlich sehr. Allerdings gab es da nur fünf Hottemäxchens – und ich hatte den Eindruck, dass die Seite schon länger kein Update mehr erfahren hatte. Sie verriet mir aber, dass sich Herr Vongehren als Vermittler für alle drei Disziplinen sah: Die ersten zwei Pferde in seiner Verkaufssammlung waren Springer, die über Sprüngen fotografiert worden waren; darunter strampelten zwei Dressurpferde in verkrampftem Paradetrab und unten auf der Seite galoppierte ein Blüter auf einen Baumstamm im Gelände zu.

Der erste Springer, ein großer, ziemlich knochiger Schimmel mit Hirschhals, war als »Irish Hunter« ausgewiesen – was in den meisten Fällen »Marke Koppelglück« mit nicht nachvollziehbarem Stammbaum bedeutet. Früher sah man solche Typen auf allen großen Springplätzen, aber inzwischen sind sie eher selten. Die Sportpferdezucht ist überregionaler geworden, die Blutlinien haben sich immer mehr vermischt und heute kann man einen irisch gezogenen Warmblüter kaum noch von einem Selle Français[25] oder einem KWPN-Hoppser[26] unterscheiden.

Die Nummer nächst auf der Seite bestach auch nicht eben durch Schönheit: Ein noch sehr schlaksiger Hellbrauner, dessen Springhaltung mit den extrem angezogenen Vorderbeinen verriet, dass er wohl schon »sauber gemacht« worden war – so euphemistisch nen-

25 – Der Name lässt es schon erahnen: Bei einem Cheval de Selle Français handelt es sich um einen französischen Warmblüter. Früher wurden die teilweise auch als »Anglo-Normannen« bezeichnet.

26 – KWPN steht für Koninklijk Warmbloed Paard Nederland – die Sportpferdezucht der Niederlande.

nen Springausbilder das, was früher »barren«[27] hieß und auch mit einer anderen Bezeichnung eine Gemeinheit ist.

Der Hellbraune war Holsteiner, sein Pedigree barg keine Überraschung: Auf der einen Seite der französische Superspringvererber Cor de la Bryère, auf der anderen ein Nachkomme des Blüters Ladykiller xx – von der Sorte hat Holstein Dutzende zu bieten und im Allgemeinen ist man als Reiter damit nicht schlecht bedient. Die Kreuzung hat gute Nerven, kann springen und ist anständig. Dass es bei mir etwas im Bauch grummelt, wann immer ich ein solches Pedigree sehe – ich bin eine alte Pessimistin und obendrauf in Sachen Pferdezucht zu konservativ. Ich bilde mir nämlich ein, dass wir als Züchter auch die Genvielfalt einigermaßen erhalten sollten.

Genug davon – ich betrachtete die beiden Dressierer und stellte fest, dass ich auf die auch nicht scharf gewesen wäre. Auf dem bunten Fuchs, der 176 Zentimeter Stockmaß[28] zu bieten hatte, würde ich mit meinen 164 Zentimetern und 50 Kilogramm aussehen wie der Sahneklecks auf dem Pudding und so, wie die Reiterin im Bild ihm den Kopf auf die Brust gezogen hatte, würde ich mir auf ihm wahrscheinlich wie beim Bodybuilding vorkommen. Und obgleich ich nichts dagegen hätte, etwas längere Arme zu haben – auf stärkere lege ich eigentlich keinen Wert.

Dazu brauchte ich beim Fuchs kein Video. Ich war auch so sicher, dass er der Erde verbunden war und dementsprechend durchs Viereck trampelte. Das entspricht nicht meiner Vorstellung vom

27 – In dem Moment, in dem das Pferd über dem Sprung ist, bekommt es eine Stange mit Schmackes an die Beine geschlagen. Das tut natürlich weh und weil Pferde keine Masochisten sind, nehmen sie beim nächsten Sprung die Beine hoch. Und ja, das ist Tierquälerei, aber heutzutage sind die »Ausbilder« nicht mehr so dumm, sich dabei erwischen zu lassen.

28 – Die Schulterhöhe eines Pferdes, die gemessen wird, in dem man einen Stock mit Zentimeter-Angaben daran hält.

Dressurreiten – ich stelle mir da eher so etwas wie einen Tanz an leichter Hand vor.

Dafür wäre der Zweite eher geeignet gewesen. Vongehren pries ihn mit den Worten »in eleganter brauner Jacke brilliert Rosario von Royal Dynamo auf jedem Viereck …«, und ich konnte mir ein Grinsen nicht verkneifen, denn diesen doch sehr barocken Herrn musste man wahrscheinlich erst abspecken, bevor er in seiner »braunen Jacke« wieder zum Brillieren kam. Dabei bin ich übrigens – im Gegensatz zu vielen Dressurreitern – kein Fan von dem, was in Verkaufsanzeigen gerne als »db. o. A.« – dunkelbraun, ohne Abzeichen – gekürzt wird.

Natürlich hat man auch mir dereinst klargemacht, dass ein gutes Pferd keine Farbe hat. Sprich: Man bewertet nicht danach. Aber ich denke, gewisse Präferenzen sind allzu menschlich, und ich habe nun mal ein Faible für Schimmel oder nette Abzeichen. Braun ohne finde ich langweilig. Ich verstehe aber, warum Dressurreiter oft scharf darauf sind: Angeblich irritiert es manche Dressurrichter, wenn ein Pferd verschieden weiß gefärbte Beine hat, und sie nehmen dann an, es trete unregelmäßig. Bei einem Braunen ohne Abzeichen kann so etwas natürlich nicht passieren.

KAPITEL 3

Eigentlich bilde ich mir ein, ziemlich hart im Nehmen zu sein, aber es gibt Tage, an denen wird es zu viel – und dieser Freitag war eindeutig ein solcher.

Kurzversion: Um 6:34 von einer kreischenden Reiterin geweckt, die »Notfall – Kolik – er stirbt!« in den Hörer brüllte. 28 Minuten später bei ihr vorgefahren – und statt einem Lob dafür, dass ich die 18 Kilometer Vizinalsträßchen bergauf und bergab so schnell geschafft hatte, gab's ein »Kommen Sie auch schon?«.

Pferd abgehört, PAT-Werte[29] genommen und dann die Wonne aller Tierärzte: An einem kalten Herbstmorgen in einem zugigen Stall Anorak, Hemd und Rollkragenpullover ausziehen, um dann in einem ärmellosen Hemdchen den nur in dünnen Kunststoff verpackten Arm in einem Pferdedarm zu versenken. Okay, in dem ist es warm, aber darum herum ist es unangenehm und feucht und es riecht nicht so besonders gut und in solchen Momenten überlege ich mir schon, warum ich eigentlich keinen anständigen Beruf – Versi-

29 – Puls-, Atmung-, Temperatur-Werte

cherungskauffrau, Kosmetikerin oder Barfrau – gelernt habe. Irgendwas, was man in nett geheizten Räumen ausüben kann, wo's einen Kaffee dazu gibt …

Immerhin: Der Braune hatte zwar einen recht vollen Darm, aber er war durchgängig, und nachdem ich einen guten Teil ausgeräumt hatte, bewegte er sich auch wieder. Und der Stallbesitzer brachte mir einen Eimer mit warmem Wasser und einem schäumenden Stück Seife, um mich wieder zu restaurieren. Ich schlüpfte in Pullover, Hemd und Anorak, schaute die Frau Pferdebesitzerin an und sagte: »Jetzt sind Sie dran. Machen Sie einen Spaziergang mit ihm – ungefähr 20 bis 30 Minuten um den Hof herum, zügiger Schritt und natürlich nirgends stehen bleiben und fressen! Dann sollte er den Schweif heben und misten. Wenn aber nicht, hängen Sie ihn an die Longe und lassen ihn so lange in ruhigem Trab – immer mal wieder Hand wechseln, natürlich – laufen, bis seine Verdauung wieder richtig in Schwung gekommen ist.«

»Aber Sie können uns doch jetzt nicht hier alleine lassen!« Frau Pferdebesitzerin hatte bemerkt, dass ich meinen Kram in meine Tasche warf, und ihre Stimme bekam schon wieder diesen leicht hysterischen Unterton.

Ich schluckte eine bissige Bemerkung hinunter, wobei mir ein Kaffee deutlich lieber gewesen wäre, schloss kurz die Augen, atmete tief durch und antwortete freundlich: »Ich habe getan, was zu tun war.« Ich schnappte meine Tasche. »Ich schaue aber heute Abend noch mal vorbei.« Und jetzt nichts wie weg und heim zum Frühstück!

So war's jedenfalls geplant, aber so weit kam es nicht. Ich hatte Waldeck schon im Blick, als mein Handy sich mit dem nächsten, schrillen Klingeln – ich sollte mir vielleicht doch mal einen freundlicheren Ton zulegen – meldete. Blick zur Uhr: Es war kurz vor acht und der Mensch am Telefon war der Stallmeister einer Großmetzgersgattin, die in der Nähe von Schwäbisch Gmünd mit mehr Geld als Pferde- oder sonstigem Verstand dafür sorgte, dass ihr Gatte steuerlich immer Verluste abzusetzen hatte. Dafür züchtet sie mit besonderer Vorliebe Riesenviecher und bezeichnet dafür alles, was weniger als 170 Zentimeter auf den Hof stellte, als »Kätzchen«.

Bei Großmetzgers wurde aber sehr pünktlich gefüttert – Punkt 7:30 warf der Stallmeister dort die Haferquetsche an, danach verteilte er Heu. Dabei war er ihm aufgefallen, dass zwei von den Zweijährigen mit blutigen Nasen im Stall standen – ihnen war wahrscheinlich über Nacht langweilig gewesen und hatten sich geprügelt.

»Ja, ich komme …«, seufzte ich ins Telefon, beschloss dabei aber, mir wenigstens einen Zwischenstopp an der Kaffeemaschine zu gönnen. Dabei machte mir die Prinzessin klar, dass ich ihrer bedürfte. Sie ist nicht unbedingt immer willig, bei Kälte schon morgens mit mir auf Tour zu gehen, aber heute sah ich wohl aus, als ob ich Gesellschaft brauchen würde. Jedenfalls brachte sie mir ihr Halsband, das ich ihr anzog, während die Kaffeemaschine meinen großen Thermosbecher füllte.

Bei den beiden Knaben in Gmünd war die Schlacht unentschieden ausgegangen – sie hatten beide das Nasenbein gebrochen. Ich richtete also gleich zwei wieder ein, versorgte die Kratzer mit antibiotischem Puder und guckte mir, weil ich schon da war, den Einschuss bei einer älteren Stute an. Der heilte gut, also konnte ich nach Hause durchstarten – mit Zwischenstopp in einem Supermarkt. Die Zeiten, wo man im Dorf einen kleinen Gemischtwarenladen hat, sind auch bei uns schon lange vorbei.

Um halb zehn war ich dann in Heidenheim. Da ist die Alb-Tierklinik, die meinem Kollegen und Freund Hubertus »Hubsi« Kosnitz gehört. Hubsi ist ein superguter Chirurg, aber komischerweise schafft er es nie, mittelfristig einen Kollegen aufzutreiben, der als Anästhesist taugt. Wenn er mal einen erwischt, der sein Handwerk versteht, bleibt der nicht lange, und so kommt fünf- oder sechsmal im Jahr Hubsis Notruf »Ich muss morgen dies und das operieren und …« An der Stelle seufze ich dann meist schon: »… du hast keinen Gasmann. Okay, wann brauchst du mich?«

Immerhin komme ich auf die Art nicht aus der Übung und es hat den Vorteil, dass mir Hubsi fast immer einen Gefallen schuldig ist. Wenn ich schnell einen Patienten operiert haben will, springt er ein.

Dieses Mal war komplizierte Klempnerei angesagt – und so wurde es vier Uhr, bis wir fertig waren, unser letzter Patient wieder auf den Hufen stand – das ist die Operationsphase, die einem als Narkoseärztin für Equiden noch einmal richtig Bauchweh bereitet – und ich mir auf dem Rückweg bei einem Drive In einen Hamburger organisieren konnte. Dass man in meinem Job gesund lebt, hat noch keiner behauptet, aber man bekommt auf jeden Fall so viel Bewegung, dass der Fast Food-Kram nicht anschlägt.

Ich bin ja Optimistin. Auch wenn ein Tag mies anfängt, hoffe ich immer darauf, dass er besser wird. Aber an diesem Freitag war genau das Gegenteil der Fall. Auf der Rückfahrt von Heidenheim kam ein Anruf: lahmendes Pferd beim Reitverein. »Im Gelände gestolpert«, hieß es, und wieder mal wusste der Reiter gar nicht, wie und warum das passiert war. Ich unterdessen schluckte meinen Zorn hinunter, denn das war wieder einer dieser Fälle, wo das Pferd wochenlang kaum Bewegung kriegt, dann aber der Mensch mal Zeit hat und richtig losbrettert. Sich dann zu wundern, wenn das Pferd beim Galopp übers Stoppelfeld »stolpert« – manchmal würde ich solche Pferdebesitzer gerne ein wenig schütteln.

Zurück nach Waldeck und in die Reithose – ab Herbst werden bei uns junge Pferde ausgebildet, außerdem müssen wir die Junghengste auf die Körung beziehungsweise Leistungsprüfung vorbereiten.

Heute hatte ich mir das Beste – den Waldi, unseren Herrn von Waldeck, für den Schluss aufgespart. Er ist nicht nur schön und liebenswert, sondern auch ein absoluter Gentleman, der es seinem Reiter leicht macht. Er möchte es immer richtig machen und man könnte bei ihm meinen, er kann Gedanken lesen. Man denkt »fliegender Wechsel bei X« – und dann springt er bei X um.

Nach vier Stunden in der kalten Reithalle war ich durchgefroren. Meine Zehen fühlten sich trotz der gefütterten Stiefel an wie Eiszapfen, meine Oberschenkel waren eisig und ich schob immer wieder eine Hand zum Aufwärmen unter die Achseln, aber es half schon lange nicht mehr viel. Aber gut, in ein paar Minuten würde ich fertig sein, den Hengst aufräumen und dann ab in meine Wohnung, am warmen Kachelofen aufwärmen …

In diese Vision von einem ruhigen, warmen Abend hinein klingelte mein Handy – und ich sah den Namen »Arthur Callert« auf dem Display und verkniff mir ein Seufzen. Arthur ist unser Nachbar auf Gestüt Staufenblick, ein sehr erfahrener, guter Züchter, der seinen Laden – 12 Zuchtstuten, neun Hengste auf der Deckstation, Aufzucht von jungen Stuten – seine jungen Hengste sind bei uns, dafür haben wir die jungen Stuten bei ihm – und Ausbildungsbetrieb – sehr gut organisiert hat. Wenn er außerhalb der normalen »Gestüts-Geschäftszeiten« anruft – es war kurz nach acht, also hätte ich ihn nach des Tages Müh' und Arbeit entweder auf seinem Sofa bei den Nachrichten oder am Schreibtisch bei der Buchhaltung vermutet –, ist Gefahr im Verzug.

In dem Fall war es keine unerwartete Nachricht, aber trotzdem eine traurige: Tyr, sein 32-jähriger Althengst, hatte eine Kolik. Es war nicht die erste. Er war ein sehr großes Pferd und als er älter wurde, kam es öfter mal vor, dass sich bei ihm Darmschlingen verlegten. Vor drei Jahren war es einmal so schlimm gewesen, dass ich ihn im Stall hatte operieren müssen. Es war eine elende Schufterei gewesen und in der Nacht danach hatten Arthur und ich befürchtet, dass wir den alten Herrn nicht durchbringen würden. Es war schließlich pures Glück gewesen – und als wir dann müde und erschöpft beim Frühstück saßen, wussten wir beide, dass wir Tyr und uns so eine Operation nicht noch einmal antun würden.

Seitdem hatte es ihn noch drei Mal erwischt, aber Arthur hatte es immer im Ansatz bemerkt und eingegriffen. Beim letzten Mal war er die halbe Nacht mit Tyr an der Hand spazieren gegangen, in den frühen Morgenstunden hatten wir schließlich beide neben ihm und seiner Infusion gesessen. Wir waren sehr erleichtert gewesen, als es Tyr wieder besser ging, aber es war klar: All zu oft würde er dem Tod nicht mehr von der Schippe springen.

In dieser Herbstnacht schaffte er es nicht mehr. Er lag schon, als ich kam, in seinem Verdauungstrakt war kein Geräusch mehr festzustellen. Ich zog dennoch den Pulli aus und fasste hinein – weit kam ich nicht. Der Darm war verdreht und dem Gesamtzustand des alten Herrn nach löste die Verschlingung böse Schmerzen aus. Arthur Callert saß neben ihm im Stroh, den Kopf des Hengstes im Schoss. Wir brauchten keine Worte. Ich schaute ihn an und schluckte, er nickte kaum merklich – und das war es schon.

Venenkatheter legen, ein starkes Narkosemittel spritzen, dann Embutramid – ein Narkotikum, das sehr schnell einen Atemstillstand auslöst.

Atreju hat mich einmal gefragt, ob man sich eigentlich daran gewöhnt, dass man als Veterinärmediziner immer wieder Tiere einschläfern muss. Ich kann nur für mich antworten: Ja – und nein. Grundsätzlich und in der Theorie gesprochen, bin ich froh, dass wir die Möglichkeit haben. Wir können ein schwer krankes Tier erlösen, bevor es zu schlimme Schmerzen erleiden muss; wir können dafür sorgen, dass es trotz einer peinigenden Erkrankung relativ friedlich einschlafen kann.

Das ist die eine Seite. Die andere ist natürlich: Ich bin Tierärztin geworden, weil ich Tiere liebe und weil ich ihnen helfen will. Für mich ist der Tod ein Gegner, den ich bekämpfe. Daraus folgt natürlich, dass ich jedes tote Tier als eine »Niederlage« sehe, als ein »Da konnte ich nicht helfen.«. Daran werde ich mich vermutlich nie gewöhnen.

Andererseits: Tyr war 32 gewesen. Er war bei seinem Züchter aufgewachsen, dreijährig an ein Nachbargestüt verkauft worden und 9-jährig dann zu Arthur nach Württemberg gekommen.

Der Gedanke daran, dass es ihm ja immer gut gegangen war, tröstete mich auf dem Heimweg – und da fand ich dann etwas sehr Erfreuliches: Kartoffelsalat und Spiegelei. Atreju war nämlich einen Tag früher als erwartet zurückgekommen, hatte von Ferenc gehört, dass ich zu einem traurigen Einsatz unterwegs war, und hatte als mitleidige Seele für mich gekocht.

Nach dem Essen hatten wir uns über dies und das und natürlich auch meine neueren Erkenntnisse im Fall Müllerschön unterhalten – und Atreju hatte vorgeschlagen, dass wir uns Herrn Vongehrens Laden doch einmal anschauen sollten. »Wie ist es? Kannst du dich am Donnerstag nicht freischaufeln? Wir gehen nett miteinander essen, dann fahren wir zu diesem Typen …«

»Einfach so?« Ich hatte gegrinst. »Glaubst du, er verrät uns alle seine Geheimnisse, wenn wir auf den Hof fahren und sagen, dass wir ihm zutrauen, im Fall Dorita und Carina Müllerschön eine echte Sauerei durchgezogen zu haben …«

Atreju hatte den Kopf geschüttelt. »Natürlich verraten wir ihm nicht, dass wir hinter Informationen her sind. Stattdessen erzählen wir ihm eine Geschichte vom Pferd …«

*****

Wegen einer solchen waren wir jetzt unterwegs – und Atreju klärte mich gerade darüber auf, dass er seinen auch in Norwegen eher ausgefallenen Vornamen seiner Mutter zu verdanken habe. »Mein Vater hätte lieber einen Håkon gehabt. Mutter fand das aber zu gewöhnlich …« Er zog das knallgelbe Mercedes Cabrio – einen tiefgelegten AMG GT C Roadster, den er sich bei der Marketing-Abteilung eines Stuttgarter Herstellers ausgeliehen hatte – in eine Kurve. »Also, bei diesem Vongehren werde ich Håkon heißen. Und ich bin ein Industriemensch, verdiene mich dumm und dusselig, muss aber mein armes, kleines Frauchen immer wieder vernachlässigen, weil ich viel auf Geschäftsreise bin. Damit die nicht auf dumme Gedanken kommt, kaufe ich ihr ein Vielseitigkeitspferd zum ersten Hochzeitstag …«

Ich räkelte mich in dem butterweichen Ledersitz. »Und was, wenn die Frau Gemahlin lieber Geschmeide, einen Urlaub auf dem Luxuskreuzschiff und einen Mottenfiffi hätte?«, fragte ich grinsend.

Atreju reichte nach meiner Hand, zog sie an den Mund und biss in den Daumenballen, dann sülzte er in seinem besten Verführerton: »Hätte ich dich nicht geheiratet. Ich stehe nämlich auf Frauen in Reithosen mit Peitsche. Das macht mich ganz …« Er suchte nach einem passenden Wort.

»Wuschig?«, bot ich an.

»Genau!« Er strich über seine Haare. »Eines ist natürlich doof: Mein Haaransatz geht vorne schon ein bisschen zurück – und ich weiß nicht, welchen Kontostand und Haardichte man braucht, damit das Fesseln und Auspeitschen von Frauen nicht mehr als pervers, sondern als erotisch gilt …«

»Das ist vielleicht von der betreffenden Frau abhängig«, feixte ich. »Ich bin, wie Ferenc einmal sagte, ein ›Bindegewebsschwächling‹. Mich brauchst du nur einmal scharf anzuschauen, schon habe ich einen blauen Fleck. Darauf stehe ich aber nicht, folglich war ich an BDSM nie interessiert und habe von dem Fachbuch für die Lackierer von allen möglichen Grautönen nur das gelesen, was kostenlos im Internet zu haben war. Aber grau und devot sind gar nicht meins.«

Atreju lachte mich an, in seinen Augen tanzten mal wieder die goldenen Fünkchen. »Erinnerst du dich an Frau Doktor Magda Spreißinger von den Musikfestspielen in Meran?«, kicherte er.

»Ja, ich glaube, da klingelt was. Die war doch vor drei, vier Jahren mordsmäßig hinter dir her, nicht?«

Er schüttelte den Kopf. »Nein, nicht hinter – oder besser gesagt: nur kurz. Dann habe ich den Fehler gemacht, ihr meinen besten Freund vorzustellen und trau-schau-wem, hat sich ihre Zuneigung zu mir verflüchtigt und sie fand in Titus den Mann ihrer Träume.« Er lachte und erzählte weiter. »Sie war hinter ihm her, wie der Teufel hinter der armen Seele – und am dritten Abend im Konzert musste er ihre Hand halten. Danach saßen sie in einem Weinlokal unter einem alten Kastanienbaum – und als diskreter Mann habe ich mich natürlich so gesetzt, dass ich nicht störte …«

»Pfui, Atreju!«, ging ich dazwischen. »Ich hätte nicht gedacht, dass du einen Freund in Not im Stich lässt!«

»Och!« Er grinste und die Grübchen in seinem Mundwinkel blitzten auf. »Gräfliche Gnaden kann sich aber ganz gut wehren! Im speziellen Fall beobachtete ich, wie sie seine Hand hielt, er erzählte ihr leise etwas, dabei spielte er mit ihrem Seidenschal, sie rückte immer näher, ihre Augen glänzten und ich hatte schon Sorge, sie stürzt sich unter dem Kastanienbaum auf ihn! Und dann, plötzlich, sagte er etwas, was wie ein Eimer kaltes Wasser auf sie wirkte! Sie bekam schmale Augen, fauchte – sehr laut – ›Das war nicht komisch!‹. Dann stand sie auf und stöckelte davon – ohne Rücksicht darauf, dass sie auf den Steinchen in dem Biergarten die superteuren Pumps ruinieren würde.«

Ich musste über sein Grinsen lachen, aber natürlich wollte ich wissen, was geschehen war.

»Ich hab's aus ihm rausgeholt. Als sie ihm so an den Lippen hing, hat er ihr erzählt, er habe in seinem Zimmer so ein tolles Bett mit stabilem Metallgestell. Und er habe schon immer davon geträumt, eine Frau auszuziehen, ihr die Augen zu verbinden und sie mit Seidenschals ans Bett zu fesseln …«

»Oh!« Ich gebe zu, ich bin ein wenig prüde. Von mir aus sollen Erwachsene die Spiele spielen, die ihnen gefallen. Solange alle Beteiligten es wollen, habe ich kein Problem damit. Nur möchte ich nicht mitspielen und ich möchte auch nicht unbedingt wissen, ob meine Nachbarn sich abends mit Leberwurst einreiben und sich dann gegenseitig ablecken. Jedem Tierchen sein Pläsierchen, aber meines hat viel mit Respekt und nichts mit Machtspielchen zu tun.

Atreju schien den Effekt der Geschichte auf mich sehr vergnüglich zu finden. Er genoss ihn richtig, bevor er weitersprach: »Er hat ihr das so richtig schön ausgemalt, wie er die Dame fesseln will. Und dann werde er sie knebeln … und dann ….« Er verstummte, schaltete und gab Gras.

»Atreju! Sag schon!«, forderte ich.

» … könne er endlich mal in aller Ruhe ein Länderspiel im Fernsehen angucken!«

»So ein Mistvieh!« Ich musste aber bei der Vorstellung, wie die Dame wohl geguckt hatte, auch lachen. Ich mag die Geschichten, die meine Herren über ihre diversen Fluchten vor sehr interessierten Damen erzählen – wobei eine der schönsten aus diesem Katalog von einem englischen Freund von Atreju stammt. Derselbe ist Sänger, Bariton, ein gut aussehender, charmanter Mann, dem es aber schwerfällt, Frauen gegenüber deutlich zu werden. Das ist insofern schwierig, dass dieser Schöne ein treuer Mann ist. Von dem habe ich mal bei einer Veranstaltung, zu der ich Atreju begleitet habe, gehört, dass er leider stinklangweilig sei. Ich wunderte mich darüber, erzählte Atreju davon und der brach in schallendes Gelächter aus und klärte mich auf, dass die Dame, die das Urteil abgegeben habe, wohl über den Verlauf eines Abends mit dem Sänger recht enttäuscht gewesen wäre.

Irgendwie hatte sie es geschafft, ihn als Tischherrn bei einem Essen zu bekommen und sich dann an ihn anzuhängen. Er wurde sie nicht mehr los, aber dafür gab er ihr die Chance, etwas zu lernen. Er habe sie sage und schreibe drei Stunden lang en detail über den Rosenkrieg, seine Gründe und die Entscheidung in der Schlacht bei Agincourt aufgeklärt. Und auf mein erstauntes »Woher weiß er sowas?« erklärte mir Atreju, dass er mit diesem Sängerknaben einen brillanten Freund teile, der Historiker sei, über das Thema arbeite und so interessant davon erzählen könne, dass man ihm nächtelang an den Lippen hänge. »Aber du kannst dich darauf verlassen: Der Bariton hat's nicht so spannend gemacht!«

Das Navi meldete sich: Wir fuhren gerade in ein Örtchen namens Röhlingen und dort sollten wir, der Hauptstraße folgend, rechts abbiegen. »Und wenn du dann gleich nochmal scharf rechts abbiegst, kommst du zur Lourdes-Grotte und dahinter zum Reitverein Röhlingen«, erklärte ich grinsend.

»Lourdes-Grotte? Was ist das denn?«, wollte Atreju wissen.

Ich zuckte mit den Schultern. »Keine Ahnung. Ich hab' da nur die Schilder gesehen, bin aber immer dran vorbeigefahren, weil ich zum Reitverein musste.«

»Die lassen dich da so 50 Kilometer weit antraben?«

»Es sind höchstens 30, mein Schatz – und ich war da nur zweimal, als ich Urlaubsvertretung für den Dr. Katz gemacht habe, der hier in der Nähe seine Praxis hat«, erklärte ich.

Wir waren rechts abgebogen und nun schon fast wieder aus dem Ort draußen. Die Landstraße zog sich zwischen Feldern und kleinen Wäldern hindurch und Atreju blinzelte ein wenig skeptisch auf die Bäume am Wegrand, die sich im leichten Wind bogen. »Ganz schön einsame Gegend, das«, befand er. »Weißt du, früher dachte ich immer, Norwegen ist, wenn man aus Oslo rausfährt, das einsamste und langweiligste Land der Welt. Aber hier auf der Schwäbischen Alb tobt auch nicht überall der Bär.«

»Ich mag das«, sagte ich – wie immer bereit, meine Heimat zu verteidigen.

»Ich auch, sonst würde ich hier nicht leben«, stellte Atreju fest. »Aber ich denke gerade an meine Mutter. Die ist auf dem Hof meines Großvaters an einem Fjord im Hinterland aufgewachsen. Jeden Morgen um halb sechs ist sie von Uløybukta – das ist auf der Insel Uløya ziemlich weit oben im Norden und da haben meine Vorfahren sich im 16. Jahrhundert angesiedelt – losgestiefelt – so rund eine halbe Stunde runter zur Anlegestelle. Da kam das Postboot, brachte Lebensmittel und Post und lud sie ein. Es fuhr dann erst mal halb um die Insel herum nach Rotsund – da wohnte die beste Freundin meiner Mutter. Dann tuckerte es die Küste hinauf und kam ungefähr um halb acht in Ravelseidet an. Dann noch mal eine halbe Stunde mit dem Bus nach Sørkjosen. Das ist ein richtiger Ort mit ungefähr 1500 Einwohnern, größtenteils Samen, darunter auch noch einige, die mit ihren Herden wandern. Und es gibt eine Schule und mittlerweile sogar einen Flughafen dort.«

»Toll«, sagte ich und zog dabei fröstelnd die Schultern hoch. »Halb sechs morgens in Norwegen auf einer Insel? Da muss es doch im Winter noch schweinekalt gewesen sein!«

»Das kannst du singen und pfeifen! Darum hat meine Mutter sich auch geschworen, dass sie auf Uløybukta keine Kinder aufzieht.«

»Deswegen warst du im Internat?«, fragte ich. Atreju erzählt nicht oft von sich und Norwegen, daher war ich um so neugieriger.

»Auch!«, bestätigte er. »Mein Vater war aus Oslo und selbst das war ihm zu klein. Er wollte Karriere machen und raus aus Norwegen. Er hat sich ziemlich lange wer weiß wo beworben, bis er schließlich eine Stelle als dritter Kapellmeister in der Opéra National de Lyon bekam. Kurz davor hat er meine Mutter geheiratet und sie zogen also nach Frankreich.«

»Und deine Mutter war doch Lehrerin?«

»Ja«, er nickte. »Und sie hatte sich eingebildet, dass sie nun eben ganz schnell Französisch lernt und dann in Lyon wieder unterrichtet – vielleicht Norwegisch an einer Volkshochschule oder so was? Aber das haute nicht hin. Zum einen tat sie sich mit Französisch sehr schwer, zum anderen interessierte sich in Lyon natürlich kein Aas für Norwegisch. Und als sie nach drei Jahren endlich genug Französisch sprach, dass sie Strickkurse in der Kirche geben konnte, bekam Vater einen Job in Cardiff bei der Welsh National Opera. Mutter ging mit, aber in England gefiel es ihr gar nicht. Sie hatte Heimweh, mit Vater kam sie auch nicht so wirklich klar – also machte sie immer wieder Heimaturlaub. Und bei einem dieser Aufenthalte in Norwegen wurde ich geboren – da war sie zu Gast bei ihren Schwiegereltern in Oslo. Als ich fünf Tage alt war, hat sie mich dann eingepackt und ist mit mir nach Hause nach Uløybukta gefahren. Da bin ich dann aufgewachsen. Mein Vater kam immer mal wieder zu Besuch, und als ich größer wurde, wurde ich in den Sommer- und Weihnachtsferien immer für die halbe Zeit in einen Flieger gestopft und war dann bei ihm und den Rest der Zeit zuhause.«

»Aber du warst in der Nähe von Oslo in der Schule, nicht?«

Atreju nickte. »Ja. Zuerst war es so gedacht, dass ich bei meinen Großeltern in Oslo wohnen sollte. Aber das waren halt schon alte Leute und die kamen mit mir nicht klar. Ich war ihnen zu laut und zu lebhaft, brachte zu viel Dreck ins Haus, meinetwegen musste die Großmutter dauernd kochen und Wäsche waschen. Nachdem sie meiner Mutter einige Wochen lang vorgejammert hatte, was sie für eine Arbeit mit mir hat, wurde es der zu blöd. Ich kam ins Internat – und das war gut so. Da habe ich Hertha kennengelernt. Sie war Rumänin und hat ursprünglich an der Oper in Oslo im Orchester celliert. Sie hat übrigens sogar noch meinen Vater als Kapellmeister gekannt. Sie hat sich dann aber verliebt – und der Herr war Lehrer und Schulleiter in dem Internat, in das ich dann kam. Hertha hat da als Musiklehrerin gearbeitet und ziemlich schnell entdeckt, dass ich nicht ganz unbegabt bin …«

»Hat sie eigentlich noch mitgekriegt, wie erfolgreich du wurdest?«

»Ja – und es hat sie sehr gefreut. Außerdem war sie aber auch mit ihrem Kjer viel auf Uløybukta. Sie hatte sich mit meiner Mutter angefreundet und fand Schafzucht superspannend. Meine Mutter hat nämlich mittlerweile das Gut übernommen und züchtet eine spezielle Sorte Schafe, deren Wolle sehr leicht und extrem kälteresistent ist.«

»Das klingt aber auch spannend!«, sagte ich.

Atreju lachte. »Dass du das spannend findest, wundert mich nicht. Du würdest dich wunderbar mit meiner Mutter verstehen.« Er zog den gelben Roadster in eine Kurve, dann schaute er kurz zu mir rüber »Mai«, fiel ihm dann ein. »Was machst du im Mai nächstes Jahr?«

»Wieso?«

»Da ist die Decksaison bei uns doch fast durch, oder? Und die meisten Fohlen sind da. Kannst du da nicht mal eine Weile weg? Eine Woche oder so? Meine Mutter hat mittlerweile einen kleinen Landestreifen und ein Flugzeug angeschafft. Früher war es eine halbe Weltreise nach Uløybukta und ich hab' eigentlich immer zwei Tage eingeplant: Von München nach Tromsø, dort eine Übernachtung, am nächsten Morgen nach Sørkjosen, von dort mit Bus und

Fähre weiter. Heute fliege ich nach Tromsø. Wenn es mit den Verbindungen schlecht läuft, brauche ich da ungefähr sieben Stunden, meist schaffe ich es aber in fünfeinhalb. Und dort holt meine Mutter oder Sondre – das ist ihr Vormann, der inzwischen auch sehr gut fliegt – mich ab. 130 Kilometer – das schafft man in einer halben Stunde.« Er lächelte mich an. »Im Mai für drei, vier Tage? Wir zwei? Baden kann man da zwar noch nicht, aber am Strand reiten und entspannt spazierengehen, die jungen Pferde in den Hügeln besuchen …«

»Gerne!« Ich überlegte schon, wie ich es schaffen könnte, im Mai wegzukommen. »Aber leider erst gegen Ende Mai. Anfang Mai ist bei uns noch richtig was los mit den Gaststuten. Und wir haben vier Stuten, die in den ersten Mai-Tagen mit ihren Fohlen kommen. Aber ich würde dein Zuhause schon gerne mal sehen und deine Mutter kennenlernen.« Dabei hatte ich ein komisches Gefühl im Magen. Ja, ich war natürlich neugierig auf seine Mutter. Ich kannte ein Bild von ihr – das steht auf seinem Flügel und zeigt eine hochgewachsene Brünette mit einem praktisch kurzen Haarschnitt über dem ungeschminkten, feinen Gesicht mit den dunklen Augen, die ich von ihrem Sohn so gut kenne. Ansonsten hat er seinen schönen Mund von seiner Mutter, aber den Rest – die energische Nase, die hohe Stirn, das Kinn – muss er vom Vater haben.

Von dem ist selten die Rede – zu ihm hat er nicht viel Kontakt gehabt. Prägend war die Mutter, wobei sie ihren Einzigen offenkundig nie betütert hat. Vielleicht fällt ihm der Umgang mit starken Frauen darum so leicht?

Ich zwang mich, wegzuschauen – ich hatte das Gefühl, er könne mal wieder von meiner Stirn ablesen, was ich empfand. Und die Einladung zu seiner Mutter – nein, das war kein Annäherungsversuch im Sinne von »Du sollst meine Mutter kennenlernen, weil du vielleicht irgendwann Teil meiner Familie wirst.«.

Ich meinte fast, ihn hören zu können, wie er seiner Mutter erklärte: »Nein, keine potenzielle Schwiegertochter. Sie ist nur eine gute Freundin …«

Ich schüttelte den Gedanken ab. Ich würde das Rätsel Atreju und warum er mich zwar mochte, sich aber offenkundig nicht mehr vorstellen konnte, auch heute nicht lösen. Vielleicht kannten wir uns einfach zu lang, waren einander zu sehr vertraut? Egal – ich schaute auf das Navi und sah, dass wir doch sehr nahe an Unterwilflingen herangekommen waren. Schlucken, Räuspern: »Du, Atreju, was erzählen wir jetzt eigentlich bei diesem Vongehren? Und wie spreche ich dich an?«

Er grinste. »Ich bin Håkon und mache sehr erfolgreich – in Internet-Kram. Darum reise ich viel. Vor zwei Jahren bin ich dabei dir begegnet …«

»Ah ja. Was mache ich?«, wollte ich wissen.

»Huuh – das ist schwierig.« Er überlegte einen Moment, dann sagte er: »Ich hab's – du bist Ärztin, machst aber eine längere Berufspause, weil du ein paar Jahre ganz intensiv Vielseitigkeit reiten willst. Und als liebender Ehemann schenke ich dir das Pferd dazu.«

»Klingt gut!«, lobte ich ihn. »Und wie heiße ich?«

»Nicht Maximiliane – leider!«, erklärte er charmant. »Ich mag Mäxle so gerne, aber der Name ist schon sehr auffällig und hier in der Gegend unter Reitern bekannt.« Er strich sich die vorwitzige Strähne, die ihm mal wieder in die Stirn gefallen war, aus dem Gesicht. »Lass mich überlegen. Wie findest du Sophie? Oder Charlotte?« Er schaute mich an, als ob er mich schon lange nicht mehr gesehen hätte. »Sophie-Charlotte? Das würde zu dir passen.«

»Hmm …« Ich war mir nicht sicher, wie ich das interpretieren sollte. »Altmodisch? Preußisch? Ich bin aber Schwäbin.«

»Unüberseh- und vor allem unüberhörbar!«, lachte mein Partner in crime. »Aber Titus sagt ja zu Recht, dass die Schwaben und die Preußen einiges gemeinsam hätten: Disziplin, Fleiß, Sparsamkeit, eher Tiefstapeln.«

»Klingt nicht sehr aufregend«, fand ich und addierte mit einem Seufzer. »Aber ich kann ja auch nicht behaupten, dass ich aufregend bin.«

Wieder ein Seitenblick von Atreju. »Sagt die Frau, mit der ich gerade auf Abenteuertour bin. Also, ich hab' mich mit dir noch nie gelangweilt.«

Das Navi meldete sich. »Sie erreichen Oberwilflingen und folgen der Hauptstraße.« Tatsächlich tauchte vor uns das Ortsschild auf, links und rechts der Straße standen ein paar Einfamilienhäuser in ihren Vorgärten – die Siedlung war offenkundig in den 60ern des vorigen Jahrhunderts erbaut worden. Schon waren wir durch, links und rechts noch mal Felder, aber vor uns dann eine größere Ansammlung von Häusern, ein Schild, das uns zum »Gasthaus und Getränkehandel zur Arche« einlud. Danach »scharf links ab« – und die Ankündigung: »Sie werden in 2,2 Kilometer Ihr Ziel links erreichen.«

Wieder fuhren wir über ordentlich winterfest gemachte Felder, doch für meinen Geschmack sahen die Raine dazwischen zu geleckt aus. Da hatte jemand ordentlich mit Unkrautvertilgungsmitteln zugeschlagen. Dementsprechend traute sich nirgends ein Busch hoch. Ich sah auf eine kleine Baumgruppe vor uns – immerhin: Da lebten Krähen, die Nester hoch oben in den Pappeln waren unübersehbar. Dennoch: Meine Gegend wäre das nicht gewesen. Der nächste Wald ziemlich weit weg am Horizont, ansonsten aufgeräumte, begradigte Felder mit geraden, asphaltierten Wegen. Ich erinnerte mich an meine Anfänge in Stuttgart. Da hatte ich Ariosa bei einem Bauern im Heckengäu untergebracht – für ein halbes Jahr. Länger hatte ich es nicht ausgehalten, dass ich da beim Ausreiten nur die Auswahl zwischen 20 Minuten schattenlosen Asphalt zwischen Rapsfeldern bergauf und 25 Minuten Teer abwärts mit der Aussicht auf Futtermais gehabt hatte. Dazu waren in der Ecke Reiter nicht sehr beliebt. Sowohl der Nachbarbauer wie auch die Feldjäger drohten mit Strafen, wenn auch nur ein Pferdehuf auf dem Rain und nicht auf der Straße landete. Deswegen musste ich Ariosa beschlagen lassen – obwohl sie wirklich eisenharte Hufe hat, musste sie da so viel Pflaster treten, dass Eisen unumgänglich waren. Und Ausreiten war stinklangweilig geworden.

»Sie haben Ihr Ziel links erreicht!«, verkündete die nölige Stimme der Dame, die Titus immer »die Navi-Schlampe« nennt (die tue nämlich nur so hochnäsig, gehe aber mit jedem wer weiß wohin). Wir standen vor einem offenen, ziemlich angerosteten Tor, an dem ein Schild darum bettelte, links oben wieder angeschraubt zu werden, um nicht so schief hängen zu müssen. Das hätte sicher auch dem fetten Emaille-Pferd geholfen, das da sehr steil über den Schriftzug »Gestüt St. Leonhard, Inh. Hendrik Vongehren« springen musste.

Atreju ließ den Wagen durch das Tor rollen und über einen staubigen Hof. Der wurde links von einem Wohnhaus – 60er-Jahre, Plattenbau, der Stil, den Titus als »made in Eile« bezeichnet und bei dem ich mir immer wünsche, der Architekt würde dazu verurteilt, gegenüber davon leben und die betonierte Langeweile 30 Jahre anschauen zu müssen. In L-Form ein großes Gebäude, das für mich nach einer großen Maschinenhalle aussah – und das passte insofern, dass dahinter eine Felswand aufragte. Das »Gestüt St. Leonhard« war ein aufgelassener Steinbruch, was immerhin den Vorteil hatte, dass die Gebäude auf der Talsohle windgeschützt waren.

Allerdings wunderte ich mich: ein Gestüt ohne Koppeln? Wo brachte der Herr Vongehren die gestütseigenen Pferde unter? Da war eine große Reithalle, relativ neu, Ständerbauweise, auf der Sonnenseite war eine Reihe von Paddockboxen angebaut. Sie sahen auf einen großen, mit Sand bedeckten Reitplatz und ich verdrehte innerlich die Augen. Wieso meinen so viele Pferdehalter, sie müssten ihren Stall zwischen Halle und Sandplatz klemmen? Egal, wie sie da belüften – sie werden nicht vermeiden können, dass ihre Pferde von beiden Seiten eingestaubt werden! Und dass Pferdelungen staubempfindlich sind, sollte sich eigentlich schon herumgesprochen haben! Aber bitt'schön, die Stallbauer sorgen dafür, dass ich nicht arbeitslos werde und dass »Dämpfigkeit« – das ist so eine Art Asthma beim Pferd – nicht irgendwann nur noch eine Fußnote in alten Medizinbüchern ist.

Ein zweiter Stall – Außenboxen mit Fenster, der Weg davor reichlich holprig gepflastert. Atreju hob den Kopf und deutete mit dem Kinn auf die mit Styropor notdürftig verkleideten Wasserrohre, die sich seitlich an der unverputzten Wand hochzogen. »Ob das im Winter genug isoliert?«, überlegte er.

Ich zuckte mit den Schultern. »Naja – der Stall liegt nicht so exponiert wie unserer.«

»Es sieht aber …« Er überlegte einen Moment, dann verzog er das Gesicht. »Sorry, aber das ist schon ein bisschen ein schwäbischer Bauernhof. Da wächst kein Blümchen und aufgeräumt wird, wenn man mal nichts Besseres zu tun hat.«

»Du hast doch noch gar nicht auf die Schrotthalde dahinter gesehen!«, amüsierte ich mich. Ich bin Schwäbin, ich bin stolz darauf, aber dass meine Landsleute bei »unser Bauernhof soll schöner werden« die absoluten Favoriten seien, würde ich nie behaupten. Ein schwäbischer Bauer kann alles irgendwann mal wieder brauchen. Wenn bei ihm eine Maschine den müden Geist aufgibt, wird sie nicht entsorgt, sondern landet in der Ecke hinter der Scheune, wo schon ein paar andere Teile vor sich hin rosten. Ich habe inzwischen schon einige Male erlebt, dass aus dem, was da lag, ein neuer Wagen zusammengebastelt oder dass es zur Reparatur/Verbesserung irgendeiner Maschine eingesetzt wurde. Schwäbische Bauern sind nämlich nicht nur Sammler, sondern auch »Tüftele« – sie können mit allem Möglichen noch etwas austüfteln.

Mein Begleiter kam nicht dazu, Ausschau nach einem von Gras überwucherten, verrosteten Heuwender oder so etwas zu halten. Man hatte uns bemerkt und der Herr des Hofes kam – in der üblichen Kluft des Springreiters, also heller Reithose, karierten Strümpfen, Sneakers und Polo-Hemd – auf uns zu. Er hatte die Sonnenbrille – und warum er an einem trüben Novembertag eine solche zu brauchen meinte, erschloss sich mir nicht – in der Knopfleiste seines Hemdes hängen, wahrscheinlich, weil er sie nicht ins Blondhaar schieben konnte. Ein solcher Versuch hätte nämlich nicht nur seine sicher mühsam in Form gezupfte Frisur zerstört, sondern auch die Gläser der Brille mit Gel verschmiert.

Er knipste ein routiniertes Lächeln an und ich war versucht, ihn zu fragen, welcher Zahnarzt in der Gegend so perfekte Beißerchen bastelt – bei mir wird unten in nächster Zeit eine Brücke fällig. Aber allzu lange kam ich nicht in den Genuss seines Strahlens, denn er wendete sich schon Atreju zu. »Ich bin Hendrik Vongehren, aber meine Freunde nennen mich ›Jimmy‹. Und …«, er zögerte kurz und ich war fast sicher, dass er jetzt überlegte, wie er Atreju ansprechen solle. Sein Blick glitt noch einmal an meinem norwegischen Freund hinab und ich verkniff mir ein Grinsen.

Atreju gehört nicht zu den Leuten, die es einem durch irgendwelche Statussymbole ermöglichen würden, ihn einzuschätzen. Er trägt keinen Ring und eine Armbanduhr würde ihn am Cello stören.

Was gibt es bei Atreju sonst zu sehen, wonach man sein Einkommen einschätzen könnte? Wenn er auftritt, sehen Leute, die etwas von Mode verstehen, wahrscheinlich, dass seine Smokings und dunklen Anzüge von einem wirklich guten Schneider stammen und dass er auch die immer auf Hochglanz polierten Schuhe nicht beim Discounter im Ausverkauf erworben hat. Aber privat trägt er meist bequeme Baumwollhosen, im Sommer mit Polohemden kombiniert, im Winter kommt ein sportliches Oberhemd, gerne auch mal kariert in Flanell, dazu. Schuhe müssen bei ihm bequem sein, dazu mag er es gerne leicht – also sind es bei ihm sehr oft knöchelhohe Jodhpur Stiefel oder eben Sneakers.

Aber immerhin hatte Vongehren an diesem Nachmittag einen Anhaltepunkt: Atreju stand vor einem AMG GT C – und Vongehren, selbst Porsche-Fahrer, wusste wahrscheinlich, was so ein Spielzeug kostet. Dabei musste sich Atreju mit dem Gelben, mit dem wir da unterwegs waren, noch nicht einmal wie ein Hochstapler vorkommen – er hat einen blauen Porsche Panamera. Der war aber zur Generalinspektion bei Porsche in Stuttgart-Zuffenhausen – es wäre ungeschickt gewesen, mit dem Kennzeichen »GP-AO 2710«[30] bei Vongehren vorzufahren. Darum hat er sein Baby Blue zur Generalinspektion gegeben und sich den gelben Roadster geliehen. Der hieß neutral »S-AK 28«.

Das Auto gefiel Vongehren auf jeden Fall. Er ging einmal darum herum, nickte wohlgefällig und meinte: »Schicke Karre. Fährt sie sich so gut wie sie aussieht?«

Atreju nickte. »Ja, ich fahre sie gerne. Sie ist nicht ganz so kernig wie ein Carrera oder Targa, aber ich finde, dieses mehr Elegante passt. Er ist mehr Limousine als Sportwagen – und ich bin in dem Alter, in dem ein Sportwagen schon fast etwas lächerlich aussieht.« Nun lächelte er mich an. »Oder, Liebling?«

»Bestimmt nicht.« Ich schenkte ihm einen Blick von halbschräg-unten, mit dem ich vermutlich als amerikanische Politiker-Gattin

---

30 – GP steht für den Landkreis Göppingen, in dem ich mein fiktives Waldeck angesiedelt habe, AO sind selbstverständlich Atreju Ødegårds Initialen und das 27.10. bezeichnet seinen Geburtstag.

im Wahlkampf hätte durchgehen können. »Aber wenn du in einem Carrera unterwegs wärest, könntest du mich nicht mitnehmen, weil neben dir immer ein Bodyguard sitzen müsste, um dich vor deinen Verehrerinnen zu beschützen.« War das zu dick aufgetragen?

Atreju schluckte daran, aber in seinen Augen hüpften die Goldfünkchen, die immer zeigen, dass er amüsiert ist. Aber immerhin schien er beschlossen zu haben, auch etwas zu unserem vorgeblichen Eheidyll hinzuzufügen. Er schob den Arm um meine Taille und parkte seine Hand auf meiner Kehrseite – und nun schluckte ich, denn ich hätte es bis dahin nicht für möglich gehalten, dass Gentleman Atreju zu so einer Demonstration männlichen Besitzanspruches fähig ist. Aber dazu passte auch, dass er jetzt die Gesprächsführung übernahm und mich weitgehend dabei ignorierte. Wo kämen wir auch hin, wenn das Frauchen mitreden dürfte? Atreju musterte unseren Pferdehändler noch einmal, dann sagte er: »Wir sprachen ja am Telefon darüber, dass wir einen für die Vielseitigkeit hochveranlagten Blüter suchen. Sie sagten, Sie hätten in Ihrem Angebot aktuell zwei potenzielle Kandidaten, außerdem könnten Sie bis heute noch zwei auftreiben, die wir uns dann anschauen könnten. Hat das geklappt?«

»Aber selbstverständlich!« Vongehren deutete sogar eine Verbeugung an. Ihm war offenkundig klar, dass er es da mit einem Herrn zu tun hatte, der nicht nur wusste, was er wollte, sondern es üblicherweise auch bekam. »Ich habe sogar drei aufgetrieben, allerdings ist die Stute zwar sehr talentiert, aber mit fünf natürlich noch nicht gleich einsetzbar. Aber ich denke, sie würde etwas Geduld lohnen.« Er räusperte sich. »Eines noch, bevor ich Ihnen den Stall und die Pferde zeige – ich hab' Ihren Namen am Telefon nicht so ganz richtig verstanden.« Er schaute fragend.

»Myklebust«, sagte Atreju langsam und deutlich. »Håkon Myklebust – und meine Frau heißt Sophie-Charlotte.«

»Ah ja.« Vongehren interessierte sich nicht für mich. »Sie sind Finne, nicht?«

»Norweger«, korrigierte Atreju. »Wir leben in der Nähe von Oslo, suchen gerade aber auch eine Reitanlage in Deutschland – meine Frau möchte 2021 in Tokio[31] starten, davor aber noch mit einer deutschen Dressurtrainerin arbeiten. Außerdem ist sie Deutsche.«

»Aber können Sie in Deutschland arbeiten?«, erkundigte sich Vongehren.

»Sicher. Ich bin in der Medienbranche unterwegs und wir sind heute alle Global Players«, verkündete Atreju mit dem Selbstbewusstsein, mit dem die Technikfuzzys aus dem Silicon Valley und umliegenden Bereichen superteures Zeug an Leute verkaufen, die es eigentlich nicht brauchen und es sich auch nicht leisten können.

»Dann passt das ja prima.« Vongehren schob eine Hand in die Hosentasche, mit der anderen machte er eine ausholende Bewegung. »Dann gehen wir mal Pferde gucken. Wie hätten Sie's gerne? Kommen Sie mit mir in den Stall oder mögen Sie sich setzen?« Er deutete auf den Sandplatz, neben dem eine kleine Terrasse mit Tisch und Stühlen stand. »Ich lasse Ihnen gerne Kaffee bringen, während meine Mädchen die Pferde fertig machen und vorreiten.«

Es sollte hier doch um ein Pferd für mich gehen, oder? Also wagte ich, mich mal wieder einzumischen. »Ich schaue mir Pferde ganz gerne im Stall an – erst einmal.«

»Ihr Wunsch ist uns natürlich Befehl!«, schleimte Vongehren mich an. »Wenn Sie mir folgen würden? Wir fangen vielleicht am besten mit den beiden Stuten an? Die eine ist Holsteinerin, sieben Jahre, mit einer sehr interessanten Abstammung und schon einigen

31 – Falls Ihnen zu Ort und Datum nichts einfällt: Im Sommer 2021 werden in Tokio die nächsten olympischen Spiele ausgetragen.

Erfolgen in Springen. Sie hat zwar noch keine Erfahrung in der Vielseitigkeit, aber das dürfte für sie absolut kein Problem sein. Die ist sozusagen ›fertig‹ – da könnten Sie in vier Wochen ein CCI ein Stern[32] mit bestreiten.« Er hatte uns um die Maschinenhalle herumgeführt, nun gingen wir an einer Reihe von Stehpaddocks entlang auf ein langgestrecktes Gebäude zu. Es war ein Fertigbau – einfach eine Reihe von Pferdeboxen mit Fenstern zum Hof links und rechts von einem Stallgang, Dach drauf, fertig – aber immerhin mit einem großen Lichtgaden, der offen war, sodass die Pferde viel frische Luft und Licht hatten.

»Hier habe ich Verkaufspferde – Stuten und Wallache. Momentan habe ich allerdings einiges frei – über den Winter sind die Verkäufe ja nicht so toll«, erklärte Vongehren, als er die Tür für uns aufhielt.

Wir traten in den Stallgang und ich ließ den Blick schweifen: Boden gefegt, Boxen mit Matratzenstreu,[33] die für meinen Geschmack nicht gut genug gemistet war; feste Futterkrippen, die auch nicht aussahen, als ob sie allzu oft ausgewaschen würden. Die Selbsttränken waren sauber; was mir allerdings weniger gefiel: Spinnweben in einem Stall sind unvermeidlich, aber hier sah es unter der Decke aus, als ob in zwei oder drei Jahren nicht mehr gefegt worden wäre – und das ist aus mehreren Gründen nicht unbedingt

---

32 – Eine international ausgerichtete Vielseitigkeit heißt »Concours Complet d'Équitation International«, abgekürzt zu CCI. Innerhalb der CCIs gibt es Kurz- und Langprüfungen, wobei die Kurzprüfungen auf vier Leveln und die langen auf fünf ausgetragen werden. Diese Level werden jeweils mit Sternen bezeichnet, also CCI*, CCI** bis aufwärts zu CCI*****.

33 – Dabei kommt erst einmal eine gut bodendeckende Lage Stroh auf den Stallboden. Am nächsten Tag liest man Rossbollen und feuchte Stellen davon ab und streut nach – und so geht es teilweise über drei, vier Monate, bis die Pferde auf einer ziemlich dicken »Matratze« aus Streu und diversen anderen Hinterlassenschaften stehen. Eine gut gepflegte, das heißt, ordentlich abgeäppelte Matratze, auf der immer wieder gut gestreut wird, ist nicht der schlechteste Untergrund für ein Pferd.

empfehlenswert. Zum einen erhöht es die Staubbelastung und zum anderen die Brandgefahr. Weil Spinnweben-Fegen aber zu den wirklich üblen Jobs im Stall gehört, machen wir auf Waldeck es zweimal im Jahr »in einem Aufwasch«: Wir leeren den Stall komplett – Streu raus, Boxenzwischenwände raus, alle Fenster und Türen zu und dann mit dem Dampfstrahler vom Boden bis zur Decke durch. Anschließend alle Türen und Fenster auf – und natürlich wartet man für solche Aktionen auf einen warmen, sonnigen Tag, sodass der Stall im Lauf eines Tages trocknet und man abends wieder einstreuen und die Pferde reintreiben kann.

Die Voraussetzung für diese Form von Stallhygiene ist aber natürlich ein Stall, der sich effizient bewirtschaften lässt – und bei Vongehren waren die Zwischenwände fest montiert. Da wäre es nicht gegangen, einfach mit dem Traktor durchzufahren und den ganzen Mist hinauszuschieben.

Aber von Stallhygiene schien man auf Gestüt St. Leonhard eh nicht allzu viel zu halten. In der dunklen, staubigen Futterkammer gammelten angestaubte Plastikfässer herum, im Waschbecken lag Heu zum Befeuchten – und die Tatsache, dass es da offenkundig für länger lag, zeigte mir, dass in dem Stall niemand dauernd ans Waschbecken musste. Ergo hatte man es wohl nicht so mit dem Auswaschen von Gebissen oder Futtereimern.

Ich spürte, dass Atreju mich von der Seite aus ansah. Obwohl er natürlich auch schon diverse Pferdeställe von innen gesehen hat, traut er mir da mehr Erfahrung zu – wohl zu Recht. Ich lächelte ihn an und versuchte, mit meinem Blick zu kommunizieren: »Nicht toll, aber auch nicht so, dass man schreiend davonlaufen müsste.«

Vongehren war unterdessen in der Mitte des Stallgangs zu einer Box getreten und hatte die Tür geöffnet. Das Pferd darin – eine ziemlich knochige Braune – war aber nicht sonderlich an ihm interessiert. Ganz im Gegenteil – sie verdrückte sich nach hinten, was mir sagte, dass sie nicht wild auf diesen Besuch war. Demnach fütterte er nicht selbst – den, der dreimal am Tag mit dem Haferwagen kommt, mögen die meisten Pferde.

Es schien Vongehren aber nicht zu stören, dass die Braune sich nicht für ihn interessierte. Er sagte – fast ein wenig gelangweilt, fand ich –, dass das nun die Siebenjährige sei. »Dressur bis L platziert, Springen M gewonnen, außerdem beim Bundeschampionat 3-jährig für Springen qualifiziert …«

Atreju war auch in die Box getreten und streckte der Stute seine Hand mit offener Handfläche zu. Sie roch daran, ihre Ohren spielten – sie wusste nicht so ganz, was sie von dem Besucher halten sollte.

Ich schaute erst einmal an der Front entlang. Der Kopf … hmm … meine irische Freundin Patricia würde gesagt haben »Nothing to write home about«.[34] Etwas schmale Brust - aber gut, eine siebenjährige kann noch auslegen. Halsung, Widerrist und Sattellage nicht übel, aber die Schulter doch ein wenig zu steil und für meinen Geschmack hatte sie dazu einen reichlich langen Rücken. Es würde einiges an Arbeit und Mühe kosten, sie so zu trainieren, dass sie die Hinterbeine aktivierte und die Rückenmuskulatur aufbaute.

Vongehren erzählte etwas über ihren Stammbaum: »Bestes Holsteiner Leistungsblut, der alte 534er-Stutenstamm aus der Marsch, deutlich auf Farnese ingezogen …«

Ich hob skeptisch die Augenbraue und war kurz davor, ihm zu sagen, dass ich als Buschreiterin auf alte Stutenstämme aus der Marsch – den feuchten, schweren Wiesen an der See in Holstein – gar nicht scharf bin. Dort hat man nämlich einst schwere Karossiers mit viel Knie-Aktion gezüchtet. Vor der Kutsche sahen die Strampeltiere durchaus imposant aus, aber ich glaube nicht, dass man da-

34 – »Nichts, das lohnt, einen Brief darüber nach Hause zu schreiben«.

rauf sehr bequem saß. Und Ferenc, unser Spezialist für hoch im Blut stehende Pferde, hatte den Auftritt eines Vierergespanns mit vier Altholsteinerinnen einmal mit einem boshaften »Eine große Badewanne voll Gulasch!« kommentiert.

»Auf Farnese ingezogen« ist für jemand, der in die Vielseitigkeit will, nur bedingt eine Empfehlung – der gute, alte Gründervater einiger guter Holsteiner Linien war halt ein Brummer. Er konnte – wie man so schön sagt – Häuser springen, aber eines hätten ihm nicht mal seine größten Fans nachgesagt: Leichtfüßigkeit.

Doch gut, die Dame hatte auch Vollblut, wobei ich mich da wunderte. Ihr Papier war nämlich vogelwild! Auf Väterchens Seite eine solche Reihe von schweren Schiffen, dass die paar Vollblüter darin wohl schon in jeweils der ersten Generation herausgemendelt waren. Auf Mutters Seite – tja, wie sollte man das interpretieren? Drei Generationen eher unbedeutend – brave, nette Pferdchen, aber keines dabei, das Blumentöpfe gewonnen hatte. Dann ein Abstecher nach Hannover mit einem sehr berühmten Vollbluthengst, der allerdings als schwierig gegolten hatte. Von seinen Kindern hatte man gesagt, dass sie für intelligente, sensible Reiter eine Bombenchance seien. Wer aber nicht bereit sei, mit einem selbstbewussten Pferd zu kooperieren, sei bei denen verraten und verkauft. Der, der diesen Blüter hineingezüchtet hatte, war offenkundig abenteuerlustig gewesen – oder seine Stute war ein Ausreißer. Die stammte nämlich auch aus einer Linie, die das »Mit-Vorsicht-zu-genießen!« Etikett trug. Das Stütchen in der Box aber wirkte fast bis zur Schläfrigkeit gelassen. Oder war sie zum Vorstellen bei einem potenziellen Käufer sediert worden?

Vongehren pries uns die Stute, die inzwischen wohl beschlossen hatte, dass Onkel Atreju mit der samtigen Stimme gut kraulen kann und ihm den Kopf an die Brust drückte, weiter an: Am Sprung genial, eine hervorragende Galoppade, mit der sie bestimmt auch im

Gelände punkten könne und was die Dressur angehe – also … nun druckste er ein wenig: »Sie hat schon Potenzial und sie geht taktklar. Also …« Er atmete tief durch, rang sich ein Lächeln in meine Richtung ab und erklärte: »Da kann man was draus machen! Ich meine, ich muss Ihnen wohl nicht erzählen, dass Trab die Gangart ist, an die man Ausdruck ranreiten kann …«

Atreju zog eine Augenbraue hoch. »Meiner Frau muss man das bestimmt nicht erzählen!«, verteidigte er mich. Er zupfte sanft an der Stirnlocke der Stute. »Wo geht's denn weiter?«

»Hier!« Vongehren wartete, bis wir aus der Box waren und schob die Tür scheppernd zu – und ich dachte, dass Titus recht hat, wenn er sagt, man merke an Kleinigkeiten, was in einem Stall abgeht. Wenn bei uns eine Tür so quietschen würde und wenn man sie nur mit einem Krachen ins Schloss bekommen würde, wäre bei uns ganz schnell jemand mit Feile und Ölflasche zugange. Wir wissen nämlich, wie geräuschempfindlich Pferde sind und dass sie in ihrem Stall Ruhe brauchen.

Vongehren öffnete ein Tor schräg gegenüber – und das quietschte, was mich nicht wunderte. Die Laufschiene oben war verbogen, was aber auf Gestüt St. Leonhard niemand zu stören schien. Auf Waldeck darf nichts quietschen – das ist einer von Ferencs' Ticks. Seine »Putzikams« – und alle unsere Pferde sind Putzikams – brauchen Ruhe und dürfen nicht von solchen Geräuschen erschreckt werden.

Die Kleine mit der verbogenen Schiene über der Box schien sich schon daran gewöhnt zu haben. Sie legte zwar die Ohren an, fand dann aber die Besucher doch interessanter, kam uns mit langem Hals entgegen und machte eine Schnute. Ich musste lachen. »Du bist ja eine Süße!«, schäkerte ich sie an und wurde dafür mit einer sanften Berührung ihrer Nase belohnt. Sie schnupperte an meinen Händen und ließ sich streicheln.

Vongehren klang fast etwas gelangweilt, als er sagte: »Die ist fünf, gehört mir, sehr gutes Papier – von Prinz Rolando aus einer Stute von Kornett II …«

»Ach? Naja, der Trakehner schaut bei ihr ja aus allen Knopflöchern.« Ich stellte mich auf die Zehenspitzen, um über ihren Hals hinwegzusehen. Dahinter war ein sehr elegantes Pferd mit gut ausgeformter Schulter und hübscher Kruppe. Die Beine – korrekt, eher dünn, aber bei der Abstammung konnte man davon ausgehen, dass sie knallhart waren. »Und auf den Schwarzen Prinz ingezogen – auch nicht das Schlechteste, was man erwischen kann«, sagte ich – und musste mich gleichzeitig daran erinnern, dass ich an dieser Adresse nicht so sehr viel wissen sollte. Vor allem sollte mir nicht rausrutschen, dass ich mit dieser Linie einige Erfahrung habe – sie steckt ja auch hinter unserem Waldi und damit hinter den meisten meiner Fohlen. Meine »Bekanntschaft« mit Waldi sollte ich bei Vongehren nicht erwähnen. Dazu ist Waldecks Stammhengst zu prominent.

Vongehren runzelte kurz die Stirn, dann sagte er: »Stammbäume sind nicht so meins.« Er grinste etwas schräg. »Auf einem Papier kann man bekanntlich nicht reiten.«

Ach, den Spruch mag ich! Er kommt meist von denen, die zu wenig Ahnung haben und denen auch nicht so sehr daran gelegen ist, sich auf das jeweilige Individuum unter ihrem Sattel einzustellen. Bei denen müssen die Pferde so funktionieren, wie es dem »Stil« des Reiters entspricht. Andere dagegen – und zu denen gehöre ich auch – passen sich ihren Pferden an, und da ist es dann natürlich wichtig zu wissen, wo sie herkommen und was sie mitbringen.

Ich beschloss darum, darauf nicht einzugehen und mir lieber die Stute genauer anzuschauen. Also streichelte ich an ihrem Hals entlang – nicht zu schlecht bemuskelt, vor allem aber schön angesetzt. Die tolle, große Schulter – doch, da war Raum für Muckis.

Sehr schöne Sattellage, nirgends ein Knubbelchen oder eine weiße Stelle[35], die Wirbelsäule nirgends druckempfindlich, die Kruppe fühlte sich so gut an wie sie aussah.

Atreju lehnte an der Boxentür, schaute mir mit einem Lächeln zu und fragte: »Wie heißt die Kleine eigentlich?«

»Äh …« Vongehren musste einen Augenblick nachdenken. »Penelope.« Er sprach es mit Betonung auf dem Schluss-E, was ich ziemlich witzig fand. Von der Dame, die auf Odysseus gewartet hatte, hatte er wohl noch nie gehört.

Atreju sprach sie sanft mit ihrem Namen an. Sie ließ die Ohren spielen, aber es war ziemlich eindeutig, dass sie auf seine Stimme und nicht auf den Namen reagierte. Aber das störte mich nicht weiter – ich habe nur einmal bisher einen Stall erlebt, in dem alle Pferde »Apell hatten«, das heißt, auf ihren Namen gehört haben. Und dieser Stall war ein Zelt – sehr geräumig, durchaus luxuriös mit Paddockboxen. Er gehörte dem Circus Krone – und da ist der Marstall der Stolz des Hauses und die Pferde werden so trainiert, dass sie tatsächlich auf ihre Namen hören.

Vongehren hatte ein Halfter geholt und stülpte es der Stute über. »Komm!« Sie wackelte brav hinter ihm aus der Box und ließ sich in den Stallgang stellen. Links und rechts anbinden, dann rief er: »Nele, putzen, weiß bandagieren, Trense, Sattel.«

Ein junges Mädchen eilte in den Stall, schenkte uns ein »hallo«, tauchte unter dem Anbindestrick durch und rannte in die Sattelkammer. Eine Minute später streckte sie den Kopf heraus. »Trense?«, fragte sie.

»Ja, Trense«, bestätigte er.

---

35 – Kleiner Tipp für den Pferdekauf: Gucken Sie sich die Sattellage immer genau an. Weiße Stichelhaare darin oder irgendwelche »Knubbelchen“ deuten darauf hin, dass das Pferd schon einmal Satteldruck hatte und das spricht entweder gegen die Sattellage oder gegen den, der das Pferd mit einem unpassenden Sattel geritten hat.

Und das irritierte mich doch ein wenig. Gibt es bei einer Fünfjährigen eine Alternative zur Trense? Also, selbst wenn man mit einer Dreijährigen anfängt, ist sie doch nach zwei Jahren noch nicht so weit, dass man sie auf Kandare reiten kann! Ich schaute Atreju an, aber der war anderweitig beschäftigt. Er streichelte das knackig-runde Hinterteil der Kleinen und fand: »Die Farbe mag ich. Das ist wirklich Kastanie ...«

»Wie alter Kognak!«, antwortete ich. Mir gefiel sie auch – ich mag Dunkelfüchse und nun, wo sie im Licht stand, konnte ich zudem erkennen, dass ihr Langhaar einen Ton heller war als das Deckhaar. Sie war wirklich eine Hübsche.

Atreju malte mit dem Finger ihr Brandzeichen nach. »Soph, ist es eine doofe Frage, wenn ich wissen will, warum sie diesen Brand hat? Ich denke, sie ist Trakehner.«

Ich trat neben ihn und guckte auf den Brand – WBZD, Warmblut-Pferdezuchtverband. »Ach, die Trakehner sind sehr eigen. Wenn die auch nur einen Tropfen Fremdblut hat, ist sie raus und muss über einen Warmblutverband eingetragen werden!«, erklärte ich.

Vongehren hatte eine Putzkiste geschnappt – in seinem Laden galt offenkundig »eine für alle«. Nun denn, auf die Art muss man sich mit der Verteilung der Milben keine weitere Mühe machen – und kam wieder zu uns. »Das hat die gnädige Frau Ihnen richtig auseinandergesetzt«, lobte er und fing an, mit dem Striegel[36] das Fell aufzurauen. Als die Pflegerin mit Sattel, Decke, Trense und Bandagen kam, übergab er ihr sofort das Putzzeug und lehnte sich an die gegenüberliegende Wand. »Kornett hat doch auch in Württemberg

36 – Beim Striegel handelt es sich um ein früher meist aus Metall, heute üblicherweise aus Kunststoff hergestelltes Werkzeug, ungefähr handgroß, an der Innenseite so geformt, dass man damit verklebtes Fell aufrauen kann. Der Striegel darf allerdings nur an bemuskelten Stellen eingesetzt werden. An unbemuskelten würde er dem Pferd weh tun.

einheimische Stuten gedeckt – und bei der Penelope steckt eine württembergische Großmutter im Stammbaum.«

»Alt-Württemberger?«, fragte ich.

»Ja. Abendruf, wenn ich mich richtig erinnere. Der soll richtig gute Gänge gehabt haben. Und die Mutter irgendwie ganz alt-württembergisch – Faust oder so hieß der Muttervater.«

»Ah ja.« Ich streichelte noch einmal über den Hals der Stute. »Du hast die schweren Schiffe aber fein ausgemendelt!«

Atreju schaute mich von der Seite an, ich blinzelte ihm unauffällig zu – ja, ich hatte ihm so einiges zu erzählen. Aber bestimmt nicht vor Vongehren. Zudem war die Pflegerin mit ihrem Schnelldurchlauf fertig und warf nun den Sattel auf die Stute. Vongehren unterdessen ging zu einem Bord am Ausgang und kam mit einem Paar ziemlich langer Sporen wieder. »Hier – die ist an ein feines Bein gewöhnt.«

Naja – ob in diesem Laden mit Sporen unbedingt »fein« geritten wurde? Ich war mir nicht so sicher. Aber gut – ich kann meine Fersen vom Pferd weghalten, wenn's denn sein muss. Ergo bekommt es bei mir die Sporen nur zu spüren, wenn ich es bewusst will.

»Halle oder Reitplatz?«, fragte Vongehren, als die Pflegerin das Pferd hinausführte.

»Na, ich will mit der in den Busch. Also Reitplatz!«, sagte ich.

Doch, ich fühlte mich auf Penelope wohl. Sie hatte ordentliche Gänge – nichts Supersensationelles, aber sauber im Takt und ausgreifend. Und sie ließ ihren Rücken schwingen und kaute am Gebiss, wobei sie sich da nicht als besonders »fein« auszeichnete. Im Gegenteil – es würde bei ihr einiges an Arbeit brauchen, bis sie wieder auf kleine Signale reagierte.

Ich ließ sie ein paar Mal um den Platz galoppieren – das war sehr erfreulich. Offenkundig fühlte sie sich im Galopp wohl, sprang kraftvoll ab, streckte sich weit und dabei blieb die Atemfrequenz ganz ruhig. Nun denn – sie hatte ja auch einiges an Vollblut, und in solchen Dingen zeigt sich das dann.

Galoppwechsel – und der war ziemlich verstottert, als ob sie sich nicht entscheiden könnte, ob sie fliegend oder mit ein paar Zwischentritten im Trab wechseln solle. Ich probierte es noch einmal – wieder Zwischentritte, obwohl ich sie nicht pariert hatte. Gefiel mir nicht. Eine Fünfjährige muss – oder besser gesagt: soll – noch keinen fliegenden Wechsel können. Er ist eine fortgeschrittene Lektion, die einiges an Balance und Muskelkraft erfordert – und die hat ein so junges Pferd normalerweise noch nicht. Darum werden in diesem Alter und Ausbildungsstadium normalerweise noch einfache Wechsel[37] geritten.

Während ich mit der Kleinen unterwegs war, hatte Vongehren eine Schimmelstute satteln lassen, die er nun selbst warm machte. Traben, traben, traben – bisschen langweilig, fand ich, aber das machen ja viele Reiter. »Herr Vongehren, kann ich mit Penelope springen?«, rief ich ihm zu. Unten standen ja zwei kleine Hindernisse.

»Ja, klar – aber die braucht Schwung! Nicht zögern vor dem Hindernis, sonst steht sie …«

»Wer nicht?«, konnte ich mir nicht verkneifen. Also auch noch mal leichttraben, eine Runde Zügel herauskauen lassen, dann aufnehmen, über zwei Runden wieder an die Hand stellen, auf den Sprung zu. Sie zog gewaltig, wollte anspringen und verstand gar nicht, warum ich sie nicht galoppieren lassen wollte, legte sich schwer aufs Gebiss – und als ich sie endlich anspringen ließ, nahm sie den Kopf hoch, drückte den Rücken weg und sprang ab.

---

37 – Zum Beispiel im Linksgalopp auf der linken Hand, eine Pferdelänge nach der oberen Ecke abbiegen und durch die ganze Bahn zur unteren Ecke der anderen Seite. Ungefähr zwei Pferdelängen dazu pariert man zum Trab durch, lässt das Pferd ein paar Trabtritte gehen, stellt es dann um und lässt es rechts neu angaloppieren – das ist ein einfacher Wechsel.

Es fühlte sich nicht gut an – weder im Absprung noch in der Flugphase noch bei der Landung. Sie war verkrampft und aus dem Rhythmus.

Vongehren hatte zu uns rübergeschaut, nun rief er: »Noch mal – die ist noch zu krampfig. Das löst sich schon …«

Gut, gut. Ich ließ sie neu angaloppieren – und dieses Mal zwei Runden um den Platz. In der ersten zog sie, dann wurde sie ruhiger und ließ sich führen. Und sie machte sogar den Rücken wieder etwas auf. Also noch einmal zum Sprung – sehr ruhig, mit für meine Verhältnisse fester Hand. Dieses Mal ging es besser, wobei ich weit von den empfohlenen »100 Gramm in jeder Hand« entfernt war. Im Gegenteil – ich hatte das Gefühl, links und rechts ein paar Kilo drauf zu haben. Sie »stützte« sich eindeutig auf den Zügel. Aber wenigstens bewies sie jetzt, dass sie rund springen konnte und ein schnelles Vorderbein hatte. Doch, daraus ließ sich etwas machen.

Vongehren hatte der Sprung auch gefallen. »Eine Runde um den Hof?«, bot er an. »Draußen haben wir einen Sprung – nur ein Baumstamm, aber den nimmt sie hübsch.«

»Gut, gerne.« Er ritt schon auf den Ausgang zu, wo Atreju auf dem Bänkchen saß und in die blasse Herbstsonne blinzelte. Ich lächelte ihn an. »Wir gehen für eine Runde raus – dauert nicht lange.«

»Ich hole dir den Helm aus dem Auto!«, kündigte der fürsorgliche Atreju an und sauste los. Eine Minute später reichte er mir den Helm. »Aber pass auf dich auf, ja? Ich brauch' dich noch!« Er warf mir eine Kusshand zu – und ich musste schlucken.

Hinter Vongehren her einen asphaltierten Weg entlang – und ein Moment zum Nachdenken und Wünschen, von Atreju so etwas einmal zu hören, wenn er nicht nur »spielte«. Aber das war nicht der richtige Ort, um darüber nachzudenken.

Vongehren bog auf einen Wiesenweg ab und ließ den Schimmel angaloppieren. Penelope wartete nicht auf meine Hilfe, sondern ging hinterher und pullte[38]. Ich verabscheue es, brutal zulangen zu müssen, aber bei einem pullenden Pferd muss man – jedenfalls dann, wenn man das Gelände nicht kennt. Zuhause, wo dann zum Beispiel die weite Hochfläche vor uns liegt, würde ich ein junges Pferd in so einem Fall erst mal ein Stück laufen lassen, aber hier?

Ich griff in die Zügel und zog einmal ruckartig, dann zur Seite – und ja, sie ließ sich in einer Volte[39] vom Schimmel entfernen. Vongehren schaute über die Schulter und parierte durch. Als ich dann – im Trab – auf den Weg zurückkam, nickte er. »Nicht übel.« Und dann ein Grinsen, bei dem er wieder einmal die Wertarbeit seines Dentaltechnikers vorführte: »Ist ja kein Schaden, wenn ein Buschi[40] nach vorne geht, nicht? Vorne gibt's Geld.«

Nun, die Ansicht teile ich nur bedingt. Vielseitigkeit ist kein Rennen. Es bringt nichts, schneller zu sein als die vorgegebene Zeit – es gibt keine Pluspunkte dafür. Aber die Verletzungsgefahr steigt, wenn man zu schnell unterwegs ist. »Überholen« ist auch nicht – die Pferde werden üblicherweise im 10-Minuten-Abstand gestartet, sodass sie sich nicht in die Quere kommen. Aber ich hatte nicht vor, mit Vongehren über »Reitphilosophie« zu diskutieren.

Vongehren deutete auf eine Wiese vor uns. »Da kann man den Graben springen und hinten – sehen Sie den Baumstamm? Der bietet sich doch auch an.«

»Ja, okay. Dann galoppieren wir wieder an.«

»Wollen Sie vor?«

---

38 – »Pullen« kommt vom englischen »to pull« – ziehen. Es bedeutet, dass das Pferd losrennt, sich dabei aufs Gebiss legt und dem Reiter damit Einwirkung fast unmöglich macht.

39 – Eine »Volte« nennen Reiter es, wenn sie einen Kringel reiten. Wenn sie den in der Dressur vorzuführen haben, sollte er ungefähr einen Durchmesser von 6 m haben und kreisrund sein.

40 – »Buschi« steht für ein Vielseitigkeitspferd, weil die ja vorwiegend »im Busch« – also freiem Gelände – unterwegs sind.

»Ist vielleicht besser.« Ich wollte wissen, ob sie alleine auch losgehen würde wie ein Mitglied von Wilde Buschis – Gesellschaft mit beschränktem Hirn.

Nein, definitiv nicht. Sie zog kraftvoll an, ließ sich dabei aber regulieren – und sprang sehr hübsch über den Graben, blieb im Rhythmus und sauste mit fliegender Mähne auf den Baumstamm zu. Horrido und drüber – als Vielseitigkeitspferd hatte sie eindeutig großes Talent.

Vongehren sah das offenkundig auch so. Auf dem Rückweg zum Hof pries er sie an – und der TÜV sei auch in Ordnung! Natürlich wollte ich wissen, wer den – nämlich die Ankaufsuntersuchung – gemacht habe.

Vongehren lächelte: »Die war im Osten zur Aufzucht, da ist sie auch angeritten und untersucht worden.«

»Ah – und wie lange ist das her?«

»Nur drei, vier Monate – aber wenn Sie wollen, können wir natürlich noch mal röntgen lassen«, bot er an.

»Nein, nein, es ist schon gut.« Ich hatte eigentlich sowieso nicht vor, das Pferd zu kaufen. Aber andererseits – sie gefiel mir. Sie gefiel mir sogar so sehr, dass mir der Gedanke, sie bei Vongehren zu lassen, nicht wirklich behagte. Sie war eindeutig ein Sensibelchen und kam mit Vongehrens »Ausbildungsmethode« nicht gut klar.

*****

»Du bist eine anspruchsvolle Kundin!«, grinste Atreju und zog den Roadster in die Kurve. »Die Schimmeline hat dir gar nicht gefallen …«

»Aus der wird in 100 Jahren kein Buschpferd!«, verteidigte ich meine Ablehnung. »Die trampelt ja durchs Gelände wie ein Krokodil auf Futtersuche!«

Er lachte. »Und was war mit der Braunen mit den bunten Füßen?«

»Sehne vorne links angeschlagen. Die müsste man wohl erst mal einige Monate zum Ausheilen auf die Koppel schicken.«

»Und die Rappstute?«

»Zu schwer fürs Gelände. Ich mag barock, aber im Busch? Die würde über Klasse M nicht rauskommen, weil ihr einfach die Galoppade fehlt. Den Grasbauch kann man abspecken, aber diesen Kratzegalopp ausbauen? Ne, das ist wohl viel Mühe für wenig Effekt.«

»Bleiben also die Hellbraune und der Dunkelfuchs.«

»Die Hellbraune ist das, was der frühere Bundestrainer ›Plantschkuh‹ zu nennen pflegte.« Ich lehnte mich zurück und kreuzte die Beine. »Der Dunkelfuchs ist toll, aber – irgendwie … also das was der übers Papier erzählt, kommt mir komisch vor.«

»Inwiefern?« Er wandte mir kurz einen Blick zu, die Stirn gerunzelt.

»Oh je – wie erkläre ich das? Es hat mit ihrem Stammbaum zu tun.«

»Ja, klar – mit dem Papier.« Atreju grinste. »Lass mich raten: Der mütterliche Großvater hat über den Sprung immer die Vorderbeine verknotet und das macht sie nicht?«

Ich verdrehte die Augen. »Nein. Es waren die Hinterbeine! Aber im Ernst – Vongehren sagte, das ist eine Prinz Rolando und in der Mutterlinie hat sie Kornett II, Abendruf und Faust. Und nun erzähl mir mal, wie sie zu ihrer Farbe kommt!«

Atreju zog die Brauen zusammen und die steile Denkerfalte stand über seiner linken Augenbraue. »Kornett II – oder? War der nicht Fuchs? Er hat auf jeden Fall Füchse gemacht, oder?«

»Du hast Recht – Kornett II war ein Fuchs, aber Fuchs ist bekanntlich im Erbgang rezessiv. Und jetzt guck dir mal ihren ganzen Stammbaum an: Prinz Rolando ist ein sehr schicker Glanzrappe –

und hinter ihm kommt Heraldik, der ebenfalls Rappe war. Die Mutter hingegen war braun – also, bei dieser Dominanz des dunklen Gens kommt von der Seite aus bestimmt kein Fuchs. Und auf der anderen ist zwar Kornett, aber dahinter kommen Abendruf und eben jener Faust. Abendruf war Rappe, ebenso sein Vater und seine Mutter. Und Faust war dunkelbraun. Also bitte – wo kommt da der Fuchs her? Gegen so viel Braun konnte doch der Kornett nicht anstinken.«

»Wenn du das sagst.« Atreju grinste. »Ich muss gestehen, dass ich die Farbvererbung nie so richtig gerafft habe. Du und Titus könnt ja im Kopf ausrechnen, welche Farbe ein Fohlen haben wird, aber ich hab' keine Ahnung.«

»Muss man ja auch nicht«, sagte ich. »Aber du kannst mir glauben: Der Stammbaum ist nicht koscher. Und der Brand gefällt mir auch nicht.«

»Das ist ja auch schon das zweite Mal, dass du von einer Stute mit diesem Brand meinst, ihr Papier wäre nicht in Ordnung.« Atreju strubbelte sich mit der linken Hand durch die Locken.

»Weißt du, was mir noch aufgefallen ist?«, fragte ich, wartete aber nicht auf die Antwort, sondern erklärte es: »Der Warmblut-Zuchtverband ist doch einer der jungen und kleinen Verbände. Ich weiß nicht genau, wie viele Pferde da eingetragen sind, aber ich würde meinen Hintern darauf wetten, dass er in der Statistik nach Bestand ziemlich weit hinten steht. Trotzdem …«

Atreju dachte mit und übernahm: »Hast du das Gefühl, dass Vongehren ziemlich viel Pferde von diesem Verein hat? Der kleine Schimmel vorne in seinem Stall, mit dem ich ein bisschen geschäkert habe – das ist ein WBZD-Pferd.«

»Hmm – und dann neben der Penelope noch die zwei Braunen, mit denen seine Bereiterin unterwegs war, im Stall waren noch mal zwei und auf der Koppel im Vorbeigehen habe ich noch einen Fuchs mit WBZD-Brand – übrigens sogar ziemlich neu – gesehen. Das macht insgesamt sieben – und wie viel Verkaufspferde hat er wohl insgesamt?«

»20?«, schätzte Atreju.

»Ne, dürften mehr sein – wir haben nur einen Stall gesehen. Aber dahinter hat er noch einen – er sagte, da seien eigentlich nur Springer drin, die seien für mich nicht so interessant. Sagen wir 40 – von denen noch ein paar WBZD sein könnten. Dabei wären schon 7 von 40 über dem statistischen Mittel – glaube ich jedenfalls.«

»Kannst du das nicht nachprüfen? So rein aus Neugierde?«

»Doch – mach' ich zuhause mal. Und verrate dir dann, wie die Statistik aussieht.«

»Übrigens hätte Vongehren dir diese Penelope sehr gerne angedreht und wäre sicher auch mit dem Preis noch etwas runtergegangen.«

»Müsste er auch! Mit 30 ist die überbewertet! Selbst wenn ihr Papier in Ordnung wäre, fände ich 30 ziemlich hoch«, sagte ich. »Sie kann praktisch noch nichts und man muss mindestens zwei, drei Jahre ausbilden, bis man was mit ihr anfangen kann. Und ohne ein aktuelles Röntgenbild würde ich bestimmt keine 30 für sie zahlen«, sagte ich.

Atreju gab Gas, wir waren jetzt auf einer zweispurigen Bundesstraße. »Ich bin sicher, dass der sich noch mal meldet«, meldete er an.

»Er hat deine Nummer, nicht?« Vongehren hatte uns seine Karte gegeben, worauf Atreju ihm etwas von »oops, hab' gar nichts dabei« erzählt und ihm eine Handynummer gegeben hatte.

KAPITEL 4

Vongehren hielt zwei Tage durch. In der Zeit hatte Atreju – »an mir ist ein Statistiker verloren gegangen« – gerechnet: Er hatte den Bestand an Hengsten, Zuchtstuten und Fohlen in den einzelnen Verbänden zusammengezählt und daraus die Prozentzahlen gezogen. Dabei war er darauf gekommen, dass unsere Trakehner 4 % des Bestandes deutscher Warmblut-Zuchtpferde ausmachten – und die des Zuchtverbandes für Warmblüter 1, 19 %.[41] Damit stand außer Zweifel, dass Vongehren auffallend viele ZWBD im Stall hatte.

Ich saß auf Dagi, als ich die Whats App von Atreju bekam: »Vongehren will dich sprechen. Ich habe ihm gesagt, dass du gerade auf dem Pferd sitzt und dich danach bei ihm meldest. Xox – A.« Ich hing natürlich erst einmal an seinem »Xox« – X steht bei ihm für einen Kuss, o für eine Umarmung und ich wünschte mir, er stände vor mir und würde mich küssen und umarmen – oder doch nicht? Wenn er mich im »wahren Leben« küsste und umarmte, war das

41 – Abgesehen davon, dass es keinen Zuchtverband für Warmblutpferde gibt, sind meine Zahlen an die der deutschen Reiterlichen Vereinigung angelehnt.

immer eine sehr liebe, aber auch betont freundschaftliche Veranstaltung.

Was Vongehren wohl von mir wollte? Ich bin neugierig und ich hätte ihn am liebsten sofort angerufen, aber ich traute ihm durchaus zu, dass er sich die Nummer merken und googeln würde. Und dann würde er sofort auf »Dr.med. Maximiliane Kersten, Tierärztin, Burg Waldeck« kommen. Also Nummer unterdrücken – aber das würde ihn natürlich misstrauisch stimmen.

Aber bitt'schön, wozu gibt es Prepaid-Handys? Ich musste sowieso nach Schwäbisch Gmünd zum Einkaufen und so fiel ich dort in der Filiale eines großen Kaffeerösters – ja, derselbe, bei dem man von der Unterhose bis zum selbstdrehenden Kaffeelöffel alles Mögliche kaufen kann – ein. 19,99 für ein putziges, wahrscheinlich uraltes Handy plus SIM Karte und die Auskunft: »Länger als 'ne Stunde dauert Freischalten bei uns eigentlich nie.«

Also weiter – Buchhandlung, Reinigung, Apotheke. Dann war die Stunde um, ich setzte mich in ein Straßencafe und wählte endlich Vongehrens Nummer. Atreju hatte uns als Håkon und Sophie-Charlotte Myklebust vorgestellt, also meldete ich mich mit »Myklebust «. »Herr Vongehren, Sie wollten mich sprechen?«

»Oh ja – es ist nett, dass Sie gleich zurückrufen!«, schaltete er den Charme ein. »Ich habe nachgedacht – mir ging einfach nicht aus dem Kopf, wie nett die Penelope und Sie miteinander aussehen. Das passt so gut und wissen Sie, mein Job ist es ja, passende Reiter-Pferd-Paare zusammenzubringen. Penelope und Sie – das ist ein passendes Paar.«

»Ja, sicher.« Ich grinste in mich hinein. Wie weit würde der Gutmensch jetzt wohl im Preis nachgeben, um – natürlich aus reinem Idealismus – das neue »Traumpaar« Penelope und Max... ähm, natürlich Sophie-Charlotte zusammenzubringen? Ich testete aus, in dem ich seufzte und sagte: »Ja, schon – aber die Großzügigkeit meines Mannes hat ihre Grenzen …« Heidewitzka, ich sollte wieder heiraten. Ich hatte ganz vergessen, wie praktisch es ist, wenn man alles auf den Ehemann schieben kann.

»Darum komme ich Ihnen jetzt entgegen. Ich finde, eine schöne Frau muss verwöhnt werden und ihre Wünsche erfüllt bekommen!«, sülzte Vongehren ins Telefon. »Wir werden uns über den Preis schon einig. Aber ich habe mir vorher noch was überlegt. Sie sollen ja richtig, mit ganzem Herzen, überzeugt werden, gnädige Frau. Was halten Sie davon, wenn Sie noch einmal richtig mit Penelope ins Gelände gehen? Wir haben hier in der Nähe eine Strecke, auf der man es richtig knattern lassen kann und auf der auch einige Sprünge stehen. Was halten Sie davon, wenn wir uns morgen auf ein Stündchen dort treffen?«

Er schien wirklich scharf darauf zu sein, mir die Stute zu verkaufen – und ich fand das spannend. »Ja, können wir machen«, sagte ich darum.

»Tja, das Doofe ist nur, dass ich morgen den ganzen Tag unterwegs bin und erst am Nachmittag gegen 16:30 h wieder heimkomme. Aber noch haben wir ja abends Licht – wenn wir um fünf losziehen, haben wir noch gut eineinhalb Stunden Tageslicht.«

»Dann machen wir das doch so!«, bestätigte ich und grinste dabei in mich hinein. Glaubte der, mich mit einem romantischen Ritt im Mondenschein begeistern zu können? Sah ich aus wie eine vom vielbeschäftigten Ehemann vernachlässigte und daher liebesbedürftige Frau?

Wie auch immer: Wir verabredeten uns für den nächsten Tag um fünf auf einem Waldparkplatz bei Bopfingen – das ist hinter Aalen und für mich ganz gut zu erreichen. Allerdings wüsste ich nicht, dass da jemand einen Geländepark eingerichtet hat. Andererseits sagt das nicht viel – so weit reicht mein Revier nicht, in diese Ecke komme ich selten. Ich vermute, Titus kennt sich auch da aus, aber Titus war mit seinem Getreideprojekt in Südamerika. Und Atreju war auch schon wieder abgeschwirrt – Brahms Doppelkonzert für Violine und Violoncello mit seinem Lieblingsfiedler Ariel Salzman auf einer Tour durch Bayern, Österreich und Ungarn.

*****

Irgendwie hatte ich ein Grummeln im Magen, als ich neben Vongehren auf einer mächtigen, braunen Stute – die hatte ich schon im Stall gesehen, wo sie neben Penelope stand. Allerdings hatte sie nicht mein gesteigertes Interesse erweckt. Wenn sie ein Etikett hätte, würde nämlich ganz groß »Super-Springtalent« draufstehen – in den Sattel kroch. Penelope war ein wenig zappelig und dazu – was mir gar nicht behagte – auf Kandare gezäumt. Doch als ich deswegen die Stirn runzelte, erklärte mir Vongehren: »Sie müssen die Kandare ja nicht anfassen. Sie dient nur Ihrer Sicherheit, wenn die Kleine mal wieder pullt.«

»Ach, sozusagen ein Bremskraftverstärker?« Ich glaube, er hat den Zynismus in meinen Worten nicht erkannt. Oder er hat ihn ignoriert. Jedenfalls grinste er und legte Penelope Gamaschen an. Gleichzeitig empfahl er mir, eine Mütze aufzusetzen – es sei doch recht kühl und das Tal, in dem wir reiten würden, sei schmal und schattig. Tatsächlich lag hier an den Nordwänden schon Schnee – vor zwei Tagen hatte sich der Herbst endgültig verabschiedet und der Winter war mit Schnee und Eis eingezogen.

Zuhause hätte ich nicht nur eine Mütze aufgesetzt und meine Winterhandschuhe angezogen, sondern außerdem meinen Sattel in sein Pelzmäntelchen gehüllt. Wir haben nämlich wunderhübsche Lammfelle, die nicht nur die Sitzfläche des Sattels abdecken, sondern auch die Sattelblätter. Das ist sehr angenehm, weil man da auch die Oberschenkel innen gewärmt bekommt.

Tja – den Sattelbezug hatte ich nicht mitgebracht. Der passt eben nicht auf jeden Sattel, schon gar nicht auf einen dieser Tiefsitzer, wie ihn Vongehren, vermutlich auch dem Irrglauben anhängend, dass die Reiter damit besser und »tiefer« sitzen, verwendet. Ich habe immer das Gefühl, dass die Dinger den Reiter in der Hüfte feststecken.

Immerhin hatte ich aber meinen Reitmantel mitgebracht – ohne Rücksicht auf Verluste und im Wissen, dass ich in dem Ding aussehe wie ein Expeditionszelt auf Wanderschaft. Mein Reitmantel – einst in England angeschafft, wo Reitmäntel bekanntlich die Alternative zu Reithalle sind – ist fast bodenlang, besteht aus einem blauen, mit dicken Daunen gefüllten, wasser- und windfesten Stoff und kann mit Karabinern so an den Beinen befestigt werden, dass sie im Sattel geschützt sind. Wenn ich in meinem Reitzelt rausgehe, habe ich außerdem immer einen extragroßen Schal um. Der dient als Tragetuch für meine Prinzessin. Ausritte sind für die bewegungshungrige Hündin immer das reinste Vergnügen und da kommt es ihr auch nicht auf die Jahreszeit an. Sie findet in jeder etwas, was sie entzückt. Im Winter ist es natürlich der Schnee, in den sie sich mit Wonne schmeißt. Aber er hat eben auch den Nachteil, dass oft schwer darin zu laufen ist. Schnee ist für Prinzessin W. superanstrengend – und manchmal, wenn ich lange unterwegs bin, schwächelt sie. Das sind dann die Momente, in denen ich mich nach unten bücke und die Arme aufmache: »Komm, Mäusle!« Dann ist sie mit einem Satz bei mir und ich stecke sie in meinen Schal und dann unter den Mantel. Der ist so großzügig geschnitten, dass mein zarter Whippet darunter passt – es sieht dann eben aus, als ob die Dame im Sattel ordentlich Holz vor der Hütte hat.

Vongehren hatte ein wenig schräg geguckt, als die Prinzessin aus dem Auto – dieses Mal nicht der gelbe Roadster, sondern Ferencs japanischer SUV – gestiegen war. Aber dann hatte er sich ein Lächeln abgezwungen: »Solange sie meinem Pferd nicht in die Beine läuft … ich hatte da mal schlechte Erfahrungen, seitdem bin ich mit freilaufenden Hunden sehr vorsichtig.«

Er war mit einem Porsche unterwegs, allerdings keinem aus der Flitzer-Reihe, sondern einem Cayenne, dem Geländewagen für Stadtcowboys. Dem hatte er einen Doppeltransporter angehängt, aus dem er nun eine große, braune Stute und die kleine Penelope lud. Dabei pries er sie dafür, wie einfach sie sich verladen lasse – das ist tatsächlich etwas, worauf ich bei Pferden achte. Ich habe schon zwei- oder dreimal Titanenkämpfe mit einem Pferd aufgeführt, das Kolik hatte, in die Klinik musste, sich aber um keinen Preis verladen lassen wollte.

Vongehren übergab mir Penelope – und was war es, was die dazu veranlasste, mir ihren Kopf an die Schulter zu legen? Die Geste kannte ich bisher nur von Pferden, mit denen ich vertraut war – und es konnte doch nicht sein, dass Penny mich schon nach einer Begegnung kannte! Wahrscheinlich roch ich an diesem Tag sympathisch – naja, sie bekam auf St. Leonhard sicher nicht viele Streicheleinheiten. Dort lernten die Praktikanten vermutlich ganz schnell, »Sentimentalitäten« zu vermeiden.

Vongehren schlug seine Autotür zu, kam zu mir und nahm mir Penelopes Zügel noch mal ab. »Ich hab' gerade mein Handy ins Auto geschmissen. Ich hasse es, wenn es bei einem Ausritt klingelt! Das macht mich richtig wahnsinnig. Auf dem Pferd sollte man wenigstens mal eine handyfreie Zeit haben. Wollen Sie Ihres nicht auch hier lassen?«

Den misstrauischen Seitenblick konnte ich mir nicht verkneifen, aber dann fiel mir ein, dass es ja überhaupt kein Problem war, ein Handy im Auto zu lassen. Ich hatte ja zwei dabei! Und so strahlte ich Vongehren so falsch wie möglich an und sagte: »Sie haben recht. Es nervt, wenn da das Handy klingelt. Ich schmeiße das meine auch ins Auto.«

Auf den drei Schritten zum Auto überlegte ich: Welches Handy zurücklassen? Ich entschloss mich zu »Max professionell« – das war das, bei dem am ehesten die Gefahr bestand, dass es klingelte. »Max privat« schaltete ich auf stumm.

Wir waren im Tal gestartet und erst einmal steil bergauf geritten. Vongehren hatte mir erklärt, dass der Blick ins Tal von einem der beiden Hänge wunderschön sei – und von rechts finde er ihn »geradezu umwerfend«. Also kletterten wir, wobei mir Penelope ausgesprochen gut gefiel. Sie hatte auch beim Klettern Ehrgeiz, sie zog richtig an, sie war ausgesprochen geschickt und trittsicher. Vongehren, der sich hatte zurückfallen lassen – seine Braune war offenkundig kein begeisterter Klettermaxe –, beobachtete und rief schließlich: »Die klettert wie eine Bergziege – und genau das wollte ich Ihnen vorführen. Die entwickelt acht Beine, wenn es irgendwo eng wird.«

Endlich waren wir oben, auf der einen Seite breitete sich vor uns eine weite Hochfläche aus, auf der weite Felder unter Schnee vom Frühling träumten. Auf der anderen Seite des Weges der Abbruch ins Tal hinunter, eine schroffe Kante, aber eine – diesbezüglich musste ich Vongehren recht geben – sensationelle Aussicht: Im steilen Hangwald standen immer wieder Felsen, teils einfach Steinbrocken, als ob Riesen mit Klötzchen gespielt hätten, teils aber auch schmale Felsnadeln, die den Wald überragten. Es hatte etwas von Gebirge – und zwar wilde Schlucht. Gleichzeitig lag aber unten das Tal mit seinem Bach und einer Wiese – und das war ein Idyll. Der Bach plätscherte unter alten Bäumen – ich erkannte Eichen, Buchen und Birken – dahin, die Wiese sah allerdings feucht aus und ich stellte mir vor, wie sie im Frühjahr zu blühen begann. Auf ihr gab es sicher Hahnenfuß, Iris, Wollgras, vielleicht sogar Orchideen und ich nahm mir vor, im nächsten Sommer einmal herzukommen. Am besten mit einem Picknick-Korb und einem XXL-Cellisten? Der mochte Blumen und kannte sich sogar damit aus – besser jedenfalls als ich, wozu allerdings nicht viel gehört.

Der Weg führte um eine Kurve und nun war er so nahe am Abhang, dass mir schon etwas unbehaglich wurde. Ich bin nicht schwindelfrei und Höhen machen mir Angst. Darum wollte ich eigentlich gerne an den rechten Rand des Weges, aber da war schon Vongehren mit seinem Schlachtschiff. Und nun fragte er, ob wir nicht mal angaloppieren wollten.

Mir war das sehr recht, denn ich ging davon aus, dass Penelope die Tatsache, dass sie kleiner als die Braune war, dadurch wettmachte, dass sie gelenkiger war.

Vongehren deutete auf die Prinzessin, die zwischen unseren Pferden dahintänzelte. »Wird das für sie nicht sehr anstrengend?«, fragte er.

Ich musste lachen. »Keine Sorge – die freut sich, wenn sie endlich mal richtig losrennen darf. Es wird dann eher für die Pferde anstrengend, ihr hinterherzukommen.«

»Na, dann los!« Vongehren ließ seine Braune angaloppieren und hob den Hintern aus dem Sattel.

Ich brauchte einen Augenblick, doch dann zeigte mir Penelope gleich, dass ich sie richtig eingeschätzt hatte – sie brauchte nur zwei Sprünge, dann war sie schon mit ihrer Stallgefährtin gleichauf. Die Prinzessin war sogar schon weiter – sie hatte gut eine Pferdelänge Vorsprung.

Eigentlich wäre ich nun ganz gerne aus meiner blöden Position am Hang herausgekommen, doch dazu mussten Penelope und ich an der Braunen vorbei – und die Idee schmeckte meiner Stute nicht. Offenkundig war die Dicke ranghöher und daran gewöhnt, das durchzusetzen.

Also gut. Ich versuchte, Penelope ein bisschen zu bremsen und hinter die Braune zu bringen. Das gefiel den beiden aber auch nicht.

Vongehren bremste auch ab und schaute zu mir. Er lächelte, aber dabei blieben seine Lippen schmal und die Augen waren es auch. Irgendetwas blitzte in ihnen – und dann ging es ganz schnell: Ich begriff, dass er diesen Ausflug mit einer Absicht veranstaltet hatte – und dann rempelte er mich an. Er drückte mit der Schulter und dem Oberkörper gegen mich, die Braune presste sich an meine kleine Stute und ich merkte, wie sie den Halt verlor, einmal ins Leere trat, rutschte, sich aber wieder fangen konnte. Doch ich war in Not – Vongehren startete nämlich den zweiten Anlauf auf mich und dieses Mal hatte er Schwung. Er knallte in mich hinein – und die Wucht des Aufpralls konnte ich nicht mehr aussitzen. Ich war eh aus der Balance und als Vongehren gegen mich drückte, war ich geliefert – ich kippte nach links ab, fiel in den Hang und kam ins Rollen. Es war nichts mehr zu machen. Ich stürzte, fiel, kugelte, rollte mit den Rippen und dem Becken über Stein, stieß mir den Kopf – welch ein Segen, dass ich einen Helm trug und der fest saß – an der Basis einer Felsnadel, wollte schreien, bekam aber nicht genug Luft und dann, plötzlich, blieb ich hängen. Unter mir knackte es noch, aber ich lag still und hatte etwas Kratziges im Gesicht. Ich war mit Kehrseite und Beinen an einem ungefähr mannshohen Felsen hängengeblieben. Daneben war eine Brombeerhecke und die Dornen hingen mir nun ins Gesicht.

Ich versuchte, mich zu befreien, zerkratzte mir dabei die Nase – und schrak zusammen, denn nun hörte ich das Knallen eines Schusses, gefolgt von Jaulen und Knacken. Ich riss mich hoch und schaute nach dem Knacken, probierte es mit einem Tigersprung, der dann aber doch eher nach rheumatischem Kater mit Luftmangel aussah, doch immerhin: Ich erwischte meine Prinzessin, obwohl meine Hand erst im Blut abrutschte. »Dieses A…. hat sie angeschossen! Aber dich kriege ich noch – und wie ich dich kriege!«, fluchte ich wütend, während ich mich an den Hang setzte, die Füße gegen den Fels gestützt. So, nun die Prinzessin auf den Schoss, ohne Rücksicht auf Verluste an Reithose oder Mantel. Die Kleine jaulte noch einmal – ich hatte sie ein wenig ungeschickt erwischt. »Mäuschen, tut mir leid. Ich passe besser auf … aber nun lass mich doch erst mal sehen, was du abgekriegt hast!« Ich tastete sanft ihre Beine ab – vorne war alles in Ordnung, aber hinten rechts war jede Menge Blut. Dennoch hatte sie Glück gehabt: Unter dem Blut fühlte ich Schrotkörner –und die waren mir auf jeden Fall lieber als eine Gewehrkugel.

Aber verdammt, warum hatte ich nicht mal bemerkt, dass der ein Gewehr am Sattel hatte? Vermutlich hatte er seinen Reitmantel darüber gehängt. Ja, ich erinnerte mich – der Mantel war über dem Sattel gehangen, als er aufgestiegen war. Er hatte sich erst oben in ihn hineingezappelt.

Aber verflixt, wieso wollte er mir den Hals brechen und meinen Hund umbringen?

Von oben wieder ein Geräusch – zwei galoppierende Pferde, eines wieherte – offenkundig war Herr Vongehren mit beiden Stuten auf dem Heimweg. Was versprach er sich nur von dieser Aktion? Wir waren doch nicht irgendwo im einsamen Alaska, sondern am Rand von Baden-Württemberg, wo man immer innerhalb von drei, vier Kilometern einen Ort findet. Glaubte er wirklich, ich würde mich wie Gretel ohne Hänsel im Wald verlaufen? Da sprach schon das Handy in meiner Hosentasche dagegen!

Oder nicht? Ich zog den Handschuh aus, angelte es hervor, wollte es einschalten – aber da ging nichts. Stumm lag das kleine Ding in meiner Hand – und nun sah ich, dass sich da ein Riss quer über das Display zog. Wahrscheinlich war ich darauf gefallen – immerhin hatte es auf der Hüfte gelegen, die mir jetzt auch wehtat.

»Shit!« Das Handy außer Betrieb und da winselte auch noch mein armer Hund um Aufmerksamkeit. Ich hob sie hoch – es hat seine Vorteile, ein zierliches Leichtgewicht an seiner Seite zu haben, und legte sie auf meinen Schoss. Jetzt musste ich einen Striptease machen – ich wollte nämlich an mein T-Shirt. Da ich aber im Winter dem berühmten »Zwiebel-Schichtenprinzip« fröne, musste ich mich jetzt erst einmal entzwiebeln: aus dem Mantel und dem dicken, handgestrickten Pullover – eine Erinnerung an meine Mutter, die mir das gute, blaue Stück in ihrem letzten Jahr an Weihnachten hatte schenken wollen. Sie war nicht mehr damit fertig geworden, aber Frau Häberle hatte ausgeholfen, die letzten Zentimeter am Ärmel gestrickt und die Teile zusammengenäht.

Unter dem blauen Kuschelpullover trug ich ein Flanellhemd – und das war ein Erbstück von Atreju. Wir waren letztes Jahr im Sommer mal am Baggersee schwimmen gewesen, dabei war ein Sturm aufgezogen. Er hatte das Hemd im Auto gehabt und mir gegeben. Und dann hatte er gefunden, dass ich in rot-blau-schwarzem Karo »süß« aussehe. »Ich müsste dir das Hemd schenken – dir steht es viel besser als mir!«, hatte er gesagt, worauf ich ihn angegrinst und »gebongt!« gesagt hatte. Im November hatte ich ihm dann zum Geburtstag drei neue Flanellhemden geschenkt – aber von dem rot-blau-schwarzen hatte ich mich nie wieder getrennt.

Darunter kam das weiße T-Shirt, auf das ich es abgesehen hatte. Ich zog es aus, legte es über die Prinzessin, zog meinen ganzen Kram wieder an und schnitt mit dem Taschenmesser die untere Naht des Shirts an. Nun ließ es sich einfach in Streifen reißen. Die Prinzessin unterdessen lag auf meinem Schoß, den Kopf auf meinem linken Arm. »Ach, mein tapferes Mäuschen!«, lobte ich sie und wickelte einen Shirt-Streifen um ihren Schenkel. Es wäre mir lieber gewesen, ich hätte die Wunden darin – es waren natürlich mehrere – ordentlich säubern und den Schrot entfernen können, aber ich konnte hier bei zunehmend schlechterem Licht und ohne Instrumente nicht riskieren, noch mehr Unheil anzurichten.

Noch mal zwei Streifen Verband, die Prinzessin hielt still und schaute mich aus ihren großen Augen voll Vertrauen an. »Ach, Mädchen – mir wäre wohler, wenn ich dich schon zuhause auf dem Tisch hätte! Aber davor müssen wir noch einen Abendspaziergang unternehmen.«

Prinzessin wieder auf den Beinen – wobei ich sah, dass sie das verletzte nicht voll belastete. Aber immerhin – auf drei Beinen käme sie durch und ich müsste sie nicht über die gesamte Strecke tragen. Außerdem wurde es immer kälter und der Wind frischte auf. Mich fröstelte trotz Reitmantel, aber ich hatte mich wohl zu wenig bewegt. Also stand ich auch auf – und kam sofort ins Rutschen und krachte gegen den Fels. Ich spürte, wie eine Rippe knackte – und nun war ich wirklich in Not. Mir blieb die Luft weg, ich hing auf dem Stein und japste, erinnerte mich daran, dass es nicht so viel bringt, wie eine Wilde nach Luft zu schnappen. Es nützt mehr, betont auszuatmen – aber mach das einmal, wenn die ganze Brust schmerzt und die Panik japsen will!

Verflixt, heute kam wirklich alles zusammen! Nun schneite es auch noch! Weiße Flocken tanzten durch den Wald, schimmerten im Abendlicht und legten sich sanft über Büsche, Bäume und den bemoosten Boden.

Der Prinzessin war offenkundig kalt. Sie versuchte, sich an mir aufzurichten, was ihr aber nicht gelang – sie konnte ja nur auf einem Hinterbein stehen. Ich nahm sie auf den Arm und drückte sie kurz an mich. »Ach, Mäuschen, wir sind ganz schön in Schwierigkeiten!« Aber deswegen musste sie nicht weiterzittern. Sie kam ins Tuch und unter meinen Mantel – und ich sah jetzt vermutlich aus wie ein Zombie, und wer mir begegnete, würde erschrecken. Aber verstrubbelt, zerkratzt, mit zerrissenem Ärmel – ich wusste gar nicht, wo mir das passiert war – und blutig müsste ich bestimmt niemand mühsam davon überzeugen, dass ich Hilfe brauchte.

Apropos begegnen – die Wahrscheinlichkeit, dass mir an diesem Hang jemand begegnete, war ja nun eher klein. Ergo musste ich zusehen, dass ich hier wegkam – aber wohin? Ich schielte über die Felsen hinweg ins Tal. Da war es komplett dunkel, nirgends war ein Licht zu erkennen. Also würde es wohl nichts bringen, da hinunterzuklettern. Andererseits – wir waren auf der Schwäbischen Alb und nicht irgendwo im alaskanischen Hinterland! Ich hätte meinen Hintern darauf gewettet, dass an den Enden des Tales irgendwelche Behausungen waren, vielleicht sogar ganze Dörfer. Und oben auf der Hochfläche – also, die war garantiert bewohnt. Es blieb also die Frage: Klettere ich nach oben oder nach unten?

Ich entschloss mich für »oben« und versuchte, an dem doch recht steilen Hang wieder hinaufzukrabbeln. Es war gar nicht so einfach – auf Knien und Ellbogen einen halben Meter nach oben, dann rutschte ich wieder ab, konnte mich gerade noch einer Wurzel festhalten, spürte aber einen fiesen Schmerz in der linken Hüfte. Die hatte ich beim Sturz geprellt. Zähne zusammenbeißen, noch ein Versuch – autsch! Dieses Mal rutschte ich und konnte mich nicht halten und landete wieder etwas tiefer in einer kleinen Fichte. ich zappelte mich hinüber zum Felsen, lehnte mich dagegen und japste erst einmal. Der Schmerz in der Hüfte nahm mir fast den Atem, außerdem puckerte es im linken Knöchel. Wenn ich versuchte, tief einzuatmen, protestierte mein ganzer Brustkorb, und als die Kleine – sie war während unserer Klettertour auf eigenen Beinen unterwegs gewesen – wieder auf meinen Schoß kletterte, schrie ich auf, weil sie die angeknacksten Rippen etwas ungeschickt erwischt hatte.

Verflixt, verflixt – die Situation wurde immer schwieriger. Es wurde immer dunkler, es fiel mir zunehmend schwer, die Pflanzen in meiner Umgebung zu erkennen. Dazu wurde der Schnee immer dichter und jetzt blieb er auch schon auf den Bäumen liegen.

In mir stritten sich Fluchtimpuls und gesunder Menschenverstand. Der Fluchtimpuls sagte: »Nichts wie weg hier – geh abwärts, da kannst du dich im Zweifelsfall rollen lassen!« Der gesunde Menschenverstand widersprach: »Willst du noch mehr Knochen ruinieren? Wenn die nächste Rippe knackt, landet sie in der Lunge und dann hast du gar keine Chance mehr. Pneumothorax mitten im Wald – da wäre sogar McGyver aufgeschmissen!«

Ich schaute mich um – obwohl ich sowieso nur noch schemenhaft die Umgebung erkennen konnte. Was für Optionen hatte ich? Nach oben ging nichts. Es war zu steil und zu rutschig. Nach unten ging's ohne Sicht auch nicht.

Also musste ich bleiben – und eigentlich waren diesbezüglich meine Chancen doch gar nicht so schlecht! Ich hatte den weiten, langen Reitmantel, der wind- und wasserdicht war. Und ich hatte die Felsen, die mir Windschutz gaben, links und rechts davon standen mittelgroße Fichten. Wenn ich mich auf einer Unterlage von Fichtenzweigen als Schutz gegen die Bodenkälte in den Windschatten der Steine drückte, die Kleine vorne in meinem Mantel, hatte ich eine Chance, bis zum Morgen durchzuhalten. Das Problem war nur der Schnee – ich war mir nicht sicher, wie wasserdicht mein Mantel war. Aber vielleicht konnte ich auch mit ein paar Fichtenzweigen etwas aufhalten?

Ich tastete wieder nach meinem Taschenmesser – und musste dabei schlucken. Das Teil – ein ziemlich großes, handfestes Schweizer Offiziersmesser – hatte mir Titus zum ersten Weihnachten in Waldeck geschenkt. Damals hatte ich ihn aufgezogen, dass ich nicht vorhätte, Trapper zu werden, ein Wildschwein auszunehmen oder mir eine Blockhütte zu bauen. Kurz darauf hatte ich dann aber einen Notfalleinsatz gehabt: Die Jährlinge auf einem benachbarten Hof hatten sich geprügelt und zwei hingen in einem Zaun fest. Da war ich heilfroh, am Taschenmesser eine Beißzange zu haben.

Jetzt klappte ich die Säge aus, rutschte zur Fichte hinüber und begann, von unten systematisch ihre Zweige abzusäbeln. Es war etwas mühsam, aber die Säge hatte Biss und ich dankte Titus im Geiste. So, die ersten drei Zweige waren ab, ich schob sie so unter mich, dass die leicht aufwärts gewölbte Seite nach oben war. So federten die Zweige ein wenig und ich hatte vor allem die »Windseite« der Nadeln gegen den Boden. War es nur mein Gefühl und die Hoffnung oder wurde es damit von unten ein wenig wärmer? Egal – ich säbelte weiter. Einen Zweig nach dem anderen – und die Prinzessin hatte offenkundig begriffen, was ich da tat. Sie schnappte jeweils den Ast, an dem ich sägte, und zog daran. Das erleichterte die Sache durchaus und ich musste schon auf die Knie, um noch an Zweige zu kommen. Gleichzeitig wuchs der Berg neben mir – sehr schön.

Aber gleichzeitig wurde der Schnee immer dichter. Doch jetzt fiel mir auf, dass ich ja unter der halb von Ästen befreiten Fichte liegen konnte – und da war der Boden mit ganz vielen Nadeln bedeckt und trocken. Dazu stand nur einen halben Meter von der großen Fichte entfernt eine kleine – und als ich versuchsweise einen meiner Zweige in die unteren Äste des großen Baumes legte und die Rückseite auf die oberen des kleinen, bildete sich da eine Art Dach!

Sehr gut – noch ein Zweig. Und noch einer und den etwas verschoben und hah – der Schnee blieb darauf liegen und darunter war es immer noch trocken! Ich legte gleich noch einmal drei Zweige darauf, schob den Rest in einem Bündel unter den Baum und krabbelte in die entstandene Höhle.

Gar nicht schlecht! Ich wälzte mich auf die gesunden Rippen, zog die Beine an, schlug den Mantel darüber und zog die Kleine, die mit mir unter die Fichte gekrochen war, an mich heran und in die Wärme des Mantels. Jetzt noch die Kapuze hoch und den Kopf hinein, entspannen, Hund festhalten – und ich spürte, wie sich ihre Wärme über mir ausbreitete und wie ihr Herzchen klopfte. »Ach, meine Prinzessin – ich bin so froh, dass du da bist. Ohne dich würde ich hier das heulende Elend kriegen. Aber nun lass mich mal nachdenken – wir müssen hier wohl durch die Nacht kommen. Solange es so stockfinster ist, haben wir keine Chance, wegzukommen. Morgen früh werde ich mir erst mal einen gescheiten Stock schnitzen und dann versuchen, ob ich auf der Kehrseite nach unten komme. Die Chance ist auf jeden Fall größer als nach oben.«

Die Prinzessin drückte ihren Kopf an meinen Hals und gab ein leises Brummgeräusch von sich. »Du bist so eine Liebe! Und warte, morgen früh haben wir bessere Karten. Ich weiß zwar nicht, ob das hier ein Privat- oder ein Staatsforst ist, aber wenn's ein privater ist, gehört er in der Ecke wohl dem Grafen von Leybach – und dessen Förster arbeiten nicht anders als unsere. Nach der ersten Nacht, in der richtig Schnee gefallen ist, fahren die durch ihren Wald und gucken, ob da alles steht, ob es nicht durch den Schnee zu viel Bruchholz gibt, ob sie Wild füttern müssen. Staatsförster machen es auch so – ergo haben wir morgen früh eine gute Chance, dass wir dem Förster begegnen und der uns rausholt«, erzählte ich meinem Hund. »Ansonsten scheint mein Mantel einigermaßen dicht zu sein und du bist eine feine Wärmflasche. Gemeinsam kommen wir durch die Nacht.«

Wenn wir keinen Förster trafen, konnten wir ja durch das Tal wandern und dann würden wir sicher einen Bauernhof finden. Ich konnte mir schon den Geschmack eines guten Steinofenbrotes mit Butter auf der Zunge vorstellen – ja, ich hatte Hunger. Den Morgen über war ich unterwegs gewesen, zum Mittagessen war ich dann im Schloss eingefallen. Frau Häberle kochte jeden Mittag für Stall und Försterei und beim Appetit unserer Lehrlinge und Forsteleven musste sie da sowieso wahre Berge auftragen. Da kam's auf eine Person mehr oder weniger nie an und so hatte ich mich mit einem der großen, alten Suppenteller mit an den Tisch gesetzt. Ferenc hatte mir zwei ordentliche Kellen voll Kartoffeln, Rindfleisch, Spätzle und Röstzwiebeln gegeben – Gaisburger Marsch[42], eine absolute Spezialität auf Waldeck. Bei Gaisburger Marsch stand sogar Titus mit dem Teller vor dem Topf – wenn er zuhause war.

Wie lange war das mit dem Gaisburger Marsch jetzt her? Ich schaute auf die Uhr. Gegessen hatte ich kurz nach eins, jetzt war es kurz nach sieben. Also um die sechs Stunden seit dem Essen – und da ist man dann wohl hungrig, aber es ist garantiert noch nicht im Bereich, in dem Entkräftung droht. Ich bin zwar, wie Titus und Atreju immer behaupten, nur eine »Viertelsportion«, aber so mager, dass ich nicht mal 24 Stunden ohne Futter durchhalten könnte, bin ich dann doch noch nicht. Ich habe mal gelesen, dass man ohne Flüssigkeitszufuhr nur vier Tage durchhalten kann, aber das war ja nicht mein Problem. Der Himmel belieferte mich ja mit bestem, sauberem Wasser in Form von Schnee. Also blieb das Essen – angeblich kann man 40 Tage ohne durchkommen. Doch abgesehen davon, dass ich nicht vorhatte, die nächsten 40 Tage unter meinen Fichtenzweigen zu brüten – ich war in einem deutschen Wald und ich bin die Tochter eines Mannes, der seine Freizeit in Wald und Feld verbrachte. Dabei hat er seine Kinder mitgeschleppt – und ihnen beigebracht, was man da draußen beachten muss, aber auch, was die Natur uns zu bieten hat. Und obwohl die Schwäbische Alb als eher karge Landschaft gilt – ihre Wälder sind großzügig. Der meist verbreitete Laubbaum darin ist die Rotbuche, die im Herbst ihre Früchte – die Bucheckern – abwirft. Bei uns Schwaben werden die »Buchele« genannt, und sobald im Herbst die ersten fielen, sauste ich mit einem Körbchen in den Wald.

---

42 – Der Gaisburger Marsch ist eigentlich eine Stuttgarter Spezialität. Der Name bezieht sich angeblich darauf, dass dieser Eintopf in einer Wirtschaft in Stuttgart-Gaisburg unweit einer Kaserne gekocht wurde – und dass die Soldaten dann mit dem Kochgeschirr zum Essen dahin zogen, also einen »Gaisburger Marsch« verrichteten.

Bucheckern enthalten ein Öl – und früher trug man sie säckeweise in die Ölmühle. Außerdem wurden sie in der Schweinemast verwendet und gebrannt als Kaffee-Ersatz. Der Haken ist allerdings: Bucheckern enthalten eben nicht nur das nahrhafte Öl, sondern auch eine ganze Menge Oxalsäure, außerdem Alkaloide und Trimethylamin.[43] Damit sind sie leicht giftig – und darum hat mir der Papa einst beigebracht, dass man schon so ein Dutzend aus der Schale puhlen und aus der Hand essen kann, aber so nett sie auch aus der Hand schmecken – meine Sammelleidenschaft galt den Buchele, die mein Vater dann an einem Lagerfeuer oder auf seinem Gartengrill in einer alten Metallpfanne röstete. Geröstete Bucheckern schmecken nämlich wie Nüsse – und ich liebe Nüsse.

Die Buchele waren aber nicht das einzige Angebot, das mir der Wald machte. Vorher, als wir an der Kante entlanggeritten waren, hatte ich gesehen, dass sich da einige Birken ziemlich erfolgreich an den felsigen Hang klammerten. Birken sind Spezialisten für schwierige Lagen. Sie gelten – so hat mir Forstwirt Titus einmal erklärt – als »Pionierbäume«, die kaum Ansprüche an den Boden stellen, aber dafür eben Licht und Luft brauchen. Lässt man sie wachsen, bereiten sie langfristig – im Wald muss man immer langfristig denken – den Boden so auf, dass später darauf auch anspruchsvollere Bäume wie Buchen und Eichen heranwachsen können.[44]

Ein weiteres Angebot hing auf Armweite von mir entfernt: Die Brombeeren hatten in diesem Herbst prachtvoll getragen und die Tiere im Wald hatten längst nicht alle Beeren geerntet, sondern einen nicht zu kleinen Teil als Wintervorrat stehen gelassen. Ich mag

43 – Die Kombination wird Fagin – von lat. »Fagus« = Buche – genannt.

44 – Und wenn Sie den Wald mit seinen vielen Bäumen genauer sehen und erkennen wollen, empfiehlt sich ein schlaues Buch: Das Kosmos Wald- und Forstlexikon, Erlbeck; Haseder; Stinglwagner; Franckh-Kosmos Verlags-GmbH & Co., Stuttgart, ISBN 3-440-15219-5

Brombeeren nicht so sehr, dass ich im Garten welche anpflanzen würde, aber wenn ich Hunger habe, esse ich sie natürlich.

Aber der Hunger war im Moment nicht mein größtes Problem. Die Kälte machte mir mehr Sorgen. Es war, als ob sie durch die Fichtenzweige von oben auf mich herabfallen würde. Weder Mantel noch Pullover noch Flanellhemd hielten sie auf – und ich war nicht die Einzige, die sie spürte. Die Prinzessin drückte sich ganz dicht an mich und zitterte immer wieder. Sie sehnte sich garantiert genauso nach unserem schönen Kachelofen wie ich.

Ob ich wohl doch noch versuchen sollte, ein Feuer zu machen? Es würde die Kälte vertreiben. Aber um eines anzuwerfen, müsste ich erst einmal Holz sammeln – im Dunkeln schwierig genug. Und dann noch trockenes Holz? Ich meine, feuchtes brennt nicht besonders gut, und was Feuer machen angeht, bin ich in der Theorie besser als in der Praxis. Um ehrlich zu sein: Ich schaffe es oft genug nicht, mit trockenem Buchenholz, jeder Menge klein gehackten Scheiten und der bewährten Anzündehilfe aus dem Supermarkt meinen Kachelofen in Gang zu bringen.

Und nun im dunklen Wald, wo alles triefte und es schneite? Je länger ich darüber nachdachte, desto klarer wurde mir, dass der Versuch, ein Feuer anzuzünden, vergebliche Liebesmüh sein würde. Holz sammeln, an einer Birke Zunder beschaffen – nein, das wäre nur unnötiger Energieverbrach. Es war gescheiter, wenn ich in meiner Fichtenhöhle blieb. Nur beschloss ich, mich darin ein wenig bequemer einzurichten, also zog ich den Mantel enger um mich, legte eine Hand auf mein warmes Hundemädchen und steckte die andere zum Warmhalten in die Manteltasche.

Kälte und Hunger machten mich müde. Ich hatte das Gefühl, gegen Watte in meinem Kopf andenken zu müssen. Dabei war die Frage: Konnte ich es mir erlauben, einzuschlafen? Ich erinnerte mich an ein Jugendbuch, in dem es um Bergsteiger gegangen war –

und da hatte sich einer verletzt, hatte eine Nacht im Fels ausharren müssen und sein Kamerad hatte die ganze Zeit auf ihn eingeredet: »Schlaf bloß nicht ein! Im Schlaf unterkühlst du total.«

Galt das jetzt auch für die Kleine und mich? Aber der Bergsteiger im Buch war irgendwo in einem richtigen Gebirge – Karwendel oder Zugspitze oder irgendwas Österreichisches – in Gipfelnähe unterwegs gewesen. Da konnte selbst im Hochsommer die Temperatur während eines Gewitters auf zweistellig minus absinken. Aber hier, im Mittelgebirge und bei Winteranfang? Der Schnee fiel immer noch – und ist es nicht so, dass es nur schneit, solange die Temperaturen nicht allzu tief sind?

Da war doch etwas über den Zusammenhang zwischen Schnee, Luftfeuchtigkeit und Temperaturen. Ich hatte das gelesen und es war mir nicht nur logisch erschienen, sondern hatte meine Erfahrungen bestätigt. Also, wie war das noch einmal? Himmel, wenn mir das Denken nur nicht so schwer fallen würde! Ich setzte mich auf, wickelte die Arme um die aufgestellten Knie und bemühte mich um Konzentration. Also: Damit es schneit, muss genügend Feuchtigkeit in der Luft sein. Doch je kälter es wird, desto trockener wird die Luft. Sie lagert die Feuchtigkeit meist irgendwo als Eisschicht ab oder lässt sie anderswo, in einer wärmeren Ecke, als Niederschlag herunter. Demnach kann man in unserer Gegend davon ausgehen: Solange es noch schneit, sind die Temperaturen nicht zu tief. Und schließlich saß ich ja nicht splitterfasernackt im Wald, sondern wohl verpackt. Und die Kleine hatte sogar einen Pelzmantel an!

Kalte Füße hatte ich aber trotzdem – und Atreju im Ohr, der jeden Winter schimpft: »Auf den Mond können sie fliegen, aber Reitstiefel bauen, in denen man sich nicht die Zehen abfriert, schaffen sie immer noch nicht!«

Dabei sehnte ich mich gerade nach der kompletten »Winter-Fuß-Ausstattung à la Waldeck«. Die besteht nämlich aus: Seidenstrümpfen, Wollstrumpfhose und Thermosocken. Darüber kommen die mit einem Flauschmaterial gefütterten Winter-Reitstiefel, in denen man einherstakst wie »der Storch im Salat« (so pflegte meine Mutter immer zu sagen). Damit kann man zum Beispiel fast eine Stunde in der Reithalle stehen, ohne dass man das Gefühl hat, die Zehen seien zu Eiszapfen erfroren. Und wenn wir in Waldeck im Winter aufs Pferd steigen, kommt noch etwas Wärmendes dazu: Wir haben uns Camargue-Steigbügel angeschafft. Die sehen aus wie Metallkörbchen und werden auf einer Basis – einer Metallellipse mit Zwischenstreben –, die ungefähr die Zwei-Drittel-Länge des Reiterfußes aufnimmt, aufgebaut. Darüber ist ein Schutzkorb aus mehreren Metallteilen. Damit kann man zum Beispiel durch Buschwerk reiten, ohne dass man dickere Äste an die Zehen bekommt – und das ist im Delta der Rhone, wo die Camargue-Pferde leben und die Steigbügel erfunden worden sind, ein echter Vorteil. Außerdem kann man im Camargue-Bügel nicht hängen bleiben. Bei einem Sturz rutscht der Fuß aus dem Korb.

Ihre größte Stärke spielen die Bügel aber im Winter aus. Wir haben nach ihrer Anschaffung zwei Schaffelle zum Gerben gegeben, wobei unser Naturgerber den Auftrag bekam, das Fell dann aus der Lohe zu ziehen, wenn es noch Wollfett enthält. Damit war es nämlich weitgehend wasserdicht. Und dann kam es – Lederseite nach außen – so in die Körbchen der Steigbügel, dass zwei Drittel des Fußes davon umgeben waren. Es brachte wirklich etwas.

Jetzt waren sie aber kalt und ich konnte die Augen kaum noch offen halten und ach, ich hatte noch so viel Nacht vor mir! Ich würde wach sowieso nicht durchhalten, also zog ich die Kapuze enger um meine Wangen und ließ mich ins Traumland entführen.

*****

»Uuugh – sei doch friedlich, Prinzessin! Es ist noch lang nicht morgen …« Ich seufzte und versuchte, den Mantel irgendwie anders um mich zu ziehen, so, dass er vielleicht doch ein bisschen mehr Wärme abgeben würde. Mir war so schrecklich kalt! Und jetzt fehlte mir auch noch die Prinzessin, die bisher meinen Bauch gewärmt hatte. Aber nun stand sie laut bellend neben unserm Lager und ließ sich gar nicht mehr beruhigen.

Das ist für sie sehr ungewöhnlich. Meine Kleine ist absolut kein Kläffer, sondern die Meisterin der leisen Töne. Manchmal höre ich tagelang nicht mehr von ihr als ein Fiepen, wenn sie irgendwo raus will; ein kleines, leises »waff!« – das ist zum Beispiel ihre Bestätigung, wenn ich aus dem Sattel hinunterfrage, ob wir galoppieren sollen – wobei sie, wenn sie sprechen könnte, an der Stelle sicher »hab' ich das schon mal abgelehnt?« sagen würde.

Doch jetzt war Prinzessin W. nicht mehr zu bremsen! Aber da war noch etwas! Durch ihr Bellen hindurch hörte ich eine dunkle Stimme: »Max? Mäxle?«

Ich krabbelte aus meiner Hölle und richtete mich mühsam – ich war so steif gefroren – auf. Der Abriss oben war taghell erleuchtet und ich sah Gestalten, die da durcheinanderliefen. Und waren da nicht einige in orange gekleidet? Und jetzt tönte eine andere Stimme: »Frau Doktor Kersten? Sind Sie da irgendwo, bitte melden Sie sich!«

Ich gab mir einen Ruck und hob einen Arm. »Hallo!« Oh, zu dumm – ich habe noch nie viel Stimme gehabt und jetzt hatte ich das Gefühl, dass ich nicht mal ansatzweise über das Gebell der Prinzessin hinaus kam. Noch einmal tief durchatmen und »Hallo! Hilfe! Ich bin hier!« Nichts zu machen – oben rief es wieder: »Maximiliane? Mäxle?« Das war Atreju! Da oben am Hang stand Atreju! Und allein die Tatsache, dass er in meiner Nähe war, dass er mich suchte, wärmte ein wenig. Ich schnappte meine Hündin, hielt ihr die Schnauze zu und rief: »Atreju! Ich bin hier! Hier unten, bei dem Fels mit den Fichten!«

»Max? Mäxle, bist du da? Halt durch! Wir holen dich rauf! Du musst keine Angst mehr haben …«

Einer von den Scheinwerfern schwenkte und tastete jetzt über den Hang, aber sein Kegel reichte nicht bis ganz zu meinem Standplatz. Ich rappelte mich auf und versuchte wieder einmal, am Hang hinaufzuklettern, dabei den Schmerz an Hüfte und Rippen zu ignorieren, aber ich rutschte jedes Mal wieder mit dem Fuß ab.

»Frau Doktor Kersten, warten Sie einfach ab! Zwei von uns kommen runter und holen Sie!«

Zuerst einmal kam aber ein noch stärkerer Scheinwerfer – und dieses Mal reichte er bis zu mir und ich stand blinzelnd und zähneklappernd in seinem Licht. Und nun sah ich auch, dass an einer Winde eine Trage abgeseilt wurde – ein Metallgestell, die Ränder hochgezogen, innen mit einem wasserabweisenden, orangenen Stoff bezogen. Das Ding kam vor mir zum Stehen, ich ließ die Kleine los, die begriffen hatte, dass sie nicht mehr bellen musste. Stattdessen beschnüffelte sie die Tragbahre, schaute dabei immer wieder zu mir – und ja, für mich sah das Teil einladend aus. Ich erkannte inzwischen, dass das Orangene darauf ein Sack war, in den ich komplett und mit Hund auf dem Bauch passen würde. Darin war es bestimmt wärmer und ich war doch so müde und außerdem – ich lehnte mich an den Felsen, denn die Hüfte tat richtig fies weh und die Rippen erinnerten mich bei jedem Atemzug daran, dass es ihnen auch nicht gut ging.

Die Tragbahre war am Kopf und Fußteil mit zwei schweren Stahlseilen befestigt. An zwei solchen kamen nun auch zwei Herren in Orange angekrabbelt. Beide trugen einen roten Helm, einen großen Rucksack und ein professionelles Lächeln. Der größere, zünftig, blond mit strahlend blauen Augen, genau der Typ Bergretter, den das ZDF gerne im Abendprogramm zeigt, hatte die Prinzessin schon eingefangen und auf den Arm genommen. »Ja, Mäusle – bist du verletzt?«

»Der Mistkerl hat auf sie geschossen! Sie hat Schrot im Bein«, erklärte ich.

»Aber Sie haben das gut versorgt!«, lobte der Ältere.

Ich schüttelte den Kopf. »Habe ich nicht. Der Schrot ist noch drin. Ich hab' nur verbunden, weil ich hier keine Instrumente und noch nicht mal ein Desinfektionsmittel hatte.«

»Na, das holen wir dann alles nach, wenn wir sie erst oben haben.« Der Blonde hatte seinen Rucksack abgenommen und zupfte an meinem Ärmel. »Machen Sie bitte den Arm frei …«

Ich wühlte ihn aus Mantel, Pulli und Hemd, der Sanitäter lächelte mich an, schob routiniert die Blutdruckmanschette darüber und steckte die kleine Klammer zum Messen des Sauerstoffgehaltes im Blut auf meine Finger links. Dann griff er unter meinen Ellbogen und stützte mich, wartete einen Augenblick – in dem ich mit der Erschöpfung und Müdigkeit kämpfte – und sagte dann: »Na, toll sind Ihre Werte aber nicht.« Und zu seinem Kollegen hinüber: »Die Werte sind nicht gut. Blutdruck 189:119, Puls 106, Temperatur 35,2. Ist 'ne leichte Hypothermie …«

»Na, dann pack' sie ein!«, empfahl der andere, ging in die Knie und öffnete den Reißverschluss am orangenen Sack auf der Tragbahre. »Kommen Sie, Frau Doktor Kersten – wir packen Sie jetzt auf unsere Trage, wickeln Sie warm und sicher ein und dann zieht die Winde den Schragen hoch. Droben steht der Notarztwagen, da werden Sie dann weiterversorgt …«

Ich ließ mich nur zu gerne auf dem Schragen nieder, denn der orangene Sack war innen mit einer Art Plüsch gefüttert. Dazu gab es darin ein Kissen und der Blonde legte eine Decke über mich. »Moment«, bat ich. »Prinzessin, komm!« Sie hatte nur darauf gewartet, von mir gerufen zu werden. Mit einem Satz war sie bei mir, rutschte neben mich, legte den Kopf auf meinen Arm und ließ sich mit in die Decke wickeln. Der etwas ältere Sanitäter zog den Reißverschluss des Bergungssackes bis ungefähr zu meinem Becken zu, dann nahm er meinen freien, linken Arm. »Ich leg' Ihnen einen Zugang, ist das okay?«

»Was wollen Sie mir geben?«, fragte ich.

Er band meinen Arm ab, desinfizierte ihn und schob ganz sanft einen Venflon in die Vene. Pflaster drauf, dann öffnete er den Reißverschluss an seinem Overall und nahm einen Beutel mit einer farblosen Flüssigkeit heraus. »Sie bekommen eine warme Ringerlösung!«, beantwortete er schließlich meine Frage und verband den Schlauch, der in den Beutel führte, mit dem an meinem Arm. »So.« Er sah kurz zu, wie die Lösung lief, dann hängte er den Beutel seitlich an die Tragbahre. »So!« Er zog den Reißverschluss höher. »Wie hoch darf ich mit Rücksicht auf Ihren Hund?«

»Kein Problem – die kuschelt sich an.«

Ein paar Minuten später zog die Winde an, die Herren Sanitäter am Kopf- und Fußende steuerten den Schragen, als er langsam den Hang hinaufkletterte.

Ich kämpfte dabei gegen den Schlaf, der mich immer wieder zu übermannen drohte. Es war eine lange Nacht gewesen, die Kälte hatte Kraft gekostet – aber ich wollte nicht einschlafen. Da oben stand nämlich Atreju und wartete auf mich – und wie hatte der mich überhaupt gefunden? Wieso war er nicht in Bayern?

Die Trage war oben über die Kante und wurde von der Winde, die an einem großen Wagen mit Kran und sonstiger Technik darauf angebracht war, neben einen Notarztwagen geschwenkt. Und da war Atreju – und ich musste fast lachen: Er trug eine dicke, türkisblaue Daunenjacke, deren Kragen hochgestellt war. Doch darunter sah er nicht winterlich, sondern eher feierlich aus: Frackhose mit zwei Galons – schmale Streifen aus Seide - an der Seite, darunter sehr elegante, schwarze Lackschuhe – und ich war sicher, dass er darin ordentlich kalte Füße hatte. Aber natürlich klagte er mit keinem Wort, sondern ging neben mir in die Knie: »Mäxle – wie geht es dir? Bist du schwer verletzt? Hat dich das Mistvieh angegriffen?«

Ich kam nicht dazu, seine Fragen zu beantworten. Ein dunkelhaariger Mann in orange-gelber Jacke beugte sich von der anderen Seite über mich und sprach mich an. »Frau Doktor Kersten? Mein Name ist Hofer, Doktor Reiner Hofer. Ich bin der Notarzt. Der Sanitäter sagte mir, Sie hätten Schmerzen in der Hüfte und in den Rippen links?«

»Ja, ich bin den Hang hinuntergefallen und ich dürfte mir ein paar Rippen und die Hüfte geprellt haben.«

»Sicher nur geprellt?«

Ich nickte. »Ich würde darauf wetten, dass nichts gebrochen ist. Ich muss sehr stabile Knochen haben – bisher habe ich mir nämlich noch nie was gebrochen und ich bin durchaus schon ein paar Mal vom Pferd gefallen.«

»Ich denke, man sollte trotzdem röntgen. Zudem sind Sie unterkühlt – und ich weiß ja nicht, wie sich das bei Tieren auswirkt, aber bei Menschen muss man da schon genau hingucken, damit sich beim Aufwärmen nicht irgendwelche Probleme ergeben.« Er fasste nach meinem Handgelenk, seine Finger tasteten nach dem Puls, er schaute auf die Uhr, wartete 30 Sekunden lang, dann sagte er: »110 – das ist nicht so toll. Also bringen wir Sie jetzt ins Krankenhaus.«

Ich spürte Atrejus Hand auf meinem Oberschenkel, griff danach und hielt sie fest. »Atreju, kommst du mit?«

Er lachte kurz. »Versuch doch mal, mich davon abzuhalten!« Er wartete, bis die Sanitäter meinen Schragen angehoben und in den Notarztwagen gepackt hatten, dann stieg er ein und klemmte sich auf den Notsitz neben mir.

Ein Sanitäter, der mit eingestiegen war, nutzte das – er nahm mir die Prinzessin ab, die immer noch auf meiner Brust lag, und drückte sie Atreju in den Arm. »Vorsicht – der Hund hat anscheinend auch was«, warnte er dabei.

»Sie hat Schrotkugeln im linken Oberschenkel!«, erklärte ich. »Der Mistkerl hat auf sie geschossen. Wahrscheinlich dachte er, sie holt sonst Hilfe oder so etwas …«

Atreju hielt die Prinzessin und spielte dabei sanft mit einem ihrer Ohren. »Arme Kleine! Dieser Typ ist wirklich fies – wenigstens die Tiere könnte man doch rauslassen!«

Der Arzt war inzwischen auch eingestiegen, die Türen wurden geschlossen und der Motor gestartet. Der junge Sanitäter schälte mich vorsichtig aus meiner Verzwiebelung – und kommentierte meinen in allen Farben schimmernden Oberkörper mit einem »Uuuh – das sieht aber bös' aus.«

Der Arzt schaute um ihn herum und nickte. »Hmm – tut fies weh, hmm?« Er tastete vorsichtig, nur mit den Fingerspitzen über meine Rippen. »Wie ist es mit den Schmerzen? Auszuhalten oder wollen Sie was dagegen?«

»Oh, gerne was dagegen!« Ich bin absolut keine Heldin aus der Abteilung »Ein Indianer kennt keinen Schmerz« – und warum auch? Ich lese manchmal auch ein bisschen in der Humanmedizin rum und daher weiß ich, dass das Aushalten von Schmerzen kein Heldentum, sondern eher Blödheit ist. Dabei läuft man nämlich Gefahr, dass der Körper sich den Schmerz »merkt« und nachher auch dann anzeigt, wenn die Ursache dafür beseitigt ist. So werden Schmerzpatienten gezüchtet – und diesbezüglich habe ich überhaupt keinen Ehrgeiz. Mir reicht es, einmal im Monat meine Tage zu haben.

»Irgendwelche Überempfindlichkeiten bekannt?«, fragte der Arzt.

Ich schüttelte den Kopf. »Nein, allerdings ist der Magen ein wenig empfindlich …«

»Na, dann spritze ich einfach Diclo – oder«, der Arzt grinste mich an, »was würden Sie bei einer so viehischen Verletzung geben?«

Ich grinste zurück. »Buta.«

»Oh, damit kann ich nicht dienen!«, grinste er und wir lachten beide, während er eine Spritze aufzog.

Atrejus Blick flitzte zwischen uns hin und her. »Weihst du mich in den Witz ein?«, fragte er nach einem Moment.

»Doktor Hofer hat mich gefragt, was ich bei einem verletzten Tier in so einem Fall medikamentieren würde, und ich sagte, dass wir als Schmerzmittel bei solchen Knochengeschichten immer noch meist Butazolidin einsetzen«, erklärte ich ihm. Ich sah ihm an, dass er immer noch nichts verstand, aber das konnte er als Laie auch nicht. Also sprach ich weiter, während der Arzt mir Diclophenac spritzte: »Phenylbutazon – das ist der Wirkstoff in dem Medikament, das unter der Handelsmarke Butazolidin verkauft wird – wird in der Humanmedizin nur noch eingesetzt, wenn kein anderes nichtsteroidales Rheumamittel wirkt – zum einen soll es krebserregend sein, zum anderen bekommt's dem Magen überhaupt nicht und zum dritten haben einige Patienten berichtet, dass sie unter Buta ziemlich wilde, erotische Träume hatten.«

Der Arzt, der mir die Spritze gesetzt hatte, hängte nun wieder eine Infusion an, dann setzte er sich grinsend. Atreju schaute von ihm zu mir und sagte amüsiert: »Naja, das muss ja nicht immer ganz schlecht sein.«

»Ich wär' jetzt aber nicht so scharf darauf«, sagte ich. »Außerdem kann's unangenehm werden, wenn es bei einem Hengst passiert. Wir hatten mal einen in der Klinik, den wir bei einem gerade operierten Bruch mit Buta versorgt haben – und dann meinte der, beim Aufstehen gleich lostoben zu müssen, weil er eine Stute gehört und wahrscheinlich auch gerochen hatte.« Ich hielt mich an Atrejus Rechter fest – mit der Linken hielt er nämlich die Prinzessin, die sich nun unter seiner Jacke an seine Brust schmiegte (was ich nur zu gut verstehen konnte). »Aber sag mal, Atreju, warum bist du hier? Ich dachte, du spielst Brahms in Nürnberg!«

»Hab' ich doch – wenn auch reichlich nervös. Ich war zwischen Anspielprobe und Konzert mit Yaron beim Essen, als mir irgendwie plötzlich ein Unbehagen kam. Ich hatte das Gefühl, dass mit dir irgendwas nicht stimmt. Also habe ich versucht, dich anzurufen. Zuhause warst du nicht, am Handy hast du dich auch nicht gemeldet.«

»Naja – das ist ja bei mir nicht so aus der Welt …«, sagte ich, fühlte mich aber dabei doch geschmeichelt und berührt. Dass er sich Sorgen um mich machte!

»Das dachte ich zuerst auch, und darum habe ich meine Vorspeise gegessen. Dann habe ich noch mal probiert – aber immer noch erfolglos. Und darum hat mir Hauptgericht dann schon nicht mehr richtig geschmeckt.«

»Was gab's denn?«, erkundigte sich der Arzt.

»Schäufele[45] mit Apfelrotkraut und einem rohen Knödel!«, erwiderte Atreju und sprach weiter: »Ich denke, es war sehr gut gekocht, aber mir hat der Gedanke an dich den Appetit verschlagen. Ich habe dann noch vier- oder fünfmal probiert, ob ich dich nicht erwische – und dann dachte ich, dass das ja irgendwie auch nicht sein kann. Selbst wenn du operierst, …«

»…. nimmt normalerweise jemand das Telefon ab«, vollendete ich den Satz für ihn. Tatsächlich ist es so: Wenn ich in der Klinik

45 – Ein »Schäufele« wird in Franken sehr gerne gegessen. Es ist ein Stück aus der Schweineschulter und wird mit Schwarte im Ofen knusprig geschmort.

operiere, liegt mein Telefon im Sekretariat und wird von einer der Damen angenommen – es könnte ja irgendwo ein Notfall sein. Darum sorge ich auch bei Einsätzen draußen, in irgendwelchen Ställen, dafür, dass jemand mein Telefon abnimmt, wenn ich gerade die Hände steril oder voll habe.

»Genau. Und darum war mir das so unheimlich. Ich dachte, du hast vielleicht dein Handy zuhause vergessen, aber auf jeden Fall kam mir das komisch genug vor, dass ich Ferenc Bacsi angerufen habe. Der beruhigte mich allerdings – du seist ausgeritten.«

»Und da habe ich nicht immer unbedingt das Handy an«, sagte ich. Wenn ich weiß, dass die beiden benachbarten Kollegen noch im Einsatz sind, leiste ich es mir manchmal, das Handy während eines Ausritts abzuschalten.

»Genau.« Atreju gab der Kleinen, die döste, einen Kuss auf die Stirn. »Ich ließ mich dann auch beruhigen, ging mit Yaron in die Halle, zog mich um und spielte mich ein bisschen ein. Um halb acht dann raus, wir ließen den Brahms vom Stapel und als Zugabe einen Vivaldi. So gegen viertel nach acht waren wir wieder in der Garderobe – und fünf Minuten später klingelte mein Handy. Es war Ferenc – und er sagte mir, er mache sich nun doch große Sorgen. Du hättest dir sein Auto ausgeliehen, um ausreiten zu gehen, dabei hättest du etwas von diesem Pferdehändler gesagt. Und nun sei es kuhkrabbennacht und du immer noch nicht zuhause. Er habe auch mehrfach anzurufen probiert – es könne ja wohl kaum sein, dass du immer noch irgendwo rumreitest …«

»Kurz vor acht.« Ich kratzte mich hinter dem linken Ohr. »Ich glaube, da lag ich schon im Wald. Es war so um die Dämmerung herum ….«

»Also schätzungsweise um halb sechs?«, fragte Atreju. »Das war die Zeit, zu der wir essen gingen und zu der ich angefangen habe, mich um dich zu sorgen. Irre, nicht?« Er zog meine Hand an die

Lippen, küsste sie, grinste dann aber schief und sagte in Richtung des Arztes: »Wir sind offenkundig durch unsichtbare Fäden verbunden. Die Magie der Freundschaft …«

»Die Frau Doktor Kersten vermutlich das Leben gerettet hat!«, sagte der Arzt sehr ernst. »Ich fürchte, die ganze Nacht in der Kälte hätte sie nicht durchgehalten.«

Atreju schluckte und ich beobachtete, wie sich sein Adamsapfel dabei bewegte. Dann sagte er: »Aber frag nicht, wie mir der Blutdruck hochgeschossen ist, als Ferenc sagte, dass du dich immer noch nicht gemeldet hast! Und auf meinem Handy war ja auch nichts von dir. Also habe ich dein Handy orten lassen – und sowohl Ferenc wie auch ich konnten uns nicht erklären, warum es in einem Wald bei Raxelfingen angezeigt wird!«

»War aber dann gescheit von Ihnen, die Bergwacht in Heidenheim zu alarmieren!«, sagte der Notarzt. »Die wenigsten Leute wissen, dass es in Baden-Württemberg die Bergwacht gibt.«

»Naja, wenn man auf Waldeck lebt, weiß man sowas schon. Bei uns haben die Bergwachten aus Schwäbisch Gmünd und Aalen schon Übungen gemacht«, erzählte Atreju. »Außerdem haben sich letztes Jahr zwei oberschlaue Kletterer aus der Stadt an einer unserer Felsnadeln verstiegen und die Bergwacht musste sie runterholen.« Er drückte meine Hand und ließ seinen Daumen sanft darüber kreisen. »Wobei die mich ziemlich geschockt haben. Als ich ihnen die Koordinaten vom Handy gab, machte der Koordinator am Telefon erstmal ›Ooops‹ – und dann meinte er, das sei keine gute Gegend für einen Mondscheinspaziergang.«

»Ganz bestimmt nicht!«, fand auch der Notarzt.

»Und du bist dann gleich losgefahren in Nürnberg?«, fragte ich.

Atreju seufzte – und musste gleichzeitig ausbalancieren, als der Wagen in eine scharfe Kurve ging. »Ich war schon unterwegs. Während ich mit Ferenc telefoniert habe, hat Yaron mein Cello und den anderen Kram eingepackt – und dann bin ich noch mit dem Handy am Ohr losgerannt.«

»Und hast wohl eine sehr gute Zeit herausgefahren!«, lobte ich.

»Ich hoffe nur, ich bin nicht durch zu viele Radarfallen gefahren, denn an Geschwindigkeitsbegrenzungen habe ich mich nicht gehalten.« Er schaute den Notarzt und dann mich an. »Hast du eigentlich den Flieger über dir gehört?«, fragte er, und ohne auf meine Antwort zu warten, wandte er sich an Dr. Hofer. »Der war von euch, oder?«

»Jain«, antwortete der. »Ich bin Johanniter und hier im Auftrag der Bergwacht unterwegs. Und die hat die Bundeswehr gebeten, mit der Wärmekamera einmal die Gegend zu überfliegen – das ist nachts die beste Methode, jemanden im Wald zu finden. Das einzige Problem dabei ist, dass die Jungs von der Bergwacht dabei auch schon diverses Wild aufgescheucht haben. Solange es zwei Rehe sind, ist es ja nicht schlimm, aber letztes Jahr haben die Helden mal Familie Wildsau – eine Bache mit sage und schreibe 12 Frischlingen – aufgestöbert. Das war dann ziemlich ungemütlich.«

»Wie kann so etwas passieren?«, fragte ich.

Der Notarzt erhob sich von seinem angeschraubten Hocker und schielte über den unteren, mit Milchglas verkleideten Rand der Scheibe nach draußen. »So – wir haben nur noch ein paar Minuten bis zum Krankenhaus.« Er lächelte mich an. »So eine Verwechslung bei der Wärmebildkamera kann relativ leicht passieren. Man kann ganz gut erkennen, ob da ein einzelnes Reh oder ein Wildschwein in die Kamera gelaufen ist – die hinterlassen einen roten Fleck, der lange nicht so dick und lang ist wie der von einem Menschen. Aber wenn sich zwei Rehe zusammen irgendwo hinlegen oder eben eine Wildsau sich mit ihrem ganzen Wurf in eine Kuhle druckt, erzeugen die vermutlich ähnlich viel Wärme wie ein Mensch – und das kann man dann nicht mehr so einfach erkennen.«

»Und ich war zu erkennen?«, fragte ich.

Doktor Hofer nickte. »Ja, sagen wir mal, es war nicht zu schwer, weil an einem so steilen Hang kein Tier schläft.«

Der Wagen rumpelte jetzt um eine Kurve und hielt an. »Huch – wo sind wir hier?«

»An der Ampel in Wasseralfingen. Wir halten jetzt direkt auf die Ostalbklinik in Aalen zu. Mit denen habe ich gesprochen, während man Sie den Hang hochgezogen hat – die haben ein hübsches Bettchen in der Orthopädie für Sie. Aber erstmal liefern wir Sie in der zentralen Notaufnahme ab.«

Atreju streichelte wieder über meine Hand. »Und das Mäuschen«, er hauchte noch einen Kuss auf die Stirn der Prinzessin und ich beneidete die schon ein wenig, »bringe ich wohl am besten zum Doktor Häffner. Oder soll ich sie gleich in die Klinik nach Heidenheim bringen?«

»Weiß nicht«, erwiderte ich. »Am liebsten wäre es mir, wenn die mir in der Klinik ein paar Instrumente leihen könnten und ich sie selbst verarzten kann. Es ist nicht so schlimm bei ihr – drei, vier Schrotkörner und die Blutung steht ja schon eine ganze Weile.«

»Na, dann werden wir mal sehen. Auf jeden Fall aber bleibe ich bei dir, bis ich weiß, was aus dir und der Prinzessin wird.«

KAPITEL 5

Ich werde wahrscheinlich nie verstehen, warum in Krankenhäusern zu einer so unchristlichen Zeit geweckt wird! Um die Ostalbkliniken in Aalen herum war es noch stockfinster, als bereits eine nervig-fröhliche Schwester in mein Zimmer marschiert kam. »Guten Morgen, Frau Doktor Kersten. Ich bin die Schwester Ina und ich will nur kurz Ihre Temperatur und Ihren Puls, dann dürfen Sie weiterschlafen.« Und bevor ich wusste, wie mir geschah, hatte sie schon ein Messinstrument an mein Ohr gesetzt, wartete, bis es piepste, und stellte dann fest: »36,8 – das ist gar nicht schlecht.« Ihre Finger tasteten nach meinem Puls.

»36,8 ist sehr gut für mich«, sagte ich. »Ich bin eher ein Kaltblüter …«

»Puls 82 – das ist auch nicht übel«, fand Schwester Ina. »Dann können Sie weiterschlafen.« Sie trug meine Werte auf einem Tablett ein.

»Ich glaube nicht, dass ich wieder einschlafe. Ich bin gewöhnt, früh aufstehen zu müssen. Könnte ich vielleicht ein Frühstück kriegen? Ich hab' richtig Hunger.«

Schwester Ina lächelte. »Hatten Sie kein Abendessen vor Ihrem nächtlichen Ausflug in den Wald?«

»Genau. Und ich war schon im Wald hungrig. Als ich hier ankam, habe ich allerdings drauf vergessen, weil ich mich um meinen Hund kümmern musste …«

»Na, dann gucke ich mal, ob wir schon Brötchen und was drauf gekriegt haben. Kaffee kann ich Ihnen aus unserer Maschine holen – oder wollen Sie lieber Tee?«

»Kaffee bitte!« Ich spürte, wie mir beim Gedanken an einen aromatischen, warmen Kaffee und ein knuspriges Brötchen das Wasser im Mund zusammenlief. Ich hätte Schwester Ina am liebsten hinterhergewinkt, als sie aus meinem Raum lief, aber sie sah nicht aus, als ob sie das amüsant finden würde.

Immerhin hatte ich aber ganz gut geschlafen, nachdem man mich geröntgt hatte. Dabei hatte sich meine selbst gestellte Diagnose bestätigt: nichts gebrochen. Nur eine der falschen Rippen war angeknackt. Allerdings hatte die Oberärztin gemeint, dass sich da wohl ein saftiges Hämatom bilden werde und dass ich an dem noch einige Tage Spaß haben würde. »Die nächsten Tage sollten Sie es ruhig angehen lassen – und immer schön einreiben, damit sich die Hämatome wieder verteilen!«

Nachdem ich mit reichlich Salbe versorgt und meine Rippen verpflastert waren, konnte ich die Oberärztin überreden, mir ein Lokalanästhetikum, einen antibiotischen Puder und ein paar Instrumente zu leihen. Anschließend ging sie »Blut ins Labor bringen«. Und unterwegs träfe sie vielleicht auf einen anderen Notfall – es könne schon sein, dass ich ein Viertelstündchen allein sein würde, bis sie wieder zu mir käme.

Ich nutzte die Zeit, meine Prinzessin zu verarzten – und die zeigte sich wieder einmal als »geduldig's Viechle«, wie mein Kollege Häffner einmal gesagt hat. Während ich mehrere Schrotkörner aus dem Oberschenkel pulte, hielt sie still – wenn auch mit Leidensmiene und mit Atreju, der ihr die Pfote hielt. Ich versprach ihr dann, dass er sie mit heimnähme und da fände er sicher ein warmes, weiches Plätzchen für sie. »Klar – und dann gucken wir, was wir bei deinem Frauchen im Kühlschrank oder in der Gefriertruhe finden und ich koch' dir sogar noch ein hartes Ei.«

»Boah, dir geht's aber gut, Prinzessin!« Ich hatte die letzte Schrotkugel erwischt, desinfizierte vorsichtig die Wunde und lächelte ihn kurz an. »Im Kühlschrank steht ein blaues Schüsselchen mit gelbem Deckel. Das holst du raus und packst es für drei Minuten in die Mikrowelle. Anschließend wieder eine Weile abkühlen lassen – und dann hast du das Abendessen für sie. Kann sie aus dem Schüsselchen futtern.«

»Und was ist es?« wollte er wissen.

»Hühnerinnereien – Herzchen, Leber und Mägen – auf Reis«, sagte ich. »Und dazu ein bisserl Gemüse aus unserem Garten.«

»Mann, Mann – bei dir geht es dem Hund besser als dem Kerl. Was krieg' ich denn?«, grinste Atreju.

Ich begann, das Bein der Prinzessin zu verbinden. »Tja – du warst nicht einkalkuliert. Aber du kannst mal in meiner Tiefkühltruhe wühlen. Da müsste noch eine Tüte mit Maultaschen sein. Außerdem kannst du da eine Dose mit Gulasch finden. Eine Ratatouille ist auch noch da, außerdem habe ich noch von dem Hirschschmorbraten, den du so mochtest.«

»Hmm – ich nehme alles zurück und behaupte das Gegenteil.« Atreju spielte mit Prinzessins Fledermausohren. »Wir werden schon satt, wir zwei, nicht? Aber wir werden dabei unser Mäxle vermissen. Wird komisch sein, ohne dich zu essen.«

»Tja – aber ich glaube, die würden mich nur auf eigenes Risiko entlassen und das finde ich nicht so gut«, sagte ich. »Weißt du, ich schimpfe immer, wenn die Besitzer von meinen Patienten meinen, es besser zu wissen als ich. Also kann ich hier wohl nicht gegen das Anraten der Kollegen von der Humanmedizin abhauen.«

»Sehr vernünftig!«, lobte Atreju. »Was meinst du denn, wann sie dich entlassen?«

»Die Chancen für morgen früh sollten gut stehen.«

»Fein, dann kann ich dich abholen«, lächelte Atreju und nahm die inzwischen komplett verbundene Hündin vom Behandlungstisch und stellte sie daneben auf den Boden.

»Musst du nicht wieder zurück auf eure Tour? Wo geht's denn morgen weiter?«, fragte ich.

»In Erlangen. Selbst wenn es schlecht läuft, bin ich da in drei Stunden. Also gegen eins bei uns los, bin ich um vier in Erlangen, kann mit Yaron und dem Orchester eine Stellprobe durchziehen, dann essen wir was und um acht ist Konzert.«

»Ist das nicht ein bisschen anstrengend?«, fragte ich besorgt.

Er lachte und küsste meine Hand. »Keine Sorge, meine Süße. Das schaffe ich locker. Weißt du, Yari hat früher Dirigenten und Agenten und andere Fiedler geschockt. Er war total tennisverrückt und ist vor einem Konzert noch über den Tennisplatz gewetzt …«

»Tennis? Als Geiger? Und seine Handgelenke?«, wunderte ich mich.

»Haben's ausgehalten«, beschied mich Atreju. »Wobei ich auf dem Flug nach Japan vor drei Wochen so einen kitschigen Roman erwischt habe, in dem die Dame sich von einem Geiger verführen ließ – und sie beschwärmte besonders seine sensiblen, schmalen Musikerhände. Da dachte ich an Yarons Pfoten und seine extrastabilen Handgelenke. Und wenn du es so siehst …« Er hob die Hände, drehte sie und schaute sie dabei an. »Von elegant und sensibel kann man bei meinen Pfoten auch nicht gerade reden.«

Ich hatte nach seiner Linken gefasst und meine Hand dagegen gelegt. »Ich mag deine Hände. Sie sind vielleicht nicht die schmalsten und elegantesten, die man antreffen kann«, ich spielte mit einem Finger über eine der Venen, die auf seinem Handrücken heraustraten, »aber dafür sind sie stark und dabei doch feinfühlig. Man merkt, dass du zupacken, aber auch streicheln kannst …«

Er hatte etwas verlegen gelächelt, mir die Hand weggezogen – und dann ganz schnell das Thema gewechselt. Und kurz darauf hatte er die Kleine auf den Arm genommen und sich zu einem schnellen Kuss über mich gebeugt. »Die Prinzessin und ich haben Hunger und sind müde. Wir fahren heim – und gehen dabei davon aus, dass du brav schläfst und dich erholst. Und morgen früh rufst du mich an, ob ich dich abholen darf, ja?«

Mittlerweile war mein Frühstück gekommen und kurz darauf der Stationsarzt, dessen Besuch ich erbeten hatte. Ich überfiel ihn natürlich mit der Frage, ob ich heimgehen dürfe. Er zupfte an seinem nicht vorhandenen Kinnbart. »Hmm – einen normalen Patienten würde ich so sicher nicht gehen lassen«, antwortete er dann. »Aber Sie sind Medizinerin …« Er legte den Kopf schräg und schaute mich einen Augenblick an. »Okay, Frau Doktor Kersten. ich werde Sie unter der Bedingung entlassen, dass Sie noch zwei, drei Tage Ruhe geben. Ich vermute, Sie haben eine kleine Gehirnerschütterung, außerdem brauchen diese massiven Prellungen Ruhe, um abheilen zu können.«

»Ja, ich weiß.« Ich konnte mir ein Grinsen nicht verkneifen. »Wenn ich ein Pferd mit solchen Verletzungen hätte, würde ich eine Woche Boxenruhe bei leichter Bewegung an der Hand anordnen – Schritt, Gräschen knabbern am Rain, sich einfach den Wind ein bisserl um die Nase wehen lassen, damit mein Patient in der Box keinen Koller kriegt …«

»Also wissen Sie, was Sie zu tun beziehungsweise zu lassen haben!«, lächelte der Kollege von der Humanfraktion. »Außerdem möchte ich Sie in drei, vier Tagen noch einmal sehen.«

»Kein Problem. Sie dürfen dann die Farbenpracht auf meinen Rippen anschauen – das wird bestimmt spannend«, sagte ich.

Er verzog das Gesicht. »Blöderweise habe ich selbst schon so richtig fiese Hämatome gehabt und weiß daher, was die wehtun können. Seitdem gucke ich sie nicht mehr so gerne an, obwohl ich neuerdings eine neue Perspektive darauf habe. In der zu korrigierenden Klausur einer Schwesternschülerin bekam ich zu lesen: ›Eine Verstauchung bekundet sich durch eine blau-grün-lila Verzierung unter der Haut‹.«

»Na, da kann ich ja mit einigem dienen!«, lachte ich.

»Man sollte es fotografieren – vielleicht können Sie's auf der Documenta ausstellen!«, grinste der junge Arzt und stand auf. »Ich denke, bis gegen neun habe ich Ihre Papiere zusammen, dann können Sie abschwirren.«

Ich hatte Atreju angerufen, er war kurz nach neun erschienen – und hatte sogar eine blaue Iris mitgebracht. »Aus meinem Strauß gestern Abend!«, hatte er erklärt. »Ich bin losgerannt, Yaron hat mir meine Zivilklamotten und die Blümchen hinterhergetragen. Er lässt dich übrigens grüßen …«

In seinem Auto hatte die Prinzessin gewartet und mich stürmisch hinternwackelnd empfangen. Dadurch, dass sie »bauartbedingt« ihren Schwanz zwischen den Hinterbeinen trägt, kann sie nicht so einfach mit ihm wedeln. Sie gleicht das aus, in dem sie einfach mit dem ganzen Hintern wackelt.

Vom Krankenhaus auf die Bundesstraße, aber da war noch eine Ampel – und als wir da standen, schaute Atreju zu mir herüber: »Müssen wir noch zur Polizei?«

»Wieso?«

»Na, willst du Vongehren nicht anzeigen?«

Ich seufzte. »Darüber habe ich die halbe Nacht nachgedacht. Ich weiß nicht, ob das was bringen würde. Was habe ich denn in der

Hand? Er hat mich zu einem Ausritt eingeladen – kann ich nicht belegen, weil das alles über ein Prepaid Handy lief. Er ist mit mir ausgeritten – ich glaube nicht, dass uns jemand dabei gesehen hat, also noch etwas, was ich nicht belegen kann. Er hat mich geschubst – da wird Aussage gegen Aussage stehen. Er hat auf den Hund geschossen – das wird er abstreiten ...«

»Na, hör!«, unterbrach er mich. »Dafür, dass die Prinzessin eine Ladung Schrot im Bein hatte, gibt es Zeugen!«

»Ja, aber wie ist sie dazu gekommen?« Ich räkelte mich in dem bequemen, geheizten Sitz seines Wagens. »Wenn ich an seiner Stelle wäre, würde ich da eins von wegen: ›Ich? Unschuldig wie ein Neugeborenes! Das muss ein Förster oder Jagdpächter gewesen sein, der sie beim Jagen erwischt hat!‹ erzählen.«

»Dann würde man aber nach diesem Jagdpächter oder Förster suchen!«, widersprach mir Atreju.

Ich seufzte. »Würde man? Die Polizei ist notorisch überlastet und ich glaube nicht, dass die wegen so einer Räuberpistole – und das, was ich ihnen zu erzählen habe, klingt mächtig nach einer solchen – ein ganz großes Fass aufmachen!«

Er schaute kurz zu mir rüber, dabei schüttelte er den Kopf. »Da traue ich der deutschen Polizei mehr zu als du, Liebchen. Wenn du denen erzählst, wie du überhaupt auf ihn gekommen bist – die Geschichte mit Dorita und Carina Müllerschön –, werden die sich den Knaben sehr wohl mal angucken. Und bei so viel Dreck wie der wohl am Stecken hat, sehe ich die Chancen, dass die Polizei welchen davon findet, ziemlich hoch.«

»Erklärst du einem Polizisten, was mich auf die Idee gebracht hat, dass bei Dorita das Papier nicht stimmt?«, fragte ich ironisch.

»Ja, mach ich, wenn du das willst. Ich erzähle ihm dann aber auch gleich, dass du noch bei anderen Pferden in seinem Stall am Stammbaum zweifelst.«

»Und den ganzen Pallawatsch mit den Stammbäumen – warum die so relevant sind, wie das normalerweise funktioniert …«

Er hob wieder mal die Hand und nützte die Tatsache, dass er in einem Ort an der Ampel anhalten musste, um die Hand zu heben: »Mäxle, was hast du zu verlieren außer etwas Zeit?«

Ich stöhnte. »Tja ….«

»Du möchtest der Polizei nicht unbedingt auf die Nase binden, dass du selbst Detektiv gespielt hast?«, fragte er.

Dieses Mal verdrehte ich die Augen. »Hat dir eigentlich schon mal jemand gesagt, dass deine Eigenschaft, Dinge so auf den Punkt zu bringen, ziemlich übel ist?«

Atreju lachte. »Ja, das habe ich schon bisweilen gehört.«

»Aber es bewegt dich nicht?«

Er zuckte mit den Schultern. »Was soll ich machen? Es ist offenkundig ein integraler Teil meiner schrägen Persönlichkeit. So wie der Stimmstock zum Violoncello, so gehört die Gewohnheit, Wahrheiten auszusprechen, zu mir. Aber komm, nun gibt deinem Herzen einen Ruck! Ich bin bei dir und ich trage ja die Mitschuld an dem Stunt. Zudem kann ich mir nicht vorstellen, dass der irgendwie illegal war. Wir hatten ja nicht vor, unter falschen Namen irgendwas anzustellen, und es ist auch niemand außer dir und der Prinzessin zu Schaden gekommen. Also«, er trat auf die Bremse und ließ den Wagen mit 20 über die Landstraße schleichen, »Gnädigste, soll ich jetzt umdrehen und nach Aalen zur Polizei fahren?«

»Äh …« ich kratzte mich am Kopf. »Ich weiß gar nicht, ob da Aalen zuständig ist. Er wohnt zwar im Ostalb-Kreis und Aalen ist, soviel ich weiß, die dazugehörige Kreisstadt, aber wer sagt denn, dass er hier schon mal was angestellt hat? Der Unfall jedenfalls ist in der Nähe von Laupheim passiert. Das ist aber Regierungsbezirk Tübingen. Und die Story mit Carina Müllerschön – dafür ist vermutlich die Stuttgarter Bullerei zuständig.«

Atreju schüttelte lächelnd den Kopf. »Und du wohnst im Landkreis Göppingen!« Er drehte sich zu einem Blick nach hinten um, entdeckte da nichts, bremste, fuhr in einen abzweigenden Feldweg und feixte: »So sorry, meine Schöne, aber mir ist nicht der Sprit ausgegangen, sondern ich drehe um, damit wir zurück nach Aalen fahren können. Das scheint mir noch die beste Anlaufadresse zu sein.« Er ließ seinen Worten Taten folgen, steuerte den Porsche rückwärts auf die Straße und fuhr – sehr flott – in Gegenrichtung davon.

*****

Wie stellt man sich einen Kriminalhauptkommissar vor? Also die, die einem im Tatort gezeigt werden, waren nie so recht meine Kragenweite. Ich will weder einen Gammler noch einen komplizierten Melancholiker, und ob ich mit einem grantelnden Schwaben klarkommen würde, weiß ich auch nicht. Aber Heiko Kiehlmeyer – was mir in Aalen als »Leiter des Dezernats Tötungsdelikte« vorgestellt worden war, sah nicht nur gut aus – dunkelhaarig mit welligem, kurz geschnittenem Haar, das am Hinterkopf aufwärtsstrubbelte wie bei dem berühmten Moritz –, sondern schien auch einige graue Zellen in seinem ansehnlichen Kopf aufzubewahren. Also, wenn Max nicht schon so in diesen norwegischen Cello-Fiedler verschossen gewesen wäre, hätte sie diesem Moritz, der sie aus preußisch blauen Augen unter langen Wimpern freundlich und interessiert anschaute, schon mal die Strähne am Hinterkopf geglättet.

Dabei hatte ich keine halbe Stunde davor innerlich über die »Umständlichkeit« der Polizei geflucht. Das war, als ich meine Geschichte zum dritten Mal erzählt hatte. Das erste Mal war ich sie – in relativ kurzer Form – am Tresen des Polizeipräsidiums in Aalen losgeworden. Atreju und ich waren in etwas hineingestiefelt, was aussah, wie sich Lieschen Müller das Polizeirevier vorstellt: Amtsstube mit Tresen, links und rechts von der Tür zwei alte, stabile Holzbänke, hinter dem Tresen ein paar Schreibtische, an denen Polizisten in Uniform Papiere wälzten. Immerhin waren die Herren und Damen freundlich. Eine junge Dame mit hübschem, blondem Lockenkopf tauschte über den Schreibtisch Blicke mit einem Dunkelhaarigen aus, dann seufzte sie, stand auf und kam zu uns: »Hallo. Ich bin Polizeimeisterin Kerstin Tache – wie kann ich Ihnen helfen?«

Ich schaute Atreju hilfesuchend an, aber den Gefallen, für mich zu reden, tat er mir nicht. Er wartete geduldig, bis ich mich geräuspert und der Polizistin von meinem Treffen mit Vongehren und unserem Ausritt erzählt hatte. Sie machte sich ein paar Notizen, hörte aber in aller Ruhe zu – und meinte schließlich: »Das klingt ja wirklich abenteuerlich.« Es klinge sogar so abenteuerlich, dass sie jetzt das Dezernat »Tötungsdelikte« anrufe und den Kommissar bitte, runterzukommen und sich das anzuhören.

Tja – wir saßen dann ungefähr drei Minuten auf den Holzbänken, bis sich die Tür hinter dem Tresen öffnete und ein dunkelhaariger, junger Mann eintrat. Er beugte sich kurz zu der Blondine, die wieder an ihrem Schreibtisch saß, wechselte zwei Sätze mit ihr, dann kam er um den Tresen herum und auf uns zu. Er streckte mir die Hand hin, lächelte dabei aber auch Atreju an. »Hallo, ich bin Kriminalhauptkommissar Heiko Kiehlmeyer und leite das Dezernat ›Tötungsdelikte‹. Die Kollegin Tache sagt, Sie hätten eine spannende Geschichte zu erzählen? Wie wäre es, wenn wir uns dazu eine ruhige Ecke suchen und ich Ihnen einen Kaffee oder Tee spendiere?«

»Klingt sehr gut«, antwortete ich.

»Mit Kaffee kann man mich immer locken!«, kam es von Atreju.

»Na, dann lassen Sie uns zu mir nach oben gehen!« Er grinste, als er den Tresen für uns öffnete und uns durch das Büro der Streifenpolizisten in einen Flur und zum Aufzug führte. Oben kamen wir in ein Büro mit allem, was bei der Polizei wohl dazugehört: Gummibaum, Fahndungsplakate an den Wänden, ein Werbeposter der Polizei, ein Sideboard mit chromblitzender Kaffeemaschine neben einem Waschbecken. Der Kommissar bat uns durch sein Vorzimmer in sein Büro – ein großer Raum mit zwei sich gegenüberstehenden Schreibtischen, einem dritten an der Wand und einem Besprechungstisch mit sechs Stühlen vorne.

Er bot uns Platz an und begrüßte dann einen Kollegen – etwas jünger als er, rothaarig, aber mit bereits zurückweichendem Haaransatz – in Jeans und Pulli, der mit einem Stapel Akten unter dem Arm hereinkam. »Rocco, hörst du dir die Geschichte bitte mal mit an? Die ist's wirklich wert!« Dann wandte er sich uns zu, mit einem Lächeln in Richtung des Kollegen stellte er vor: »Frau Doktor Kersten, Herr Ødegård, Kriminalkommissar Rocco Lienhardt. Und jetzt ordere ich wohl erst mal einen Kaffee – oder möchte jemand Tee?«

Keiner wollte Tee, auf den Kaffee mussten wir noch einen Augenblick warten, aber Kommissar Kiehlmeyer, der sich mit Diktiergerät, Block und Stift bewaffnet hatte, fragte erst einmal unsere Personalien ab. »Ach ja – Tierärztin, Baujahr 1982, geschieden, wohnhaft auf Burg Waldeck. Sehr gut. Und mit Herrn Ødegård sind Sie weder verwandt noch verschwägert, aber befreundet?«

»Ja, kann man so sagen …«

»Herr Ødegård, was muss ich über Sie wissen?«

Atreju lächelte, lehnte sich zurück, kreuzte die langen Beine und sagte: »Ich heiße Atreju – und nein, meine Mutter hatte keine Fantasy-Bücher gelesen, sondern ich bin nach meinem gleichnamigen Großvater getauft. Der war dabei, als ich am 11. September 1971 auf Uløybukta – das ist auf der Insel Uløya in Norwegen – geboren wurde. Die ersten Jahre bin ich in Sørkjosen zur Schule gegangen, dann war ich auf einem Internat in der Nähe von Oslo, danach habe ich in Oslo und Wien Violoncello studiert. Ich bin verwitwet, habe eine Professur an der Staatlichen Hochschule für Musik und darstellende Kunst in Stuttgart und lebe seit drei Jahren auf Burg Waldeck. Und ja, Frau Doktor Kersten und ich sind befreundet.«

»Und Sie waren dabei, als Frau Doktor Kersten diesen Herrn Vongehren des erste Mal traf?«

»Ja«, nickte Atreju. »Aber das war nicht der Ausgangspunkt. Ich denke, Frau Doktor Kersten sollte Ihnen das von Anfang an erzählen.« Er schaute mich an. »Dorita? Das war doch der Anfang, oder?«

»Ja!«, nun nickte ich. »Für mich hat die Geschichte damit angefangen, dass ich von meinem Verleger gebeten wurde, ein Pferd probezureiten, das er für seine Tochter kaufen wollte. Außerdem sollte ich bei dem Tier als Tierärztin eine Ankaufsuntersuchung machen. Das Pferd stand bei einem Händler in der Nähe von Bietigheim-Bissingen …«

Ich war gerade an der Stelle angekommen, an der ich zu erklären versuchte, warum mir Doritas Stammbaum nicht ganz kosher vorgekommen war, als eine Sekretärin Kaffee und eine Schale mit Keksen brachte. Der rothaarige Kommissar Lienhardt nahm die Pause als Chance, eine Zwischenfrage zu stellen: »Verstehe ich das richtig? Sie sind eine sehr erfahrene Reiterin, sonst hätten Sie das nicht merken können?«

»Kann man so sagen, ja. Dazu kommt, dass ich die Linie, aus der Dorita angeblich stammt, sehr gut kenne.«

»Sie haben den Leuten dennoch zum Kauf geraten?«, fragte Lienhardt.

Ich nickte. »Die Ankaufsuntersuchung war in Ordnung, das Pferde konnte, was es sollte, und nur aufgrund meines Gefühls wollte ich nichts sagen …« Ich erzählte dann aber, wie Dorita schon kurz darauf wieder in meiner Optik erschienen war und wie ich hinter ihrer früheren Besitzerin hertelefoniert hatte.

Lienhardt und Kiehlmeyer hörten mir sehr interessiert zu, beide machten sich immer wieder Notizen und stellten die eine oder andere Zwischenfrage. Es dauerte gut eine Dreiviertelstunde, unterbrochen von zwei Störungen der Sekretärin, die schon etwas ungeduldig wurde, bis ich mit meiner Geschichte durch war. Die beiden Polizisten schauten einander an, dann seufzte Kiehlmeyer: »Du oder ich?«

»Ich – du hast den letzten geschrieben!« Lienhardt schaute mich an. »Frau Doktor Kersten, wir werden jetzt erst mal ein Protokoll schreiben, schließlich sind wir eine deutsche Behörde. Das wird ein bisschen dauern, aber wir brauchen dann trotzdem eine Unterschrift von Ihnen. Ich denke, deswegen wird einer von uns heute Abend bei Ihnen vorbeikommen. Ansonsten werden wir mit unserem Staatsanwalt reden – wenn Sie das richtig einschätzen, haben wir ja nicht nur einen versuchten, sondern auch einen vollendeten Mord bei der Geschichte in Stuttgart. Von dort werden wir selbstverständlich Unterlagen anfordern und uns mit den Kollegen kurzschließen. Sie hören von uns – und der Herr Vongehren vermutlich auch bald!«

*****

Ich war heilfroh, dass Atreju mich überredet hatte, zur Polizei zu gehen. Nachdem Vongehren mich so kaltblütig den Hang hinuntergeworfen und auf die Prinzessin geschossen hatte, war mir doch ganz anders geworden. Ich bin definitiv nicht zur Heldin geschaffen, und so neugierig, dass ich dafür mein Leben geben würde, bin ich auch wieder nicht. Im Gegenteil – ich fand den Gedanken daran, dass nun die Profis bei der Kripo auf Gestüt St. Leonhard herumschnüffelten, sehr beruhigend. Besser die als ich – und wenn ich Glück hatte, würden sie mir ja ein bisserl was von ihren Ermittlungen erzählen!

Am Samstagabend war immerhin schon Kiehlmeyer mit dem zu unterschreibenden Protokoll unseres Treffens angedackelt gekommen und hatte mir an meinem Küchentisch erzählt, dass er mit den Stuttgarter Kollegen telefoniert habe, aber viel sei da am Samstag nicht gegangen. Momentaner Stand der Dinge: Carina Müllerschön habe einen tödlichen Unfall erlitten. Über das gegnerische Fahrzeug wisse man nur, dass es ein großer, dunkler SUV hätte sein müssen. Aber da es keine Zeugen gäbe und in den Werkstätten der Umgebung in den Tagen danach kein dunkler SUV mit entsprechenden Schäden aufgekommen sei, habe man die Ermittlungen mittlerweile eingestellt. »Am Montag sehe ich mal, ob da nicht doch noch was geht. Ich meine, es kann ja wohl nicht wahr sein, dass man bei uns damit durchkommt, jemanden totzufahren.«

An der Stelle erwähnte ich, dass Vongehren wohl Beziehungen zu Porsche hatte – und wer weiß, ob das Unfallfahrzeug nicht ein schwarzer Cheyenne gewesen war? Kiehlmeyer meinte, das wäre aber sehr dreist gewesen, dennoch: Man werde bei Porsche nachfragen.

Als er sich verabschiedete, winkte ich ihm hinterher – sehr zum Amüsement von Frau Häberle, die gerade auf der Treppe gestanden hatte. »Jaja«, stellte sie fest, »kaum sind unsere Kater mal aus dem Haus, schon tanzt die Katze auf dem Tisch! Des war aber a netter junger Moa! Und a saub'rer! Warum lassen Sie so einen gehen und laden ihn nicht wenigstens zu einem Viertele ein? «

Nun fand ich zwar auch, dass man mit Heiko Kiehlmeyer ins Kino gehen könnte, ohne ihm eine Bäckertüte über den Kopf zu ziehen, aber ich hatte dennoch keinen Bedarf für einen Kriminalhauptkommissar. Blöderweise bin ich nämlich auch im Unerwidert-Lieben treu und beständig. Man könnte auch sagen: Ich vergleiche jeden Mann, der mir über den Weg läuft, mit Atreju – und wer könnte da bestehen?

Drei Tage nach seinem Besuch auf Waldeck kam Heiko Kiehlmeyer nochmal vorbei. »Bezüglich des Unfalls in Stuttgart – das scheint ein Schuss in den Ofen zu werden«, erzählte er mir. Er habe sich mit den Stuttgarter Kollegen verständigt, die am Fahrzeug der Carina Müllerschön eine Probe von dem dunklen Lack des Wagens, der sie abgedrängt hatte, genommen hätten. »Die stammte von einem richtig alten Russenpanzer – Lada Niva 1.7, Baujahr zwischen 1995 und 1998, schwarz.«

»So einer müsste sich doch finden lassen! Die fahren doch bestimmt nicht mehr oft rum«, jubelte ich.

Doch Kiehlmeyer schüttelte den Kopf. »Das haben die Stuttgarter Kollegen auch gehofft – und wurden enttäuscht. In Stuttgart zum Beispiel gibt's rund ein Dutzend Lada Nivas aus den Jahren, drei davon sind sogar schwarz lackiert, aber die sind und waren in Ordnung. In unserem Landkreis gibt es drei schwarze Lada Nivas – keiner war in den letzten Monaten mit Blechschaden in der Werkstatt. Dafür hat mir ein Schulkamerad, der eine freie KFZ-Werkstatt betreibt, gesagt, dass man bei so alten Ladas nicht damit rechnen müsste, dass sie in der Vertragswerkstatt auftauchen. Diese Teile hätten den großen Vorteil, dass man sie mit Hammer und Meißel reparieren kann.«

Doch kurz zusammengefasst bedeute das wohl, dass die Chancen, den Lada zu finden, sehr gering seien. Ohne den könnten sie aber Vongehren nicht mit dem Unfall in Verbindung bringen.

»Äh, Herr Kiehlmeyer, haben Ihre Stuttgarter Kollegen an die beiden Radarfallen gedacht?« Ich rief am Computer die Karte dieser Ecke auf und erklärte ihm: »Am Ortsausgang von Mühlhausen hängt eine Kamera. Und ...«, mein Finger wanderte durch das Tal, in dem Carina Müllerschön verunglückt war, Richtung Friedhof Zuffenhausen und blieb an seinem Westende liegen. »Am Friedhof Zuffenhausen ist die zweite. Also, wenn er nicht in Zazenhausen ...«

halbe Strecke wieder zurück, die Abzweigung in Zazenhausen, von der aus man in Stuttgart-Freiberg herauskam, »... abgebogen ist, muss er beide Radarfallen berührt haben. Und wenn er abgebogen ist, ist er an einer Radarfalle vorbeigefahren.«

»Er ist auf jeden Fall an zwei Kassierautomaten vorbeigefahren«, seufzte der Kriminalkommissar und tippte auf die Abzweigung. »Hier ist die dritte auf der Strecke – man kommt ins Tal weder rein noch raus, ohne durch eine solche Einrichtung zu fahren. Aber wenn das Vongehren war, hatte er sein Hirn in Betrieb. Radarfallen lösen bekanntlich nur aus, wenn man mit erhöhter Geschwindigkeit durchbraust – und das scheint er nicht getan zu haben. Allerdings meint mein Stuttgarter Kollege, das könne man schon fast als Verdachtsmoment sehen. Jemand fährt mit dem Vorsatz in dieses Tal, einen Unfall zu provozieren – also hält er sich auf dem Hinweg sorgfältig an die Vorgaben, damit ihn eben keine Radarfalle erwischt. Dann begeht er die Straftat und seine Fahrerflucht – wobei er da davon ausgehen muss, dass mit jeder Minute, die er im Tal verbringt, die Gefahr größer wird, einem Polizeiwagen zu begegnen – und dem wäre er vielleicht mit seinen Blechschäden aufgefallen? Herr Trumrey, mein Stuttgarter Kollege, meint, eigentlich könnte man da erwarten, dass ihm die Nerven flattern und er Gas gibt. Aber sie haben alle drei Radarfallen sorgfältig kontrolliert – nichts zu finden.«

Ich hatte mit der Faust auf den Tisch geklopft. »Mist, Mist, Mist!«

Darauf hatte Kiehlmeyer mit den Schultern gezuckt. »Ja, im Moment haben wir nichts in der Hand. Ich war natürlich bei Vongehren und habe ihn mit Ihren Vorwürfen konfrontiert. Er bestätigt, dass er mit Ihnen ausgeritten ist und dass Sie gestürzt sind, streitet aber ab, dass er was mit dem Sturz zu tun hatte. Wörtlich: ›Was kann ich denn dafür, dass die Frau nicht reiten kann?‹«

»So eine Frechheit!«, hatte ich mich empört. »Das nächste Mal remple ich den an – und obwohl ich ungefähr 50 Kilo weniger auf die Waage bringe als dieses Trumm Mann, kriege ich den aus dem Sattel!«

»Ansonsten habe er gesehen, dass er Ihnen ohne irgendwelche Seile und eine Winde an diesem Hang nicht helfen kann. Er habe Hilfe rufen wollen, aber er habe sein Handy im Auto zurückgelassen, also musste er da erst hin. Dort stellte er aber fest, dass der Akku alle ist. Er habe dann aber den Förster oder Revierpächter – so genau wusste er es nicht und er sei zu aufgeregt gewesen, um zu fragen – getroffen und den gebeten, das rote Kreuz anzurufen. Der Förster sei es dann wohl auch gewesen, der Ihren Hund angeschossen hätte – er selber habe doch gar keine Waffe dabeigehabt.«

»Ah ja – und Sie glauben ihm die Story?«

»Nein. Die wird nämlich noch verwegener: Eines der Pferde habe sich beim Verladen verletzt, darum habe er, als er zuhause angekommen sei, erst einmal den Tierarzt gerufen und das Tier verarztet. Und darüber habe er Sie ganz vergessen. Sie seien ihm erst wieder so zwei, drei Stunden später eingefallen und da habe er dann in der Notrufzentrale angerufen und die hätten ihm gesagt, sie hätten einen Einsatz in dem Wald bei Laupheim …«

»Worauf er dann ins Bettchen krabbelte, um dem von keinen Gewissensnöten gestörten Tiefschlaf zu frönen!« Ich hatte die Augen verdreht.

»Tja, was soll ich machen? Daumenschrauben darf ich nicht mehr ansetzen. Ich habe aber unsere Kriminaltechniker in den Wald geschickt – mal sehen, was bei ihrer Spurensuche herauskommt.«

Offenkundig nicht viel, denn mittlerweile war eine Woche vergangen und ich hatte nichts mehr von meinem Kriminalisten gehört. Dafür hatte mich aber mein Alltag wieder eingeholt. Die Prellungen hatten drei, vier Tage lang richtig wehgetan, aber dann waren sie auszuhalten und nun, eine Woche nach dem Unfall, waren sie fast abgeheilt, und als ich Atreju gestern Nachmittag vom Flughafen abgeholt hatte, hatte ich wahrheitsgemäß sagen können, dass ich fast nichts mehr merkte. Also hatten wir einen Ausritt ausgemacht – und nun hatte ich das schwierige Fräulein Dorita bewegt, Ariosa und Waldi durch die Halle gescheucht und war nach einem Kaffee schon wieder auf dem Rückweg zum Stall, gut wintersicher mit Reitmantel – Frau Häberle hatte ihn mittlerweile nicht nur gewaschen, sondern auch einen Riss im Ärmel geflickt – und Winterstiefeln. Zudem hatte ich den Helm unter dem Arm und die Schutzweste an. Ich wollte es nämlich mit meinem Allegro mal wieder richtig krachen lassen.

Atreju war schon im Stall und putzte – schimpfend, wie so oft im Winter – seinen Schimmel. »Kannst du mir mal verraten, warum der Dagi gerade im Winter, wenn er ein langes Fell hat und man ihn kaum sauber kriegt, so rumsaut?«, fragte er mich, als ich neben ihm auftauchte.

»Och, Büble …« Ich streichelte den Schimmel und zupfte an seiner gelblich-braunen Mähne. »Du hast aber auf deinem Mistbatzen offenbar gut geschlafen!«, amüsierte ich mich. Der Fleck zog sich nämlich von der Mähne über die Ohren zur Wange. Favory Dagmar störte sich aber nicht im Geringsten daran. Er streckte den Hals, um Allegro zu beschnüffeln, der ihm gegenüber im Stallgang stand.

Allegro – als Dunkelbrauner deutlich leichter zu putzen als Atrejus Schimmel – wurde gerade von Paula geschrubbt, die ihren Ehrgeiz darauf richtete, ihn auch mit geschorenem Winterfell zum Glänzen zu bringen. Ich lächelte ihr zu, kraulte dem Kleinen einmal über die Schnurblesse und eilte zur Sattelkammer, um seine Ausstattung zusammenzusuchen.

Ich gebe zu, ich bin durchaus »girly«, wenn es zur Ausstattung meiner Rösser kommt. Titus, Atreju und Ferenc Bacsi amüsieren sich immer, wenn ich mal wieder von einer Veranstaltung komme und eine große Tüte mit Schabracke, Bandagen, Gamaschen, Fliegenmützchen, und was derselben Nettigkeiten mehr sind, anschleppe. Auf die Art bin ich zu einem gut ausgestatteten Schrank mit circa einem Dutzend Garnituren in den verschiedensten Farben gekommen. Heute musste ich aber nicht darüber nachdenken, welche Allegro tragen würde. Ich fischte mit sicherem Griff nach einer rauchblauen, mit Gold bestickten Schabracke. Sie war ein Weihnachtsgeschenk von Atreju gewesen. Und der hatte links unterhalb vom Sattel in Gold ein »Mäxle« einsticken lassen. Passend zur Schabracke gab es dann auch noch einen Satz Gamaschen für die Vorderbeine. Aufs Fliegenmützchen kann man im November verzichten – da sind die geflügelten Plagegeister schon alle erfroren. Dafür schnappte ich mir eine Trense samt Zaumzeug – edles, rundgenähtes Leder in schwarz, eine Anschaffung, die ich mir vor zwei Jahren gegönnt habe, als mir eine ziemlich komplizierte Operation gelungen ist. Kurzer Blick aufs Vorderzeug – hmm … eigentlich hat Allegro eine sehr gute Sattellage, aber so, wie er sich durchs Training laufend verändert, kommt der Sattler mit dem Auf- und Umpolstern kaum nach, daher reite ich ihn zeitweise mit einem Vorderzeug, das den Sattel zusätzlich sichert.

Aber heute war es nicht nötig. Ein Martingal braucht man bei ihm auch nicht, also hängte ich mir meinen Vielseitigkeitssattel über den Arm und schleppte den ganzen Segen in den Stallgang. Atreju marschierte gerade an mir vorbei, um auch seinen Kram zusammenzusuchen. Dabei grinste er mich an: »Klar, mit deinem Braunen hast du immer Vorsprung. Aber keine Sorge – im Gelände kriegen wir euch wieder.«

»Ihr? Dagi und du? Ihr kriegt Allegro und mich im Gelände?« Ich lachte. »Das will ich sehen! Du weißt, ich schätze Dagi sehr und ich lieb' ihn von Herzen, aber er ist ein Lipizzaner und kein Rennpferd!«

»Dafür ist er wendig und geschickt!« Atreju winkte und sauste vollends in die Sattelkammer. Ich gönnte mir, ihm kurz nachzusehen – wobei ich dieses Mal mit dem Anblick nicht wirklich glücklich war. An und für sich gehört Atreju zu den seltenen Männern, die sich mit der Eleganz einer Großkatze bewegen können. Doch in den letzten Wochen ist er zu viel gesessen und hat sich nicht genug bewegt, dabei hat er sich einen kleinen Bauchansatz angeschafft. Der würde mich nicht stören – ganz im Gegenteil. Atreju steht ein bisschen was auf den Rippen. Wenn er zu dünn ist, wirken seine langen Extremitäten nämlich unharmonisch. Insofern war er richtig – aber er hatte auch wieder sehr viel geübt und die Cello-Haltung mit der linken Schulter oben – die linke Hand greift ja – und der rechten – mit der rechten Hand hält der Cellist den Bogen – unten führt auf die Dauer dazu, dass die Cellisten recht »krumm« bemuskelt sind. Bei Atreju kommt dann noch dazu, dass er durch seine Länge die Neigung hat, sich über sein Instrument zu beugen, beziehungsweise im Gespräch mit Menschen zu ihnen herunterkommen will, und dabei dasteht wie die »Taube auf dem Dach« – Kopf und Hals vorgestreckt, Rest des Körpers zurückgenommen und dementsprechend verkrampft.

Ich machte mir innerlich eine Notiz, ihn wieder einmal zum Physiotherapeuten zu schicken – ich überrede ihn regelmäßig dazu, es tut ihm dann auch immer gut, aber sobald er wieder in seiner Arbeit versinkt, vergisst er darauf. Und dann ist es ihm peinlich, sich so lange nicht gemeldet zu haben, und er schickt Titus oder mich vor, um einen neuen Termin zu machen.

»Jacob, du Nervensäge – verdrück dich!«, schimpfte Atreju. Wir waren schon eine Viertelstunde Richtung Hochfläche unterwegs, kamen eben aus dem Wäldchen hinter unserer Stutenweide heraus und wollten nun auf dem leicht ansteigenden Wiesenweg angaloppieren.

Doch da war Rabe Jacob. Als wir auf Waldeck starteten, hatte er auf dem Stalldach gesessen und sich mit einem begeisterten »Hier ist dein Jacob, guter Jacob, schöner Jacob!« auf meine Schulter gestürzt. Ich hatte die Zügel in die linke Hand genommen und ihm mit Zeige- und Mittelfinger der rechten den Nacken gekrault, was er sehr gerne mochte. Als er die Zärtlichkeit aber zurückgeben wollte und anfing, an meinem Auge zu knabbern, scheuchte ich ihn. Bei aller Liebe und allem Vertrauen – ich weiß, dass er mich nie absichtlich verletzten würde, aber bei der Kombination Allegro, Jacob, Prinzessin konnte es schon vorkommen, dass Allegro sich erschreckte – und wenn er hüpfte, wollte ich nicht unbedingt einen scharfen, massiven Rabenschnabel im Auge haben.

Jacob hatte aber seinen anhänglichen Tag. Er begleitete uns durch das Wäldchen und nun schwirrte er um Atrejus Kopf herum. Der hob die Hand. »Och, Jacob – es ist ja lieb, dass du bei uns sein willst, aber kannst du damit nicht bis heute Abend warten? Ich versprech' dir: Ich bin heute frei und ich hab' dir ein neues Auto mitgebracht. Wir können stundenlang spielen – aber jetzt reite ich aus!«

Ich lächelte in mich hinein. Jacob, Atreju und die Autos – das war schon in Jacobs ersten Lebenswochen die Show gewesen! Küken Jacob, damals noch sehr zerfleddert aussehend, hatte sich noch nicht groß aus seinem Körbchen herausgetraut, aber manchmal hatte ich ihn genommen und auf den abgedeckten Tisch gesetzt. Und als er da einmal alles Herumstehende besichtigt und eine Weile mit einem Löffel gespielt und geklappert hatte, drehte Atreju sich zum Bücherregal dahinter und nahm eines der beiden Spielzeug-Autos – das eine war ein VW K70, VWs einziger Versuch mit einem Wankel-Motor, das andere war Mercedes berühmter Silberpfeil mit den Flügeltüren. Den eckigen VW hatte mein Großvater gefahren und war sehr stolz darauf gewesen; der Mercedes schließlich war damals mein Traumauto gewesen. An diesem Abend war der schicke Sportwagen aber zum Vogel-Spielzeug degradiert worden.

Atreju hatte das Auto vor Jacob gestellt und es mit einem Finger auf dem Dach ein paarmal hin und her bewegt. Der kluge Rabe hatte das Prinzip sofort verstanden und es hatte ihn begeistert. Schnabel hinten dran und losrennen – und das Auto fuhr vorne weg. Jacob fand das toll und raste über den ganzen Tisch. Dann fiel das Auto. Atreju fing es auf, stellte es wieder auf den Tisch – und Jacob war sofort wieder dran und schob es in die andere Richtung. Und dann kam er darauf, dass er Kurven fahren konnte! Ein paar Mal schleuderte sein Auto dann, weil er es zu eng probierte und zu schnell war, aber irgendwann hatte er den Trick raus – und dann machte sich Atreju einen Spaß daraus, Hindernisbahnen für ihn zu bauen. Erst musste er nur um Becher, Stift, Kanne und Klötzchen herumfahren, doch dann dienten zwei Frühstücksbrettchen als Rampe und die Konstruktionen wurden immer komplizierter.

Das Lieblingsspiel der Beiden war gefunden – und inzwischen lag Atreju meist auf dem Boden und baute Hindernis-Parcours für Jacob und seine Autochen. Er hat ihm sogar vier oder fünf gekauft, weil er meine Erinnerungsstücke nicht schädigen wollte. Nun fährt bei uns auch der Rabe Porsche.

Im Moment fand er seine Menschen aber wohl langweilig. Warum mussten die sich immer mit diesen doofen Pferden abgeben, wo sie doch mit ihm so viel mehr Spaß hätten haben können? Jacob beschloss, uns zu verlassen – mit einem letzten, ziemlich beleidigt klingenden »Kraaah!« flog er ab, drehte eine perfekte Kurve und flog auf die drei alleinstehenden Eichen zu, in denen Verwandtschaft von ihm lebt und brütet.

Atreju schaute ihm nach und grinste. »Du, ich glaube, der Rabenknabe wird geschlechtsreif. In letzter Zeit zieht es ihn immer öfter zu dieser Kolonie und da schäkert er dann mit den Rabenmädchen.«

»Sehr gut!«, lobte ich. »Ich würde mich freuen, wenn er sich eine Gefährtin suchen würde. Das würde zeigen, dass er nicht total fehlgeprägt ist. Und ich wünsch' ihm, dass er ein ›normaler‹ Rabe sein kann, der balzt, brütet, sich vermehrt, Küken großzieht, mit seiner Rabenfrau schmust, glänzende Dinge klaut und mit den Nachbarn streitet …«

»Macht das ein Rabenvater?«, erkundigte sich Atreju.

»Aber sehr wohl!«, verteidigte ich meine Fast-Lieblingsvögel. »Wer den Begriff ›Rabeneltern‹ für schlechte Eltern aufgebracht hat, bewies damit vor allem, dass er keine Ahnung von Raben hatte. Das sind nämlich ausgesprochen liebevolle, besorgte Eltern, die sehr gut zusammenarbeiten. Sie bauen gemeinsam ihr Nest, wobei er da ein bisschen mehr einbringt – er muss sie ja davon überzeugen, dass er ein guter Rabenvater sein wird. Dann brüten sie gemeinsam, wobei sie allerdings mehr auf den Eiern sitzt als er. Er macht dann aber auch nicht in laissez faire, sondern bringt ihr Futter. Sind die Kinderlein dann geschlüpft, müssen sie in den ersten Tagen rund um die Uhr gewärmt und gefüttert werden, also ist Arbeitsteilung angesagt. Einer ist immer im Nest, der andere sucht Futter – und der muss ganz schön was ranschleppen! Eine Bekannte von mir hat eine Studie über Raben geschrieben und sie dazu tagelang beobachtet. Sie hat gezählt und kam darauf, dass die mit Küken bis zu 120-mal am Tag ihr Nest anfliegen.«

»Oops, ganz schön anspruchsvoll der Nachwuchs.« Atreju spielte in der Mähne seines Schimmels. »Aber hier ist noch jemand anspruchsvoll!«, meldete er an.

Ich hatte schon bemerkt, dass Dagi unser Gespräch langweilig fand. Während Allegro es nutzte, um sich umzuschauen, hatte der

Schimmel angefangen, zu zackeln.[46] Ich schaute zu ihm hinüber und sagte ernst: »Favory Dagmar, in deinem Alter sollte man eigentlich aus dem Zackeln raus sein! Benimm dich!«

Atreju zuckte mit den Schultern. »Was will er machen? Schritt ist doch langweilig – und er war die letzten Tage so selten draußen und durfte nicht laufen! Also komm …«

»Na, wenn du ihn so verteidigst!« Ich grinste, klopfte Allegro den Hals und lobte. »Du bist ein ganz Braver. Ich wette, du willst genauso gerne loslaufen wie der dicke Schimmel, aber du kannst abwarten, gell? Dennoch – lass es knattern! Gehen wir über den Trakehner?«

»Ja, gerne – aber du zuerst!«, lachte Atreju.

Der »Trakehner« ist einer unserer Lieblingssprünge. Vor drei Jahren haben wir einige ruhige Wintertage genutzt, um im Wäldchen und unten an der Hochfläche einige schöne, massive Geländesprünge zu bauen. Einer der aufwändigsten in unserer Sammlung war der Trakehnergraben, so genannt, weil diese Art von Sprüngen einst im Haupt- und Landgestüt Trakehnen »erfunden« worden waren. Allerdings hatte dabei niemand an Sprung gedacht, sondern die Dinge waren zuerst einmal zur Einzäunung von Koppeln errichtet worden. Dabei hatte man in Trakehnen ein Problem: Die Wiesen waren alle feucht, mussten also, bevor sie als Weide für Pferde genutzt werden konnten, entwässert werden. Zu diesem Zweck zog man Gräben zwischen den Wiesen und verlegte Rohre, die das Wasser in die Gräben transportierte. Nun musste man aber dennoch einzäunen – auch wenn die Gräben teilweise zwei oder drei Meter breit waren, stellten sie doch kein Hindernis für die in Sachen Sprünge sehr talentierten Trakehner dar. Also baute man

46 – Zackeln nennen Reiter es, wenn ihre Pferde im Schritt hektisch zu zappeln anfangen, sich auch mal schütteln, hinten oder vorne schneller treten und damit zeigen, dass sie nervös sind.

den »Zaun« hinein – meist in Form eines einfachen Ricks. Dabei kalkulierten die zweibeinigen Trakehner damit, dass ihre Vierbeiner nicht unbedingt nur so aus Spaß an der Freud' springen würden. Dazu ist die Sache doch zu gefährlich, weswegen freie Pferde Hindernisse lieber umgehen oder sich zumindest gut überlegen, ob sie wirklich springen wollen. Sie müssen einen guten Grund dafür haben – wobei der zum Beispiel darin bestehen kann, dass sie einen Reiter im Sattel haben, der sie zum Springen auffordert. Dann gehen sie nämlich davon aus, dass der da oben schon weiß, was er da tut, und dass er sie nicht zum Springen schicken würde, wenn es zu riskant wäre – schließlich liefe er auch Gefahr, sich den Hals zu brechen.

Unser Trakehnersprung grenzte zwar keine Koppel ein, war aber doch ein recht massives Teil: der Graben 2,60 Meter breit und an der tiefsten Stelle 160 Zentimeter tief, das Rick darin gute zwei Meter hoch, sodass es den Grabenrand um 40 Zentimeter überragte. Ein Pferd musste, um ordentlich darüber zu kommen, schon mit Schwung und Kraft springen.

Allegro konnte das nicht nur, sondern tat es ausgesprochen gerne. Vor einem Sprung musste man ihn immer einbremsen – er neigte dazu, in seinem jugendlichen Überschwang loszustürmen und sich dann eben im Vertrauen auf sein Springvermögen über das Hindernis zu mogeln. Manchmal allerdings war das sehr knapp, und wenn er nicht so unheimlich schnell auf den Beinen gewesen wäre, hätten wir uns wohl schon zwei-, dreimal ordentlich hingelegt. Deswegen bemühte ich mich immer, ihn zu reguliertem Springen anzuhalten.

Galopp im Anmarsch auf den Trakehner – herrlich! Wir hatten weichen Wiesenweg unter uns, Allegros Hufe trommelten darauf, ich spürte, wie er seine Kraft entfaltete, von hinten schob und den Hals rundmachte. Ein zufriedenes Schnauben zeigte mir, dass er sich wohlfühlte, dazu spielten seine Ohren – kein Wunder, die geflügelte Landplage Jacob war nämlich wieder da!

Als wir um die Eichen mit der Raben-Kolonie herumgeritten waren, hatte ich gesehen, dass ein dunkles Auto am Waldrand entlangfuhr, gedacht mir aber nichts weiter dabei – im Osten vom Wald waren zwei Aussiedlerhöfe, zudem führte ein Weg von dort nach Waldeck und wir und die Nachbarn hielten uns nicht immer an die offiziellen Straßen, sondern kürzten schon mal über Feldwege ab.

Jacob meinte wohl, er müsse die ganze Gegend überwachen. Er war ein Stück schimpfend hinter dem Auto hergeflogen. Doch nun bog das auf einen Waldweg ab – offenkundig wollte er hinunter zum Loretto-Hof. Das war nicht Jacobs Stoßrichtung. Der Bauer da unten – hätte man Jacob fragen können, hätte er vermutlich erklärt, dass das ein alter Geizhals sei, der nicht mal ein Stückchen Wurst für einen freundlichen Raben habe. Und darum rede er mit dem nichts mehr! Der Bauer hatte ihn nämlich mal vergackeiert: Er hatte Wurst gevespert, Jacob hatte neben ihm auf der Banklehne gesessen. Der Bauer hatte ihm zwei- oder dreimal ein Stück hingehalten, es dann aber im letzten Moment wieder weggezogen, worauf Jacob abgeflogen war – und konsequent wie er ist, war er nie wieder beim Loretto-Bauern gelandet. Warum auch? Er hatte ja noch andere menschliche Freunde.

Jetzt kam er, immer noch meckernd, in unsere Richtung – und Allegro fühlte sich wohl ein wenig genervt, jedenfalls bremste er durch, nahm den Kopf hoch und wieherte. Jacob nahm das als Aufforderung, noch lauter zu krähen.

Ich konnte nun den Trakehnergraben vor uns erkennen und richtete mein Pferd gerade. Tempo drosseln musste ich nicht – Allegro schaute immer noch nach Jacob und war deswegen schon in ruhigerem Tempo unterwegs. »Jacob, du bist ausnahmsweise mal richtig hilfsbereit!«, kicherte ich.

Noch drei Galoppsprünge vor dem Hindernis. Schenkel dran, eine halbe Parade, damit Allegro vielleicht mal wieder etwas Konzentration in meine Richtung wandte und nicht nur Sprung und Rabe sah. Eins, zwei – Absprung mit viel Kraft ... und nein, was war das? Allegro blieb irgendwie hängen, überschlug sich, ich flog, prallte mit der Brust gegen das Rick, das Holz brach, ich hörte hinter uns einen Schrei von Atreju – und dann war ich weg.

*****

»Mäxle? Maximiliane?«, Atrejus Stimme klang leise und ziemlich genervt. »Wach doch bitte auf! Nur kurz – schau mich an, zeig mir deine schönen Augen ...«

Ich wollte ihm ja entgegenkommen, aber es war so schwer, die Augen aufzumachen! Mir war, als wenn Blei auf meinen Lidern lasten würde, und mir dröhnte der Schädel.

»Oh, Mäxle – und du warst doch eh noch angeschlagen! Aber warte, ich hol' dich jetzt erstmal aus dem Graben – und bete dabei, dass deinem Rücken nichts passiert ist.« Er nahm mich unter den Armen und zog mich aufwärts. Ich merkte, dass mein linker Fuß sich unten im Rick verkantet hatte – und war sehr froh, obwohl es für Atreju schwierig war, mein Bein auszufädeln. Aber ich spürte es! Und nun, als ich mich darauf konzentrierte, fühlte ich auch das rechte Bein, und damit war klar, dass Atrejus Gebet sich erfüllt hatte: Meinem Rücken konnte zumindest nicht viel passiert sein. denn in der Wirbelsäule liegen ja die Nervenverbindungen, die für die Funktionalität der Beine zuständig sind. Die Tatsache, dass ich meine Füße spüren konnte, wies darauf hin, dass die entsprechenden Nervenstränge im Rückgrat in Ordnung waren.

Jetzt musste ich es nur noch schaffen, die Augen aufzumachen und Atreju von der Sorge zu befreien, dass mein Kopf etwas abbekommen hatte. Und nun, wo er mich über dem Grabenrand hatte und mich auf die Seite legte – er hat bei seinem Erste-Hilfe-Kurs gut aufgepasst –, sollte es mir doch eigentlich auch gelingen! Nun, wo mein Kopf nicht mehr abwärtshing, schmerzte er nämlich weniger. Also, Anlauf und Augen auf – warum war da alles so verschwommen und warum hüpfte das Gras vor mir so seltsam? Ich ließ die Augen noch einmal zufallen – und das war besser. Der Kopf tat weniger weh, ich musste nicht mehr … doch, ich musste gegen die Müdigkeit ankämpfen und wach bleiben. Ich musste Atreju zeigen, dass ich nicht so schlimm verletzt war, und ihn von seiner Sorge befreien. Außerdem – ich machte mir Sorgen. Wo war Allegro? Und wie hatte er den Sturz überstanden?

Ich hatte einen Filmriss, was meinen »Flug« und die Landung anging, aber das davor – wie Allegro abgesprungen war. Er ist kein »Überflieger«, der höher springt als er muss. Teil seines Geschicks ist es, passend springen zu können, im Wissen, wie viel Luft er unterm Bauch braucht, um nicht nur glatt über das Hindernis zu kommen, sondern auch, um rechtzeitig die Beine zur Landung wieder ausklappen zu können.

Dieses Mal hatte er das Landen nicht geschafft. Irgendwas war am Hindernis gewesen und hatte ihm die Beine weggezogen. Er war gestürzt und hatte dadurch meinen Fall ausgelöst. Aber wie war es ihm dabei ergangen?

Ich musste die Augen aufmachen und ich atmete noch einmal so tief durch, wie es mir möglich war – ganz tief ging nicht, weil ich immer noch mit den Nachwirkungen der Prellung kämpfte –, und konzentrierte mich. Erst einmal Augenlider zusammenkneifen – ging. Und dann aufstemmen – mühsam, aber auch das ging. Dumm war nur, dass Atreju immer noch damit beschäftigt war, meine Beine richtig zu lagern: das linke – ich lag auf der linken Seite – gestreckt, das rechte angewinkelt darüber.

»Ati?« Ich kürze seinen schönen Namen selten ab, aber heute war mir die ganze Länge zu viel.

»Max? Mäxle, bist du wach?« Er drehte sich und schaute mich an, Sorge und Angst in den dunklen Augen.

»Ja, gerade so.« Sprechen war auch mühsam – und er schien es zu merken.

Er streichelte mit zwei Fingern über meine Wange. »Nicht sprechen, lille bamsen. Es strengt dich zu sehr an. Ruh dich einfach aus – der Notarzt ist unterwegs.«

So gerne ich meine Augen wieder geschlossen hätte – ich versuchte doch, ihn weiterhin mit meinem Blick festzuhalten. »Ati – Ali?« Ich hoffte, er würde mich verstehen.

»Ali ist okay – er geht ein wenig lahm, er scheint geschockt zu sein, aber sein Kreislauf ist in Ordnung – Schleimhäute sind rosa, PAT ist okay – Puls 42, Atmung 16 und die Temperatur scheint nicht oder nur geringfügig erhöht zu sein.«

Die Werte waren etwas hoch, aber das war kein Wunder – Allegro hatte sich bei dem Sturz wohl auch aufgeregt. Aber wenn Atreju sagte, er sei in Ordnung, konnte ich mich darauf verlassen – und endlich die Augen wieder zufallen lassen.

Ah, das tat gut! Jetzt hätte ich nur noch gerne gewusst, was »lille bamsen« bedeutete. Atreju sagte sonst manchmal »elskling« und – das meist ironisch – »skatten min«, wobei das erste »Liebling« bedeutet und das zweite »mein Schatz«. Doch »lille bamsen« hatte ich noch nie von ihm gehört – aber es hatte nett geklungen. Heimelig, zärtlich … und jetzt streichelte er noch einmal über meine Wange und sagte: »Verdammt, wo bleibt der Notarzt? Die haben gesagt, sie bräuchten zwischen einer Viertelstunde und 20 Minuten. Kann eine Viertelstunde wirklich so lang sein?«

Er setzte sich auf seinen Hosenboden neben mich und fasste nach meiner Hand, umschloss sie mit seinen beiden und schaute auf sie hinunter. »Max, warum muss ich denn in letzter Zeit immer Angst um dich haben? Du weißt doch, was du …« Er kam nicht weiter, denn wir hörten eine Stimme rufen: »Atreju, Max – wo seid Ihr?«

Ferenc und das Rainerle, der Lehrling Zucht und Haltung auf Waldeck, kamen. Ferenc saß auf meiner Ariosa – er war scheinbar davon ausgegangen, dass meine Stute ihren Sohn finden würde. Rainer unterdessen hatte sich auf einen Vierjährigen geschwungen.

»Ferenc, Rainer – wir sind hier!« Atreju hob den Arm und winkte.

Rainer war schon von seinem Braunen gehüpft, hatte Ferenc den Zügel zugeworfen und kam auf uns zugestapft. »Mensch, was ist denn passiert?«

»Max und Allegro sind am Trakehner gestürzt«, gab er kurz Auskunft.

»Oh je, oh je – wieso das denn? Der Ali springt doch sonst so sicher!«, wunderte sich der Junge.

»Tja – heute ausnahmsweise nicht.«

Ferenc war nähergekommen. »Ist Max schwer verletzt?«

»Ich hoffe nicht«, antwortete Atreju. »Sie war kurz wach und hat mit mir gesprochen, da war sie orientiert und wusste, wo sie ist und was geschehen ist. Ihre Beine funktionieren, ihre Hände wohl auch.«

Ferenc war abgestiegen und hatte den Sattel von Ariosa gezogen. Er bat Rainer, die Zügel zu halten, nahm die dicke, graue Wolldecke, die er als Schabracke verwendet hatte, faltete sie auf und kam zu mir. »Oh, Putzikam, was machst du für Sachen?« Er breitete die Decke auf dem Boden neben mir aus und sagte: »Atreju, hilfst du mir kurz?«

»Ja, klar.« Atreju stand auf und schob die Hände unter meinen Oberkörper.

Ferenc nahm meine Beine und nickte. »Auf drei, ja?« Dann zählte er: »Eins – zwei – drei!«

Die beiden Männer hoben mich hoch und legten mich seitlich auf die Decke. Dann zogen sie das freie Ende über mich. Atreju musste es umschlagen, damit mein Gesicht frei blieb, strich mir dabei zärtlich über die Wange und sagte leise: »Jetzt geht's dir gleich besser, wenn du nicht mehr so frieren musst.«

Mir war eigentlich gar nicht aufgefallen, wie kalt es war – aber nun, unter der Decke, kam es mir. Da schien die Kälte regelrecht von oben durchzufallen und ich dachte, dass so etwas wohl nur mir passieren konnte. Erst schubste mich Vongehren vom Pferd und ich landete im Schnee, dann stürzte ich und fror schon wieder!

Über uns ertönte jetzt das Geräusch eines Hubschraubers – und Ferenc packte den Sattel wieder auf Ariosa. Er hatte nämlich ein passendes Stück Leder darunter, das nun den kostbaren Sattel schützte – Ferenc ist nämlich mit einem alten Maßsattel unterwegs, den er von Titus' Großmutter geerbt hat. Mit einer Gelenkigkeit, die sein Alter Lügen strafte, schwang Ferenc sich auf Ariosa. »Rainer, komm – mach zu! Die können nicht landen, solange hier die Pferde frei laufen!« Er steuerte Ariosa schon auf ihren Sohn zu, der mit hängendem Kopf neben dem grasenden Dagi stand. Immerhin hatte Atreju seinen Zügel gesichert, indem er sie unter die Steigbügelriemen hängte. Außerdem hatte Atreju die Bügel hochgeschoben und den Sattelgurt gelockert – und ich schluckte. Es war gut zu wissen, dass er noch nicht einmal im Schock den Kopf verlor und für die Pferde sorgte.

Rainer war bei Dagi, musste sich aber strecken, um dessen Zügel zu erwischen – der Schimmel nutzte seine Chance, noch ein paar Grashälmchen zu knabbern, doch Rainer erwischte ihn und wohlerzogen, wie Dagi war, trottete er nun hinter ihm her. »Wir sind so weit«, meldete Rainer.

»Fein. Wir sehen uns dann in Waldeck!« Ferenc winkte noch einmal und ließ Ariosa antraben – er lebt schon immer nach dem Prinzip »Das Leben ist zu kurz, um Schritt zu reiten«. Mit Allegro am Zügel verschwand er in den Wald, gefolgt von Rainer auf seinem Braunen mit Dagi an der Hand.

Tatsächlich schien der Helikopter nur darauf gewartet zu haben, bis die Pferde weg waren. Er setzte sofort zur Landung an und dann ging es ganz schnell: Untersuchung, Zugang – dieses Mal mit etwas Fluchen, weil meine beste Vene rechts noch blau vom letzten Mal war und der Notarzt darum an die ziemlich miese links mussten – legen, auf die Schaufeltrage, dabei in die Rettungsmatratze packen und zudecken und bevor ich mich versah, schoben sie mich hinten in den Hubschrauber. »Atreju?«, fragte ich.

»Keine Angst, ich komme mit! Ich muss nur vorne einsteigen!«, verkündete er.

Ich unterdessen bekam einen Helm mit Kopfhörern und Mikrophon aufgesetzt, der Sanitäter erklärte mir die Funktion, dann schnallte er mich an und meldete sein »wir können« nach vorne.

Der Hubschrauber hob ab – und ich ärgerte mich ein wenig. Da werde ich über eine der schönsten Landschaften Deutschlands geflogen und kann nicht rausgucken! Andererseits schwirrte mir immer noch der Kopf und ich war müde. Nun, wo ich in der Rettungsmatratze wieder warm wurde, überwältigte mich die Erschöpfung fast. Und nun erlaubte ich mir auch, die Augen zu schließen.

KAPITEL 6

Und wieder einmal Krankenhaus, dieses Mal aber auf der Wachstation. Der Oberarzt, der mich dort einquartiert hatte, hatte gefeixt: »Damit Sie sich nicht wieder langweilen und abhauen wollen!« Der Gute kannte mich – die Klinik am Eichert in Göppingen ist von Waldeck aus das nächste Hospital, daher landen wir nach Unfällen immer dort. Und wer täglich reitet, Remonten ausbildet und generell mit Pferden umgeht, muss damit rechnen, öfter einmal abgesetzt zu werden und immer mal wieder im Krankenhaus aufzuschlagen. Das letzte Mal war bei mir im vorletzten Sommer gewesen – da hatte ich gemeint, ich könne zwei freche Junghengste gleichzeitig auf die Koppel führen. Die beiden hatten das nicht so gesehen. Sie hatten sich angegiftet und waren schließlich losgehüpft – und dabei hatte ich mir die Schulter ausgekugelt.

Es war sehr schmerzhaft gewesen und leider auch eher langwierig – 10 Tage Krankenhaus, bis das Hämatom einigermaßen abgeheilt war. Dieses Mal hoffte ich, es würde nicht so lange brauchen. Nach der gründlichen Untersuchung hatte sich nämlich herausgestellt, dass ich mir eine Gehirnerschütterung und – schon wieder –

ein paar Prellungen eingefangen hatte. Aber immerhin: Dieses Mal waren es die Rippen rechts und das rechte Knie.

Die Wachstation hatte ich der Gehirnerschütterung zu verdanken. »Ich weiß zwar nicht, wie das bei Tieren ist, aber bei Menschen kann eine Gehirnverletzung seltsame Nachwirkungen haben«, hatte mir der Oberarzt erklärt. »Es kann zu einer Schwellung kommen; es kann ein Hämatom entstehen – daher müssen wir Sie für eine Weile unter Kontrolle haben.«

Die »Kontrolle« fand ungefähr alle zwei, drei Stunden statt. Dann kam eine Schwester, weckte mich, wenn ich schlief, unterhielt sich einen Moment mit mir und stellte dann zufrieden fest, dass ich fieberfrei – das war immer das erste, was sie am Ohr maß – sei. Dann las sie die Blutdruck- und Pulswerte ab, freute sich mit mir darüber, dass es da auch nichts gab, was nach einem Arzt verlangte, und verschwand wieder.

Danach kam dann Langeweile – und die konnte ich nicht mal verschlafen. Drei Meter von mir entfernt lag nämlich eine ältere Frau, die beatmet wurde. Und das bedeutete für mich, dass ich das Gefühl hatte, an einem fröhlich gluckernden Bach zu liegen. Zur Beatmung gehört nämlich, dass man die Atemluft anfeuchten muss – und das geschieht mit Hilfe von Wasser, das dann gluckert.

Ich langweilte mich mächtig. Ich hatte schon versucht, zu lesen, dabei aber festgestellt, dass die Buchstaben vor meinen Augen hüpften. Fernsehen war nicht – auf der Wachstation gab es keine Idiotenlaterne. Es gab noch nicht einmal ein Telefon am Bett. Doch immerhin hatten die Schwestern mir schon morgens einen großen Strauß – weiße Rosen mit rosa Rand, violette Gerbera, lila Löwenmäulchen und weiße Hypericum, von den Schwestern sehr bewundert – gebracht. Darin steckte ein Kärtchen in Atrejus eleganter Schrift: »Nächstens machen wir den Kurs ›Wie man auf ein Mäxle aufpasst‹ mit dir. Das Mäxle wird nämlich noch gebraucht!«

Tja, da war es mal wieder, mein gutes, altes Problem: Atreju und ich konnten uns darüber, wie man ein Mäxle optimal »gebraucht«, nicht einigen. Ich war und bin der Überzeugung, dass Mäxles Fulltime und mit all ihren Funktionen eingesetzt werden sollten. Er hat aber für den Bereich »MLL« – Mäxles Lust und Liebe – keinerlei Verwendung. Und ich weiß nicht, warum! Ich meine, ich bin doch nicht hässlich! Gut, okay, ich bin nicht so ein Knaller wie seine Frau. Die war unbestritten eine Schönheit gewesen. Ich bin auch nicht so ätherisch-elegant wie Titus' Verflossene. Aber dafür ... ach, nein, darüber zu sinnieren und zu mären, brachte nichts. Ich erlebte es doch an mir selbst: Titus war mir von Herzen lieb. Er stand mir nahe, ich konnte mir ein Leben ohne ihn nicht vorstellen, ich freute mich immer, ihn zu sehen, ich vertraute ihm – aber beim Gedanken, mit ihm in die Horizontale zu gehen, fiel mir zunächst einmal ein »Ne, warum denn?« ein. Dabei sehe ich durchaus, dass er ein ausgesprochen gut aussehender Mann ist. Aber er reizt mich nicht. Er ist für mich wie ein Bruder – und wahrscheinlich sieht Atreju mich als kleine Schwester und damit ist der Fisch geputzt. No chance für Mäxle. Und eines Tages würde ich es verkraften müssen, dass eine andere kam und ich das mit ansehen müsste. Ich wunderte mich sowieso schon, dass er so lange um seine Ewelina trauerte.

Titus allerdings meinte, Atreju »trauere« schon lange nicht mehr. Dass er sich nicht wieder beweibt habe, liege vor allem daran, dass die einstmals Angetraute ein ziemlich »traumatisches Erlebnis« gewesen sei. »Du hättest das erleben müssen: Sie lernten sich kennen – und er war hin und weg, total von den Socken, bis über beide Ohren verliebt. Er hat mir schon nach 14 Tagen mit ihr erzählt, dass das die Frau sei, die er heiraten werde. Und er wolle fünf Kinder mit ihr und irgendwann auf dem Bänkle sitzen und auf die 17 Enkel aufpassen ...«, hatte Titus mir erzählt. Und tatsächlich hatte Atreju die Dame seines Herzens sehr schnell geheiratet – daran erinnerte ich mich noch, denn diese »Künstlerhochzeit« wurde in allen Klatsch- und Tratschblättern mit Hochglanzfotos abgefeiert.

Die beiden gehörten dann zu den festen Bestandteilen der Kultur-Schickimicki. Kaum stimmte in Salzburg der erste Geiger seine Saiten, erschien auch die »gefeierte Sopranistin Ewelina Kusnezov« samt Gemahl. Und dann bekam das »Traumpaar« auch noch das Traumkind – und ja, der kleine Jonte Titus Ødegård war ein zauberhaftes Kerlchen. Er war dem Vater wie aus dem Gesicht geschnitten mit Schoko-Augen, Grübchen und weichen, blonden Wellen. Und der Vater war unglaublich stolz auf ihn – und es kam selbst auf Fotos rührend herüber, wie er mit dem Sohn im Kinderwagen und im Tragetuch unterwegs war. Es war ganz offensichtlich, dass der Kleine sein großes Glück war. Und während Ewelina schon vier Wochen nach der Geburt wieder arbeitete, nahm Atreju ein Jahr »Vaterschaftsurlaub«.

War es der Verlust des Sohnes, der Atreju zum Einsiedler gemacht hatte? Titus hatte erzählt, dass der Tod des Kleinen an sich tragisch genug gewesen wäre, aber die Umstände dazu hätten es für Atreju speziell schwer gemacht. »Seine Ehe war schon eine ganze Weile angeschlagen. Ewelina und er sahen sich manchmal wochenlang nicht. Er war mit dem Kleinen und dessen Kinderschwester auf Asien-Tour, sie feierte Triumphe in der Arena und an der Met. Der Bub schien sie nicht so sehr zu interessieren – sie bekam nur ab und zu einen Rappel, dann schleppte sie Jonte mit und führte ihn bei Presseterminen vor wie das neueste, schicke Accessoire. Und dann kam die Russland-Tour und sie meinte, Jonte müsste auch seine russischen Wurzeln kennenlernen. Ich hatte den Verdacht, sie wollte ihren Abgang vorbereiten und dafür sorgen, dass der Kleine mit ihrem Lover auskam. Sie hätte ihn Atreju nicht gelassen – und das keineswegs, weil sie Jonte so geliebt hat, sondern weil es schlecht fürs Image gewesen wäre, ihr Kind zu verlassen.«

Meine Zimmergenossin ächzte und ich drehte mich zu ihr. Es war selten genug, dass sie überhaupt ein Geräusch von sich gab, also beobachtete ich sie – und als sie noch einmal stöhnte, drückte ich auf den Knopf für die Schwester.

Die war sehr schnell da, machte beim Anblick der Werte ihrer Patientin »oh!« und griff nach dem Telefonhörer. »Doktor Kieling, kommen Sie bitte auf die Wachstation, Zimmer 256. Die Frau Broschek hat Probleme …«

Auch der Doktor war kurz darauf da – und zog den Vorhang zwischen unseren Betten zu. Außerdem stellte er die Beatmung ab. Ich begriff in diesem Moment nicht, was das zu bedeuten hatte. Ich war zu müde – zum ersten Mal seit über 20 Stunden gluckste es nicht mehr neben mir und mir fielen die Augen zu.

*****

»Frau Doktor Kersten?« Die freundliche Stimme der Schwester drang an mein Ohr. »Entschuldigen Sie, dass ich Sie wecke, aber ich muss prüfen, ob Sie noch da sind.«

»Ja!«, gähnte ich. »Da und orientiert und im Vollbesitz meiner geistigen Kräfte. Ich weiß, dass ich am 12.11.1982 in Stuttgart geboren wurde – als Kind armer, aber ehrbarer Eltern. Ich habe 2001 am Staufergymnasium in Donzdorf Abitur gemacht und danach in Wien Tiermedizin studiert …«

Die Schwester strich mir lächelnd über den Arm. »Ist schon gut – ich glaub' Ihnen, dass Sie Ihre sieben Zwetschgen beieinander haben. Dann kann ich auch den Besuch auf Sie loslassen und Ihnen Ihren zweiten Blumenstrauß bringen. Der ist übrigens auch wunderschön! Sie haben wirklich Verehrer mit Stil und Geschmack.«

Als sie Richtung Tür eilte, fiel mir auf, dass das andere Bett fehlte. »Oh, wo ist denn meine Nachbarin abgeblieben?«

»Oh, die haben wir auf die Intensivstation verlegt. Sie hatte jahrelang Schmerzen, ging aber nicht zum Arzt, sondern nahm Paracetamol in hohen Dosen. Jetzt ist ihre Leber zerstört und sie steuert auf ein Multiorganversagen zu.«

Und schon war sie draußen, kam aber sofort mit einem herrlichen Strauß wieder. Titus – von wem sonst hätten die Blumen sein können? – hatte Sonnenblumen, hellgelben Lisianthus, fliederfarbenem Limonium, blauen Trachelium, blaue Staticen und Farn zusammenbinden lassen – ein richtiger Herbststrauß, der Wärme und Licht in das kühle Krankenzimmer brachte.

Aber wer war der Besucher? Atreju war schon am Vormittag da gewesen, wenn auch nur kurz – er hatte zu einem Termin nach Stuttgart gemusst. Und Titus würde doch keine Blumen schicken, wenn er vorhatte, persönlich aufzutauchen!

Meine Neugierde wurde nicht länger auf die Folter gespannt.

Kommissar Kiehlmeyer, ein recht netter Anblick in schwarzen Jeans und Lederjacke, betrat den Raum, blieb aber an der Tür stehen und schaute hinter sich. »Ja, wo ist er denn jetzt?« Er bekam keine Antwort – von wem auch? Also seufzte er, trat vollends ein und schaltete sein strahlendes Lächeln ein. »Frau Doktor Kersten – wie geht's Ihnen denn?«

Ich zog meine Decke etwas höher – nur mit einem dünnen T-Shirt und einer blauen Pyjama Hose mit bunten Hundchen drauf zeige ich mich einem ziemlich fremden Mann nicht so gerne. Dann stopfte ich das Kissen zurecht und lächelte zurück: »Hallo, Herr Kiehlmeyer. Es geht schon wieder ganz gut.«

Er kam zum Bett, sah sich kurz um und angelte sich dann einen der Stühle, die neben dem Tisch standen. »Ich darf doch?«

»Natürlich. Mir ist sowieso fürchterlich langweilig. Und ich vermute, Sie sind nicht nur aus reiner Menschenfreundlichkeit gekommen, sondern weil Sie von mir noch eine Info wollen?«, fragte ich.

»Ja, könnte man so sagen.« Er schaute noch einmal zur Tür – und da ging sie auch schon auf.

Atreju – flaschengrüne Cordhose, passendes Hemd und dunkelrote Weste unter seinem schwarzen Daunenanorak – marschierte mit einer Tüte in der Hand ins Zimmer. »Hallo, Mäxchen!« Er parkte seine Tüte am Fußende des Betts und packte eine Flasche Zitronenlimonade und Eisbonbons aus. »Atreju weiß, was Frauen lieben – hier, Schätzchen!« Er reichte mir Flasche und Bonbontüte und ich musste lachen.

»Du weißt auf jeden Fall, was Mäxle braucht!« Es war nämlich meine Lieblingszitronenlimonade, die ich mir aber nicht allzu oft leiste – zum einen, weil mein Schwabenherz beim Preis zuckt und zum anderen, weil sie doch einiges an Zucker enthält. Aber jetzt war wohl Ausnahmesituation und mir lief schon das Wasser im Mund zusammen. Also gönnte ich mir erstmal einen Schluck, während ich beobachtete, wie Atreju seine Daunenjacke auf den Haken an der Tür hängte und sich den zweiten Stuhl schnappte.

Er schaute den Kommissar an und sagte: »Spielen Sie aus? ist wahrscheinlich am einfachsten.«

»Nö!«, lehnte Kiehlmeyer ab. »Sie haben den Anfang gemacht, also erzählen Sie.«

Atreju seufzte. »Also gut.« Er fasste nach meiner Hand und rutschte mit dem Stuhl etwas näher. »Ich habe natürlich heute Nacht kaum geschlafen und immer wieder über deinen Unfall nachgedacht. Irgendwie konnte ich nicht fassen, dass Allegro so komisch stürzt. Es hatte nämlich ausgesehen, als ob er im Flug gegen etwas gestoßen wäre! Am Morgen bin ich dann erst mal zu Ferenc Bacsi marschiert und habe ihn gefragt, wie es Allegro geht ...«

»Und?« An der Stelle musste ich einfach unterbrechen.

Atreju seufzte. »Leider nicht so wirklich gut. Beide Vorderbeine dick und er ist stocklahm. Ferenc hat die Beine in essigsäure Tonerde gepackt und deinen Kollegen Häffner bestellt. Der meint, es sei nix gebrochen oder gerissen, aber langwierig werde es dennoch.«

»Hat er geröngt?«

»Ja. Geröngt und geschallt – du kriegst die Aufnahmen per Email. Doktor Häffner hat übrigens auch was Entzündungshemmendes gespritzt. Du wirst es in seinem Bericht sehen.«

»Schöner Mist!« Ich schluckte – der Gedanke, schuld zu sein, dass ein Pferd nun mit Schmerzen in seiner Box stand, trieb mir die Tränen in die Augen.

»Er wird ja wieder!« Atreju ließ seinen Daumen über meine Hand kreisen. »Keine Sorge – du weißt doch: Deine A's sind unkaputtbar! Allerdings – wenn ich den Kerl erwische, wird's ihm trotzdem nicht gut gehen! Er wird sich danach fühlen, als wenn er einem ganzen Drachenboot voll wütender Wikinger begegnet wäre!«

»Na, na!«, mahnte Kiehlmeyer. »Wir wollen den auch und wir werden dafür sorgen, dass er der Gerechtigkeit zugeführt wird. Damit müssen Sie sich dann aber zufrieden geben – so sehr ich Ihre Wut verstehe.«

Meine Blicke flitzten hin und her. »Würden die Herren mir vielleicht verraten, von wem die Rede ist?«

»Vongehren!«, antwortete Kiehlmeyer. »Aber der Herr Ødegård erzählt …«

»Ja, also«, Atreju atmete noch einmal tief durch. »Als ich Ferenc erzählt habe, was passiert ist, meinte er auch, dass das für Allegro ein seltsamer Unfallverlauf war. Und dann sind wir gemeinsam rausgeritten und haben uns den Trakehnergraben angeguckt …« Er zog sein Handy aus der Hemdtasche, weckte es und zeigte mir ein Bild von dem Baum, der seitlich am Trakehnergraben stand. »Siehst du das?« Er deutete mit dem Finger auf eine kaum sichtbare Rille, die wie ein Ring um den Baum herum verlief.

»Was ist das?«, fragte ich.

»Das ist die Stelle, wo der Draht saß. Gegenüber war er oben am Rick festgemacht.«

»Ein Draht?« Mir war, als wenn ein Licht in meinem Kopf angegangen wäre. Natürlich – ein Draht! Das erklärte, warum Allegro ins Trudeln gekommen war! Pferdeaugen sind anders als die von Menschen. Unsere Vierbeiner können praktisch im 360° Winkel um sich herum sehen. Außerdem sehen sie Bewegungen »schneller« als wir – wir nehmen ungefähr 60 Bilder in der Sekunde wahr, Pferde wohl bis zu 90. Aber dafür sind ihre Augen weniger detailfreudig als unsere. Einen relativ dünnen Draht, der oben über ein Hindernis gespannt ist, das zudem im Schatten steht, sieht schon ein Mensch kaum. Ein Pferd hat da gar keine Chance.

»Ja, ein Draht – ich kann dir nicht genau sagen, ob er golden oder eher wie Messing war, aber ich glaube, sagen zu können, dass er stabil war – so der Typ, mit dem Ferenc und seine Mannen Hindernisse oder Koppeltore befestigen. Aber leider ist der Draht verschwunden.« Atreju schaute nun Kiehlmeyer an, der nickte und übernahm.

»Herr Ødegård hat uns angerufen, nachdem er festgestellt hat, dass da ein Draht war. Wir baten ihn, die Pferde aus der Hinderniszone zu bringen und dort auf unsere Spurensicherer zu warten. Ich hab' mir dann sofort meinen Kollegen unter den Arm geklemmt und wir sind losgefahren. Am Tatort hat sich gezeigt, dass die Herren Ødegård und Kiraly die Rinne in dem Fichtenstamm richtig erkannt hatten: Da war ein Draht gespannt und alle Spuren weisen darauf hin, dass der etwas höher war als die oberste Stange von diesem Gatter im Graben. Das Pferd – so hat's mir einer der Kollegen von der kriminaltechnischen Abteilung erklärt – sei wohl mit den Vorderbeinen am Draht hängen geblieben und habe sich überschlagen. Dabei sind Sie in den Graben gerutscht.«

»Davon weiß ich nichts mehr!«, sagte ich. »Ich hatte einen Blackout. Ich kann mich daran erinnern, wie mein Ali abgesprungen ist – und dann erst wieder, dass Atreju mich aus dem Graben gezogen hat.«

»Sie sind wohl Kopf voraus gefallen. Die Jungs von der KTU – unsere Kriminaltechniker – sagen, Sie hätten da mehr Glück als Verstand gehabt. Wenn Sie in höherem Tempo an den Sprung gekommen wären oder wenn Sie ein bisschen weniger gut trainiert und katzenhaft geschmeidig wären, hätten Sie sich dabei den Hals gebrochen. Das kann man als Mordversuch sehen …«

Einen Augenblick war es ganz still im Zimmer. Ich hielt die Luft an – ich konnte gar nicht fassen, dass ich nun schon zum zweiten Mal fast Opfer einer Gewalttat geworden war. Mord – das ist doch normalerweise etwas, was woanders passiert, von dem man mit einem kleinen Gruseln in der Zeitung liest, was einen aber nicht betrifft. Man findet es ja schon aufregend, wenn man einen kennt, dessen Vetter in einen Mordfall verwickelt war!

Aber nun war ich es. Und nachdem Vongehren versucht hatte, mich am Abhang loszuwerden, musste ich ihm wohl zutrauen, dass er auch den Draht gespannt hatte. Aber warum? Woher wusste er, dass ich hinter ihm her war? Atreju und ich waren als ganz normale Pferdekäufer bei ihm aufgetaucht – wie war er darauf gekommen, dass ich kein Pferd suchte, sondern Spuren?

Die Herren hatten mittlerweile das Gespräch wieder aufgenommen. Ich hörte der Spur nach, wie Kiehlmeyer sagte: »… die Pferde weggeschickt, weil wir rund ums Hindernis herum Spuren sichern wollten. Und das hat sich auch gelohnt. Ungefähr zwei, drei Meter von diesem Trakehnergraben weg ist ein Auto gestanden. Die KTU-Jungs meinen, das sei zur fraglichen Zeit gewesen, sie haben festgestellt, dass das Auto über den Feldweg aus …« Er hatte seine Jacke vorher ausgezogen und hinten über den Stuhl gehängt, nun suchte er in der Innentasche und brachte ein Tablet zum Vorschein, das er einschaltete. »Die Richtung, aus der der Wagen kam, war der Loretto-Hof – sagt Ihnen das was?«

»Natürlich. Das sind unsere Nachbarn, Familie Eisele. Mit denen haben wir guten Kontakt«, antwortete Atreju.

»Mit den Leuten müssen wir mal reden – vielleicht haben die unseren Täter gesehen«, sagte der Kommissar. »Wir haben auf jeden Fall festgestellt, dass das fragliche Fahrzeug ein …«

»… gelber Porsche war?«, vollendete Atreju.

»… ein schwarzer Lada Niva war?«, spekulierte ich.

Kiehlmeyer schüttelte den Kopf. »Nein, meine Herrschaften – so nett wir das auch fänden, es war leider weder ein Porsche noch ein Lada Niva. Es war so ein Schnakenhuster, ein Fiat 500 …«

»Oh? Und der war gelb?«, fragte ich.

Kiehlmeyer studierte mich einen Augenblick. »Mögen Sie die Wägelchen in gelb? Ich muss da immer an den Briefträger denken. Oder an einen Postkasten.«

»Sieht doch nicht schlecht aus«, antwortete ich. »Aber generell wäre so ein Autole für mich zu klein. Ich transportiere üblicherweise ein bisschen mehr als einen Buko.«

»Buko?«, Atreju schien im Gedächtnis zu kramen.

»Beischlaf-Utensilien Koffer!«, übersetzte ich für ihn.

»Ah ja. Und was gehört da hinein?«

»Bei Damen wie Carina Müllerschön wahrscheinlich Blasenpflaster für die von High Heels gequälten Füße und jede Menge Make Up.«

»Und wie kommen Sie jetzt auf die verstorbene Müllerschön?«, fragte Kiehlmeyer – und ich dachte, dass keiner von ihm sagen könne, er denke nicht mit.

»Vongehren hat ihr einen gelben Fiat 500 geschenkt. Und ich überlegte gerade, ob der 500er, der an unserem Trakehnergraben stand, vielleicht aus derselben Serie stammt. Vielleicht kriegt man bei Fiat einen dritten kostenlos, wenn man zwei kauft?«

Atreju lachte. »Aber bitte in einer anderen Farbe, damit der Herr nicht nachher die Autos und die Damen durcheinanderbringt. Erinnert mich an einen meiner Dirigenten – der hat 18 Jahre lang immer genau denselben Kram für seine Ehefrau und sein G'spusi gekauft. Wenn die Gattin dreireihige Perlen zum Hochzeitstag bekam, bekam die Freundin drei Wochen später zu ihrem Jubiläum mit ihm eine dreireihige Perlenkette. Bekam die Freundin Ohrringe mit Brillies zu Weihnachten, konnte die Gemahlin sich darauf freuen, ebensolche vom Baum pflücken zu dürfen.«

»Und wie kam die Geschichte auf?«, fragte ich.

»Die Damen sind sich begegnet und trugen dabei Schmuck?«, spekulierte Kiehlmeyer.

»Genau«, bestätigte Atreju. »Sie begegneten sich beim Opernball und hatten zu alledem auch noch dasselbe Kleid an. Eine Viertelstunde konnte man denken, dass die jetzt gleich aufeinander losgehen und sich die Augen auskratzen würden. Dann fiel ihnen aber ein, dass das ja ziemlich sinnlos wäre und gar nicht den Hauptschuldigen treffen würde. Bei einer Flasche von der Witwe Cliquot einigten sie sich darauf, sich den Herrn zur Brust zu nehmen – und da habe ich mich dann ausgeklinkt, weil er mir doch zu sehr leid tat.«

»Männer!«, rutschte mir heraus. »Im Zweifelsfall haltet ihr ja doch immer wieder zusammen!«

Atreju nahm meine Hand und küsste sie. »Was sollen wir armen Würstchen sonst machen? Ihr seid uns überlegen.«

»Darum fragt der nicht ganz dumme Mann ja auch bei klugen Frauen nach, wenn er am Ende seines Lateins ist!«, grinste Kiehlmeyer. »Was mich angeht: Ich hoffe, dass die KTU irgendwas findet, woran ich anknüpfen kann. Aber ich wage kaum, daran zu glauben. Es ist zum Verrücktwerden! Der Kerl könnte drei Morde begangen haben – und ich habe nicht den Schimmer einer Ahnung, wo ich ansetzen könnte. Wir haben für nichts Beweise, nichts ist hart … Der Kerl ist glitschig wie ein Stück Seife.«

Ich hob die Hand. »Öh, Herr Kiehlmeyer, wenn wir ganz zum Anfang zurückkehren, haben wir einen Beweis: Die Blutuntersuchung der Stute Dorita hat eindeutig ergeben, dass ihr Stammbaum nicht stimmt …«

»Hmm …«, machte Kiehlmeyer, dann kratzte er sich am linken Ohr. »Gibt es irgendeine Möglichkeit, von dieser Dorita eine Verbindung zu Vongehren zu ziehen? Bisher habe ich es so verstanden, dass die Stute dieser Frau Müllerschön gehört hat …«

»Ja, stimmt«, gestand ich ein. »Und da Frau Müllerschön tot ist, wird es uns wohl nicht gelingen, einen Beweis dafür zu finden, dass sie in seinem Auftrag gehandelt hat.« Ich zog mir noch mal das Fritzle, das kleine Kissen, hoch, knüllte es zusammen und stopfte es mir in den schmerzenden Nacken.

Atreju betrachtete mich besorgt. »Elskling, hast du Kopfschmerzen? Wäre es nicht besser, du würdest dich wieder richtig niederlegen, die Augen schließen und ruhen?«

»Nein, nein, es geht schon. Ich überlege nur – vielleicht müssen wir im Fall Dorita einfach noch mal einen Schritt zurück? Die Frage ist doch: Wie ist Müllerschön an Dorita gekommen? Die ist doch nicht eines Tages auf irgendeinem Reiterhof aufgesteppt, hat auf das erste Pferd vorne links gedeutet und gesagt: ›Die will ich haben. Hier haben Sie das Geld, lassen Sie sie einpacken, ich nehme sie gleich mit‹.«

»Macht man das nicht so?« Kiehlmeyer grinste. »Ich habe noch nie ein Pferd gekauft.«

»Ich vermute, mit der Methode würden Sie auf einiges Befremden stoßen«, lachte ich. »Aber ich denke, es könnte uns tatsächlich was bringen, wenn wir mit Doritas Vorbesitzer reden.«

»Hmm«, nickte der Kommissar und mache sich eine Notiz. »Darf ich Sie da um Hilfe bitten? Ich verstehe ja nichts von diesem ganzen Pferdegeschäft und hätte keine Ahnung, wen ich da wo ansprechen muss.«

»Keine Sorge. Ich habe Doritas Papiere zuhause. Sobald ich hier draußen bin, können wir uns dahinterklemmen.«

Atreju hielt immer noch meine Hand und schüttelte langsam den Kopf. »Wie war das? Selbst wenn du hier rauskommst, musst du dich noch eine Weile schonen, hat der Arzt gesagt. Sonst könnte es dir nämlich passieren, dass du ein Leben lang immer wieder Kopfschmerzen bekommst – nur weil du diese blöde Gehirnerschütterung nicht richtig auskuriert hast.«

»Ich hab' nicht vor, noch eine Doktorarbeit zu schreiben, Atreju.«

Kiehlmeyer hatte wohl beschlossen, unsere Kabbeleien zu ignorieren. Stattdessen blätterte er in seinen Notizen und sagte schließlich: »Bei Ihrem Absturz im Tal ist leider auch nichts greifbar – außer diesem einen Punkt: Er hat es unterlassen, Hilfe zu rufen, und seine Ausreden dafür sind ziemlich flach. Ich denke, an der Stelle sollte ich ihn noch mal ein wenig zwiebeln.«

Atreju hatte zum Fenster hinausgeguckt, wobei ich ihm aber angesehen hatte, dass er nachgedacht hatte. Nun schloss er kurz die Augen, bevor er sagte: »Ich habe ein Strafmandat bekommen.«

Kiehlmeyer sah man an, dass ihn Atrejus Ticket eigentlich nicht interessierte und er aus purer Höflichkeit ein »ah ja?« von sich gab.

Doch Atreju ließ sich nicht bremsen. »Ich war 17 km zu schnell – auf der Straße, die von der B466 auf den Loretto-Hof abzweigt und dann darüber hinauf zu unserer Hochfläche führt. Soviel ich weiß, ist das die einzige Zufahrt zum Loretto-Hof und zu uns, wenn man von Donzdorf aus über den Loretto-Hof fahren will.« Er schaute mich fragend an.

Ich nickte. »Ja, wobei das aus der Richtung der schnellste Weg ist, aber einer, den nur Einheimische kennen. Man kann sich, wenn man über den Loretto-Hof fährt, den Abstecher über diesen Biker-Treff sparen. Allerdings«, nun schüttelte ich langsam den Kopf, »spricht eine Zufahrt über den Loretto-Hof eigentlich gegen Vongehren. Von Unterwilflingen aus ist es ja ein Umweg. Von dort aus würde ich über Essingen – Bartholomä zum Freiberg fahren und dann an der Burg vorbei hoch …«

»Das Stichwort heißt ›An der Burg vorbei‹«, lächelte Atreju. »Wenn ich zwecks eines Anschlags auf jemanden vom Gestüt Waldeck auf die Waldecker Hochfläche fahren wollte, hätte ich nicht das Bedürfnis, davor ein eventuell recht auffälliges Auto an der Burg vorbeizufahren.«

»Was heißt ›auffälliges Auto‹?«, fragte ich. »Ein Fiat 500 ist doch nicht extravagant! In Stuttgart beim Reitverein stehen mindestens ein halbes Duzend auf dem Parkplatz. Diese Winzlinge sind bei den Töchtern von Welt sehr beliebt.«

»Hmm – ich weiß nicht. Hier in der Gegend?«

»Herr Ødegård könnte recht haben«, schaltete sich Kiehlmeyer ein. »Ein relativ neuer Kleinwagen ist hier in der Gegend ungewöhnlich. Überlegen Sie doch mal: Unsere Bauern fahren was Größeres – mit Anhängerkupplung, weil sie darauf eingerichtet sind, mal ein Schwein, eine Kuh oder ein Pferd zu befördern. Und die Leute in den Dörfern fahren ganz oft Geländewagen oder zumindest was Vierradgetriebenes – wir haben ja die entsprechenden Winter, da kommt man mit irgendeinem Kleinwägelchen nicht durch. Solche fahren bei uns nur die Teenager und die leisten sich dann nicht unbedingt einen neuen.«

»Worauf sich fast logisch ergibt, dass man die Bilder der Kamera vor dem Loretto-Hof überprüfen sollte«, sagte ich. »Vielleicht ist der Fiat 500 drauf? Und vielleicht ist der Fahrer zu erkennen?«

Kiehlmeyer kritzelte eifrig auf seinem Block. »Das werden wir auf jeden Fall tun. Vielleicht kommen wir auf die Art endlich mal an eine brauchbare Spur.«

»Apropos Spur …«, Atreju lehnte sich zurück und faltete die langen Beine übereinander. »Ich erinnere mich gerade an ein anderes Ticket.«

»Sammelst du?«, feixte ich – und war durchaus ein wenig erstaunt. Ich hatte bisher immer gedacht, Atreju sei ein Beweis dafür, dass nicht alle Sportwagenfahrer ihren Flitzer als Potenzkrücke verwenden und damit rasen. Wenn ich mit Atreju unterwegs war, fuhr er immer vernünftig und er hatte sogar einmal gesagt: ›Ich muss keinem Rivalen auf der Straße beweisen, dass ich ein paar PS mehr unter der Haube habe als er. Das sieht man meinem Wagen schon an, wobei das nicht der Grund war, den Panamera zu kaufen. Ich will nicht rasen, sondern komfortabel reisen.‹

»Dementsprechend, mein Schätzchen, habe ich das Ticket auch nicht wegen überhöhter Geschwindigkeit kassiert, sondern weil ich ziemlich dämlich mit dem Wagen auf zwei Parkplätzen gestanden hatte. Im Zusammenhang mit unserem Thema ist dieses Strafmandat insofern interessant, als ich es bei der Beerdigung der Amelie Salzman, geborene von Jan, kassiert habe. Das war die Tante von meinem Yaron …«

Zwei Paar Augen schauten ihn ziemlich verständnislos an. Ich hatte keine Ahnung, wie er einen Zusammenhang zwischen einer Radarfalle auf der Schwäbischen Alb und der Beerdigung von Yarons Tante sehen konnte. Ich erinnerte mich nur daran, dass die Tante in Stuttgart gelebt hatte und dass ihr Vater vom Staat Israel als ›Gerechter unter den Völkern‹ geehrt worden war, weil er während des zweiten Weltkriegs Juden geholfen hatte. Zudem hatte er als evangelischer Pfarrer den Mund aufgemacht und gegen das Nazi-Unrecht gepredigt.

»Amelie Salzmans[47] Vater war Pfarrer in Stuttgart-Zuffenhausen und da hat sie Yarons Onkel kennengelernt, der seit 1954 als Kapellmeister in der Stuttgarter Oper arbeitete und in Zuffenhausen wohnte. Dort wurde er dann auch beerdigt – und er zog seinen Bruder und zwei Cousinen mit ihren Ehemännern nach sich, sodass in Zuffenhausen eine jüdische Ecke auf dem Friedhof entstand.«

»Ja klar!« Ich wollte mir mit der flachen Hand gegen den Kopf schlagen, aber Atreju hielt mich auf.

»Hase, lass das – du hast schon einen kleinen Dachschaden. Schlimmer muss der nicht werden!« Er wandte sich an Kiehlmeyer. »Vor drei oder vier Jahren gab's Ärger am Friedhof Zuffenhausen. Ein paar Idioten haben jüdische Gräber beschmiert. Darum wurde auf dem Parkplatz dahinter eine Kamera installiert – und die hatte mich damals erwischt.«

Kiehlmeyer hatte durch seine dunkelblonden Locken gewuschelt, nun schaute er Atreju an. »Und Sie meinen nun, dass derjenige, der Carina Müllerschön von der Straße gedrängt hat, dort auf dem Parkplatz angehalten hat?«

»Ja!« Atreju klang ziemlich überzeugt. »Überlegen Sie doch mal: Er hat gerade den gelben Fiat 500 von der Straße geschossen, nun

---

47 – Amelie Salzman ist eine fiktive Gestalt, aber ich habe ihr hier eine historische Figur als Vater zugeschrieben: Julius von Jan, geboren am 17. April 1897 in Schweindorf/Württemberg, gestorben am 21.9.1964 in Korntal. Der Pfarrerssohn ging den »üblichen« Weg eines schwäbischen Theologen-Nachwuchses in diesen Jahren: Lateinschule in Blaubeuren, 13-jährig Landexamen in Maulbronn und Aufnahme in die Schule im Kloster Maulbronn, für die Oberstufte wechselte er ins ehemalige Benediktinerkloster Blaubeuren. Im ersten Weltkrieg war er Soldat, danach studierte er am Ev. Stift in Tübingen Theologie. Als die Nazis an die Macht kamen, war Julius von Jan Pfarrer in Oberlenningen. Dort war es dann auch, wo er am 16. November 1938, wenige Tage nach der sog. »Reichskristallnacht«, eine Predigt unter dem Titel »O Land, Land, Land, höre des Herrn Wort!« (Jeremias 22,29) hielt. Er wurde verhaftet, schwer misshandelt, des Landes verwiesen und landete in der JVA Landsberg am Lech. 1943 wurde er in eine Strafkolonie an der russischen Ostfront versetzt, aber schon nach wenigen Monaten wegen Krankheit entlassen. Nach dem Krieg wurde er dann Pfarrer in Stuttgart-Zuffenhausen. Er starb 1964 an den Spätfolgen des Missbrauchs durch die Gestapo.

will er abhauen. Die Straße lässt ihm aber, nachdem er in Zazenhausen nicht Richtung Freiberg abgebogen ist, nur eine Chance: Am Friedhof in Zuffenhausen vorbei, durch Zuffenhausen … und da hatte er ein Problem.«

Kiehlmeyer hatte in seinen Unterlagen gewühlt, nun sagte er: »Klar. Kommissar Zufall hat uns mal wieder geholfen. Keine drei, vier Minuten, nachdem Carina Müllerschön verunglückt ist, kam ein Handwerker an der Unfallstelle vorbei. Er hat versucht, Erste Hilfe zu leisten, außerdem hatte er ein Handy dabei und rief uns an. Der Notruf landete sowohl in Mühlhausen wie auch in Zuffenhausen, von beiden Revieren rückten sofort Fahrzeuge aus, die natürlich auch nach beschädigten Autos Ausschau hielten.«

»Und der, der Frau Müllerschön abgedrängt hat, steckte in der Falle!«, wurde mir klar. »Von unten kamen – vermutlich mit einer ganzen Menge Tatü-Tata und Festbeleuchtung – Ihre Kollegen aus Mühlhausen, von oben kamen die aus Zuffenhausen. Wenn er einen sichtbaren Schaden an seinem Fahrzeug hatte …«

»Wovon Sie ausgehen können! Obwohl er mit dem Bullenfänger getroffen hat – der muss ganz schön verbogen gewesen sein«, warf Kiehlmeyer ein.

»Damit hätte es eine gewisse Logik, dass er auf den Parkplatz am Friedhof gefahren ist. Er war Richtung Zuffenhausen unterwegs, als er hörte, dass ihm Sirenen entgegenkamen, er bog auf den Parkplatz ab und machte erst mal seinen Motor aus. Dann überlegte er, wie er da wieder wegkommen kann. Und ich würde mich nicht wundern, wenn er dann über den Fußweg, der vom Parkplatz aus nach oben am Friedhof entlangführt, abgehauen ist.«

»Da gibt's einen Fußweg?« Kiehlmeyer war wohl noch nie in Zuffenhausen auf dem Parkplatz gewesen. Er schrieb die nächste Notiz, schaute auf und sagte: »Okay. Dann gucken wir mal, was die Kamera in der Zeit gesehen hat. Bei der haben wir ja sogar die

Chance, dass sie sogar dann gefilmt hat, wenn keine Straftat vorlag.«

»Wieso das denn?«, erkundigte ich mich.

Kiehlmeyer atmete tief durch. »Darf ich davon ausgehen, dass Sie diese Information nicht in alle Welt geben? Wir wollen nicht unbedingt, dass das allgemein bekannt wird. Also, die Kameras, die wir an so neuralgischen Punkten – Friedhof mit jüdischer Abteilung, Synagoge, aber auch Moschee – anbringen, laufen rund um die Uhr und nehmen alles auf. Die Aufnahmen werden zwei, drei Monate gelagert, wenn bis dahin nichts war, werden sie gelöscht und die Bänder überspielt.«

»Aber dann kann man gucken, ob der Lada Niva da war!«, freute ich mich. »Und vielleicht wissen wir dann mehr? Ich kann mir einfach nicht vorstellen, dass der Unfall ein Zufall war.«

»Ich eigentlich auch nicht mehr.« Kiehlmeyer riss das oberste Blatt von seinem Block ab, faltete es zusammen und steckte es in die Hosentasche. Er setzte seinen Stift auf ein neues Blatt und schaute uns an. »Lassen Sie uns mal rekapitulieren. Wer hat jetzt was zu tun?«

Atreju hob abwehrend die Hände. »Mein nächster Termin ist 16 Uhr 30 an der Staatlichen Hochschule für Musik.« Er richtete sich an mich. »Wir machen eine Klasse mit klassischer Kammermusik – Yaron macht Geige, Honegg kommt für Viola und ich schabe halt mal wieder das Cello …«

»… schäbiger Schuft!«, vollendete ich den alten Spruch für ihn. Und mit Blick zu Kiehlmeyer: »Was aber unseren Fall angeht: Sobald ich hier raus bin, nehme ich noch mal den Stammbaum von Dorita auseinander.«

»Genau!«, lobte Kiehlmeyer. »Ich werde mich unterdessen mal näher mit Herrn Vongehren auseinandersetzen: Strafregister, wirtschaftliche Daten – mal sehen, was das ergibt. Gleichzeitig werde ich die Stuttgarter Kollegen bitten, die Aufnahmen vom Parkplatz am Friedhof am Todestag der Frau Müllerschön durchzufleddern.« Er vollendete seinen Aufschrieb, schob Block und Stift in die Tasche und lächelte mich an. »Herr Ødegård sagte mir, es sei nicht sehr sinnvoll, wenn ich Ihnen auch noch Blumen bringe. Aber als Getränkelieferant wäre ich bestimmt willkommen und so biete ich mich hier an: Was kann ich Ihnen aus dem Kiosk unten heraufbringen?«

»Oh, das ist ein toller Service!«, freute ich mich. Ich habe nämlich im Krankenhaus immer ein wenig Probleme. Kaffee – ja, zwei Tassen am Tag, aber nicht dauernd. Schwarzer Tee gar nicht, da bekomme ich nämlich das Herzkäsperle. Zuhause trinke ich Früchtetee, aber den hat das Krankenhaus nicht zu bieten. Bleiben stilles Wasser – igitt, schmeckt wie eingeschlafene Füße – und dieses gruselige Mineralwasser mit »wenig« Kohlensäure. Das schmeckt, als wenn die eingeschlafenen Füße einmal an der Co_2-Flasche vorbeigeschlufft wären. Dabei gibt's doch so schöne, alkoholfreie Gluckerwässerchen: Apfelsaftschorle, Apfel-Kirschsaft-Schorle, Apfel-Johannisbeere, verdünnter Orangensaft, »Zitrone natur« und ja, auch wenn man das heutzutage nicht mehr zugeben darf: Einmal in der Woche oder zumindest alle 10 Tage leiste ich mir eine garantiert viel zu süße, schrecklich ungesunde Limonade. Wenn man an einem Sommerabend mit raushängender Zunge und eingestaubter Kehle aus dem Stall kommt und auf der Terrasse in den Sessel fällt – dann brauche ich wenigstens ab und zu mal ein großes Glas Coke mit zwei Eiswürfeln und einer Zitronenscheibe.

Doch mit so etwas wollte ich den armen Kriminaler nicht schocken, also erbat ich mir aus dem bunten Angebot des Kiosks eine Flasche Kirsche-Apfel und eine Flasche Johannisbeer-Apfel. »Gerne – reicht Ihnen das dann schon?«

»Ja! Ich will ja nicht bis in alle Ewigkeit hierbleiben!«

»Und außerdem hole ich dir einen Sixpack Apfelschorle und einen mit richtigem Sprudel«[48], kündigte Atreju an.

»Äh – halt mal, Atreju!« Ich fasste nach seinem Ärmel und hielt ihn fest. »Ich wollte mich hier eigentlich nicht für die nächsten 14 Tage einrichten.«

Er drehte sich zu mir um und seine Augen wurden ein wenig schmal, während er langsam den Kopf schüttelte. »Nein, jenta mi gutten min[49], das kannst du vergessen! Ich werde dich nicht abholen, wenn du dich – mit dem Argument, du bist Medizinerin und weißt Bescheid – selbst entlässt. Dieses Mal bleibst du hier, solange deine Kollegen von der Humanmedizin es für nötig halten. Ich möchte nämlich nicht, dass du mit einer nicht richtig ausgeheilten Gehirnerschütterung rumrennst und womöglich noch reitest und was weiß ich anstellst. Ich habe einen Kollegen, der meinte, eine Gehirnerschütterung ignorieren zu können. Es hat ihn seinen Geruchssinn gekostet. Für meinen Bedarf haben Titus und ich uns die letzten Wochen genug Sorgen um dich gemacht. Jetzt schonst du deinen Kopf und unsere Nerven und krabbelst brav ins Krankenhaus-Gitterbettchen, wir werden dich da auch täglich besuchen, aber du gibst so lange Ruhe, bis der Stationsarzt bestätigt, dass man dich entlassen kann. Und nein, min elskling[50], – es interessiert mich nicht, dass du eine erwachsene Frau bist. Als solche kann ich dich nicht hindern, mit einem Taxi hier abzuhauen. Aber ich muss an solchen idiotischen Aktionen nicht teilnehmen und ich muss meinen Segen nicht dazu geben, klar?«

---

48 – Atreju lebt lange genug unter Schwaben, um zumindest teilweise ihren Sprachgebrauch übernommen zu haben. Darum sagt er auch »Sprudel“ zu dem, was anderswo »Mineralwasser« heißt. Allerdings braucht ein »Sprudel« auf jeden Fall einen Zusatz von Kohlensäure – sonst sprudelt er ja nicht. Und ein »richtiger Sprudel« ist ein »Klassik«, also einer mit richtig gut Kohlensäure drin.

49 – Norwegisch für »mein Mädchen« (aber auch mein Junge)

50 – Norwegisch für »mein Liebling«

»Öh … ah … ja, ist gut.« Ich staune manchmal über mich selbst. Eigentlich bin ich doch eine, die sich immer gegen Autoritäten gestemmt hat.

Meine Mutter sagte, ich hätte sprechen und trotzen gleichzeitig gelernt und mein erster Satz sei ein urschwäbisches »Noi, nette!«[51] gewesen. Doch Atrejus »Autorität« beuge ich mich ab und zu. Er hat meist die Vernunft auf seiner Seite und dann … also, da ist noch etwas, was ich nur errötend gestehen kann: Es imponiert mir, dass er sich nicht von mir kommandieren lässt.

Ich bin wohl – berufsbedingt – ziemlich »dominant«. Ich bin es gewöhnt, sogar starke Männer – meine Bauern auf der Alb! – durch die Gegend zu scheuchen: »Holen Sie mir warmes Wasser und ein sauberes Handtuch!« – »Besorgen Sie mir mehr Licht!« – »Binden Sie ihr das Hinterbein hoch!«, sind übliche Befehle, die ich von mir gebe – und ich erwarte, dass die zack-zack ausgeführt werden! Schließlich haben meine Tierhalter und ich keine Zeit zu verschwenden.

Hin und wieder neige ich wohl auch im Privatleben zum Kommandoton. Ich bin ungeduldig, und Matthias, der Gatte, den ich einst hatte, konnte mich damit, dass er alles irgendwie falsch rum anfing, in den Wahnsinn treiben. Ergo passierte es auch ihm des Öfteren mal, dass ich wie der Spieß auf dem Kasernenhof ein »Verdammt noch mal, jetzt sichere doch erst mal die Motorhaube, bevor du den Kopf darunter steckst!« aus dem Fenster brüllte (die Nachbarn haben sich sicher eins gegrinst, wenn sie erlebten, wie Mr. Obersmartie von der Gattin gescheucht wurde).

Selbst meine Mutter, auch nicht unbedingt der Allerfeinfühligsten eine, meinte mal, ich solle Matthias nicht immer so »rumkommandieren«. Das würde das fragile Ego eines Mannes nicht so gut

51 – Nein, nicht!

aushalten. Tja ... das Blöde ist: Mein Ego kommt auch nicht gerade gut damit zurecht, dass sich ein Mann von mir zum Affen machen lässt. Ich will kein Weichei als Partner, sondern einen, der mir auf Augenhöhe Paroli bieten kann! Und das kann Atreju ganz sicher. Ich weiß, dass er mich mag und dass ihm an unserer Freundschaft sehr gelegen ist, aber er würde sich von mir nicht unterdrücken lassen.

Die Ärzte hatten anscheinend viel Spaß an mir. Sie verlegten mich zwar am zweiten Morgen auf eine Normalstation, wo ich dann von meiner Bettnachbarin ausführlichst darüber aufgeklärt wurde, dass sie ja eigentlich Anspruch auf ein Einzelzimmer hätte, die aber alle ausgebucht seien, und so hätte sie gnädig erlaubt, dass ich bei ihr einzog. Am dritten Nachmittag fragte sie mich dann allerdings schon sehr spitz, ob ich immer so viel »Herrenbesuch« empfangen würde und ob bei mir jeder Mann mit »innigem Kuss« begrüßt würde?

Dem hatte Heiko Kiehlmeyer zu verdanken, dass ich ihn am vierten Morgen auch mit einem Kuss begrüßte. Dabei saß ich aber schon im Bademantel auf der Bettkante – er hatte sich angemeldet und ich wollte nicht vor der sehr neugierigen Bettnachbarin mit ihm reden. Ergo bekam er einen Kuss und ein geflüstertes »Sorry, musste sein!«, dann schlüpfte ich in die herrlich warmen Fellpantoffeln, die Titus mir gebracht hatte, und schluffte am Arm des Kommissars über den Gang zum Aufenthaltsraum. Dabei erklärte ich ihm, wie er zu dem Kuss gekommen war, was ihn amüsierte.

Im Aufenthaltsraum gab es nicht nur ein ruhiges Eckchen für uns, sondern eine Kaffeemaschine, aus der Kiehlmeyer zwei Becher Kaffee zog. Dann setzte er sich zu mir, erkundigte sich nach meiner Gesundheit und grinste schließlich. »Ich hab' Ihnen was Interessantes zu erzählen. Ich habe mich ein wenig mit dem Vorleben und den Finanzen des Herrn Vongehren auseinandergesetzt.« Er trank einen Schluck Kaffee, stellte den Becher auf den Tisch, holte einen blauen Aktenordner aus seiner Tasche und sagte: »Was ich jetzt tue, ist eigentlich nicht ganz der vorgesehene Amtsweg. Aber ich werde diesen Fall nicht ohne Ihre Hilfe gelöst kriegen, weil da zu viel Reiterkram drinsteckt, den ich ohne die Erklärung einer Fachfrau nicht verstehen würde.«

»Ich werde die Informationen bestimmt nicht von der obersten Zinne des Hohenrechbergs über das Tal nach Schwäbisch Gmünd hinabrufen!«, versprach ich, gönnte mir auch einen Schluck Kaffee und zog den Bademantel ein bisschen enger um mich – mein Gegenüber, ein ziemlich dicklicher, kahlköpfiger Endfünfziger, der wohl meinte, seinen Mangel an Attraktivität durch die demonstrative Lektüre der Wirtschaftswoche ausgleichen zu können, starrte mir nämlich aufs halbnackte Knie.

Kiehlmeyer war es auch aufgefallen. Er strafte den Obersuperdupermanager mit einem sehr kühlen Blick, dann blätterte er die Akte auf. »Also, der Vongehren – getauft ist er auf die Vornamen Hendrik Udo, seine Freunde rufen ihn aber ›Jimmy‹«, ist 38 und hat in seinen jungen Jahren schon allerlei erlebt. Aber fangen wir von Anfang an: Er ist in Wusterhausen an der Dosse – nicht zu verwechseln mit Königs Wusterhausen bei Berlin – geboren, die Mutter arbeitete als landwirtschaftliche Hilfskraft auf einer Kolchose in der Nähe, Vater ist unbekannt. Er hat mit Ach und Krach die Mittlere Reife in Wusterhausen geschafft«, er musste in seine Unterlagen gucken, dann redete er weiter, »dann wurde er 16-jährig Auszubildender in der Fachrichtung ›Klassische Reitausbildung‹, im Haupt- und Landgestüt Neustadt an der Dosse. Da war er dann im Lehrlingsheim – seine Mutter hat sich nämlich mit einem neuen Mann in den Westen abgesetzt und seitdem besteht kein Kontakt mehr zwischen ihr und ihm.« Er schaute auf, trank seinen Kaffee aus, schielte zu meiner Tasse und fragte: »Noch einen?«

»Nein, danke!«, lehnte ich ab. Ich bin kein großer Kaffeetrinker.

Er anscheinend umso mehr. Er stand auf. »Sie entschuldigen mich? Ich hole mir noch einen!« Mit dem dampfenden Becher kam er zurück. »Falls Sie sich fragen, woher ich das alles weiß: In Wusterhausen – den Geburtsort fand ich über unser Einwohnermeldeamt heraus – wusste jemand, dass der hat im Haupt- und Landgestüt gearbeitet hat und da habe ich einen Pensionär erwischt, der damals in der Personalbuchhaltung war und sich an Vongehren erinnerte. Der war nämlich dreimal mit der Polizei in Schwierigkeiten – einmal pro Lehrjahr: Im ersten war es eine nächtliche Ruhestörung vor einer Disco in Neustadt, im zweiten Jahr eine Prügelei mit einem Kollegen und im dritten – ungefähr sechs Wochen vor Abschluss seiner Lehre – war er in eine Diebstahlsaffäre am Gestüt verwickelt. Man konnte ihm nicht 100-prozentig nachweisen, dass er gestohlen hatte; dennoch hielt er es für angezeigt, das Weite zu suchen. Eine Weile hörte man nichts mehr von ihm, drei, vier Jahre nach seinem Abgang rief dann das Landgestüt Dillenburg wegen einer Referenz an. Vongehren hatte sich dort als Bereiter beworben und gesagt, er habe in Neustadt/Dosse gelernt. Dort hat man dann aufgeklärt, dass er zwar dort gelernt, aber die Lehre nicht abgeschlossen hat. In Dillenburg hat man ihn dann wohl nicht eingestellt, jedenfalls traf ihn der Personalmensch aus Neustadt zwei Jahre später – da war er als Bereiter eines großen Springstalls unterwegs und gar nicht schlecht in Sachen Erfolgen.«

»Das kann ich mir vorstellen!«, rutschte es mir heraus.

Kiehlmeyers Augenbraue wanderte bis fast unter den Haaransatz. »Wie meinen Sie das?«

»Tja, wie drücke ich das aus?« Ich suchte nach Worten. »Also, nennen wir das Kind beim Namen: In Springställen wird nicht unbedingt immer sehr pferdegerecht ausgebildet und geritten. Wenn ein Pferd nicht in der vorgegebenen Zeit begreift, was es tun soll, hilft man schon mal nach – Metallstangen an die Beine knallen, kleine, eckige Plastikteile in die Gamaschen, Wasserentzug, Elektrodraht in die Sporen – die Wege der Springreiter sind ziemlich schmutzig.«

»Aber das ist doch alles Tierquälerei! Warum zeigt das niemand an?«, empörte sich der junge Kommissar.

»Herr Kiehlmeyer, muss ich Ihnen erzählen, wie schwierig sowas zu erklären ist? Und was käme bei einer Anzeige heraus? Tierquälerei – und das wird im Gesetz nicht so hoch gehängt!«

»Aber solche Reiter sollten zumindest gesperrt werden!«

»Da bin ich absolut Ihrer Meinung. Aber versuchen Sie mal, den Verband zu einem konsequenten Vorgehen zu überreden! Eine Krähe hackt der anderen bekanntlich kein Auge aus.«

»Zum Kotzen!«, knirschte er.

Ich zupfte schon wieder an meinem Bademantel, der über den Knien immer aufgehen wollte. Gut, ich hatte Shorts an, aber die Blicke des flotten Endfünfzigers – wahrscheinlich gehörte er zu den Herren, die sich in einschlägigen Zeitungen als ‚Sportlicher Fünfziger, Topmanager, Sportwagenfahrer, sucht aus Paritätsgründen wohlhabende, gebildete Lady, die sowohl in Jeans wie Abendkleid gut aussieht …« anpriesen – waren mir dennoch unangenehm. Kiehlmeyer schaute mir einen Augenblick zu, dann stand er auf, legte seine Akte auf den Stuhl und trat auf den Mitpatienten zu. »Würde es Ihnen viel ausmachen, sich woanders hinzusetzen?«

»Wieso sollte ich?«, knurrte Glatze.

»Weil sich meine Begleiterin von Ihnen belästigt fühlt!«, Kiehlmeyer bekam schmale Augen.

»Oh mey – ist das so 'ne ›Me-too‹-Kuh? Die sollten doch froh sein, wenn überhaupt ein Mann sie anguckt!« Aber immerhin stand er auf und verdrückte sich mit seinem Magazin in die andere Ecke des Aufenthaltsraums.

»Danke!«, sagte ich, als Kiehlmeyer sich wieder neben mich setzte.

»Keine Ursache!«, wehrte Kielmeyer ab. »Ich habe eine sehr hübsche Frau und drei durchaus ansehnliche Schwestern. Ich kriege leider viel zu oft mit, dass Männer sich nicht benehmen können. Aber wo waren wir?«

»Vongehren war Bereiter in einem Springstall. Vermute ich richtig, dass der irgendwo im Norden war?«

»Richtig – er war in der Nähe von Kiel. Aber nicht zu lange. Ich habe dort angerufen, die sagten aber, er war nur ein Jahr bei ihnen, dann sei er erst in einen Springstall nach Hessen gegangen, aber auch dort wurde er nicht alt. 2012 tauchte er in Baden-Württemberg auf.« Kiehlmeyer schaute wieder einmal in seine Unterlagen. »Ja, hier hab' ich's: Hausen ob Verena – fragen Sie mich bitte nicht, was das bedeutet. Das muss ein ganz kleines Kaff im Landkreis Tuttlingen sein. Dort war er auf dem Gestüt am Stettbach ...«

»... bei einem gewissen Tony Joswig angestellt – als Bereiter?«

»Woher wissen Sie das schon wieder?«

»Der Herr Joswig ist im ganzen Land bekannt. Er war Springreiter, sogar zweimal Landesmeister und zwei-, dreimal für Nationenpreise nominiert. Aber vor ungefähr 15 Jahren hat er sich bei einem Trainingsunfall den Rücken gebrochen, seitdem sitzt er im Rollstuhl. Den Stall hat er aber behalten, nun allerdings nicht mehr so sehr als Spring- wie als Handelsstall. Er versteht etwas von Pferden, vor allem kann er Youngster einschätzen. Also kauft er gerne Absetzer oder Einjährige – die gibt's ja meist noch für kleines Geld. Die lässt er dann irgendwo im Hunsrück billig aufziehen und in seinem Laden von Angestellten ausbilden.«

»Und dann verkauft er sie?«

Ich nickte.

»Hmm«, machte Heiko Kiehlmeyer. »Verdient man da gut dran?«

»Tja, wie soll ich sagen? Es ist ein Hochrisiko-Geschäft, weil das Geschäftskapital halt auf vier Hufen unterwegs und anfällig für Krankheiten und Verletzungen ist. Also stellen Sie sich vor«, erklärte ich, »Joswig kauft einen Jährling für 3000 Euro – das ist ein realistischer Preis für einen ganz Ordentlichen. Er lässt ihn aufziehen und bereiten – dafür kann man noch mal 5000 einkalkulieren. Dann aber bricht er sich im Training ein Bein – inoperabel, nichts geht mehr, einschläfern, 8000 Euro abschreiben. Und das kann einem mehrfach in einem Jahr passieren.«

»Puh – das ist teuer. Aber kann man die Pferde nicht versichern?«

Ich schüttelte den Kopf. »Versicherungen sind für Feiglinge oder Privatreiter.« Ich musste lachen, denn da hatte ich Titus zitiert. »Für Profis sind sie kein Thema, weil sehr teuer und nicht effizient. Am konkreten Beispiel: Wenn Gestüt Waldeck seine acht Zuchthengste gegen Totalverlust oder Unfruchtbarkeit versichern lassen würde, würde das ungefähr so viel kosten wie drei neue Hengste. Da es aber nicht wahrscheinlich ist, dass man in einem Jahr gleich drei Hengste verliert, fährt man ohne Versicherung billiger. Wer in dem Geschäft nicht rechnen kann, geht ein.« Ich angelte mir eine Flasche Mineralwasser – halb eingeschlafene Füße, weil »light« in Sachen Kohlensäure – und nahm einen Schluck.

»Aber bei diesem Joswig kann es ja nicht nur schlechte Zeiten geben, oder?«

»Nein, nein – im Gegenteil. Bei dem geht eine Menge gut und ich schätze, dass er pro Jahr schon an die 50 Pferde verkauft. Die Preise dürften bei ihm zwischen zehn und dreißig liegen. Nehmen wir mal 20 als Durchschnittspreis ein. Investiert hat Joswig zwischen 10 und 15, ergo bleibt da ganz nett was hängen. Dazu kommen natürlich die Ausreißer – vor drei Jahren zum Beispiel hatte Joswig einen Vierjährigen, der der letzte Sohn eines Vererbers war, der da gerade sehr in Mode kam. Joswig ließ ihn kören und hat ihn dann auf der Körung für 165.000 verkauft.«

»Nicht übel. Da muss ein armer Kommissar lange drum Akten stemmen.« Kiehlmeyer blätterte in seinen Unterlagen. »Dieser Joswig muss sogar so gut verdient haben, dass er Vongehren inspirierte. Der ist nach zwei Jahren – also 2014 – bei ihm abgezwitschert, hat sich ein paar Monate anscheinend als ›freier Bereiter‹ amüsiert, bevor er Anfang 2015 den Loretto-Hof in Unterwilflingen gepachtet hat. Die ersten zwei Jahre sei's gut gelaufen – nicht sensationell, aber so, dass er mit schwarzen Zahlen durchkam. 2017 hat er dann einen größeren Deal gelandet – ein Pferdeverkauf, bei dem rund 120.000 bei ihm aufschlugen.«

»Das ist aber noch nicht die Welt«, warf ich ein. Für einen Laien mag 120.000 sehr viel aussehen, aber für einen Zuchthengst oder ein sehr erfolgreiches Sportpferd ist es gerade mal ein Einstiegspreis. Letztes Jahr hat mal ein belgischer Sportpferdezüchter für unseren Herrn von Waldeck eine glatte Million geboten. Titus hat ihn trotzdem nur ausgelacht – Waldi war da nämlich erst sieben, also kann man darauf rechnen, dass er noch 13, 14 sehr gute Zuchtjahre vor sich hat. Bei durchschnittlich 300 Stuten im Jahr macht das rund 330.000 Euro Deckgelder pro Jahr, ergo verdient er alle drei Jahre eine Million.

Kiehlmeyer registrierte das mit einem Nicken und sprach weiter: »Vongehren schien das für eine Menge zu halten – und sein Banker meint, danach habe er den Überflug gekriegt. Er habe einen größeren Kredit aufgenommen, den Stall vergrößert, neue Pferde eingekauft, einen Porsche geleast, seiner Freundin ein Auto geschenkt …«

»Einen Fiat 500?«

»Ja, genau – einen roten Fiat 500.«

»Ich dachte, es war ein gelber!«

Kiehlmeyer schüttelte den Kopf. »Nein, mein Partner bei der Bank betonte, dass das ein roter war. Jedenfalls ist mittlerweile ein Punkt erreicht, der nicht mehr gut ist. Vongehren kann seit Wochen seinen Kredit nicht mehr bedienen, ist mit der Pacht für seinen Hof im Rückstand, der Autovermieter hat ihm das Leasing gekündigt …«

»Oh, gar nicht gut. Und was sagt die Bank?«

»Die sitzen zwischen den Stühlen. Auf der einen Seite sei ihnen klar, dass das ein ganz fauler Kunde werden könnte. Auf der anderen Seite hoffen sie aber noch darauf, dass er sich aus dem Loch herausarbeitet.«

»Na, darauf würde ich nicht setzen!«

»Tja – ich auch nicht. Aber den Bankern hat er gesagt, er sei an einem größeren Projekt. Er habe ein Superpferd im Stall, um das sich die Ölscheichs streiten würden. Er sei sicher, er werde es für mindestens eine Viertelmillion los.«

»Nicht übel!«, fand ich. »Und es wäre eine Erklärung dafür, dass er mich entsorgt haben wollte. Wenn mit diesen Verkäufen etwas nicht in Ordnung wäre und er Gefahr liefe, dass ich ihm draufkomme …«

»Ja, daran dachte ich auch. 250.000 wären ein starkes Motiv, wobei ich Leute für weniger morden gesehen habe«, seufzte Kiehlmeyer. »Ach und ich hab' Ihnen noch was: Ich war in Unterwilflingen im Supermarkt – morgens, wenn die Hausfrauen einkaufen. Und da habe ich mich an der Fleischtheke ein bisschen blöd angestellt, worauf gleich drei Hausfrauen mir helfen wollten.« Er grinste. »Dafür habe ich sie dann zu einem Kaffee eingeladen und ein wenig mit ihnen geplaudert. Zwei blieben, eine hatte es eilig. Aber die zwei waren ergiebig.«

»Bezüglich Vongehren?«, staunte ich – was hatte er mit den Hausfrauen im örtlichen Supermarkt zu tun gehabt? Er war doch gar nicht aus der Ecke!

»Ja. Ich weiß nicht, ob Sie bei Ihrem Besuch auf dem Loretto-Hof seine Bereiterin getroffen haben«, nun kicherte er. »Die bereitet da im wahrsten Sinne des Wortes!«

Ich glaube, ich hab' so ziemlich jeden dummen Witz zu diesem Thema schon mal gehört, also rang er mir nur noch ein sehr müdes Grinsen ab. »Da sind mehrere junge Mädchen rumgerannt, aber vermutlich war es die Rothaarige, von der da die Rede war, oder?«

»Das Rot sei nicht echt«, grinste Kiehlmeyer. »Die Unterwilflinger Hausfrauen wussten Bescheid – und diese Dame, eine gewisse Vanessa Grönert, ist einheimisch, weswegen man im Ort natürlich ein gewisses Interesse an ihr hat. Ihr Vater hat nämlich – und das finde ich doch spannend – einen Hof, dessen Felder an die des Loretto-Hofs angrenzen. Dazu soll er nicht ganz arm sein.«

»Oh, wie passend!«, fand ich. »Heiraten mit anschließender Hofvergrößerung?«

»Das könnte gut sein. Und übrigens: Herr Vongehren hat Frau Grönert einen roten Fiat 500 geschenkt.«

Ich schluckte. »Abteilung ›Praktisch denken, Särge schenken!‹. Er hat die Geschenke für seine Damen im Doppelpack gekauft! Einmal rot, einmal gelb – und vermutlich gab's Rabatt dafür, dass er gleich zwei genommen hat.«

Kiehlmeyer nickte. »Wobei ich ziemlich sicher bin, dass die Damen nichts voneinander gewusst haben. Vanessa Grönert jedenfalls fühlt sich verlobt und bereitet anscheinend schon die Hochzeit vor …«

»Tja – ob man ihr dazu gratulieren kann?«

KAPITEL 7

Am Freitag ließen sich die Ärzte und Atreju überreden, dass ich nicht länger im Krankenhaus herumliegen musste. Allerdings hatte mir der Oberarzt einen kleinen Vortrag darüber gehalten, dass eine Commotio cerebri – so heißt »Gehirnerschütterung« bei den Medizinmännern – wie meine länger brauche, um auszuheilen. Daher werde mir ab und zu noch übel, daher sei mein Geschmackssinn immer noch eingeschränkt – oh ja, das merkte ich sehr wohl. Zuerst dachte ich, es läge an der Krankenhauskost, dass alles nach Pappe schmeckte, aber nachdem mir sogar Frau Häberles extra gebackener Apfelkuchen nicht sonderlich mundete – und daher sei ich noch so schnell müde. Er überreichte mir noch ein Rezept – Vomex zur Beruhigung des aufgebrachten Magens – und dann übergab er mich Atreju, der mich von Göppingen bis Waldeck damit bedrohte, mich nicht aus den Augen zu lassen und im Zweifelsfall ans Bett zu fesseln.

Grundsätzlich hätte ich da ja nichts dagegen gehabt, speziell, wenn er sich zwecks fröhlichem Tun dazu gelegt hätte, aber das schien nicht in seiner Absicht zu sein. Stattdessen betüterte er mich. Er fuhr zum Bio-Bauern zwecks Erwerb eines Suppenhuhns; er las mir vor; er stellte mir für die Zeit, die er mich wegen Unterrichts in Stuttgart alleine lassen musste, eine Playlist (auf der mir allerdings etwas fehlte: Sich selbst hatte er nicht darauf gesetzt) zusammen, und als ich am Samstag anmeldete, dass ich am Sonntag auf jeden Fall in den Stall gehen und meine Rösser besuchen werde, sagte er sofort: »Du wartest aber bitte, bis ich wach bin. Ich komme mit.«

Davor aber wagte ich noch – ganz ohne seine Unterstützung und sicher auch ohne sein Einverständnis, doch auch für Maestro Ødegård gilt: Was er nicht weiß, macht ihn nicht heiß –, meinen Computer anzuwerfen und mir die Mail von Doktor Häffner, meinem tierärztlichen Nachbarn, herauszusuchen. Der hatte Allegro untersucht und mir die Röntgenbilder zukommen lassen.

Bei deren Anblick stieg mein Blutdruck. Gleichbein hinten links angeschlagen – da war eine Absplitterung zu sehen. Häffner hatte da nichts gemacht außer bandagiert. Damit war ich einverstanden – an so etwas herumzuoperieren, bringt nichts. Es heilt meist genauso schnell und gut, wenn man es eben ruhig stellt.

Aber das linke Hinterbein war nicht das Hauptproblem. Das hatte er wohl im Fallen am Hindernis angeschlagen. Richtig übel sah es vorne rechts aus. Die Strecksehne war über dem Kronbein angerissen; die Beugesehne hing am unteren Ansatz nur noch an Fädchen. Auch da hatte Häffner erst mal nur ruhig gestellt – und ich war mir nicht sicher, ob das wirklich die richtige Therapie war. Andererseits waren beide Sehnen zu der Zeit, als der Kollege sie untersucht hatte, entzündet und geschwollen gewesen. Ich wollte wissen, wie es aktuell aussah – eigentlich mussten die Entzündungen inzwischen abgeheilt sein.

Also Sonntagmorgen in den Stall – und ja, Allegro freute sich, mich zu sehen, brummte freundlich, drückte den Kopf an meine Brust, ließ sich die Ohren kraulen, aber als er dann, von Atreju geführt, auf den Stallgang trat, sah ich schon: Stocklahm – und leider war es nicht das Hinterbein mit dem angesplitterten Griffelbein, das er meist entlastete, sondern das Vorderbein mit den Sehnenproblemen. Und die Sehnen fühlten sich gar nicht gut an. Schwammig, immer noch erhitzt, die Beugesehne war im oberen Bereich geschwollen und unten am Ansatz konnte ich sie nicht tasten – da war das ganze Bein dick.

Ich erstickte fast an meiner wilden Wut. Wäre Vongehren in der Nähe gewesen, wäre ich mit Zähnen und Klauen und ohne Rücksicht auf Verluste auf ihn losgegangen. Natürlich war mir klar, dass ein Richter – und vermutlich mit ihm 95 % der restlichen Menschheit – Allegros Sehnenschaden als »Kleinigkeit« sehen würden, vor allem, wenn man ihn dem Mord an Carina Müllerschön und den Mordversuchen an mir gegenüberstellte. Und unter den fünf Prozent Pferdeleuten, die es nicht ganz so unwichtig finden würden, wäre die Hälfte vermutlich wegen des wirtschaftlichen Schadens auf 180 gewesen.

Der war hoch. Allegro war eines der begabtesten jungen Pferde gewesen, die ich je unter dem Hintern gehabt hatte. Bei entsprechender Ausbildung hätte er nicht nur als Vielseitigkeitspferd, sondern auch als Dressierer große Erfolge feiern können.

Aber das berührte mich nur sehr wenig. Ich züchte nicht wegen des Kommerzes, ich plane nicht ein, was mit einem Pferd günstigenfalls zu verdienen ist. Ich habe Pferde, weil ich sie mag – und Allegros »Wert« war ein sehr theoretischer Betrag, denn ich hatte nie vorgehabt, den Schönen zu verkaufen. Was mich so wütend machte, war, dass Vongehren ihn in die Sache hineingezogen hatte!

Nennen Sie mich »gaga«, aber – Himmel-die-Berge, Carina Müllerschön und ich hatten zumindest im Ansatz eine »Mitschuld« an dem, was uns widerfahren war. Sie hatte sich mit einem Mistkerl eingelassen und sie hatte – wahrscheinlich in seinem Auftrag – beim Pferdeverkauf betrogen. Und ich hatte mich in etwas eingemischt, was mich nicht wirklich etwas anging. Aber Allegro hatte nichts gemacht! Trotzdem hatte Vongehren sein Leben und seine Gesundheit riskiert.

Ich war sauer, sauer, sauer – und weil ich Vongehren auf Waldeck kaum in die Finger bekommen konnte, schwor ich mir, ihm nun vollends auf die Schliche zu kommen.

Es war inzwischen Montag, Atreju war zum Südfunk abgeschwirrt, Titus schlief seinen Jetlag aus, ich saß in der Küche und mopste mich. Ich konnte nicht reiten, sollte nicht am PC arbeiten, nicht fernsehen, nicht lesen – und was nun? Ich wollte Vongehren zur Strecke bringen, aber ich konnte ihn ja noch nicht mal konfrontieren – Auto fahren sollte ich nämlich auch nicht.

Was konnte ich zuhause, ohne PC, veranstalten? Nachdenken? Aber wo anfangen und wo aufhören?

Mir fiel Atreju ein (wie so oft). Mit dem hatte ich einmal an einem Problem herumgeknifflet – und da hatte er schließlich gesagt: »Gehen wir noch mal zurück an den Anfang. Vielleicht sehen wir dann, wie es zu diesem Ende kam.« Der Rat kam mir auch jetzt sehr gescheit vor – und ich ging zum Anfang zurück.

Der Anfang war Dorita gewesen. Und ganz zurück an den Anfang: Doritas Untersuchung im Stall, Ausprobieren auf dem Platz, Ausritt in den Wald, Röntgen – halt, stop, anhalten und einen Schritt zurück: Ausritt in den Wald. Da war mir die Sache mit dem Galopp aufgefallen. Ich hatte das Gefühl gehabt, dass der nicht zu ihrem Stammbaum passe.

Doritas Stammbaum – Momento, ich hatte doch immer noch ihre Papiere! Und in den Papieren steht natürlich der Züchter! Warum hatte ich nicht früher daran gedacht, mit dem über Dorita zu reden?

Ich stand auf, wobei mir prompt ein wenig schummerig wurde. Langsam, langsam – im Schleichschritt die Treppe hinunter und an den Schreibtisch. Der kleine, grüne Ordner mit Doritas Papieren war in der obersten Schublade, ich blätterte darin – ja, da waren die Daten des Züchters: Essling, Enrico, Lohmer Dorfstraße 124, 16845 Zernitz-Lohm. Der Verband hatte sogar eine Telefonnummer mitgeliefert, die wählte ich – und aufs vierte Klingeln hatte ich einen nicht eben gut gelaunten Herrn am Telefon.

»Erinnern Sie sich daran, dass bei Ihnen vor fünf Jahren eine hellbraune Stute von Mozart aus der Dolores geboren wurde?«, fragte ich.

Auf der anderen Seite ein ungehaltenes Knurren, dann: »Ja – und?«

»Die ist bei einer Bekannten von mir in Württemberg gelandet …«

»Ja – und?« Das klang sehr ungeduldig.

»Wir haben ein kleines Problem mit ihr.«

»Und ich soll da nach fünf Jahren noch was drüber wissen? Als ob ich mich an jedes Fohlen erinnern könnte, das hier geboren wurde! Ne, ne, dafür hab' ich zu viel zu tun! Suchen Sie mal da, wo Sie die Stute herhaben!« Boing, aufgelegt.

Da saß ich nun mit meinem dummen Gesicht. Warum war der so unfreundlich? Stimmte mein Verdacht, dass Dorita mit einem falschen Stammbaum unterwegs war?

Noch mal zurück an den Anfang: Wenn bei Dorita alles in Ordnung gewesen wäre, hätte Essling sie in ihrem ersten Spätsommer beim Verband vorgestellt und eintragen lassen. Und der Verband war in dem Fall mal wieder der Warmblut-Zuchtverband.

Wenn aber Doritas Papiere nicht in Ordnung waren – wo hatte der Betrug angefangen? Hatte Essling sie als Fohlen mit falschen Papieren beim Zuchtverband präsentiert? Aber das hätte vorausgesetzt, dass er einen falschen Deckschein hatte. Wenn ich diese Möglichkeit bedachte, dann kam natürlich die Frage auf: Wie war

Dorita mit Vongehren beziehungsweise Carina Müllerschön in Berührung gekommen?

Eine andere Variante: Der Züchter wusste nichts von den falschen Papieren. Vongehren war irgendwo an eine hellbraune Stute ohne Pferdepass geraten, hatte kurzerhand beschlossen, dass sie in Farbe und Abzeichen von Mozart sein könnte, hatte sie gebrannt und Papiere gefälscht – aber Himmel, das konnte nicht sein, denn dann hätte Essling wohl nicht bestätigt, dass vor fünf Jahren eine Mozart-Tochter bei ihm zur Welt gekommen war.

Also dritte Variante. Essling und Vongehren steckten unter einer Decke. Sie hatten Dorita – wie auch immer sie damals geheißen hatte, wie alt sie auch immer gewesen sein mochte – aufgetrieben und beschlossen, ihr einen WBZD-Brand samt passender Papiere zu verpassen und sie dann zu verticken.

Aber wie waren Vongehren und Essling miteinander unter die Decke gekommen? Ich starrte auf die Adresse im Papier – und dann klingelte es: Postleitzahl 16845. Das war irgendwo im Norden – oder im Nordosten? Ich bin Schwäbin, wir haben keine Verwandtschaft in der ehemaligen »Zone« gehabt, ich habe später keine Verwandt- oder Bekanntschaft dort gepflegt, ergo kenne ich mich da nicht aus. Aber gut – einen kurzen Blick auf Google konnte ich mir wohl leisten.

Google Maps zeigte mir sofort, wo die Herren Essling und Vongehren in Verbindung zueinander gekommen sein konnten: Zernitz-Lohm ist der Nachbarort von Neustadt an der Dosse. Da im Haupt- und Landgestüt hatte Vongehren gelernt und irgendwo da in der Nähe war er auch geboren.

Also konnte es sogar sein, dass Essling und er Schulfreunde waren.

So, was machte ich nun mit der Information? Ich probierte es noch einmal mit dem »zurück zum Ausgangspunkt« – Dorita, Essling, der angab, sich nicht an jedes Fohlen erinnern zu können, das bei ihm geboren worden war. Das hatte geklungen, als ob er ein größeres Gestüt betreibe.

Wen fragt eine Tierärztin, wenn sie was über einen Pferdemenschen wissen will? Ganz einfach: den Kollegen, der den Laden des Pferdemenschen betreut. Normalerweise ist das ein lokaler Veterinär – also galt wieder einmal »Die Suchmaschine ist dein Freund!«.

In diesem Fall: Ich klickte die Lohmer Dorfstraße in Zernitz-Lohm an und ließ »in der Nähe« einen Tierarzt suchen. Dabei bekam ich eine Liste von ungefähr einem Dutzend – und für jeden von ihnen eine Markierung auf der Karte. Also los: Das erste war eine Kollegin mit einer Festnetznummer und da führte meine freundliche Anfrage, ob sie einen Enrico Essling, Pferdezüchter in Zernitz-Lohm kenne, zur ebenso freundlichen Auskunft, dass man eine Kleintierpraxis betreibe. Aber die meisten Pferde in der Nähe würden von der Kollegin Nadine Matt betreut. Ja, natürlich hatte man eine Telefonnummer für mich.

Nach dem dritten Klingeln hatte ich eine freundliche Stimme am Ohr: »Tierarztpraxis Doktor Matt, womit können wir Ihnen helfen?« Das klang nach einer Helferin, also erzählte ich ihr, dass ich ebenfalls Tierärztin sei und Auskunft über einen vierbeinigen Patienten suche. Darauf bekam ich eine Mobilnetznummer und drei Minuten später eine energische Stimme: »Matt, hallo?«

Ich sagte mein Sprüchlein auf, Kollegin Matt hörte zu und beschied mich dann: »Geben Sie mir eine Viertelstunde. Ich bin gerade am Pferd …«

Es dauerte 21 Minuten, bis ich die Kollegin wieder hörte – und da klang sie fröhlich: »Mögen Sie Wien?«

»Ja, sehr sogar. Ich habe dort studiert.«

»Ich auch, aber offenbar habe ich zwei, drei Jahre vor Ihrem Eintritt in die Uni abgeschlossen. Ich war dann in einer Tierklinik in

Kirnitz – das ist hier, in der Nähe des Haupt- und Landgestüts Neustadt/Dosse. Und von dort aus bin ich nach Neustadt gekommen und habe mich so vor rund neun Jahren hier selbstständig gemacht, indem ich die Praxis eines älteren Kollegen übernommen habe.«

Praxisübernahme ist nicht das Schlechteste, was man als junger Tierarzt tun kann. Dabei kriegt man nämlich meist nicht nur die Patientenkartei des Vorgängers überreicht, sondern wird außerdem auch von ihm empfohlen. Allerdings kostet der Spaß meist nicht wenig – warum auch sollte ein etablierter Tierarzt seine Praxis samt Inventar und Kunden für lau weggeben?

Ich gratulierte also und wir klopften ab, wen wir beide in Wien gekannt hatten. Dabei kamen wir auf Daniel Vorläufer, einen Dozenten, für den ich eine kleine Schwäche gehabt hatte. Nadine Matt kicherte und gestand, sie habe ihn auch gern gesehen und sei dann, nachdem er nicht interessiert gewesen wäre, für zwei Jahre bei einem Cousin von ihm gelandet, mit dem sie – obwohl sie nun schon lange getrennt seien – befreundet sei. »Und den Kollegen kennen Sie – das ist der Jürgen Häffner, der bei Ihnen in der Nähe ist und der eben sehr lobend Auskunft über Sie gegeben hat.«

Wir redeten ein wenig über den Kollegen, dann sagte ich mein Sprüchlein wegen Dorita das dritte Mal auf. Nadine Matt lauschte, dann seufzte sie. »Oh je – der Essling. Das ist ein ganz spezieller Freund von mir – und wenn der Jürgen Häffner nicht so freundlich über Sie gesprochen hätte, würde ich jetzt wahrscheinlich das Gespräch mit einer Ausrede beenden. Mit Essling will ich nämlich nichts zu tun haben. Das ist ein ziemlich unangenehmer Zeitgenosse …«

Sie kam ins Reden – und so erfuhr ich, dass sie am Anfang ihrer Zeit in Neustadt öfter zu diesem Herrn gerufen worden sei. Er betreibe ein kleines Gestüt mit ungefähr sechs Stuten, wobei »Sie und ich mit sowas vermutlich nicht züchten würden. Das ist so die Marke Wiesenglück mit dem Stammbaum ›der Hengst war die Woche im Sonderangebot‹.«.

Das meiste Geld verdiene er wohl mit Pferdehandel, wobei er Pferde aus dem Osten einführe, ein bisschen bereite und dann verkaufe. Aus dem heraus habe sich aber auch ergeben, dass sie den Hof des Herrn »bestreike«. Er habe ihr schon beim ersten Besuch erzählt, dass er eine Hengststation aufbauen wolle. Nach einem Jahr, in dem sie immer mal wieder bei ihm geimpft, entwurmt und diverse Kleinigkeiten behandelt hatte, habe er sie angerufen, weil einer seiner zweijährigen Junghengste nicht gut fresse.

In der Tat habe er ihr dann bei ihrem Besuch einen reichlich mageren, knochigen Junghengst vorgestellt. »Er habe das Papier gerade nicht greifbar – sagte er –, aber er erzählte mir mit stolzgeschwellter Brust, dass das ein Korsar aus einer Heraldik-Lanciano ist.« Eine kleine Künstlerpause, dann: »Der Junghengst war Schimmel.«

»Lanciano?«, fragte ich ab.

»Landgraf II«, kam zurück.

»Oooh!« Ich ging im Kopf immer noch Hengste durch: Korsar, Trakehner, mir fast schon zu puppig hübsch, schwarzbraun. Und dann Heraldik xx, Vollblüter, ein Bild von einem Pferd in lackschwarz – er war einfach umwerfend gewesen. Blieb dieser Lanciano, den ich nicht kannte, aber als Sohn des Landgraf II war er sicher auch braun – wie sein Großvater, der Vollblüter Ladykiller. In dem Stammbaum war keiner, der ein Schimmelgen vererben konnte – und genau das hatte die Kollegin Matt wohl auch nachgerechnet. »Was haben Sie gemacht?«

»Na, ich habe dem Herrn Essling erzählt, er soll sich jemanden zum Verarschen suchen, der noch nichts von Mendel gehört und die Hengste nicht gekannt hat!« Da habe Essling noch eingelenkt – aber nur, um sie dann aufzufordern, dem Hengst ein paar Wachstumshormone und – wenn sie schon dabei war – »Aufputschmittel« zur Anregung des Appetits zu verpassen. Darauf habe sie ihn sarkastisch gefragt, wie viel's ihm denn wert sei, dass sie ihre Approbation riskiere, und ob ihm nicht klar sei, dass bei der Körung eines Junghengstes Blut gezogen und sowohl ein DNA- wie eben auch ein Hormon- und Dopingstatus gemacht werde? Im Verlauf der weiteren Auseinandersetzung behauptete er dann, sie habe keine Ahnung und kein Mensch würde einen Hengst zur Körung bringen, ohne dem vorher ein »paar gute Sachen« verpassen zu lassen. Sie habe ihm darauf gesagt, dass er doch lieber mal einen Kollegen von »über der Grenze« hinzuziehen sollte – da seien die Gesetze bezüglich Medikamentenanwendung nicht so streng.

Seitdem hatte sie nie wieder mit ihm zu tun gehabt, aber natürlich habe sie genug von seinen Umtrieben gehört. »Vieles ist vielleicht Hörensagen und Gerüchteküche – Sie kennen das ja, Frau Kollegin. Was die Leute so reden …« Aber meist sei ja da, wo Rauch aufsteige, durchaus auch Feuer und im speziellen Fall: Vor einem Jahr sei sie nachts von einem Notfall gekommen und auf der Straße unterwegs gewesen, die an Esslings Gehöft vorbeiführe. Vor ihr sei ein Tiertransporter aus Polen gewesen, der dann auf den erleuchteten Essling-Hof eingebogen wäre. Sie sei ein wenig neugierig gewesen, darum habe sie nur getan, als ob sie weiterfahre, sei aber hinter dem Hof auf einen Seitenweg abgebogen, habe das Licht ausgemacht und zugeschaut, wie Essling und die zwei Leute, die mit dem polnischen Lkw gekommen seien, acht oder neun Pferde ausgepackt hätten. Dabei fiel ihr eines besonders auf: »Ein Fuchs mit heller Mähne und einem Langstern, der wie so ein Blitz aussah. Dazu alle viere hochweiß – also ziemlich auffallend.«

Genau dieses Pferd sei ihr dann ein halbes Jahr später wieder begegnet. Da habe sie einen Kollegen in der Nachbarschaft vertreten – und da sei ihr in einem kleinen Pensionsstall dieser Fuchs begegnet. Zu ihrem Erstaunen habe der da aber einen Westfalen-Brand gehabt und Papiere, die ihn als siebenjährigen Sohn von Durham und einer Mutter von Pilot bezeichnet hätten. Das sei ihr doch sehr spanisch vorgekommen – ihrer Schätzung nach sei der nämlich nicht älter als sechs gewesen.

Sie habe dann nachgefragt, wo der her sei und wie er auf den Hof gekommen wäre – und der Stallbesitzer habe aufgeklärt: Privatpferd, gehöre einem jungen Mädchen, das beim benachbarten Reitverein seit zwei oder drei Jahren mit Schulpferden unterwegs gewesen sei. Nun ließen sich ihre Eltern scheiden und hatten ihr zum Trost ein eigenes Pferd geschenkt – besagten Fuchs. Und an der Stelle habe der Hofbesitzer ein wenig geknurrt: Er hätte den Leuten gerne beim Pferdekauf geholfen, aber die seien irgendwie bei Essling gelandet und er habe doch nicht deutlich sagen können, dass der nicht vertrauenswürdig sei!

Ich wunderte mich ein wenig darüber, dass der falsche Fuchs einen Westfalen-Brand und die passenden Papiere abbekommen habe. Ich hätte gewettet, dass der beim Warmblut-Zuchtverband eingetragen worden war.

Nadine Matt war aber noch nicht fertig mit ihrer Geschichte. Sie habe den Fuchs geimpft, aber da er ja wie gesagt ins Revier eines Kollegen gehöre, habe sie mit dem nicht weiter zu tun gehabt. Dafür habe sie ein paar Wochen später auf einem kleinen Turnier im Haupt- und Landgestüt Neustadt/Dosse etwas erlebt. Das Pferd einer Springreiterin aus Frankfurt/Oder hatte sich verletzt, Dr. Matt wurde gerufen, untersuchte und behandelte das Ross und wurde von der Reiterin auf einen Kaffee eingeladen. Weil es ziemlich kalt gewesen sei, sei sie im Wohnabteil des großen Pferdetransporters gelandet – und da sei das Bild eines sehr bunten Fuchses mit heller Mähne und hellem Schweif gehangen. Der habe durchaus an den erinnert, den sie bei Essling gesehen und später geimpft habe. Sie fragte natürlich nach – und hörte, dass der Fuchs im Bilde nicht mehr lebe. Er sei auf einem Turnier in der Nähe von Stargard gestürzt und habe sich so kompliziert das Bein gebrochen, dass der Tierarzt ihn auf dem Turnier eingeschläfert habe.

Ich hatte fast atemlos zugehört. »Jetzt erzählen Sie mir noch, dass der in Stargard eingegangene Fuchs ein Durham aus einer Pilot-Mutter war?«

»Richtig!«, bestätigte mir Nadine Matt. »Und noch was Besseres: Der polnische Tierarzt, der ihn eingeschläfert hat, hat dann auch dafür gesorgt, dass der Abdecker ihn holt. Dazu, so hat er der Besitzerin erklärt, brauche er aber die Papiere des Pferdes. Er werde ihr die, wenn alles erledigt sei, zuschicken.«

»Und? Sind die je angekommen?«

»Nein, natürlich nicht«, antwortete die Kollegin. »Ich vermute, dass die über Polen nach Zernitz-Lohm gefunden haben – und da fand sich dann ein passendes Pferd, zufälligerweise aus Polen.«

»Sagenhaft!« Ich kraulte die Prinzessin, die mir gerade den Kopf aufs Knie gepackt hatte und mich anschaute, als ob sie mir gleich erzählen würde, dass ich wieder ins Bett gehen solle. »Trauen Sie diesem Essling zu, dass er sowas öfter macht?«

»Ich bin überzeugt davon – oder warum werden da nachts ganz heimlich irgendwelche Pferde aus Polen angeliefert, von denen man dann nichts mehr hört? Ich hab' so ein bisschen die Ohren gestellt«, erzählte Nadine Matt, »und ich habe mitbekommen, dass er einige deutsche Warmblüter verkauft hat. Woher er die hatte, weiß aber keiner.«

»Na, dann – vielleicht sollten wir dem Herrn mal die Polizei schicken? Und das Finanzamt?«

»Oh ja – das ist eine gute Idee! Ein Freund von mir behauptet, von den Steuerfahndern könnte die Mordkomission noch was lernen!«, lachte die Tierärztin. »Und ich hab' das Gefühl, dass uns hier oben in der Gegend nix fehlen würde, wenn jemand den Essling aus dem Verkehr zieht. Ich traue dem alles zu, nur nix Gescheites.«

Nachdem ich das Gespräch beendet hatte, machte ich mir ganz schnell einige Notizen – und dann schrieb ich einen langen, ausführlichen Bericht und sandte ihn per Email an Kommissar Kiehlmeyer.

*****

Im November kann es auf der Schwäbischen Alb schon ordentlich kalt werden und wenn man dann eine Weile in der Reithalle sitzt, fühlt man sich wie Gefrierfleisch. Ich mag das gar nicht, weswegen ich schon vor drei Jahren mal in einen Ansitzsack investiert habe.

Sie haben keine Ahnung, was das sein könnte? Ganz einfach: So ein Teil sieht auf den ersten Blick aus wie ein Schlafsack, nur ist er kürzer. Meiner reicht zum Beispiel Atreju nur bis zur Brust. Er hat aber zwei Schulterriemen, mit denen man ihn oben festmachen kann. Außen ist er aus Loden, innen drin ist ein kuscheliges Fleece, dazwischen noch irgendwelches Material, das zusätzlich Wärme speichert. Der Witz am Ansitzsack ist, dass man ihn unten öffnen und dann sogar darin marschieren kann. Und der Name verrät schon, wofür das Teil eigentlich konstruiert wurde: für Jäger, die auf Wild »ansitzen«, was im Winter ja sehr ungemütlich werden kann.

Mein Ansitzsack hängt im Winter immer im »Garderobenbereich« unserer Reithalle, und obwohl Titus und Ferenc mich anfangs dafür durch den Kakao gezogen haben – inzwischen krabbeln sie, wenn sie im Winter mal länger in der Reithalle sitzen müssen, auch in den Sack.

An diesem Morgen gehörte er aber mir. Reiten durfte ich immer noch nicht – und in Anbetracht der Tatsache, dass ich, wenn ich den

Kopf rasch bewegte, immer noch Sehstörungen hatte, war mir klar, dass ich brav sein musste – aber das hieß ja nicht, dass ich Paula, Rainer und unseren neuen Lehrling Janina alleine arbeiten lassen musste. Herbst heißt auf Waldeck nämlich auch, dass wir Youngster ausbilden müssen, und dieses Jahr hatten wir schon gefeixt »Alles ran, was reiten und longieren kann.«.

Nun war ich aber ausgefallen. Dafür engagierten sich Titus und Atreju, aber mehr als zwei Pferde morgens und vielleicht noch eines oder zwei abends schafften die neben ihrer normalen Arbeit nicht. Also hatte ich mit meinem gestrengen Krankenwärter Atreju ausgemacht, dass ich wenigstens jeden Tag vier bis fünf Stunden – mit Aufwärm- und Ausruhpausen – in der Halle verbringen und mit den entsprechenden Anweisungen Janina und Rainer auf Trab halten würde.

Im Moment brauchte ich beide Augen – ich hatte nämlich zwei Reiter in der Halle. Rainer war mit einem ziemlich frechen Vierjährigen von Waldi zugange und schwitzte schon mit hochrotem Kopf – bei dem ehrgeizigen Babyboy musste der Reiter ständig auf dem Quivive sein und ihn spannend beschäftigen, damit er sich nicht langweilte und Unsinn machte. Janina hatte es leichter – sie saß auf einer dreijährigen Stute, die schüchtern und ängstlich war. Kein Wunder – sie war erst das dritte Mal unter dem Sattel und guckte eher verschreckt aus ihren großen Kinderaugen.

»Janina, in der Ecke mal antraben und leichttraben. Bleib aber mit der Hand dran – du sollst immer spüren, aber nie ziehen«, erklärte ich.

Janina warf mir einen leicht verzweifelten Blick zu, den ich mit einem beruhigenden Lächeln zurückgab. Janina hatte Ehrgeiz, wollte nichts falsch machen und neigte darum dazu, sich selbst gegenüber überkritisch zu sein.

Am Eingang ertönte Ferencs Stimme: »Tür frei?«

Rainer schaute, wo Janina sich herumtrieb, registrierte, dass sie im unteren Teil der Halle war und zum Schritt durchpariert hatte, also nickte er ihr zu und bestätigte: »Tür ist frei!«

Doch statt Ferenc mit einem Pferd am Zügel, kam ein Mann in Parka und Jeans – und als er auf mich zumarschierte, sich dabei etwas unsicher nach den Pferden umsehend, erkannte ich ihn als Heiko Kiehlmeyer.

»Und ich dachte, Sie liegen, in eine Decke gehüllt, in einem edlen Teak-Liegestuhl auf dem oberen Wehrgang der Burg und erholen sich!« Kiehlmeyer streckte mir die Hand hin. »Grüß Sie, Frau Doktor Kersten.«

»Grüß Sie, Herr Kiehlmeyer. Auf dem oberen Wehrgang herumzuliegen, ist so langweilig! Ich habe tagelang ins Tal gespäht, aber glauben Sie, da hätte sich der Prinz mit der schimmernden Rüstung auf dem Schimmel gezeigt?«

»Mit den Prinzen ist das heutzutage so eine Sache. Die müssen Geld verdienen und das kostet Zeit. Und Ihrer hat auch immer noch dieses badewannengroße Instrument mit sich herumzutragen.«

Ich deutete auf den Platz neben mir. »Setzen Sie sich, Herr Kiehlmeyer, und hängen Sie sich die Decke über die Knie. Hier kann man sich in fünf Minuten Rheuma einfangen. Und ich werd' noch so ungefähr 10 Minuten brauchen, bis ich mich Ihrer annehmen kann. Ich hoffe, Ihr Zeitbudget damit nicht total zu strapazieren.«

Kiehlmeyer setzte sich, ließ die rosa Fleecedecke aber über der Armlehne der Bank hängen – sehr zu Janinas und meinem Amüsement. Wir haben nämlich festgestellt, dass die meisten Männer sie erst dann benutzen, wenn sie eiskalte Knie haben.

»Janina, lass sie Schritt gehen! Zügel aus der Hand kauen lassen, loben und zwei, drei Runden bummeln lassen. Dann nimmst du noch mal ein wenig auf, trabst eine Runde und wechselst dann in den Galopp. Lass sie locker laufen, aber nicht wegtoben – so zwei, drei Runden. Durchparieren zum Schritt, ausführlich loben, auslaufen lassen und dann ab in den Stall.«

Janina guckte etwas skeptisch, legte den Kopf schief und seufzte »Okay …«

»Zum Schluss ist immer ein Erfolgserlebnis wichtig. Aber keine Angst, ich sag's dann noch mal an. Jetzt erstmal Schritt …« Ich wandte mich Kiehlmeyer zu und wollte gerade etwas sagen, als von der Tür aus wieder Ferencs Stimmte ertönte: »Tür frei!«

Ich schaute mich um. Rainer war inzwischen abgestiegen und machte auf dem unteren Zirkel Bodenarbeit, Janina war im Schritt unterwegs, also gab ich als Älteste in der Halle das »Tür ist frei!«.

Ferenc kam mit dem gesattelten und auf Hochglanz polierten Waldi herein und in meine Ecke. Dabei schaute er auf die Uhr. »Frau Doktor, du hast gleich wieder Pause. Ich habe Atreju versprochen, dass ich dich immer nach zwei Stunden zum Aufwärmen und Ausruhen schicke. Du bist jetzt aber schon zwei Stunden und 26 Minuten hier …« Er sagte nichts weiter, sondern stellte den Hengst neben unseren Aufsteigeblock, kletterte hoch und ließ sich geschmeidig in den Sattel gleiten. Erst dann lächelte er noch einmal zu mir herunter: »Ich übernehme, du gehst rüber und wärmst dich auf.«

Normalerweise hätte ich ein wenig protestiert, aber mir war wirklich kalt und außerdem war ich neugierig, was Kiehlmeyer mir zu sagen hatte. Also wickelte ich mich aus dem Ansitzsack. »Gehen wir rüber!«

Er hatte gerade nach der Decke gefasst, nun legte er sie wieder weg und bot mir seinen Arm. »Schönes Fräulein, darf ich's wagen?«

Ich übte einen Augenaufschlag a la Kitschfilm und flötete: »Hach – bin weder Fräulein noch schön«, schnappte seinen Arm und schob ihn Richtung Tür, »aber in dem Geleit will ich gerne nach Hause gehen – und Kaffee kochen.«

Mein Kater schien mitbekommen zu haben, dass ich in meine warme Wohnung gehen würde – und wenn er sprechen könnte, hätte er vermutlich schon lange gesagt, dass er keine Winter-Stallkatze ist, sondern es durchaus bevorzugt, am warmen Kachelofen zu bleiben. Der Haken daran ist nur: Da unterhält ihn niemand und da gibt's auch keine Mäuse. Darum war er morgens mit mir in den Stall gegangen, hatte da ein paar unglückliche Nager gejagt und vermutlich auch den einen oder anderen um die Ecke gebracht, doch nun flitzte er – Schwanz hochgestellt, alle Haare daran gesträubt – über den Hof und postierte sich vor meiner Tür. Er hat eine Katzenklappe, aber dazu muss er vier Stufen hoch und er ist faul. Warum klettern, wenn Frauchen gleich kommt und aufschließt? Um das »gleich« noch zu verkürzen, maunzte er.

Kiehlmeyer lachte. »Sie haben hier einen Zoo beieinander! Aber an Ihr Idyll könnte ich mich gewöhnen.«

»Aber Sie sind wahrscheinlich nicht nur gekommen«, wir waren an der Haustür, ich schnappte den Kater, weil ich aber zum Aufschließen eine freie Hand brauchte, drückte ich ihn kurzerhand dem Kommissar in den Arm, »um Herrn Pierrot zu beschmusen. Ich bin neugierig – was hat sich getan?«

Kiehlmeyer seufzte, stapfte hinter mir durch die Tür, streifte seine Stiefel ab und half mir, die Jacke ausziehen. »Sagen wir so: Wenn dieser Fall abgeschlossen ist, würde ich gerne mal kommen, um Ihren Kater zu beschmusen und Stöckchen für Ihre Prinzessin zu werfen. Aber dann werden Sie vermutlich keine Lust mehr auf mich haben, weil ich Ihnen immer nur miese Nachrichten gebracht habe.«

»Oh, oh – so mies?« Ich war vor ihm die Treppe hoch- und in die Küche gegangen, wo ich nun die Kaffeemaschine anwarf, Wasser einfüllte, Milch aus dem Kühlschrank holte und zwei Tassen vom Regal nahm.

»Naja …« Er setzte Pierrot vorsichtig auf dem Kissen auf der Fensterbank – Stammplatz des vierbeinigen Herrn – ab, dann fädelte er sich und seine langen Beine auf der Bank ein. »Ich hab' heute nur miese Botschaften. Also, die erste: Vongehren ist abgehauen. Sein G'spusi behauptet, er sei geschäftlich unterwegs und komme in den nächsten Tagen zurück, aber ich habe meinen Charme auf die Putzfrau versprüht. Als ich ging, war die gerade losmarschiert zur Bushaltestelle. Ich habe sie abgepasst und angeboten, sie heimzufahren, dafür hat sie mir erzählt, dass die letzten Wochen auf dem Leonards-Hof der Teufel los war. Vongehren und seine Trulla hätten sich nur noch angebrüllt und sie habe von Vanessa Grönert zweimal so etwas wie ‚Das mach ich nicht mehr mit' und ›bring das in Ordnung, das will ich nicht‹ gehört. Vor zwei Tagen habe Vongehren dann allerlei eingepackt, habe drei Pferde aufgeladen und sei gegangen. Und nach der Reaktion seiner Lebensgefährtin schließt die Putze, dass die a) nicht informiert war, dass er das Weite zu suchen gedenkt, und b) nicht damit einverstanden ist.«

»Interessant!«, fand ich. »Wenn er Pferde mitgenommen hat, muss er irgendwo einen Stall haben, in den er ausweichen kann.« Ich schüttete ein paar Kekse auf einen Teller und stellte ihn auf den Tisch, während hinter mir die Kaffeemaschine zischte und sprudelte. »Vielleicht sollten wir in Zernitz-Lohm nach ihm schauen?«

»Was ist das?«, wollte Kiehlmeyer wissen.

Ich servierte ihm den fertigen Kaffee und kuschelte mich mit meiner Tasse in den bequemen Korbsessel. Dann erzählte ich ihm, was ich über Doritas Züchter herausgefunden hatte – und dass dessen Wohnort nur ein paar Kilometer von dem Gestüt entfernt war, auf dem Vongehren gelernt hatte.

Kiehlmeyer hatte gespannt zugehört und sich wieder einmal Notizen gemacht. »Da muss ich morgen wohl mal sehen, wer in der Gegend zuständig ist und ob die Kollegen mir im Zuge der Amtshilfe nicht mal nachgucken können, ob der Herr Vongehren sich in ihrer Gegend amüsiert. Und die Story mit dem Pferd – interessant. Was meinen Sie, würde es etwas bringen, wenn meine Kollegen diesen Essling und seinen Hof mal auseinandernehmen würden?«

»Grundsätzlich ja, aber ich denke, es wäre zu früh. Sie sind der Profi«, antwortete ich, »aber für mein Gefühl haben wir zu wenig in der Hand, um diesen Essling angehen zu können.«

»Das stimmt leider.« Kiehlmeyer nahm einen Keks und knabberte nachdenklich daran. »Gegen den Essling haben wir nichts, da Ihre Kollegin ja damals nicht reagiert hat. Und selbst gegen Vongehren haben wir nicht viel – außer dem Angriff im Wald auf Sie. Den Anschlag am Trakehnergraben können wir nicht mit ihm in Verbindung bringen …«

»Eben.« Ich nahm seine leere Tasse. »Wollen Sie noch einen?«

»Gerne.« Er strahlte mich aus seinen preußischblauen Augen an. »Sie können wirklich guten Kaffee kochen!«

»Naja,« ich stand auf, schob seine Tasse in die Spülmaschine, holte eine neue aus dem Regal, füllte meine wiederverwendbare Kaffeekapsel auf und warf die Kaffeemaschine wieder an. »Sagen wir es so: Mein Sprudel-Zisch-Kaffee-Monster kann's ganz gut, und mit einer wiederverwendbaren Kapsel ist sie auch ökologisch vertretbar.«

»Nein, das liegt an Ihnen – und ich glaube, ich bin gerade hinter das Geheimnis gekommen, warum der Kaffee bei Ihnen so gut schmeckt: Sie verwenden nicht diese fertigen Kapseln, sondern füllen eine mit frisch gemahlenem Kaffee. Das macht den Unterschied!«

»Wenn Sie meinen …« Die Maschine hatte die zweite Portion durch, ich stellte ihm die neue Tasse hin und setzte mich wieder auf die Bank. »In Ihrem Job braucht man viel Geduld. Was machen Sie jetzt? Ich hätte keine Ahnung, wie es jetzt weitergeht.«

»Ich hab' noch was.« Kiehlmeyer gönnte sich einen Schluck Kaffee – er gehörte offenkundig auch zu den glücklichen Besitzern einer teflonbeschichteten Zunge und konnte sich darum viel zu heißen Kaffee in die Kehle schütten – und tauchte dann in seine Mappe. »Ich habe noch eine schlechte Nachricht.« Er legte einen gelben Aktendeckel auf den Tisch, auf dem oben die Aufschrift »Polizeipräsidium Stuttgart« prangte. »Also, Herr Ødegårds Tipp, wir sollten mal gucken, was die Überwachungskamera am Friedhof in Stuttgart-Zuffenhausen aufgezeichnet hat, war goldrichtig. Wir haben den Lada Niva gefunden.« Er zog ein großformatiges, wenn auch reichlich grieseliges Foto aus einer Klarsichthülle und legte es vor mich.

Es zeigte einen schwarzen Geländewagen, der vorne einen verchromten Bullenfänger hatte – und der wiederum war an einem Ende nicht mehr glänzend, sondern ziemlich verbogen und verdreckt. Verdreckt war aber auch das Nummernschild des Wagens – so verdreckt, dass man nichts darauf erkennen konnte. Ich zerdrückte einen Fluch zwischen den Zähnen. »Die sind uns einen Schritt voraus …« Ich schaute auf und Kiehlmeyer an. »Haben Sie nur ein Foto?«

»Nein, es gibt auch noch andere, aber keines viel besser.« Er legte einen Stapel hin und blätterte ihn auf. »Der stand da fast zwei Stunden lang. Vermutlich hat er telefoniert, aber er hat natürlich die Innenbeleuchtung des Fahrzeugs abgeschaltet. Schauen Sie hier …« Er packte ein Bild vor mich, das den Lada von der Beifahrerseite aus zeigte. Gegen die Scheibe vorne wurde ein Licht reflektiert – wahrscheinlich die Beleuchtung eines Handys. Aber mehr war da wirklich nicht zu erkennen, noch nicht einmal eine Silhouette, die etwas über die Größe und das Geschlecht des Fahrers hätte verraten können.

»Mist!«, fluchte ich, nahm mir einen Keks und schaute die Bilder durch. Nein, der Fahrer des Wagens war nirgends auch nur im Ansatz zu erkennen. Aber halt – das Bild, das ich jetzt hatte, zeigte, wie der Wagen aus dem Parkplatz herausfuhr! Und das Nummernschild hinten war lange nicht so dreckig wie das vorne. Allerdings war der Lada ein gutes Stück von der Kamera entfernt gewesen und daher war das Schild schlecht lesbar. »Herr Kiehlmeyer, gibt es von der Abfahrt des Wagens noch mehr Bilder? Am besten eines, wo er näher an der Kamera war?«

»Ne!« Er schüttelte den Kopf. »Leider nein.«

»Mist!«, wiederholte ich und beugte mich über das Bild. Das Nummerschild – mir schien es ziemlich gefüllt. Es sah nach einer vierstelligen Nummer aus – und davor die Buchstaben-Kombination war noch viel länger. Hmm … ich habe in Stuttgart gelebt und dort fuhr ich die Nummer »S-MK 2303« – mein Initial und mein Hochzeitsdatum. Da hatte die Länge der Buchstaben fast mit der der Nummer übereingestimmt. Und hier – vorne mehr als hinten? »Herr Kiehlmeyer, haben Sie eine Lupe?«

Er lachte. »Zuhaus'! Als ich zur Kripo kam, hat mir meine Mutter eine geschenkt, aber ich hab' die noch nie gebraucht.«

Ich stand auf und nahm das Bild. »Wenn man bedenkt, wie viele Fälle Sherlock Holmes unter Zuhilfenahme einer Lupe gelöst hat! Ich dachte immer, jeder Kriminalkommissar habe eine in der Jackentasche! Aber keine Sorge: Ich habe zwar auch keine Lupe greifbar, aber ich habe ein Mikroskop. Steht unten und das werd' ich jetzt einschalten.« Ich ging die Treppe runter, durch den Behandlungsraum ins Labor, schaltete mein Mikroskop ein, legte das Bild auf den Objektträger und die Augen gegen die beiden Okulare. Bild so hinschieben, dass ich das Nummernschild in Sicht hatte. So, nun noch hineinzoomen – hmm … aber sehr klar wurde das Bild nicht. Ich konzentrierte mich, kniff das linke – bei mir das etwas schwächere Auge – zusammen und guckte nur mit dem rechten. Jetzt wurden zwei Zeichen klar: Vorne, hinter dem Strich, war ein »E«.

Und die dritte Zahl hinten war eine »7«. Dafür konnte ich mir aber noch nichts kaufen.

Kurz zurücklehnen, Kopf in den Nacken, Augen schließen. Kiehlmeyer war hinter mir die Treppe runtergekommen, stand nun neben mir und fragte: »Sind Sie in Ordnung?«

»Ja ja, keine Sorge. Was haben Sie für eine Sehstärke?«

»Weiß ich nicht!«, antwortete er. »Ich muss jedes Jahr mal zu einer Tauglichkeitsuntersuchung, aber über meine Augen wurde da noch nie gesprochen. Da heißt es immer, die seien okay und ich bräuchte keine Brille ...«

Ich stand auf, deutete auf den Stuhl und sagte: »Ich habe 2,5 rechts und 3,5 links. Gucken Sie mal?«

Er setzte sich auf meinen Stuhl, legte die Augen gegen das Metall – und sagte: »Oh je – ich seh' gar nichts. Alles total verschwommen.«

»Kein Problem. Sie müssen es für sich richtig einstellen. Spüren Sie vorne am Okular diesen Ring mit den Zähnchen? Drehen Sie daran, bis Sie klar sehen.«

Er drehte, schüttelte den Kopf, brummte etwas, drehte noch einmal und vermeldete: »Ja – jetzt sehe ich was.« Ich wartete, bis er sich wieder meldete, wobei das fast eine Minute lang dauerte. »Also, ich erkenne eine 7 hinten und ein E vorne – erster Buchstabe nach dem Trennstrich.«

Ich verdrehte die Augen. »So weit war ich auch schon, obwohl ich Augen wie ein Maulwurf habe.«

»Schöner!«, lächelte er zu mir. »Ihre Augen sind eindeutig schöner als die eines Maulwurfs!«

Huchzi, was wurde das denn? Wollte der Herr Kommissar mit mir flirten? Normalerweise hätte ich da nichts dagegen gehabt. Er war ein netter, gutaussehender Mann, er hatte Manieren und er war offenkundig nicht dumm. Aber ich war blöderweise in Atreju verliebt – und im Vergleich zu dem konnte der Kommissar nicht bestehen. Also sagte ich gar nichts und wartete, bis er sich das nächste Mal meldete.

»Frau Doktor Kersten, ich glaube, ich hab' was.« Er schaute auf und drehte sich mir zu. »Das vorne sind drei Buchstaben, also haben wir es mit einem Fahrzeug zu tun, das irgendwo in den fünf neuen Bundesländern zugelassen wurde.«

»Hmm …« Ich war nicht so ganz mit ihm einig. »Seit der letzten Reform gibt's aber auch im Westen wieder einige dreistellige Kennzeichen. Leo zum Beispiel – fährt eine Freundin von mir, nachdem sie jahrelang das Ludwigsburger LB drauf hatte. Aber jetzt ist der Landkreis Leonberg wieder mit eigenem Kennzeichen da. Und ein ehemaliger Kommilitone von mir fährt AUR – Aurich.«

»Stimmt auch wieder. Verflixt – man müsste etwas an diesem Kennzeichen finden! Wenn wir wenigstens einen von den drei Buchstaben hätten! So viele dreistellige Kennzeichen gibt es doch nicht!« Kiehlmeyer klemmte sich wieder hinter das Mikroskop, drehte noch einmal an der Schärfe, guckte – und guckte noch mal. Dann richtete er sich wieder auf. »Den vorderen Buchstaben kann ich nicht erkennen, aber zwei und drei. Das sind beide P's – oder R oder B …«

»Uff – das gibt uns folgende Möglichkeiten.« Ich habe ein Flipchart im Labor stehen – braucht man manchmal als großen Notizzettel. Das erste Blatt war leer, also nahm ich einen Stift und schrieb darauf: »XPP – XPR – XPB – XPP –XPR – XRP«, ich unterbrach mich kurz und beugte mich hinüber, um den PC einzuschalten, dann schrieb ich weiter: »XRR – XRB – XBP – XBR – XBB.« Ein Lächeln für Kiehlmeyer, der mich aufmerksam beobachtete. »Jetzt wissen wir, wonach wir suchen müssen.«

»Sie meinen, wir wühlen uns durch die Liste der deutschen Kennzeichen?«

»Genau!« Ich klemmte mich hinter den PC, der inzwischen hochgefahren war, und rief eine Seite mit allen deutschen Kennzeichen auf.

Kiehlmeyer hatte zugeschaut, nun angelte er sein Handy aus der Hosentasche, setzte sich neben mich auf den Stuhl am Monitor und kündigte an, dass er die Seite nun auch aufrufe. »Sie fangen bei A, ich bei B? Wenn einer von uns mit seinem Buchstaben durch ist, nimmt er den übernächsten nach Ankündigung?«

»Gut.« Ich klemmte mich hinter die As – und war erstaunt, wie viele dreistellige Kennzeichen herumfahren: APD für Landkreis Apolda, ARN für Arnstadt, ASD für Aschaffenburg, AUR für Aurich … und dann »Bin durch bei A, nichts Passendes. Mache weiter mit C.«

Kiehlmeyer kicherte. »Ich bin gerade bei BED – Landkreis Brand-Eibisdorf. Fragen Sie mich bitte nicht, wo das sein könnte!«

»Keine Ahnung, aber davon jede Menge. Ich bin bei C durch – da war fast nichts. Jetzt D wie DLG – Landkreis Dillingen Donau.«

Ungefähr 10 Minuten später hatten wir eine Liste mit drei Kennzeichen, die möglich gewesen wären – und waren bei O angekommen und damit bei »OPR« – das Kennzeichen für Ostprignitz- Ruppin.

Ruppin, Ruppin – da war doch was! Es klingelte: Schloss Rheinsberg – da, wo Friedrich der Große seine wenigen, glücklichen Jahre als Kronprinz verlebt hatte und wo später sein Bruder Heinrich seinen Zorn auf Friedrich gestreichelt hatte. In Rheinsberg war ich vor drei Jahren gewesen. Da hatte ich Waldi und einen Knaben von Arthur Callert im Hauptgestüt Neustadt/Dosse zur Hengstleistungsprüfung abgeliefert. Und weil ich die Strecke nicht zweimal an einem Tag im LKW fahren wollte, hatte ich eine Nacht dort verbracht und war morgens, bevor ich mich auf die Autobahn stürzte, kurz in Rheinsberg gewesen.

Ich hatte das Gefühl, dass bei mir schon alles klar war, aber der Sicherheit halber ließ ich noch einmal die Suchmaschine nach Zernitz-Lohm suchen. Und ja, dieser ziemlich zerfaserte Ort scheint nicht viel zu bieten zu haben – außer vier Autokennzeichen: KY, NP, WK, OPR. KY steht für Kyritz, sozusagen die »Hauptstadt« des Ostpriegnitz-Ruppin Kreises. NP ist Neuruppin, WK ist Wittstock in Brandenburg und das OPR schließlich für Ostpriegnitz-Ruppin.

»Herr Kiehlmeyer, ich denke, wir können die Suche einstellen. Das Kennzeichen vorne ist vermutlich OPR – Ostpriegnitz-Ruppin. Das umfasst nämlich das Kaff, in dem dieser Essling zuhause ist«, meldete ich an. »Und wenn Sie jetzt mal überlegen: Ladas wurden schon zu DDR-Zeiten in der Ecke gekauft. Und der Niva ist nicht gerade das neueste Modell, oder? Das war doch ein ziemlicher Rübenschlepper – also finde ich es nicht aus der Welt, dass der im Osten zuhause ist.«

»Ich werd' verrückt!«, Kiehlmeyer strich sich die blonden Haare aus dem Gesicht. »Na, der müsste zu kriegen sein, wenn das Fahrzeug wirklich ihm gehört! Ich lass' das morgen sofort prüfen – ich rufe bei der Zulassungsstelle dort an und frage die nach schwarzen Ladas. Und wenn sich herausstellt, dass dieser Essling einen hat, geht die Post ab!« Er strahlte mich an. »Mensch, Frau Doktor Kersten – Sie sind ja ein kriminalistisches Genie! Ostpriegnitz-Ruppin – darauf wäre ich nie verfallen! Und dass dieser Vongehren sogar aus der Ecke kommt!«

*****

Eine Woche später gab's noch einmal einen »Sack gemischter Neuigkeiten« von Heiko Kiehlmeyer. Die guten News: Essling hatte einen schwarzen Lada Niva mit OPR-Kennzeichen! Damit hatte es sich aber schon an erfreulichem. Weniger ersprießlich war nämlich, dass im

Ostpriegnitz-Ruppin-Kreis insgesamt vier schwarze Lada Nivas unterwegs waren und dass der Staatsanwalt dort offensichtlich nicht wild darauf war, wegen – so zitierte Kiehlmeyer, und man hörte ihm dabei an, wie sehr ihm das gestunken hatte – »einer Räuberpistole aus Süddeutschland« Himmel und Hölle in Bewegung zu setzen. Sprich: Bei vier potenziellen Übeltätern aus dem Ostprignitz-Ruppin-Kreis konnte er doch wohl kaum bei allen vieren Haus und Hof durchsuchen lassen, »nur weil ihr da drunten« einen Verdacht habt.

Kiehlmeyer hatte mit den Zähnen geknirscht: »Den kriege ich noch, das sag' ich Ihnen! Er meint wohl, er sei der Obermufti! Der soll froh sein, wenn ich ihm am Ende nicht ein Disziplinarverfahren anhänge!« Seine Laune war mies – und das wohl nicht nur wegen der Nachrichten aus dem Osten, sondern auch, weil Vongehren anscheinend wirklich abgetaucht war.

Und damit nicht genug: Inzwischen war auch Vanessa Grönert, die sich im letzten Gespräch mit Kiehlmeyer als Verlobte des Hendrick »Jimmy« Vongehren vorgestellt hatte, weg! Und sie hatte ihren roten Fiat 500 zurückgelassen, dafür hatte sie aber einen geleasten Pferdetransporter und die acht besten Pferde vom St. Leonhards-Hof mitgenommen. Die Zurückgebliebenen hatte sie einem Auszubildenden und einer Praktikantin umgehängt. »Und die armen Schweine hängen jetzt übel drin, weil es auf St. Leonhard keinen Strom mehr gibt! Der Versorger hat gesperrt, weil die Rechnung seit Monaten nicht bezahlt wurde. Der Lehrling sagte mir, er versuche schon, ob er ein paar Nachbarn bequatschen könne, Pferde aufzunehmen«, hatte Kiehlmeyer erzählt.

Und noch etwas: Die Braut unseres Freundes Vongehren würde nicht allzu weit kommen. Die Bank, die ihrem G'spusi den großen Auflieger verleast hatte, wollte ihn wiederhaben – auch da waren Rechnungen nicht bezahlt worden. »Das Gespann ist jetzt zur Fahndung ausgeschrieben.«

»Kann es sein, dass sich Vongehren und seine Braut zu Essling verzogen haben? Der hat Ställe, in denen sie ihre Pferde unterbringen können, und vermutlich auch die Möglichkeit, den Lkw zu verstecken …«, hatte ich spekuliert.

»Oh ja!«, hatte Kiehlmeyer zynisch geantwortet. »Er kann so eine große MAN-Zugmaschine ganz locker in Polen verstecken. ›Tausche Zugmaschine gegen Pferde zum Handeln‹ – das wäre doch ein Deal! Und wir würden hier sitzen und könnten nichts, aber auch gar nichts machen, weil wir nichts mitkriegen. Solange da oben der Staatsanwalt nicht in die Puschen kommt …«

»Oder sonst jemand ein Äuglein auf Herrn Essling und seinen Hof wirft!«, war mir eingefallen. Und dann hatte ich mit der Kollegin Nadine Matt telefoniert. Sie hatte gesagt, dass sie es bedauere, Essling wegen des Fuchses nicht an die Karre gefahren zu sein. »So ein Typ gehört doch hinter schwedische Gardinen!«, hatte sie gesagt. Gut – jetzt hatte sie eine Chance. Ich schob sie auf Beobachtungsposten bei Essling und sie versprach, sich in den nächsten Tagen wieder zu melden.

Ich hatte inzwischen bei meinen »Aufpassern« durchgesetzt, dass ich wieder normal arbeiten und sogar reiten durfte, allerdings nur in Begleitung ins Gelände. Das fiel mir schwer – ich reite am liebsten alleine durch den Wald. Für mich ist das wie »Gehirn putzen«, zum wirklich Wichtigen zurückfinden. Aber meist war ja Atreju mein Begleiter – und mit ihm Zeit zu verbringen, genoss ich.

Jetzt aber ging es bei mir nicht um mein Vergnügen, sondern um Impfungen und Trächtigkeitsuntersuchungen bei den Pferden auf Gestüt Staufenblick. Arthur Callert hatte mich gerufen, ich war mit einem Satz Impfspritzen und meinem Ultraschallgerät angerückt.

Nun ging's wie am Fließband durch seinen Stutenstall. Wir hatten hinten bei Kosina angefangen, nun war ihre Dreiviertelschwester Kon Tiki dran, die nächste würde der Schimmel Miss Otis sein. Es war Routine: PAT-Werte nehmen, Impfen, Gebärmutter schallen. Dabei hatte ich jetzt zweimal Glück gehabt – Kosina und Kon Tiki waren tragend und bei der Botschaft hatte sich Arthur Callert gefreut. Er hatte sogar seinen alten »Speckdeckel« – eine abgegriffene, einstmals hellbraune Ledermütze - in den Nacken geschoben, sich hinter dem Ohr gekratzt und den beiden Mädchen lobend den Hals geklopft. »Auf euch ist Verlass …«

Bei Miss Otis rechnete ich nicht unbedingt mit einem positiven Befund. Die Stute war 27 und eigentlich in Rente. Allerdings hatte sie voll gerosst und Arthur Callert hatte mich gefragt, was ich davon hielte, sie noch einmal decken zu lassen. Ich erwiderte, er solle sich keine großen Hoffnungen machen, aber was die Ethik angehe, hätte ich kein Problem damit. Die Natur geht üblicherweise sparsam mit ihren Ressourcen um. Wenn eine Stute voll rosst, verbraucht das ja einiges an Energie – und den Aufwand betreibt Mutter Natur eigentlich nur, wenn davon auszugehen ist, dass die werdende Mama die Trächtigkeit und Geburt durchstehen und das Kind großziehen kann.

Erstaunlicherweise war Miss Otis tragend und es schien alles in Ordnung zu sein. Arthur grinste inzwischen extrabreit, kraulte Miss Otis und erzählte mir, dass sie seine Supermutter sei. »Stell dir vor: Wenn sie das austrägt, ist es Nummer 19! 18 gesunde Fohlen hat sie gehabt, eines besser wie's andere. Mein Junger hat mit einem ihrer ersten Söhne die Europameisterschaft der Junioren gewonnen! Und im gleichen Jahr hat er mit dem jüngeren Bruder den Dritten beim Bundeschampionat Springen gemacht.«

Besagter »Junger«, Arthurs ältester Sohn Jochen, war inzwischen dazugekommen. »Hallo, Mäxle …« Wir kannten uns, seit er das erste Paar Reithosen durchgewetzt hatte, daher duzten wir uns. »Von dir hört man ja wilde Geschichten. Du seist gestürzt, weil einer einen Draht über einen Trainingssprung gespannt hätte. Dein Allegro habe sich dabei die Beine gebrochen und du den Rücken ...« Sein Blick glitt an mir entlang. »Dafür siehst du aber ganz gut aus!«

»Ich schon – Allegro nicht. Er hat sich zwar keinen Knochen gebrochen, aber ein Gleichbein hinten angesplittert und die tiefe Beugesehne wie die Strecksehne vorne links angeschlagen. Wenn er eine Chance haben soll, je wieder klar zu gehen, muss ich ihn jetzt für zwei, drei Jahre auf die Koppel stellen«, berichtete ich.

»So eine Schweinerei! Das war so ein geniales Pferd ...«, sagte Jochen.

Ich zuckte – dass er schon in der Vergangenheitsform von Allegro sprach, zeigte mir, wie er die Genesungschancen einschätzte.

Arthur Callert trat vor die Box seines Schimmels. »Aber wer macht sowas? Hast du eine Ahnung?«

»Leider ja«, antwortete ich. »Kennst du einen Hendrik Vongehren, von seinen Freunden ›Jimmy‹ genannt?«

Arthur dachte einen Augenblick nach, dann schüttelte er den Kopf. »Ne, ist mir noch nicht begegnet!«

»Aber doch, Baba!«,[52] widersprach der Sohn. »Der hat dir doch vor drei oder vier Jahren diesen Fidertanz-Don Schufro angeboten!«

»Ui – das war bestimmt jede Menge Pferd fürs Geld«, rutschte mir raus.

»Es gibt Leute, die stehen darauf. Kann ja nicht jeder so elfengleich wie du daherkommen!«, feixte Jochen Callert. »Aber du hast recht – den konnte man als ›Gewichtsträger‹ bewerben. Und züchterisch hätte das ein guter Verstärker werden können.«

»Und warum ist er nicht? Ihr habt ihn doch nicht gekauft?«, fragte ich.

52 – Die Schwaben sind – zusammen mit den Sachsen – die »Weichmacher« der deutschen Sprache. Da werden die Ps von »Papa« zu einem sanften »Baba«, wobei das Schluss-A ein Zwischending zwischen a und e ist.

Arthur Callert war an die Box gegenüber getreten, hatte die Tür geöffnet und schmuste mit der Fuchsstute, die ihm entgegengetreten war. »Nein – mit Bedauern. Grundsätzlich fand ich schon, dass der in die Sammlung gepasst hätte. Der Haken war nur, dass der vermutlich so mit Steroiden und Anabolika aufgeblasen war, dass seine Nachbarn nicht mehr durch die Dopingprobe gekommen wären, wenn er sie vorher angehustet hätte.«

»Uuuh – so übel? Aber sag, wie bist du draufgekommen?«, erkundigte ich mich.

Arthur Callert lächelte. »So ein bisschen was sieht man schon, wenn man lange genug in der Branche rumkaspert«, erklärte er. »Ich hab' den angeguckt und sofort den Verdacht gehabt, dass da jemand nachgeholfen hat. Ein Dreijähriger ist nicht von Natur aus so strukturiert bemuskelt! Also habe ich ein Vlies in die Pfütze geworfen, die er auf der Wiese hinterlassen hat. Der feuchte Lappen ging ins Labor – und das Ergebnis war, dass er sowohl Anabolika wie auch Steroide im Blut hat. Und das muss ich mir nicht antun!«

»Schon gar nicht für das Geld!«, bestärkte ihn sein Sohn. »Der wollte sage und schreibe 125 für den Jungen. Dabei hat er ihn einst als Absetzer für fünf gekauft.«

»125 für einen ungekörten Hengst? Nicht übel! Ich glaub', ich sattle um und betreibe künftig Pferdehandel.«

Arthur Callert schüttelte den Kopf, während ich den Schallkopf an der Stute ansetzte, die er hielt. »Das willst du nicht wirklich. Es ist bekanntlich ein sehr riskantes Geschäft und darin wird viel beschissen. Das ist nicht dein Stil.«

»Stimmt!«, gab ich zu. »Übrigens: Die Dame ist auch tragend. Du hast anscheinend dieses Jahr eine gute Trefferquote.«

»Sehr schön!«, freute sich Callert senior.

Der Junior hob die Schermaschine hoch. »Stört's dich, wenn ich hier schere? Die Maschine ist ganz leise.«

»Ist okay!« Ich ging in die nächste Box und hörte eine auf den ersten Blick fast etwas langweilig wirkende Fuchsstute ohne Abzeichen ab. Auf den zweiten Blick allerdings sah man ihre perfekt angesetzten Muskeln, die zierlich-harten Hufe, den edlen, trockenen Kopf – die Dame, bei der ich gerade die PAT-Werte abnahm, war wie meine Ariosa eine Vollblüterin und diente der Veredelung der Staufenblick-Pferde.

Jochen Callert hatte die Schermaschine eingesteckt. Auf dem Weg zum zu scherenden Pferd blieb er aber bei mir stehen. »Übrigens hat der Vongehren einen dicken und aus seiner Position berechtigten Hass auf mich. Ich hab' den mal auf einem Turnier im angrenzenden Wäldchen dabei erwischt, wie er sein Springpferd nach allen Regeln der Kunst vertrimmt hat. Ich habe ihn wegen ›unreiterlichem Verhalten‹ angezeigt, aber du weißt ja, wie das ist!«

»Zum Kotzen ist das!«, schimpfte sein Vater. »Kannst du dir vorstellen, dass diese Idioten vom Landesverband mehr meinen Jungen als Vongehren angemacht haben? So in die Richtung ›Kannst du nicht die Klappe halten?‹.« Seit wann verklatschen sich Springreiter gegenseitig?«

»Immerhin ist Vongehren«, Jochen klang zynisch, »glimpflich davongekommen. Er hat natürlich alles abgestritten, aber blöderweise hatte das Pferd ein so dickes, akutes Sporenhämatom, dass der Tierarzt es beim allerbesten Willen nicht ›übersehen‹ konnte. Aber man ließ den Herrn Kollegen dann mit drei Monaten Sperre – abzusitzen in der Winterpause, damit es nicht zu sehr wehtut – laufen.«

»Und laufen übt er seitdem ausführlich!«, konnte ich mir nicht verkneifen, zu kommentieren. »Es gibt Hinweise darauf, dass er nicht nur mit dem Unfall am Trakehnergraben zu tun hat, bei dem mein Allegro sich die Beine ruiniert hat, sondern auch mit einem Sturz, den ich zwei Wochen davor erlitten habe. Und die Polizei würde sich gerne mit ihm über den Unfalltod seiner Ex-Freundin unterhalten – vielleicht war's kein Unfall, sondern kaltblütiger Mord?«

Die beiden Callerts schauten sich an, der Junge sagte schließlich: »Erzähl mir bloß nicht, dass du total geschockt bist, weil du es dem nie zugetraut hättest …«

Arthur Callert nahm seine Mütze ab, kratzte sich am Hinterkopf und sagte: »Ne, kann ich nicht behaupten. Ich hab' dem alles zugetraut, nur nichts Rechtes. Aber sag mal, Mäxle, wenn der was mit deinem Unfall zu tun hatte, ist er dann jetzt verhaftet?«

»Nein, leider nicht«, musste ich ihm sagen. »Er ist mitsamt dem geleasten LKW und der Braut abgehauen. Ein paar Pferde hat er auch mitgenommen.«

Jochen Callert konnte es gar nicht fassen. »Wie abgehauen?«

»Untergetaucht, ohne festen Wohnsitz verschwunden!«

»Glaub' ich net«, Jochen Callert schüttelte den Kopf, schaltete die Schermaschine, mit der eben am Hinterteil der Stute gewesen war, ab und richtete sich auf. »Es wär' der denkbar dümmste Zeitpunkt. Ich hab' ihn vor zwei Wochen auf einem Turnier getroffen und da hat er mir erzählt, dass er einen ganz großen Deal am Laufen hat. Papa …« Er wandte sich seinem Erzeuger zu. »Stell dir vor, der hat mir erzählt, dass er einen der letzten Mahari-Sans hat!«

Ich stellte die Ohren. Mahari-San war vor ungefähr 10 Jahren gekört worden, hatte in den ersten drei Jahren zwar die eine oder andere Stute gedeckt, aber war einer von vielen gewesen. Doch dann waren die ersten Fohlen von ihm unter den Sattel gekommen – und hatten alles gewonnen, was es in ihrer jeweiligen Klasse zu gewinnen gab. Die Bedeckungszahlen des eleganten, schwarzen Holsteiners waren in der nächsten Saison nach oben geschnellt. Zwei, drei Jahre lang hatte der Junge kaum genügend Samen liefern können, obwohl sein Besitzer flotte 2000 für eine Portion verlangte.

Dann aber war der Hengst an einer Hodentorsion verstorben – Risiko eines Hengsthalters: gestern top, heute tot.

Jochen Callert hatte weitergesprochen, während ich nachdachte. »Wobei der Mahari-San, den Vongehren hat, richtig gut sein soll – Gänge, sieht nach was aus und kann Häuser springen. Ich hätt' den durchaus gerne, aber keine Chance – Vongehren will eine halbe Million.«

»Die muss er aber erst mal kriegen!«, schaltete ich mich wieder ein. »Wollen kann man viel, es muss sich erstmal einer finden, der es zahlt.«

»Kriegt er!«, wusste Jochen Callert. »Er hat einen Kontakt zu einem Scheich aus den Vereinigten Emiraten – geradezu unanständig reich und mit einer Amerikanerin verheiratet. Von der hat er eine Tochter, die er von vorne bis hinten verwöhnt. Die reitet Springen, trainiert in England bei Roderick Vassar …«

»Oh, oh – unter dem amtierenden Weltmeister tun wir's nicht?«, fragte ich.

»Ja, so ungefähr!«, wusste Jochen. »Also, für die soll der Mahari-San sein! Und weil einer nicht genug ist, hat Vongehren für die Prinzessin aus dem Morgenland auch noch eine Stute besorgt – Ganove-Wettkampf.«

Arthur Callert nickte. »Klingt gut – Ganove hat gern ein bisschen zu klein vererbt, aber eine Wettkampf-Mutter hat das wohl rausgerissen.«

»Ganove – war das nicht irgendwie Verwandtschaft von Gharib ox?«, überlegte ich laut.

»Ja!«, gab mir Jochen Bescheid. »Er ist ein Urenkel, wobei sein Vater auch noch einen guten Schuss Araber hat …«

»Also Blutanschluss für den Scheich? Und wie viel soll die edle Lady kosten?«, erkundigte ich mich.

»120«, gab Jochen Auskunft.

»Wenn er beide verkauft, wären das also 620 – davon kann man eine Weile leben«, fand Arthur Callert.

»Aber um eine neue Existenz aufzubauen, wenn er, wie Max erzählt, wirklich abgehauen ist?«, wunderte sich sein Sohn. »Da hätte ich gerne ein bisserl mehr – mindestens 'ne Million, sonst lohnt das doch nicht.«

Arthur seufzte. »Wer weiß, was das Herzblatt in der Hinterhand hat? Und was dazukommen könnte? Ich habe erst neulich wieder im Verbandsblättchen gelesen, man solle mit dem Ankauf von Pferden aus Südamerika vorsichtig sein und auf jeden Fall erst zahlen, wenn man das Tier munter auf dem Hof habe. Es komme nämlich in den letzten Jahren verstärkt vor, dass Pferde zum Transport von Drogen genutzt werden. Vongehren traue ich zu, dass er sich an sowas beteiligt ...«

»Ich auch!«, sagte ich. »Und ich weiß nicht, ob ich an Stelle des Ölscheichs die Papiere der beiden Pferde so einfach übernehmen würde. Ich glaube, ich würde die DNA untersuchen lassen.«

»Und dann den Kerl hinter Gitter bringen!«, Jochen klang sehr energisch. »Dass solche Vögel anständigen Pferdeleuten das Leben schwermachen, geht mir so auf den Keks!«

»Tja, dazu müsste man nur wissen, wo er steckt und wie er Kontakt mit seinem Ölscheich aufnimmt!«, stöhnte ich.

Jochen kratzte sich in einer Geste, die sehr an seinen Vater erinnerte, hinter dem Ohr. »Also, wo er ist, weiß ich nicht. Aber er hat erwähnt, dass er den Scheich bei einem großen Turnier trifft. Verflixt – wo war das noch mal?« Er wuschelte mit den gespreizten Fingern der linken Hand durch seine rötlich-blonden Haare. »Warte – das war Ausland. Ich wusste, dass ich da nicht ohne Sondergenehmigung starten dürfte.«

»Frankreich?«, schlug ich vor. »Oder Österreich? Belgien, Holland?«

Jochen schüttelte immer nur den Kopf. »Ich erinnere mich, dass es da nicht war. Verflixt …«

Arthur Callert schlug vor: »Polen! Ist doch auch Grenzland und reiterlich haben die da eine Menge los. Die kommen gewaltig mit ihren Pferden und Turnieren!«

»Polen – Polen«, wiederholte Jochen Callert. »Da klingelt was.« Er hatte sein Handy aus der Tasche gezogen, tippte nun etwas ein. Sein Vater und ich hielten die Luft an, da juchzte er los: »Ich hab's! Stargard beziehungsweise Szczeciński – so heißt das heute in Polnisch. Da ist in 14 Tagen ein großes Turnier und ›Fest der Pferde‹. Zu schade, dass wir so in unserer Provinz verhockt sind!«, kommentierte er zynisch. »Wir haben eine Hengstvorstellung in Stetten am kalten Markt. Dabei hätte ich den letzten Mahari-San-Sohn auch gerne gesehen! Und so einen Scheich kennenzulernen, wäre bestimmt auch interessant.«

*****

Nach meinem Gespräch mit Kiehlmeyer hatte ich die Kollegin Matt gebeten, sich – wenn es sich ergäbe – mal bei Essling umzusehen, um vielleicht herauszufinden, ob er Besuch aus Württemberg hatte?

Drei Tage später hatte sie sich ganz aufgeregt gemeldet: »Frau Kollegin, Essling hat Besuch! Und der könnte aus Baden-Württemberg sein. Da steht ein großer Auflieger – landwirtschaftliche Nummer mit ›AA‹ – ich hab' nachgeguckt: Das ist Aalen in Baden-Württemberg!«

Sie hatte natürlich Recht – der LKW kam aus Unterwilflingen und das gehört zum Landkreis Aalen. Aber mehr hatte sie nicht herausgefunden. Ich bedankte mich natürlich dennoch, wir blödelten noch ein wenig – ich mochte sie und wir hatten anscheinend einen ähnlichen Humor und ähnliche Vorstellungen.

Dann legte ich auf und wandte mich Atreju zu, der mit einem Glas Rotwein auf meinem Sofa lümmelte. »Vongehren ist bei Essling – klar, von dort aus hat er es näher nach Stargard und muss sich nicht mit der Bullerei und seinen Gläubigern auseinandersetzen!«

Atreju hatte heute seinen kuschelfreudigen Tag. Vorher, als ich mich neben ihn gesetzt und mich ein bisschen an ihn gelehnt hatte, hatte er mir den Arm um die Schulter gelegt und mich sogar noch näher herangezogen. Insofern war mir der Anruf recht quer gekommen, aber ich bin hartnäckig. Ich schenkte ihm und mir noch einmal nach – Atreju hatte eine Flasche Schwarzriesling vom Grafen Neipperg mitgebracht, gerade das Richtige für einen Herbstabend vor dem Kamin. Dann setzte ich mich und kuschelte mich an ihn – und hatte Glück: Sein Arm kam sofort wieder, er trank einen Schluck Wein und sagte: »So kann man's aushalten. Neulich hat mich jemand gefragt, ob es mir hier in der Provinz nicht zu langweilig sei. Ich habe ihm gesagt, dass sowas nur von jemand kommen könnte, der nicht wüsste, was die ›Provinz‹ zu bieten hat und wie es sich anfühlt, wenn abends die Herbststürme um die Burg pfeifen und man hier mit einem Glas Schwarzriesling sitzt …« Nun lächelte er zu mir herunter. »Mit einem Glas Schwarzriesling und einer schönen Frau im Arm …«

Ich streifte die Schuhe ab, zog meine Füße unter mich und lehnte den Kopf in die kleine Kuhle unter seinem Schlüsselbein. »Solltest du dir öfter gönnen …«

»Stimmt.«

Eine Weile schwiegen wir beide, wobei er Kater Pierrot streichelte. Irgendwann sagte er dann leise: »Ich habe Angst, Erwartungen zu schüren, die ich dann vielleicht nicht erfüllen kann.«

Ich schluckte und überlegte sorgfältig, was ich erwidern konnte. Mein alter Konflikt: Auf der einen Seite war mir klar, dass einer von uns den Mut finden musste, über seine Gefühle zu sprechen, und dass ich vermutlich die eine sein würde. Auf der anderen Seite: Wenn er nicht interessiert war, würde Befangenheit zwischen uns stehen und unsere Freundschaft zerstören. Dennoch nahm ich Anlauf und sagte: »Ist dir bewusst, dass du nicht für die Erwartungen anderer Leute verantwortlich bist?«

Er atmete tief durch, dann streichelte er mit einer Fingerspitze – und ich spürte die Schwielen daran, das Zeugnis seines Berufes – über meine Wange. »Ach, Maximiliane – du bist so lieb. Du hast Besseres verdient als mich.«

»Ah – und das entscheidest du?«

Dieses Mal streichelte er über mein Haar. »Igelchen – stellst du schon wieder deine Stacheln? Aber schau, ich kenne meine Bilanz in Sachen Ehe und Beziehung. Erster Versuch: Vier Jahre befreundet, dann verheiratet, zwei Jahre später getrennt …«

»Du, das war deine Sandkastenliebe und du hast viel zu jung geheiratet!«

»Unverheiratet hätten ihre Eltern nicht zugelassen, dass sie mich nach Wien begleitet!« Er seufzte noch einmal. »Dort haben wir dann aber sehr schnell gemerkt, dass wir nicht zueinander passen. Ich wollte Karriere machen – als Voraussetzung für die Erfüllung eines anderen Wunsches: Ich bin gerne gereist, ich wollte die Welt sehen. Tuva hingegen träumte davon, wieder heimzugehen, auf dem Hof ihrer Eltern oder dem meiner Familie zu leben, Schafe zu züchten oder Rinder …«

»Das hat dann wirklich gepasst«, konstatierte ich.

»Nein, definitiv nicht und wir haben uns in Wien auch nur gestritten. Und dann ging sie und ich war unglücklich. Dann hab' ich mich in eine Geigerin verknallt, mit der mich meine Plattenfirma zusammengespannt hat. Wir machten unsere CD – Brahms Doppelkonzert, Beethovens Tripelkonzert – und gingen dann auf Tour. In vier Wochen um die halbe Welt mit 20 Konzerten – und daneben eine heiße Affäre. Ich bildete mir ein, dass es das ist und die sechs Jahre Altersunterschied – mei, was interessierten mich die?«

»Und dann?« Diese Story hatte ich noch nicht gekannt.

Er zuckte mit den Schultern. »In dem Fall war ich der mit den falschen Erwartungen. Ich war überzeugt, dass das eine große Liebe ist und nur in dem, was unser Titus ›heiraten, Kinder machen. nie mehr allein aufwachen‹ nennt, enden kann. Aber als ich ihr das sagte, hat sie mich ausgelacht. Ich hätte doch wohl nicht ernsthaft und wirklich geglaubt, dass sie meinetwegen ihren Mann verlasse? Also bitt'schön, für eine Affäre sei ich ja richtig, aber sie sei doch nicht so meschugge, ihren wohlhabenden Ehemann, der sie auf Händen trage, zu verlassen, um mit einem jungen Wilden, bei dem man noch nicht absehen könne, was aus ihm wird und der obendrauf ziemlich kompliziert wäre, durch die Welt zu gondeln?«

»Oh, das muss wehgetan haben!«, bedauerte ich ihn.

»Tja … da muss man durch. Wer sich einlässt, macht sich verletzbar.« Er schenkte sich Wein nach. »Damit hatte ich die zweite Beziehung in den Sand gesetzt – zwei Versuche, zweimal gescheitert. Dritter Versuch, zwei Jahre nach der Geige: Sehr begabte Flöte, wirklich liebes Mädchen – gescheit, gebildet, integer, witzig, alles, was ein Mann sich wünschen kann.«

»Und?«

Ein verlegenes Schulterzucken. »Tja – sie hatte einen Freund aus dem Sandkasten und schaffte es nicht, sich von ihm zu trennen. Also hat sie ihn geheiratet und ist mit ihm nach USA gegangen. Er ist Arzt und hat dann in Princetown gearbeitet. Sie hat die Flöte aufgegeben und stattdessen drei Kinder gekriegt, die sie voll auslasten.«

»Du hast aber wirklich Pech gehabt!«

»Ich bin, was mein englischer Freund Sydney mal sagte, ›a lousy picker‹ – wie ich auch mit Ewelina bestätigt habe. Nach dem Flop mit Maja – die Frau mit der Flöte …« Er stockte und schaute mich an. »Weißt du, was mir gerade zum ersten Mal aufgefallen ist? Du bist nicht nur ein ähnlicher Typ wie sie, sondern spielst ja auch Flöte und eure Namen sind ähnlich – witzig. War Maja eine Vorahnung von dir?«

»Aber wir sprachen über Ewelina!«, erinnerte ich ihn. Es kam nicht allzu oft vor, dass er über seine Vergangenheit redete und ich hatte tausende von Fragen!

»Tja … Ewelina oder mein gescheiterter Versuch, mich lieben zu lassen. Bis dahin hatte immer ich geliebt und hatte das Gefühl gehabt, dass ich mehr in die Beziehung investiere als die Damen. Jetzt aber war da eine, die total in mich verschossen war und mich anhimmelte. Es tat gut – Balsam auf der geschundenen Seele, jede Menge Futter fürs fragile Ego. Und ich mochte sie ja auch und bildete mir ein, dass ich es lernen würde, sie zu lieben. Ich musste mir nur etwas Zeit geben, nicht?«

»Klingt für mich nach einer guten Idee. Ihr kanntet euch doch noch nicht einmal richtig. Dennoch hast du sie geheiratet. Und? Hast du gelernt, sie zu lieben?«

Er nickte. »Und ob. Sie hat mir ein Kind geschenkt – und danach hatte ich mich immer gesehnt. Allein für Jonte hätte ich sie bis ans Ende unserer Tage geliebt und angebetet. Außerdem hat sie in den ersten Jahren auch alles getan, um unser Zusammenleben glücklich zu machen. Wahrscheinlich aber hatte ich da mal wieder zu viel erwartet. Als Jonte zur Welt kam, hatte sie die Nase voll von mir. Jonte war mein Sohn – das war unübersehbar. Aber als sie drei Monate nach seiner Geburt wieder anfing zu arbeiten, traf sie bei einem Onegin auf den russischen Bariton Jegor Beljajew. Sie verliebten sich ineinander – und wenn Jonte nicht gewesen wäre, hätte sie mich stehenden Fußes verlassen. So zog sich das hin – bis zu dem Unfall, bei dem Jegor Beljajew neben ihr saß.«

»Und sie hatten euren Sohn dabei …«, sagte ich leise. Dass der Kleine, der nur 16 Monate alt gewesen war, bei dem Unfall umgekommen war, hatte ich immer als besondere Tragik empfunden.

Er schluckte, trank noch einen Schluck, schwieg eine Weile – und dann zog er mich ein wenig enger. »Wie alt bist du jetzt?«

»34 – warum fragst du?«

»Du bist jetzt also 34 …« Er stockte, ließ den Wein in seinem Glas langsam drehen, schnüffelte daran, hielt ihn gegen das Licht und sagte dann wie nebenbei: »In dem Alter tickt die biologische Uhr, nicht?«

»Öh – nein. Eher nicht. Weißt du, ich mag Kinder. Aber was eigene angeht – erstens glaube ich nicht, dass eine Frau Kinder gebären muss, um ihr Leben auszufüllen. Ich kann mir gut vorstellen, ohne Kinder alt zu werden und deswegen nicht dauernd ins Kopfkissen zu weinen. Andererseits kann ich mir aber vorstellen: Wenn ein geliebter Mann Kinder wünschen würde, wollte ich durchaus auch. Ich bin offen und würde nach der Situation entscheiden.«

»Ah ja.« Er stand auf und ging zum Fenster. »Seit Jontes Tod ist alles anders. Davor dachte ich immer, ich muss zwei, drei Kinder haben, damit mein Leben erfüllt ist. Dann hatte ich Jonte – und war sehr glücklich mit ihm und über ihn. Plötzlich konnte ich mir auch vorstellen, ein Einzelkind – eben meinen Jonte – zu haben. Und dann war er weg. Schlagartig. Um halb sieben an diesem Morgen hatten wir telefoniert, um halb zehn war er tot – und ich habe es gespürt, dass er weg ist. Es war, als wenn etwas in mir zerrissen wäre. Seitdem weiß ich nicht mehr …« Er hatte seine Worte in Richtung des Fensters, auf den dunklen Hof hinaus, gesprochen. Nun drehte er sich um und stützte sich mit beiden Händen am Fensterbrett ab. »Ich weiß nicht, ob ich noch mal ein Kind möchte oder nicht. Auf der einen Seite: Ja, ich möchte das noch einmal erleben und ich möchte ein Kind aufwachsen sehen. Auf der anderen Seite:

Nein, nein. Jonte kann doch eh niemand ersetzen und ich würde das andere Kind immer vergleichen.«

»Nein«, widersprach ich. »Ich dachte auch mal so. Vor Ariosa hatte ich schon mal eine braune, sehr hochblütige Stute – und als sie starb, dachte ich, ich wollte nie wieder ein braunes Pferd und ich könnte es nicht gern haben, weil ich es immer mit Parisienne vergleichen würde. Aber dann kam Ariosa – und ja, die ersten Wochen habe ich verglichen, was aber nicht immer zu Ariosas Nachteil war. Und dann habe ich Ariosa immer besser kennengelernt und ihre Persönlichkeit überlagerte immer mehr die Erinnerung an Parisienne.«

Er lächelte und kam auf mich zu. Ich war inzwischen auch aufgestanden, nun legte er die Hände auf meine Schultern. »Dass du an ein Pferd denkst …« Er nützte seinen Größenvorteil und küsste meine Stirn. »Ich weiß, ich weiß …« Ich umarmte ihn und legte den Kopf an seine Brust. Er spielte mit meinem Haar und eine Weile schwiegen wir. Dann sagte er: »Verstehst du jetzt, warum ich stehe wo ich stehe? Ich habe dich lieb – so lieb, dass ich dich nicht in eine Beziehung hineinziehen will, in der deine Wünsche und Bedürfnisse nicht erfüllt werden können. Ich weiß einfach nicht, ob ich Beziehung noch kann und ob ich dir ein Kind geben könnte … und das meine ich jetzt durchaus auch …« Er zögerte, atmete tief durch, löste sich von mir und ging zurück zum Fenster. Wieder nahm er mit dem Rücken zu mir Aufstellung. »Nach Jontes Geburt kamen Ewelina und ich nicht wieder zusammen – als Ehepaar im ehelichen, meine ich. Irgendwie ging es nicht. Und nach ihrem Tod – ich war so erschlagen, da war gar kein Gedanke daran. Und ich muss dir nicht erzählen, was passiert, wenn ein älterer Mann für ein paar Jahre ›außer Betrieb‹ gestellt wird.«

Ich ging zu ihm und umarmte ihn von hinten. »Atreju, du vergisst etwas. Ich bin nicht nur die, die weiß, was da passiert. Ich bin auch die, die weiß, wie man zum Beispiel einen älteren Hengst, der jahrelang im Sport war, auf Zuchtkondition umstellt und wieder antrainiert.«

Nun lachte er, hielt meine Hände fest und drehte sich in meinen Armen. »Elskling, so etwas kann nur dir einfallen. Und ja, daran hatte ich nicht gedacht. Die Frage wäre allerdings noch, ob du dir die Mühe machen wolltest. Da draußen laufen so viele andere rum, die dich – ohne Probleme – lieben würden.«

»Die Frage wäre nur, ob ich sie auch lieben könnte. Das könnte ein Problem werden.«

Er zog mich doch noch etwas näher und legte das Kinn auf meinen Kopf. Wieder schwieg er eine Weile, dann sagte er leise: »Gibst du mir noch ein wenig Zeit? Ich möchte mehr mit dir zusammen sein, ich möchte über meine innere Hürde …«

»Alle Zeit der Welt!«, gab ich zurück, löste mich ein wenig von ihm, stellte mich auf die Zehenspitzen und küsste seinen Mund. »Aber lauf mir nicht weg, ja? Ich halte allerlei aus, aber nur mir dir zusammen.«

»Nein, versprochen.« Er küsste mich zurück, dann führte er mich zum Sofa, ließ sich nieder und zog mich neben sich. »Ich habe eine Idee. Titus ist die nächsten Tage da und hat mir gesagt, dass er jetzt mal wieder richtig reiten will. Also kannst du zwei, drei Tage weg, besonders wenn das Wochenende drin ist.«

»Und Doc Häffner Notdienst hat!«, fiel mir dazu ein. »Auf den kann ich mich verlassen und der betreut auch meine Patienten gut.«

»Also sollte es doch kein Problem sein. Ich muss nach Berlin – ich spiele zum 248. Mal den Dvorak. Freitags Generalprobe, Samstag Konzert – und wir könnten dann am Sonntagabend oder am Montagfrüh zurückfliegen und den Sonntag über ein bisschen bummeln gehen – Sanssouci oder die Villa Liegnitz. Die wolltest du doch schon lange mal sehen.«

»Führ mich nicht in Versuchung!«, lächelte ich. »Berlin ist momentan gefährlich …«

»Wieso?«

»Weil Vongehren ganz in der Nähe ist. Der hat sich zu Essling nach Zernitz-Lohm verkrochen …«

»Und du würdest zu gerne mal nachsehen, was er dort treibt und welche Pferde er mitgenommen hat?« Atreju erstaunt mich immer wieder durch solche Einsichten. Er scheint manchmal meine Gedanken lesen zu können. »Tja – der Haken ist nur, dass wir die Nummer vom norwegischen Industriellen, der Frauchen ein Pferd schenken will, nicht noch mal bringen können. Wir sind bei Vongehren verbrannt. Wie wolltest du also an ihn herankommen?«

»Ich weiß es nicht«, gestand ich. »Aber ich könnte doch zum Beispiel einmal um den Hof herumtraben und fotografieren, was ich da sehe. Da könnte zum Beispiel ein Auflieger mit Aalener Nummer zu finden sein. Ich meine, das Ding ist ja nicht so klein, dass sie es mit ins Haus nehmen und unter die Spüle stellen könnten.«

»Hmmm.« Atreju überlegte. »Aber ich lass' dich da bestimmt nicht noch mal allein – nicht mit diesem Kerl, der schon zweimal versucht hat, dich umzubringen.«

»Also, wir fahren nach Berlin!« Ich schmiegte mich an ihn und für den Rest des Abends interessierte mich Vongehren höchstens noch so viel wie das Angebot an Hühnerbrühe auf dem Times Square in New York.

KAPITEL 8

Jetzt weiß ich endlich, was es bedeutet, wenn man darum bittet, nicht in Versuchung geführt zu werden! Es war Freitagabend und ich saß in einer Hotelsuite in Berlin am Designertisch, mümmelte an einem Salat, der designed aussah und leider auch so schmeckte. Dabei vermisste ich Atreju, obwohl er erst seit ein paar Minuten weg war. Der Veranstalter hatte ihn mit Presseterminen eingedeckt – auf dass mein Haus beziehungsweise sein Konzertsaal voll werde. Atreju hatte gebruddelt und geschimpft, aber er war vorhin brav losmarschiert.

Das Dumme war nur, dass ich mich nun auf einen langen Abend ohne ihn einstellen musste. Er würde nun mit einem Plattenboss und dem Dirigenten essen, dann durfte er zur ‚Live Night in Berlin« – einer Talkshow, die unglaublich intellektuell-kulturell auftrat und deswegen wahrscheinlich mehr Zuschauer im Studio als vor dem Schirm hatte – antreten. Er kannte das schon – es war sein zweiter Auftritt da und mit allem Komfort und unter Beteiligung seiner heiß geliebten Lady Stainer, dem kognakfarbenen Cello mit dem Löwenkopf, würde es wohl nach Mitternacht werden, bis er wieder ins Hotel käme.

Und neben mir lag mein Handy und auf dem Display stand: »Dr. Nadine Matt«. Sie hatte angerufen, während ich noch einen Abendspaziergang mit Atreju gemacht hatte. Danach hatte er mir bei meinem Designer-Salat Gesellschaft geleistet. Dabei hatte ich das Handy ausgeschaltet. Ich wollte in der knappen Zeit mit ihm nicht gestört werden.

Doch nun erwartete Nadine Matt meinen Rückruf. Und ich überlegte – ich war in Potsdam, laut Karte rund 80 Kilometer entfernt von Neustadt a.d. Dosse, wo Nadine Matt zuhause war. Gut eine Stunde Fahrt – vielleicht sogar etwas weniger, dieweil Atreju wieder einmal seine Beziehungen zum Autobauer aus Stuttgart-Zuffenhausen hatte spielen lassen. Dieses Mal war dabei ein kornblumenblauer 718 Cayman GTS herausgekommen – und der stand nun in der Tiefgarage und langweilte sich bestimmt schrecklich. Und es war halb sieben. Also konnte ich um halb acht in Neustadt sein und hatte dann gute vier Stunden, bevor ich mich wieder auf den Weg zurück nach Potsdam machen musste.

Nun hatten Atreju und ich, als wir am Vortag nach Berlin geflogen waren, geplant, dass wir am Montag wieder heimfliegen. Seinen freien Sonntag wollten wir zu einem Besuch in Zernitz-Lohm nutzen. Aber jetzt hatte ich schon einen freien Freitag – und Nadine Matt, die mich sprechen wollte … und einen Porsche, dem langweilig war …

*****

»Bieget Se rechts ab, no isch ihr Ziel hondert Meter links von Ihne'«, erzählte das Navi in seinem breitem Schwäbisch, das mich schon die ganze Zeit zum Grinsen brachte. Dass der edle Porsche ein Navi an Bord hatte, war zu erwarten gewesen. Aber dass der sogar die Option »Schwäbisch« anbot!

Ich bog nun wunschgemäß rechts ab – wobei ich feststellte: Bei relativ niedrigen Tempi – und ich war hier nahe des Gestüts in einer 30er-Zone unterwegs – neigte der Cayman etwas zum Untersteuern. Um so präziser war er auf der Autobahn gewesen. Aber Spaß machte er sowohl da wie auch hier.

100 Meter links – ein Doppelhaus aus der Nachwende-Zeit, sehr modern mit viel Glas, Stahl und Beton. Es wirkte eher abweisend und kalt als wohnlich auf mich, aber bitt'schön – nahe der Straße im Vorgarten stand ein Schild: »Dr.med.vet. Nadine Matt; Fachtierärztin für Pferde, Sprechstunden nach Vereinbarung.«

Ich stellte mir grinsend vor, wie jemand mit dem Pferd am Strick vor dieser bewohnbaren Schuhschachtel auftauchte. Immerhin aber schien die Pferdepraxis der Frau Kollegin einträglich zu sein. Neben dem Haus in der Einfahrt zu einer kleineren Kiste, die wohl »Garage« genannt wurde, stand nämlich Verwandtschaft von meinem blauen Renner: ein Chayenne.

Ich stieg aus, schloss den Porsche und ging auf die Haustür zu. Da kam ich gar nicht zum Klingeln – eine rundliche Frau mit kurz geschnittenem, dunklen Haar öffnete mir die Tür und lachte mich aus warmen, braunen Augen an. »Sie sind die Kollegin Kersten.«

»Genau!« Ich reichte ihr die Hand, freute mich an ihrem kräftigen Händedruck und ließ mich von ihr ins Haus bitten. Innen war es erstaunlich warm und nett mit hellem Holz und klaren, kräftigen Farben.

»Toll, dass Sie da sind. Mögen Sie was essen oder trinken oder sollen wir gleich los?« Sie schaute an mir entlang wie ich an ihr und ich denke, wir waren beide zufrieden mit dem, was wir sahen. Sie hatte ihre durchaus weiblichen Formen in ein weites, graues Sweat-Shirt und eine schwarze Jeans gepackt; ich steckte in schwarzen Leggins, einem langärmeligen, schwarzen Shirt, einer schwarzen Weste und schwarzen Sneakers.

»Los!«, entschied ich. »Wir können hinterher was essen. Aber jetzt bin ich ein bisschen aufgeregt.« Ich schob den Ärmel meines Shirts ein wenig hoch und schaute auf die Uhr. Es war kurz vor halb acht – ich hatte die Strecke tatsächlich in unter einer Stunde geschafft. Und ich hoffte, dass ich dabei in nicht zu viele Radarfallen gefahren war. Eine hatte ich bei Wusterhausen bemerkt, aber da war vor mir Elefanten-Rennen gewesen: zwei Spuren, zwei Lastwagen und – gefühlt – eine halbe Stunde, bis sie einander überholt hatten. Ich war fluchend mit 90 hinterhergeschnarcht – auf einer Strecke, auf der 120 erlaubt war. Ergo hatte ich da kein Ticket geschossen.

Nadine Matt sagte: »Ja, klar – dann mal los!« Sie schnappte eine große, lila Handtasche und ich musste fast lachen. Scheinbar gehörte sie auch zu den Frauen, die immer den halben Hausrat dabeihaben. Die Neigung habe ich auch – entweder alles Mögliche in einer großen Tasche, oder Geld lose in der Hosentasche und Papiere in der Gesäßtasche, damit ich die Hände frei hatte.

Heute war es auch bei mir eine große Tasche – ich hatte unter anderem zwei Taschenlampen eingepackt: eine große, mit der man eine halbe Reithalle ausleuchten konnte, und eine kleine, die ich an meinen Gürtel hängen konnte. Sie konnte mit Hilfe eines Lasers stundenlang auf einen Punkt leuchten oder ihr Licht streuen.

Außerdem hatte ich das Schweizer Offiziersmesser, ein dünnes, aber bis 100 kg belastbares Paracord und eine mit etwas Panzerband umwickelte Metalldose, in der ich eine Rolle Tape, einige Lagen Verbandsmull, ein Stück Papier mit Tesafilm dran und einen Stift, den man sowohl als Stahl zum Feuerschlagen wie auch als Bleistift verwenden konnte, bei mir. Und dann war da noch eine sorgfältig zugeknotete Plastiktüte, deren Inhalt ich im Hotel präpariert hatte. Um ehrlich zu sein: Ich fühlte mich wie McGyver, als ich gegenüber von Nadine in ihren dunkelgrünen Geländewagen kletterte.

Innen roch es sehr vertraut: Pferd, Gummistiefel, diverse Medikamente – der Duft nach Tierarzt eben, der so viele unserer Patienten dazu bringt, die Ohren schon anzulegen, bevor sie uns in Sicht bekommen.

Nadine Matt startete den Motor und fuhr los, aus der Nebenstraße heraus auf eine größere. »Da drüben, der gelbe Bau – das ist das HuL«, informierte sie mich.

»HuL?« Ich stand auf der Leitung.

»Das berühmte brandenburgische Haupt- und Landgestüt in Neustadt an der Dosse mit Schloss und allem Schnick und Schnack.«

»Ach so, natürlich. Das kenne ich übrigens. Ich habe mal einen unserer Youngster zur Hengstleistungsprüfung hierhergebracht. Dabei habe ich mir ausführlich das Gestüt angeguckt – schon toll. Und es ist gut, dass es die DDR überstanden hat.«

»Das finde ich auch! Wir haben öfter darum gebangt, weil Pferdezucht und Reiterei in der DDR nicht gerade als wichtig angesehen wurden. Wenn die Herrschaften ganz oben nicht irgendwann begriffen hätten, dass man mit Pferden Devisen bekommen kann, hätten sie das Gestüt und die Reiterei total abgeschafft.«

»Was ein Jammer gewesen wäre!«, fand ich und schaute hinaus in die Dunkelheit. Wir waren am Gestüt vorbei und vor uns zeigte ein Schild, dass wir Neustadt gleich verlassen würden. Hinter dem Schild war es dunkel, ich konnte nur Silhouetten von Bäumen links und rechts erkennen. Vermutlich waren es Fichten. Ich erinnerte mich an Fontanes Wanderungen durch die Mark Brandenburg: »Ich bin die Mark durchzogen und habe sie reicher gefunden, als ich zu hoffen gewagt hatte. Jeder Fußbreit Erde belebte sich und gab Gestalten heraus, und wenn meine Schilderungen unbefriedigt lassen, so werde ich der Entschuldigung entbehren müssen, dass es eine Armut war, die ich aufzuputzen oder zu vergolden hatte. Umgekehrt, ein Reichtum ist mir entgegengetreten …«

Als ich das erste Mal in der Mark gewesen war, hatte ich genau das empfunden: Eine Gegend, von der ich gedacht hatte, dass sie ärmlich und langweilig sei – was konnte man denn von flach und sandig erwarten? Hatte nicht jemand diese Ecke mal »die Streusandbüchse des deutschen Reiches« genannt? Was konnte ich, ein Kind des abwechslungsreichen Mittelgebirges, dort erwarten?

Nachdem ich drei Tage durch die Mark gebummelt war, Rheinsberg und Wusterhausen, Ruppin und Neustadt besichtigt hatte, wurde mir klar, dass die Mark nur eines von mir erwartete: Offenheit, um ihre Schönheit zu sehen. Ich empfand sie. Ich sah die Weite dieses Landes, seinen Reichtum mit den Seen und Flüssen, und den samtschwarzen Himmel mit unzähligen glitzernden Sternen.

Jetzt war es dunkel – und trotzdem umfing uns dieser Fichtenwald wie eine Umarmung.

»Du, was machen wir eigentlich …«, Nadine Matt stockte. »Ooops – ich hab' Sie einfach geduzt.«

»Wie wäre es, wenn wir dabei blieben? Wir sind ungefähr gleich alt, wir sind uns sympathisch – und mich nennen meine Freunde Max oder Mäxle.«

»Ich bin Dina«, kam es zurück. »Und Dina macht sich gerade einen Kopf darum, was wir bei Essling anstellen.«

Ich holte tief Luft. »Ich denke, ich stelle an. Ich hab' dich da schon sehr weit reingezogen, also kannst du den Rest gerne mir überlassen. Und ich denke, ich suche mir eine passende Stelle, um einsteigen zu können. Ich weiß, was ich da suche: den LKW, mit dem Vongehren aus Aalen gekommen ist. Den will ich fotografieren – und dann raus und zurücklehnen. Den Rest wird dann nämlich die Polizei erledigen. Damit, dass er diesen LKW, den er der Leasing-Firma zurückgeben müsste, hier versteckt hat, hat er die Straftat begangen, mit der man ihn drankriegt. Und vielleicht Essling gleich mit?«

Nadine Matt kicherte. »War's nicht Al Capone, den man wegen einer verbummelten Steuergeschichte drangekriegt hat? Warum sollte dann der Freund von Essling nicht über einen geleasten LKW stolpern? Und vielleicht über ein paar Pferdchen, deren Papiere nicht stimmen?« Sie bog rechts ab, nun hatten wir auf der einen Seite einen Kiefernwald und auf der anderen Felder. »Wobei … also, was hältst du davon, dass wir beide einsteigen? Du suchst den Lkw und ich gucke mich in der Werkstatt um – da müssten sich nämlich Brandeisen finden lassen.«

»Stimmt! Du bist genial!«, lobte ich. »Ich vermute, dass wir neben Brandeisen dort auch Vordrucke für die Papiere finden.«

»In verschiedener Ausführung: mit Westfalen-Brand, mit dem hannoverschen H und mit dem Oldenburger O … Und die Vordrucke könnten aus einer polnischen Druckerei stammen.«

Ich schüttelte den Kopf und unterbrach sie. »Das glaub' ich nicht. Die Papiere der etablierten Verbände halte ich für echt. Ich würde darum eher nach Vordrucken vom Warmblut-Zuchtverband suchen – und nach Pferdepässen von nicht zu alten Pferden, die beim Abdecker gelandet sind. Bei deinem Fuchs zum Beispiel fehlte doch nachher der Pferdepass. Die Besitzerin des Originals sah ihn nie wieder, aber er tauchte bei der Fälschung wieder auf …«

»Stimmt«, nickte Dina. »Aber die Brandeisen müssten da sein.«

»Klar. Die besorgen sich Papiere von Abdeckern. Und dann kaufen sie Pferde in Polen ein und gucken, ob da was zu ihren Papieren passt. Wenn ja, kriegt's den entsprechenden Brand und den Pferdepass. Wenn sie nichts Passendes haben, machen sie sich was: Brand vom Warmblut-Zuchtverband aufs Pferd, Vordrucke ausfüllen, zusammenwerfen – und schon haben wir wieder einen, den man mit schickem Stammbaum verkaufen kann.«

»Aber wenn jemand den überprüft, läuft er doch beim Pferdezuchtverband auf. Da ist er nicht im Computer!«, sagte Dina.

»Ich bin ziemlich sicher, er ist drin. Der Geschäftsführer des Verbandes ist ein Herr, der früher in dieser Gegend hier als Springreiter zugange war. Nach der Wende hat er dann als Auktionator zum Beispiel die Gestütauktion in Neustadt geleitet – und diverse andere. Dabei ist allerdings mal entschieden was schiefgelaufen. Er muss irgendwie Schmu gemacht haben«, erzählte ich der Kollegin. »Jedenfalls hat sich das Gestüt diskret von ihm getrennt – die wollten wohl nicht, dass die Affäre ausführlich besprochen wird. Danach dümpelte er ein halbes Jahr rum, bis er als Obermops des Warmblut-Zuchtverbandes wieder auftauchte.«

»Ah so … du meinst, der ist Teil der Bande?«

»Genau. Ich vermute, dass der für eine gewisse Beteiligung an den Deals bestechlich ist«, deklarierte ich. »Und für ihn ist es kein Problem, einen Eintrag in der Datenbank vorzunehmen.«

Dina bog nun noch einmal ab und fuhr auf einer schmalen Straße in einen Wald. »Wir sind gleich da – Esslings Hof ist da vorne, unter den Bäumen.«

»Oh, wie praktisch!« Ich grinste. »Ringsrum Bäume – da können wir dein Auto verstecken und ohne Zuschauer über den Zaun klettern.«

»Genau!« Dina drosselte die Geschwindigkeit, setzte den Blinker, witschte nach links auf einen Waldweg, schaltete das Licht aus, ließ den Wagen aber noch einen Moment dahinrumpeln, bis sie ihn zwischen zwei Fichten hineinzog und abstellte. »So, da wären wir – und nun wäre die Frage, wie wir vorgehen. Von hier aus sind es so circa 10 Schritte nach rechts, dann sind wir an Esslings Mauer. Auf der anderen Seite des Grundstücks ist ein Zaun, daher dachte ich, wir sind hier besser bedient.«

»Sag mal, gibt es hier Hunde?«

»Oh ja – Mensch, hab' ich ganz vergessen! Was machen wir denn mit denen? Hier laufen nachts zwei Dobermänner rum!« Dina schaute ganz entsetzt. »Himmel, mit Hunden bin ich nicht besonders gut.«

»Keine Sorge – ich hab' auch keine Lust darauf, mich mit zwei Dobermännern einzulassen. Aber ich weiß, wie man mit denen klarkommt.« Ich nahm die Plastiktüte aus meiner Tasche, öffnete den Knoten und nahm ein Deckelglas heraus. Nachdem ich den Verschluss abgeschraubt hatte, stieg ein charakteristischer Duft auf.

»Leberwurst?«, wunderte sich Dina.

»Leberwurst mit einem netten, kleinen Zusatz«, grinste ich. »Kennst du einen Hund, der keine Leberwurst mag?«

Dina grinste. »Öh, wenn du mich so fragst: nö, eigentlich nicht. Und was hast du drin? Ich meine den Zusatz?«

»Narkoton«, erwiderte ich.

»Du bist gut!«, lobte Dina. »Damit kann man ein Pferd aus den Hufen hauen!«

»Richtig. Ich habe zwar runterdosiert – schließlich will ich keinen Hund in die ewigen Jagdgründe schicken – aber für ein ausführliches Schläfchen sollte es reichen.« Ich kicherte. »Dabei können die lieben Tiere von Leberwurst träumen.«

»Super! Aber blöd wäre natürlich, wenn der Ranghöhere das ganze Glas voll frisst und der andere dann …«

»Keine Sorge. Ich hab' drei Gläser.« Ich packte die Tüte wieder zusammen, wickelte das Paracord wie einen Gürtel um meine Hüften und hängte meine Leberwurst-Geheimwaffe daran. Anschließend bestückte ich meine Hosentaschen mit Offiziersmesser, Metalldose und was ich sonst vorbereitet hatte. Zum Schluss schaltete ich mein Handy auf »stumm« und steckte es innen in meine Weste, wo es durch einen Reißverschluss zusätzlich gesichert war.

»Fertig?«, fragte Dina, die meine Ausrüsterei beobachtet hatte. »Also, wir gehen jetzt zur Mauer.« Sie schaute mich abschätzend von oben nach unten an. »Ich habe die Mauer noch nicht so genau angeguckt, aber ich glaube, die ist ziemlich hoch. Und du bist nicht gerade eine Riesin.«

»Ne, ich bin nur 1,66 groß«, beklagte ich mich.

»Aber du wiegst fast nichts!«, stellte Dina fest. »Also, ich nehm' dich auf die Schulter und helfe dir auf die Mauerkrone. Dort wartest du, bis ich oben und drüber bin. Anschließend springe ich ab – ich bin länger als du, also kann ich das locker. Und wenn ich unten bin, lässt du dich in meine Arme fallen.«

»Danke für das Angebot. Für den Aufstieg brauche ich dich, wenn die Mauer hoch ist. Aber runter kommt man immer.«

»Wenn du meinst …«, Dina schaltete die Innenbeleuchtung ihres Wagens aus, dann öffnete sie die Tür. »Also, Frau Kollegin – ab mit Schaden!«

Gemeinsam gingen wir auf den Wald zu – und ich war dankbar, dass Dina das Licht ausgeschaltet hatte, als wir auf den Waldweg gefahren waren. Dadurch hatten sich meine Augen schon an die Dunkelheit gewöhnt und ich konnte nun im Mondlicht wenigstens Silhouetten wahrnehmen – die Bäume und vor uns eine ungefähr zwei Meter hohe Mauer. Nun waren wir davor und ich stellte fest, dass die Mauer ziemlich glatt war. Jemand hatte sie vor nicht allzu langer Zeit neu verputzt – und ohne Dina hätte ich wahrscheinlich keine Chance gehabt, an ihr emporzuklettern.

Doch nun baute Dina mir die Räuberleiter: Sie ging leicht in die Knie, faltete ihre Hände zwischen den Beinen und bot sie mir an. »Steig ein und auf meine Schultern.«

»Schaffst du das wirklich?« Ich schlüpfte aus den Schuhen, fädelte den oberen Klettverschluss des einen durch eine Gürtelschlaufe und drückte den anderen dagegen. Auf Socken stieg ich in Dinas Hand und von da aus auf ihre Schulter. Es war eine reichlich wacklige Angelegenheit, aber ich konnte mich ja an der Mauer festhalten und hinaufziehen. Dann saß ich rittlings auf der Krone und wartete, bis Dina mir hinterherkletterte. Sie erledigte es, indem sie einen kleinen Anlauf nahm, an der Mauer hinaufsprang und sich dann mit einem formvollendeten Aufschwung zu mir hinaufzog.

Ich unterdessen zog die Schuhe wieder an. »Du, runter komme ich, glaube ich, ganz gut alleine.«

In dem Moment hörten wir ein heiseres Bellen – und trotz der Dunkelheit konnten wir erkennen, dass die beiden Dobermänner, die Hofwache hielten, ziemliche Brummer waren. Aber bitte – ich hatte genug Narkosemittel in der Leberwurst, die ich nun auspackte und ihnen mit einem freundlichen »Kommt, Hundis, kommt. Mami hat euch ein nettes Fresschen mitgebracht!« lockte. Dann öffnete ich zwei Gläser, wickelte mein Seil um das erste und ließ es hinab auf den Boden. Die Hunde waren sofort dran – und knurrten einander an. Ich ließ das zweite Glas hinunter – und siehe, beide Hundis, die Süßen, waren mit Schlecken und Beißen beschäftigt.

»Die mögen Leberwurst, da besteht kein Zweifel!,« stellte Dina fest.

Ich grinste: »Und warte mal, wie schön die Leberwurst bei ihnen wirken wird!« Ich hob den Kopf und versuchte, den Hof auszumachen. Die Mauer stand offensichtlich vor einer Scheune oder Remise – jedenfalls sahen wir auf eine hohe Fachwerkmauer. Seitlich davon, nach vorne zur Straße hin, war das Wohnhaus, kenntlich an den vielen Fenstern. Hinter einigen brannte Licht – also waren Essling und seine Besucher zuhause. Dennoch hatte ich keine Sorge, dass sie uns hören würden.

Ich lebe selbst auf einem Gestüt und weiß, dass es da nie ganz still ist. Selbst wenn die Pferde sich in ihrem Stall wohl und sicher fühlen – sie trauen dem Frieden nie so weit, dass sie schlafen gehen würden, ohne dass ein Herdenkamerad wacht. Fast alle Pferde haben Angst vor dem Einschlafen. Es könnte ja ein Säbelzahntiger mit Appetit auf Pferdehappen naturell vorbeikommen! Doch irgendwann ist die Müdigkeit größer als die Angst, also schläft das Ross ein. Gleichzeitig ist aber ein Herdenkamerad, den es schon früher erwischt hatte, so ausgeschlafen, dass er aufwacht und den Wachdienst übernimmt – bis er wieder so müde ist, dass er die Augen nicht mehr aufhalten kann. Dann wird er übergeben – und bis dahin ist der erste Angsthase vielleicht schon wieder wach.

Aus dem heraus ergibt sich dann aber, dass irgendein Pferd immer scharrt und Eisen auf Betonboden klirren. Dazwischen wird geschnaubt, einer wiehert, ein anderer unterdessen langweilt sich und entdeckt die Anbindekette, die außen an den Boxen hängt, als nettes Spielzeug. Sie klappert so hübsch! Das Nächste unterdessen lässt seine Selbsttränke sprudeln; ein weiteres zickt mit seinem Nachbarn, unterstreicht seine Antipathie durch schrilles Wiehern und donnert einen Huf gegen die Wand.

Die Geräusche, die wir machen würden – wobei Dina und ich beide nicht vorhatten, zu lärmen –, fielen auf einem Reiterhof gar nicht auf.

Allerdings fiel mir auf, dass es empfindlich kühl und ziemlich feucht war. Es hatte zu nieseln angefangen, außerdem wehten Nebelschwaden über den Hof – und die, die uns gerade einhüllte, fühlte sich an, als wenn einem ein feuchtes Handtuch um die Ohren geschlagen würde.

Es half nichts – unten gingen die Hunde in die Knie, während ich die Mauer betrachtete. Das Gebäude, vor dem wir saßen, hatte zwei oder drei Stockwerke, in jedem gab es ein Fenster – aber an die wäre höchstens ein professioneller Fassadenkletterer herangekommen. Dazu gehöre ich nicht, andererseits: Was wollte ich im zweiten oder dritten Stock dieser Scheune? Das, was ich suchte, war da bestimmt nicht. Aber andererseits – wenn in dem Gebäude unten nicht allzu viele Säulen herumstanden, war es groß genug, eine Zugmaschine samt großem Auflieger darin zu parken.

So – die Hunde lagen, der etwas größere schnarchte sogar. Ich ließ mich ein wenig an der Mauer hinabrutschen, hängte mich an die Mauerkrone, holte noch einmal tief Luft und ließ mich fallen. Es ging noch ein gutes Stück runter, aber ich konnte es gut auffangen.

Dina hüpfte hinter mir her, dann stupste sie mich an und flüsterte: »Ich fürchte, ich muss über den Hof. Wenn ich richtig gesehen habe, ist die Werkstatt vorne im Stall – genau gegenüber von uns. Also, ich starte dahin durch. Du unterdessen suchst das Zugfahrzeug. Wir treffen uns dann hier, ich helf' dir wieder auf die Mauer und danach hauen wir ab.«

»Klingt wie ein guter Plan!«, gab ich mit gedämpfter Stimme zurück, flitzte zu der Scheune hinüber und in ihrem Schatten nach links oben. Ich ging davon aus, dass ich an die Rückseite des Gebäudes kommen würde – aber welche Scheune oder Remise hat keinen Hintereingang?

Tatsächlich. Als ich um die Ecke kam, konnte ich mich zuerst einmal darüber freuen, dass das Mondlicht hier nicht von den Baumwipfeln aufgefangen wurde. Mir erschien es sogar ziemlich hell und ich war froh, dass ich ganz in schwarz war. Und um den Look komplett zu machen, zog ich die Kapuze meiner Weste hoch und steuerte eine Holztür an, die allerdings ein wenig windschief in den Angeln hing. Natürlich war sie abgeschlossen. Aber sie hatte ein recht altertümliches Schloss – und ich hatte mein stabiles Messer mit diversen Werkzeugen. Ich musste zwei ausprobieren, bevor ich beim dritten – einer Art Schlüssel, wie man ihn sonst auf Sardinendosen findet – Glück hatte. Schon bei der zweiten Drehung leistete in der Tür etwas Widerstand, gab dann aber nach. Etwas schnappte hörbar, ich hielt die Luft an – nein, das war nicht so laut gewesen, dass man es über das Gebäude und den Hof hinweg vorne im Wohngebäude hätten hören können. Und dann war die Tür offen, ich schlüpfte hindurch und zog sie hinter mir zu. Ums Schloss kümmerte ich mich nicht. Falls jemand am nächsten Tag auffiel, dass es nicht abgeschlossen war, würde er wohl denken, dass das jemand vergessen hatte.

Meine Einschätzung des Baus als Remise war richtig gewesen. Und die Gefahr, dass jemand am nächsten Tag die unverschlossene Tür entdecken würde, war sehr klein. Ich stand nämlich in einem eingestaubten Lager von diversen Metallteilen – eine alte Scheibenegge, ein Pflug, ein halbzerlegter Pferdehänger, die Gabel eines Anhängers, diverser kleinerer Schrott. Die Sammlung hätte einem schwäbischen Bauern Ehre gemacht, nur hätte der vermutlich nicht noch jede Menge Stroh und Heu und sonstiges Gerümpel dazwischen gehabt. Ich wunderte mich, wie Essling es schaffte, diese Ecke von der Berufsgenossenschaft abgenommen zu bekommen. Bei uns machten die wegen Feuergefahr schon wegen eines verirrten Strohballens ein Bohai!

Autsch – ich hatte mir das Schienbein an einem kantigen Metallteil angerannt. Es tat ziemlich weh und ich machte die kleine Lampe an. Ich hatte nämlich keine Lust, mir auch noch das andere Schienbein blutig zu rennen. Stattdessen ließ ich das Licht einen Halbkreis durch die Remise schlagen – und bingo! Vor mir stand, wenn auch ziemlich verdreckt, ein großer, weißer Auflieger mit der Aufschrift »Gestüt St. Leonhard – Vorsicht, Turnierpferde«. Dazu ein landwirtschaftliches Kennzeichen aus Aalen!

Ich fummelte das Handy aus meiner Innentasche, schaltete es an und richtete es auf das Fahrzeug. Klick – und noch eins, zur Sicherheit und dann das Nummerschild im Zoom und noch eines und den ganzen Segen am besten sofort in die Cloud schieben. So – Handy wieder an seinen Platz, durch den gesammelten Schrott klettern und an dem Auflieger vorbei – Hand um Hand, bis zum Stolpern – das war die offene Klappe. Der Auflieger war aufgebockt und stand so, dass man direkt ein Pferd hätte einladen können –

oder eine neugierige Tierärztin, die nun über die Rampe in das Fahrzeug hineinkletterte.

Innen klickte ich kurz meine Taschenlampe an und sah mich um. Nichts Besonderes – sechs Pferdeboxen, keine davon aufgeräumt. Warum wunderte mich das nicht? An der Wand hinter der vordersten Box war eine kleine Tür. Ich ging dahin, probierte – ja, offen. Ich stand in einem kleinen Wohnabteil – aufklappbares Dach, dort oben ein Schlafplatz, außerdem ein Klappbett an der Wand und vermutlich konnte man die Sitzecke zum Doppelbett umbauen. Dann gab es noch eine schmale Küchenecke: winziges Becken, zwei Gasflammen, daneben eine reichlich versiffte Kaffeemaschine, unten ein Kühlschrank.

Aber was war das? Ich hatte kurz das Licht angemacht und den Blick streifen lassen. Dabei war mir etwas Weißes auf dem Tisch im dunklen Holzdekor aufgefallen. Ich klickte meine Lampe noch einmal an, richtete sie auf den Tisch – und schluckte ein Jauchzen. Da lagen nämlich Papiere! Ein ganzer Stapel Papiere und schon von der Tür aus konnte ich erkennen, dass es Formulare waren, auf denen seitlich oben das Brandzeichen des Warmblut-Zuchtverbandes war!

Ich trat näher heran, wühlte das Handy aus meiner Weste und hielt drauf. Dreimal auf das oberste Blatt – ein Teil eines Pferdepasses, aber blanko. Dann schob ich das Blatt weg, entdeckte, dass darunter mindestens 25 von der gleichen Sorte lagen – und beschloss kurzerhand, eines davon mitgehen zu lassen. Aber erst mal gucken, was es da sonst noch gab.

Ich machte reiche Beute: die restlichen Blätter für einen Pferdepass inklusive ausgefüllter Impfnachweise! Davon einen zu stenzen, traute ich mich nicht, aber ich fotografierte sie en detail und von vorne bis hinten und seitlich. Nach fast zwei Dutzend Aufnahmen schob ich je ein Exemplar vom ersten und zweiten Blatt Pferdepass zusammengefaltet in die Brusttasche. So, jetzt bekam das Handy noch den Auftrag, seine gesammelten Aufnahmen in die Cloud zu schicken, ich unterdessen hängte die Taschenlampe wieder an meinen Gürtel und ging durch den Transporter zurück zur Rampe.

Halt, stopp, nicht aussteigen – da waren Stimmen! Ein Mann und eine Frau – und die Stimme des Mannes kannte ich. Vongehren! Und er war wütend. »Was willst du eigentlich noch? Es war eine saublöde Idee von dir, hierherzukommen! Du gefährdest alles! Am Ende fliegen wir deinetwegen auf.«

Und dann die Frau: »Ach, ich hätte zuhause sitzen sollen und warten, bis man alles beschlagnahmt und mich verhaftet? Jimmy, bist du dir eigentlich im Klaren, was da abgeht? Dieser Aalener Kommissar, der Blonde, ist wegen Mordversuch hinter dir her! Der will dich drankriegen, weil du die Tierärztin …«

»Damit kommt er nie durch!«, unterbrach Vongehren. »Da steht Aussage gegen Aussage! Und kann ich was dafür, dass die schon beim kleinsten Buckler aus dem Sattel und den Wald runterfällt?«

»Und ihr Hund?«

»Hat gewildert, wurde vom Revierpächter angeschossen!«, beschied er sie kaltschnäuzig.

»Nur lässt sich der Revierpächter, der ihn angeschossen hat, nicht finden.«

»Ja, der wird zugeben, dass er den Hund von dieser Kersten angeschossen hat! Jeder in der Gegend weiß, dass die dem Waldeck das Bett wärmt – und gibt's in der Ecke jemand, der nicht irgendwie von Waldeck abhängig ist? Weißt du, wo der überall die Finger drin hat?«

»Und du hast dich mit ihm angelegt!«, fauchte sie.

»Aber Schatz, das kann uns doch egal sein! Wir gehen in die Emirate und da werden wir die Prinzessin trainieren und ihrer Verwandtschaft Pferde verkaufen und ein Schweinegeld verdienen. Was interessiert da noch der Graf von Waldeck?«

»Genau darüber wollte ich mit dir reden.«

Ich wagte es, einmal hinauszuspicken – und da standen sie, er leger an einen Balken gelehnt, sie mit den Händen in den Hüften vor ihm. Sie hatten eine trübe Birne über sich eingeschaltet, doch deren Licht reichte zum Glück nicht bis zum Auflieger.

Nun richtete sie sich noch ein wenig auf. »Hör mal, Jimmy, ich will nicht in die Emirate. Vergiss die ganze 1001-Nacht-Geschichte – da werden Frauen unterdrückt, da sitzt man fest und das muss ich mir nicht antun! So haben wir nicht gewettet.«

»Ach? Und was hast du dann vor? Du kannst doch jetzt nicht aussteigen.«

»Oh doch – ich kann und ich werde! Was denkst du dir eigentlich? Dass ich dich so liebe, dass ich dir alles durchgehen lasse? Dass du mich mit allem betrogen hast, was bei ›drei‹ nicht auf dem Baum war? Diese Schlampe in Stuttgart? Die, die du in Frankfurt gebumst hast? Und was war da in Leipzig, als ich dich zwei Tage lang nicht erreichen konnte, aber dafür eine Trulla am Telefon hatte? Ich hab' keine Lust mehr, Jimmy! Ich bin nicht so blöd, mir alles gefallen zu lassen!« Sie hatte die Stimme erhoben und klang zunehmend schrill.

Er fasste nach ihrem Arm. »Vani – du wirst doch diese Geschichten nicht so hoch hängen! Das waren irgendwelche Affären, nichts von Bedeutung! Ich lieb' dich und nur dich und ich will, dass du mit mir nach Quatai gehst und wir dort ein gemeinsames Leben aufbauen.«

Sie stieß seine Hand weg, faltete die Arme über der Brust und hielt links und rechts ihre Ellbogen fest. »Nein, Jimmy. Es ist aus. Ich warte, bis du deinen Deal mit dem Scheich abgeschlossen hast. Dann zahlst du mir meinen Anteil aus und ich werde sofort nach Hause fahren.«

»Wo dich die Bullen erwarten und ausquetschen!« Nun klirrte Eis in seiner Stimme. »Und du wirst dann singen wie ein Kanari?«

»Nein, werde ich nicht.« Sie atmete tief durch. »Hör mal, ich will dir nicht schaden. Ich will nur von dir weg und das alles hinter mir lassen. Wenn dieser Kommissar …«

»Der Blonde?«, ging Vongehren dazwischen. »Der hat dir ja sofort gefallen!« Nun griff er wieder nach ihrem Arm und sie schrie auf.

»He, lass mich los! Du tust mir weh!«

»Hör mal, Vanessa, ich lass' mich nicht verarschen!«

Ich hatte es gewagt, um die Ecke zu spicken – und sah, wie er das Mädchen schüttelte. Sie schrie noch einmal und zerrte. »Jimmy, lass mich!«

Ein Lichtschein lenkte mich ab – er kam von hinter dem Auflieger und war sofort wieder aus. Ich hatte ihn nur durch eine der Belüftungsluken oben an den Pferdeboxen gesehen. Oder war das eine Täuschung gewesen? Vongehren und seine Freundin hatten offensichtlich nichts bemerkt. Sie stritten sich munter weiter.

»Gut.« Er schüttelte sie noch einmal, dann ließ er sie los. »Aber ich werde dir jetzt sagen, wie wir vorgehen: Du gibst mir dein Handy …«

»Warum sollte ich?«, fauchte sie.

»Weil ich es mir sonst …« Er schnappte auch noch ihren anderen Arm, drehte sie herum, hielt ihr eine Hand auf dem Rücken fest, fasste mit der anderen in ihre Tasche und zog ihr Handy heraus, »… nehme. Und wenn du mich ärgerst, geht es – versehentlich natürlich – kaputt!«

»Nein. Das kannst du nicht machen, Hendrik! Da sind die letzten Bilder von Pendragon! Und die hab' ich sonst nirgends gesichert!« Sie hatte Tränen in den Augen.

»Tja, wenn das so ist, willst du nicht, dass deinem Handy etwas passiert.« Vongehren schob es in die Innentasche seiner Jacke. »Du kriegst es wieder. Aber erstmal begleitest du mich nach Stargard zu meiner Verabredung mit dem Scheich. Danach fährst du mich nach Berlin auf den Flughafen. Anschließend darfst du dann wieder hierherfahren und Rico gibt dir dein Handy. Zu der Zeit ist meine Maschine in der Luft – und du kannst heimfahren nach Schwäbisch Sibirien, deinen Kommissar anrufen, ein Rendezvous mit ihm verabreden …«

»Hältst du mich für bescheuert?« Sie riss sich jetzt los. »Ich hänge dummerweise mit drin. Ohne mich hättest du doch gar nicht gemerkt, dass diese norwegischen Pferdekäufer nicht echt sind! Ich hab' die Kersten erkannt – du hätt'st ihr und ihrem Typ die Story vom Ehepaar doch abgekauft! Aber damit hänge ich drin. Und ich hab' auch gewusst, was du mit den Pferden und den Papieren treibst, ich habe dir bei einigen Aktionen geholfen – ich habe guten Grund, dem Kommissar«, sie lächelte spöttisch, »obwohl er zugegeben sehr lecker ist, aus dem Weg zu gehen! Aber gut, sorg dafür, dass ich meine Kohle kriege. Damit fahr' ich heim und vergesse alles. Ich werde dem Kommissar, wenn er noch bei mir aufläuft, erzählen, dass ich doch nur Bereiterin bei dir war, keine Ahnung davon hatte, was da abging, und dass unser Verhältnis nie über das zwischen Hofbesitzer und Bereiterin hinausging.«

»Wenn er's dir glaubt – aber gut, er kann dich nicht schlagen, um eine Aussage zu kriegen. Machen wir es so – wobei dein Handy bei mir in guten Händen ist. Mach dir keine Sorgen!« Er klang sehr spöttisch und kalt.

»Wehe, du gibst es mir nicht unversehrt zurück!«, fauchte Vanessa Grönert und stöckelte aus der Remise.

Ich spannte die Muskeln an. Nun würde sich Vongehren hoffentlich auch verdrücken und dann konnte ich lossprinten. Ich war fast sicher, dass Dina schon an der Mauer stand und ungeduldig auf mich wartete. Und außerdem: Ich hatte nicht gewusst, mit welchem Kaliber Hund ich bei Essling umgehen würde, daher hatte ich das

Narkosemittel so dosiert, dass auch ein kleiner Hund es überstehen würde. Das bedeutete aber andersherum, dass es bei den beiden Dobermännern nicht lange vorhalten würde. Früher oder später würden die beiden wieder aufwachen – und bis dahin wollte ich schon wieder über die Mauer auf der sicheren Seite sein.

Tatsächlich ging Vongehren auf die Tür zu. Ich hielt die Luft an und wartete. Jetzt würde er gleich auf den Hof gehen! Ich würde dann bis 50 zählen …

»Hendrik – wie willst du die Kuh vom Eis kriegen?«, sagte eine dunkle Stimme.

Ich schielte wieder einmal um die Ecke. Da stand ein stiernackiger Kahlkopf in einem ziemlich verdreckten blauen Overall vor Vongehren. Er kaute an einem Zigarrenstummel, hatte den aber nicht angezündet – jedenfalls konnte ich keine Glut sehen.

Vongehren schien von der Begegnung nicht beglückt zu sein. Er faltete die Arme über die Brust, seine Haltung drückte Ablehnung aus. »Darum musst du dir nicht den Kopf zerbrechen, Rico!«

»Du bist lustig!«, fand Rico – wobei ich hinter dem »Kosenamen« einen Enrico vermutete – Enrico Essling, um genau zu sein. Ein Kind des real existierenden Sozialismus mit einem dazu passenden Namen. »Du haust ab zu den Arabern, aber ich will nicht hier weg. Wenn aber deine Ex-Braut singt, bin ich dran.«

»Ich sorg' schon dafür, dass die nicht singt!«, schimpfte Vongehren.

»Ach? Und wie machst du das?«, wollte der ältere Mann wissen. »Draht über Hindernis? Vielleicht machst du es beim zweiten Mal so, dass es klappt?«

Ich schluckte. Dass Essling von dieser Aktion wusste, zeigte mir, dass Vongehren ausführlich daran geplant hatte. Oh, wie gerne wohl Heiko Kiehlmeyer diesen Dialog hören würde! Man sollte ihn … natürlich, das war es: aufzeichnen! Wozu hatte ich denn ein leistungsfähiges Handy in der Tasche? Und nicht nur: Mein chinesisches Schnuckelchen ist von mir sehr großzügig ausgestattet worden. Ich habe ihm sogar eine besonders schöne, große Speicherkarte geschenkt.

Jetzt fummelte ich es aus der Weste, trat einen Schritt zurück – ich bin absolut kein Held in Sachen Handybedienung und wollte nicht riskieren, dass es beim Einschalten aufleuchtete oder gar irgendwelche Geräusche von sich gab. Also ins Dunkel des Transporters, die Hand auf den Lautsprecher … und wo, verflixt, war denn da eine Möglichkeit zum Aufnehmen? Ich starrte aufs Display und vermisste Lehrling Rainer. Wenn ich zuhause irgendein Problem mit dem Handy habe – Rainer hat vermutlich schon im Kinderwagen Mutters Apps auf dem Laufenden gehalten und wusste auswendig, wo im dritten Untermenü der Einstellungen der Befehl zum Ändern der Beleuchtung ist, tippt im Affenzahn ein paar Codes ein und dann funktioniert's.

Ich probierte es unter »Werkzeuge« und da fand ich's: »Audio-Recorder«. Sehr schön – einschalten – und einen Schritt nach vorne an die Tür, Handy etwas hinaushalten. So – nun fand ich die Unterhaltung noch viel interessanter.

Allerdings hatte Vongehren schon etwas gesagt, während ich mich auf das Handy konzentriert hatte. Jetzt zuckte er mit Schultern. »Und hör mal, wärst du darauf gekommen, dass da dieses schwarze Scheißvieh auftaucht? Ich glaub' ja fast, dass diese Krähe zahm ist. Sie saß im Baum und krähte, während ich den Draht zog – und dann flog er raus aufs Feld und der Supertierärztin entgegen und schwirrte der um den Kopf. Die musste langsamer reiten, sonst hätt' sie eine Krähe im Gesicht gehabt.«

»Klar! Ne zahme Krähe! Und du bist sicher, sie war auf einem Pferd unterwegs? Vielleicht war's ihr verzauberter Besen?«, spottete Essling. »Aber wie auch immer: Sieh zu, dass du deine Ex-Braut loswirst! Ich habe überhaupt keine Lust, der irgendwelches Geld abgeben zu sollen, und noch weniger Bock habe ich darauf, dass die mir die Polizei schickt!«

»Mach dir keine Sorgen! Ich mach schon klar, dass die uns nicht in die Quere kommt. Allerdings musst du noch ein bisschen warten – für den Deal mit dem Scheich brauche ich sie. Die wollen eine Frau im Sattel sehen – und hast du eine, die M reiten kann? Auf einem so schwierigen Pferd?«

»Naja, auf die paar Tage kommt es jetzt auch nicht mehr an.« Essling zog ein Feuerzeug aus der Hosentasche und zündete seinen Stumpen an. Im Licht der Flamme sah ich, wie er Vongehren angrinste. »Okay. Ich verlass mich auf dich. Und jetzt lass uns rübergehen – mir wird kalt. Und ich brauch ein Bier!«

Die Herren zogen wohlgelaunt ab und ich zählte. Mir war nämlich danach, loszusprinten, aber ich wusste, dass das eine dumme Idee war. Das Haus war ein gutes Stück von der Remise entfernt, also würden die beiden Herren einen Moment brauchen, bis sie drüben waren. Aber um meinen Bewegungsdrang – ich fühlte mich wie ein Pferd, das drei Tage gestanden hat und nun die Koppel sieht – zu beschäftigen, marschierte ich um den Auflieger herum. Tatsächlich, das Zugfahrzeug war auch da – es stand ein Stück seitlich versetzt, das Fahrerhaus hochgestellt, der Motor offen, eine Werkzeugkiste daneben.

Ich war ziemlich sicher, dass das relativ neue Zugfahrzeug keiner Reparatur bedurfte. Aber gab es da nicht eine Nummer auf dem Motorblock, an der man die Karre erkennen konnte? Und konnte man die nicht wegfeilen?

Ich hatte mir schon überlegt, was Vongehren mit dem Lkw vorhatte. Sein Herzens-Enrico wollte den sicher nicht langfristig auf dem Hof. Nun fiel bei mir der Cent: Das Fahrzeug würde für den Transport nach Stargard noch mal gebraucht werden – ohne die

Aufkleber vom Gestüt St. Leonard, wahrscheinlich mit einer anderen Nummer, damit es nicht bei einer zufälligen Polizeikontrolle aufflog. Und in Stargard würde es bleiben – darum sollte Fräulein Grönert ihn mit ihrem »schicken Mietflitzer« – der übrigens auch in der Remise stand – auf den Flughafen nach Berlin fahren! Er würde den geleasten Lkw verkaufen.

Das war bestimmt ein netter Zusatzverdienst! Ich schätzte, dass das Gerät nicht älter als zwei Jahre war, und ich erinnerte mich, was der Volvo gekostet hatte, den Titus vor drei Jahren angeschafft hatte. Der war ähnlich konfiguriert: großes Zugfahrzeug, Auflieger mit sechs Boxen, Klimaanlage, Wohnabteil. Das Zugfahrzeug 220.000, der Auflieger flotte 150.000. Ich war sicher, dass so was nach zwei Jahren noch mindestens die Hälfte wert war – und 185.000 würde ich in seinem Fall auch ins neue Leben in die Emirate mitnehmen. Er wollte dort ja wieder mit Pferden handeln, dafür brauchte er Startkapital.

Aber jetzt saßen die Herren sicher bei ihrem Bier und ich musste zusehen, dass ich zur Mauer und zu Dina kam, die sich vermutlich schon die Beine in den Bauch stand. Also los – in beschleunigtem Tempo! Ich schaltete noch einmal kurz das Licht ein, leuchtete auf die Tür, durch die ich gekommen war und sah, dass seitlich links auf meinem Weg ein ganzes Lager von Metalltonnen, alten Farbeimern, rostigen Metallteilen und sonstigem Kram herumgammelte. Also einen Haken nach rechts schlagen – und los jetzt. Licht aus, erstmal immer an der Wand, sprich am Auflieger entlang. Nun war ich an seinem Ende angekommen, da musste ich einen Haken nach rechts schlagen – und aua! Mit dem Schienbein gegen irgendwas gelaufen, das nun klappernd durch die Remise kugelte, dabei das Gleichgewicht verloren und gestürzt – uuuh, nicht schon wieder der Kopf! Es heißt zwar, aller guten Dinge sind drei und vermutlich bekommt man nach der dritten Gehirnerschütterung in kurzer Zeit automatisch eine Bescheinigung, bekloppt zu sein, aber so wild war ich auf die nicht. Und dieses Mal hatte es meine Stirn getroffen. Augenbraue geplatzt, was sich da – unter Schmerzen – bildete, war eindeutig das berühmte »Monokelhämatom«. Dazu tropfte Blut. Ich fischte erst einmal mein schon reichlich angeschmuddeltes Taschentuch aus der Hose, knäulte es zusammen und hielt es gegen die Platzwunde, dann rappelte ich mich auf und schaltete kurz die Taschenlampe an. Vor mir war ein eingestürzter Berg von leeren Marmelade-Eimern! Und ein paar davon rollten durch die Halle und machten einen Mordskrach. Und ich hörte auch schon Stimmen.

»Scheiße!«, gönnte ich mir einen erleichternden Fluch, rappelte mich auf, streckte kurz das Kreuz durch und ging los, Richtung Tür. Doch dann ging das Licht an – und es öffnete sich gerade diese Tür und da stand, mit einem Gesicht wie der Bullenbeißer, Rico, die Perle aus Zernitz-Lohm. »Was hast du mit meinen Hunden gemacht?«, brüllte er mich an – und dabei traf mich sein Bieratem und ich ging fast in die Knie. Bier, Zwiebeln, Hering – na, dank'schön.

Und nun schnappte er auch noch meinen Arm, drehte mich recht grob und zeigte mich Vongehren, der gerade um den Auflieger herumkam. »Schau mal, was ich hier gefunden habe!«

»Oh nein – nicht schon wieder!«, fluchte Vongehren. »Ich sag' dir, die Frau ist so lästig wie eine Schmeißfliege!«

»Du kennst die?« Immerhin ließ mich Essling los, aber das nützte mir nicht viel, denn nun schnappte mich Vongehren. »Ist das eine deiner Schlampen?«

»Ne, du – ich steh' nicht auf Hungerhaken! Und schon gar nicht so biestige!«

Tja – offenkundig mochte er nicht, dass ich eben versucht hatte, in seine Hand zu beißen. Aber er hatte angefangen! Hätte er mir nicht seine nicht sehr wohlriechenden, dringend einer Maniküre bedürfenden Pranken ins Gesicht gesetzt, hätte ich nicht zugebissen. Und so fauchte ich: »Nimm eben deine Pfoten weg!«

»Moment – erklärst du mir jetzt mal, wer das ist?«, verlangte Essling.

»Aber gerne!« Er schnappte mich etwas fester. »Du hältst die Klappe!« Dann wandte er sich an seinen Spießgesellen. »Das ist der Ausgangspunkt unseres Ärgers. Darf ich vorstellen: Frau Doktor med. vet. Maximiliane Kersten, von ihren Freunden ›Max‹ genannt – englisch ausgesprochen, damit's schicker ist. Sie ist Spezialistin für Pferde – und dafür, ihre Nase in Dinge zu stecken, die sie nichts angehen! Falls du dich an die kleine Trakehnerin erinnerst, die wir vor ein paar Wochen gebrannt haben? Bei der sollte sie die Ankaufsuntersuchung machen. Blöderweise hat sie sich damit nicht zufrieden gegeben. Sie musste auch noch ihren knochigen A…. in den Sattel stecken – und dabei kam ihr, dass die Stute wohl nicht von Mozart sein könne. Und dann hat sie rumgeschnüffelt und stand schließlich bei mir auf der Matte.«

Enrico Essling schaute mich von Kopf bis Fuß an und leckte sich über die Lippen. »So ein kleines Persönchen – und so hartnäckig! Und temperamentvoll scheint sie auch zu sein – da könnte man Spaß mit haben! Aber sag, wie hast du das rausgekriegt mit der Stute?«

»Die Besitzerin hat auf einem Turnier im Zelt davon gesprochen – und Vani stand dahinter. Außerdem kannte Vani die Frau Doktor vom Sehen. Die ist bei uns in der Gegend bekannt wie ein bunter Hund.«

»Na, in der Gegend hier kennt sie keiner. Da können wir sie gut verschwinden lassen – und niemand wird sie vermissen«, kündigte Essling an.

»Tja – früher oder später werden ihre Kerle – sie hat nämlich zwei. Sie lebt in einer flotten Ménage à trois auf Burg Waldeck und bumst wohl mit dem Grafen und seinem Busenfreund. Muss nett zugehen da! – sie vermissen. Aber bis dahin bin ich in den Emiraten und dir kann dann keiner nachweisen, dass du je mit mir zu tun hattest. Wir müssen sie nur weit genug von hier loswerden – zum Beispiel auf dem Weg nach Stargard? Ist da nicht unterwegs ein Fluss?«

»Da ist die Oder, du Ignorant!«, schimpfte ich – und überlegte fieberhaft: War Dina jetzt über der Mauer auf der sicheren Seite? Ich hoffte es sehr und wollte mir lieber nicht vorstellen, was die Hunde mit ihr machen würden. Und wenn die Hunde noch nicht wieder wach waren – vielleicht würden meine zwei Freunde den Hof absuchen? Und wie kam ich aus der Nummer raus? Ich hatte so überhaupt keine Lust, mit ein paar Steinen in der Hosentasche in der Oder zu landen.

Und ganz konkret: Mir ging die Kehrseite auf Grundeis. Ich bin keine Heldin und ich wünschte mir gerade nichts mehr, als dass ich im Fall Dorita nichts gemacht hätte. Dann könnte ich jetzt nämlich in Waldeck auf meinem oder Atrejus Sofa lümmeln und mich an ihn kuscheln und wir würden ein bisschen knutschen – ja, neuerdings waren bei uns öfter mal Küsse auf dem Plan und ich staunte dabei. Bis dahin hatte ich nie verstanden, warum manche Leute stundenlang knutschen. Ich dachte dabei immer an die Paare früher auf dem Schulhof – und bei denen hatte ich das Gefühl, dass sie sich deswegen fast auffraßen, weil sie ihre große Liebe demonstrieren wollten. Aber dass es Spaß macht, dass es sich gut anfühlt? Das hatte ich erst in den letzten Tagen mit Atreju entdeckt.

»He, Jimmy, was machen wir jetzt?«, Essling wurde ungeduldig.

Vongehren hielt mich immer noch fest, nun dachte er einen Augenblick nach. »Hast du da hinten auf dem Hof nicht das alte Wasserhäuschen? Das hat doch gerade die richtige Größe, um unser Püppchen für eine Weile aufzubewahren! Und da kann sie brüllen und toben, bis sie heiser ist – kein Mensch hört sie da hinten! Und das Fensterchen ist doch hübsch vergittert …«

»Stimmt. Packen wir sie ins Wasserhäuschen. Ist zwar ein bisschen kalt, aber dann hält sie sich besser, bis wir sie erledigen!« Essling sah aus, als ob ihm die Vorstellung von mir, zitternd und frierend und ängstlich, gefallen würde.

»Herzchen, beweg dich!« Vongehren schubste mich recht grob zur Tür, dabei hielt er aber meinen Arm in eisernem Griff. »Aber halt mal …« Er hielt mich mit einer Hand fest, mit der anderen tastete er mich ab – und erwischte Taschenlampe, Messer und Handy. Tja … Pech gehabt. Aber eigentlich nicht so schlimm. Die wirklich wichtigen Daten – die Bilder von LKW und von den Papieren – waren inzwischen bei Kiehlmeyer gelandet. Vielleicht hatte der schon seine Kollegen … ups, nein, das konnte er nicht getan haben, denn er wusste ja nicht, wo ich mich herumtrieb.

Vongehren blätterte durch die Galerie in meinem Handy – und war nicht begeistert – verständlicherweise. »Das glaubst du nicht – die hat den Auflieger fotografiert und die Blanko-Papiere gefunden.«

Essling trat zu ihm und schaute auf das Handy. »Mensch – das kann dir das Genick brechen! Und mir gleich mit!«.

»Tja – wir sollten dafür sorgen, dass Frau Doktor mit dem Handy keinen Unsinn mehr macht.« Vongehren ließ mein Handy fallen und trat darauf. Ich hörte, wie es unter seinen Sohlen splitterte. Nun drehte er auch noch seinen Absatz darauf und kommentierte ironisch: »Na, so ein Pech aber auch – nu' ist das schöne Handy kaputt!« Er griff wieder fester zu.

»He, du tust mir weh!«, protestierte ich – und dachte selbst, wie blöd das war. Als ob es ihm darauf ankäme! Er würde mir, wenn ich ihn ließe, bei nächster Gelegenheit noch viel mehr wehtun. Himmel, wie kam ich da nur wieder raus?

Jetzt stolperte ich erst mal auf den Hof, blinzelte in die Dunkelheit, hoffte, dass meine Augen sich schnell wieder daran gewöhnen würden und dass mir was einfallen würde. Gleichzeitig kam ein Dobermann um die Ecke – reichlich unsicher auf den Beinen und gähnend.

Essling schnaubte: »Da sieh mal, was du mit meinen Hunden gemacht hast, Schlampe!« Er streichelte seinen Hund, der sich darauf fallen ließ – es sah aus, als wenn man einer Marionette die Fäden abgeschnitten hätten.

Immerhin: Essling war durch ihn abgelenkt. Und gleichzeitig klingelte Vongehrens Handy. Er lockerte seinen Griff – und das war die Gelegenheit! Ich riss meinen Arm aus seiner Hand, drehte mich um, zog das Knie hoch und rammte es ihm mit Schmackes in die Weichteile. Er schrie vor Schmerz, knickte ein und zusammen – und ich rannte los.

Der Haken war nur: Mein linkes Knie tat weh. Da war ich bei meiner Begegnung mit den Marmelade-Eimern draufgefallen, und nun erst fiel mir auf, dass das richtig fies schmerzte. Himmel, weit würde ich damit nicht kommen! Und über die Mauer ohne Hilfe? Doch immerhin: Die Blutung in meiner Augenbraue stand jetzt. Dennoch sah ich aus dem Auge nicht besonders gut, also kniff ich es zusammen.

Vongehren jaulte immer noch, aber Essling war hinter mir her – mit seiner großen Lampe und jetzt schon keuchend. Unter normalen Umständen hätte ich ihn abhängen können, aber das puckernde Knie …

Oh, heute war der Tag der Begegnungen! Im Licht des Scheinwerfers tauchte rechts von mir der Lada Niva auf! Und seine Fahrertür war offen.

Auf Waldeck, auf Staufenblick, dem Loretto-Hof und eigentlich allüberall auf den Einzelhöfen auf der Alb stehen die meisten Autos »abfahrbereit« mit Zündschlüssel im Schloss – und oft genug auch mit offener Fahrertür. Wenn man etwas ausladen musste und die Hände voll hatte – wer kümmerte sich da um eine Fahrertür? Die kickte man vielleicht mit dem Fuß ins Schloss oder man tat einfach gar nichts.

Ob Essling es auch so hielt? Ich musste es riskieren, denn nun kam sein Dobermann angeschlufft – und der wurde von Minute zu Minute wacher! Außerdem hatte er ja noch einen Kumpel und wie der beieinander war, wusste ich nicht. Ich war mir auch nicht sicher, ob der, der zu Essling gekommen war, der große oder der kleinere Hund war. Beim Großen würde die Wirkung der Leberwurst schneller abflauen …

Es half alles nichts – ich rannte auf den Lada zu, das Herz klopfte mir im Hals. Tür vollends rauf, mit einem Satz rein in die Karre – und juuuhu, der Schlüssel steckte! Umdrehen, anfahren – boah, das Ding klang wie ein Traktor – und so beschleunigte es auch. Aber immerhin kam ich an dem fluchenden Essling vorbei und der Wagen nahm Geschwindigkeit auf. Sehr gut – allerdings brachte es mir wohl nichts, auf die Mauer zuzufahren. Doch hatte Dina nicht erwähnt, dass auf der anderen Seite des Grundstücks ein Zaun war? Und außerdem war da die Einfahrt!

Ich bog um einen Stall herum ab, gab Gas, holperte am Misthaufen vorbei – und sah vor mir einen Traktor, der mir die Ausfahrt versperrte. Aber wozu saß ich in einem Geländewagen? Ich tastete nach der Schaltung – wie ich vermutet hatte: drei Sticks! Ein großer, langer für die Gangschaltung, ein eher kleiner für die Handbremse, der daneben dann also für den Vierradantrieb – oder? War die hintere Handbremse und der vordere Vierradantrieb zum Zuschalten? Mist – ich hatte so ein Teil noch nie gefahren. Aber gut, ausprobieren hilft weiter! Ich zog an einem Hebel – nix ging. Aber er hatte einen Knopf, und als ich darauf drückte, ließ sich der Hebel bewegen. Also Handbremse. Sehr gut. Der andere – und den nach vorne und im Getriebe krachte es. Ich erinnerte mich an meine leidgeprüfte Oma, die die Erstfahrversuche von mindestens einem Dutzend Enkel begleitet hatte. Wenn einer von uns dabei mit dem Kuppeln ein Problem hatte, kommentierte die Großmama: »E'n schöne Gruß vom Getriebe und d' Zahnrädle wäret g'rad hinte naus!«

Doch nun war eindeutig der Vierradantrieb an – und ich gab Gas, ließ den Motor aufheulen und bog nach links ab, über die Wiese. Ein englischer Golfrasen war's sowieso nicht und der alte Blumentrog, der mit Unkraut überwuchert für »Dekoration« stehen wollte – tja, besser den umgesäbelt als selbst in der Oder gelandet. Und nun Fernlicht – ich wollte doch sehen, worauf ich zuhielt!

Hah, Dinas Beschreibung stimmte: Da war ein Zaun! Und der war nicht gerade in Bestform. Es war eher ein Konglomerat von schiefen Pfosten, rostigem Drahtgeflecht, ein paar Brettern – und ich war ganz sicher: Wenn ich da draufhielt, würde er schneller zusammenbrechen als Essling seinen Traktor anwerfen konnte.

Das tat er übrigens gerade – ich sah im Rückspiegel, wie er auf den Trecker kletterte, die Lichter anmachte und ihn in Bewegung setzte. Ich unterdessen gab noch mal richtig Gas und brach durch den Zaun. So – das war erstmal geschafft. Und nun war ich in einem Wald – und es war wohl wirklich mein Glückstag: Ich hatte einen der seltenen Mischwälder in der Ecke erwischt und obendrauf noch einen, in dem es relativ weitere Abstände zwischen den einzelnen Bäumen gab. Ich fuhr erst mal Slalom, denn hinter mir kam – mit krachendem Motor – der Traktor.

Nur war der Laubwald nicht gerade groß – ich war schon durch. Vor mir war ein Waldweg, auf der anderen Seite davon hohe Kiefern – und die standen enger als die Laubbäume. Allerdings konnte das der Vorteil fürs Mäxle sein. Ich sah nämlich, dass ich mit dem Lada zwischen den Bäumen durchkommen würde, während der dicke Traktor da ein Problem haben würde. Tja, das hatte der Essling nun davon, dass er zum Protz neigte! Er hatte sich einen Merlo Multifarmer – Traktor und Teleskoplader in einem – angelacht. Der war aber deutlich breiter als sein alter Geländewagen!

Okay – über den Weg, durch das Buschwerk in den Kiefernwald, einen Haken nach links … und ich wollte gar nicht daran denken, was die Profilreifen des Lada mit dem Waldboden und dem Bewuchs darauf machten! Stattdessen noch einen Haken – und wenn ich mich hier nach rechts hielt, musste ich doch auf die Straße kommen, auf der ich mit dem Lada deutlich schneller fahren konnte als Essling mit seinem Trecker, auch wenn's ein Luxusteil war.

Schei …benkleister. Jetzt hatte ich mich verhauen und war zum zweiten Mal durch eine zu weite Lücke gesteuert. Und das war insofern blöd, als der Merlo nun hinter mir her brummte – und nicht nur das: Essling wusste mit dem Ding umzugehen. Er hatte einen Greifer an seinem Hubarm – und den fuhr er nun aus.

Wir haben auf Waldeck auch einen Merlo, daher wusste ich, dass der Arm – je nach Modell – zwischen sieben und neun Meter auslegen kann. Und dann noch ein Greifer dran? Ich stellte mir vor, wie der auf den Lada fiel. Das würde dem bestimmt nicht guttun. Also nichts wie weg! Ich hielt auf die nächste Lücke zu – die war deutlich schmaler und zeigte auch noch nach rechts. Ich steuerte hinein – und es krachte und ich bekam einen Schlag ab, aber dann sprang der Lada wieder nach vorne. Er war fast an einem Baum hängen geblieben – aber eben nur fast!

Weiter nach rechts und ganz eng um einen Baum herum – da konnte der Merlo nicht folgen! Und nun tarnen und täuschen: Eine Kurve nach links – er sollte ja bitte nicht zu früh merken, dass ich nach rechts auf die Straße wollte. Nun war er ein gutes Stück entfernt, auch wenn er versuchte, aufzuholen. Dazu musste er aber erst seinen Greifarm wieder einfahren – und ja, ich konnte wieder zwischen zwei Kiefern durch nach rechts und da war endlich die Straße! Juhu – mit Schwung durch den Graben, dabei ein Krachen und dann ein Röhren. Tja, das war wohl der Auspuff gewesen. Aber bitt'schön, wer braucht schon einen Auspuff, wenn er auf der Flucht ist?

Ich raste die Straße entlang – von Esslings Hof weg. Aber dummerweise war er jetzt auch auf der Straße. Dennoch: Ich hatte Vorsprung und nützte ihn – um eine Kurve herum und dann gleich die nächste – wie hübsch sich diese Allee durch den Wald ringelte! Links und rechts Bäume und noch ein Sandweg – ich hatte mal irgendwo gelesen, dass man früher auf diesen Alleen in Brandenburg einen Sommer- und Winterweg gehabt hatte. Im Sommer fuhr man auf Sand, im Winter auf dem Pflaster. Ich blieb auf dem Pflaster – und entdeckte freudig, dass rechts ein Waldweg abging.

Blick in den Rückspiegel – die Lichter des Merlos waren nicht zu sehen. Und in dem Fall stimmte, was früher beim Verstecken meist nicht geklappt hatte: »Wenn ich dich nicht sehe, siehst du mich auch nicht!«

Ich sorgte dafür, dass Essling mich nicht ausmachen würde, indem ich das Licht abschaltete. Und dann ließ ich den Lada rollen, kippte ihn schließlich halb in den Graben links von der Straße, wo er im Unterholz stand; stieg aus, überlegte ein paar Sekunden, dann drehte ich mich in Richtung Hof und marschierte – so gut's eben mit dem kaputten Knie ging – los.

Ob Dina wohl auf mich wartete? Oder ob sie vielleicht die Polizei gerufen hatte? Ich hielt mich nach rechts – möglichst nahe an der Straße entlang. Dummerweise musste ich dabei am Essling-Hof vorbei, aber ich war sicher, dass der mich in dieser Richtung nicht erwarten würde.

Dafür sah ich, wie der Merlo – mit voller Festbeleuchtung – auf der Straße vorbeirauschte. Mir war danach, ihm mit einem freundlichen »Gute Reise!« hinterherzuwinken – er hatte offenkundig nicht bemerkt, dass ich abgebogen war.

Zwei, drei Minuten später hörte ich einen alten Mercedes dieseln – das war wohl Freund Vongehren, ebenfalls bei der Jagd auf den Lada. Tja – ich hinkte durch den Wald und war ziemlich sicher: Selbst wenn Essling den Merlo mit seiner ganzen Scheinwerfer-Batterie genutzt hätte, um in den Wald hineinzuleuchten – er hätte mich in meiner schwarzen Kluft nicht gesehen. Aber Vorsicht ist besser als Nachsicht. Ich bückte mich, schnappte mir eine Handvoll Sandboden und schmierte ihn auf meine Wangen und Stirn. Und dann etwas links, tiefer ins Wäldchen hinein – ich sah im Mondlicht gegenüber die Silhouette des Hofes.

Trab-trab, der Indianer – gebückt schlich ich daran vorbei, sorgfältig darauf achtend, so wenig Geräusche wie möglich zu produzieren.

Noch ein Stück – verdammt, wenn nur das Knie nicht so übel wehtun würde! Es schwoll jetzt auch an, die Hose spannte darüber, und ich sehnte mich danach, mich irgendwo setzen und das Bein hochlegen zu können. Oh, mei, wie lang war das denn noch? Und was würde ich tun, wenn Dina abgehauen war? Ich hätte es ihr nicht verdenken können – bei dem Rummel auf dem Hof hätte ich wahrscheinlich auch versucht, mich in Sicherheit zu bringen.

Aber immerhin war ich jetzt an dem Hof vorbei – und hatte erneut Spaß: Der Merlo war wieder da. Er rauschte mit Höchstgeschwindigkeit die Landstraße entlang, dieses Mal Richtung Ort. Dabei hatte er einen seiner großen Scheinwerfer an der Fahrerkabine auf den Wald gerichtet. Er tastete nach mir – aber ich war schneller. Mit einem Satz ins Unterholz, dieses Mal fiel ich dabei in eine kleine Fichte, die meinen Fall sehr nett abfederte.

Halb in der Fichte liegend, war mir fast nach Aufgeben. Es wäre so schön gewesen, jetzt ausruhen zu können, das Bein nicht mehr belasten zu müssen! Aber gleichzeitig war mir kalt – im Osten war es noch nicht so sehr Winter wie bei uns auf der rauen Alb, aber ich schlotterte trotzdem.

Also weiter – und immer wieder schauen, wo die Mauer war. Hoffentlich war Dina noch da! In ihrem Auto war es warm und trocken und ich war sicher und vielleicht hatte sie ja auch irgendein Schmerzmittel dabei, das man als Mensch einnehmen konnte? Ich meine, wir Tierärzte werfen nicht nur mit Butazolidin um uns, sondern haben – eher für uns als für Patienten – meist auch ein Ibuprofen dabei.

So – da war die Mauer gegenüber. Dina hatte ein Stück davon entfernt im Wäldchen geparkt, also blieb ich noch einen Augenblick auf der linken Seite. Dann spurtete ich, so schnell mich die müden Füße trugen, über die Straße und den Weg hinunter. Und da kam mir eine rundliche Gestalt entgegen:«Mensch, Max – ich dachte schon, du bist verschitt. Die haben dich erwischt! Lass uns abhauen – ich hab' richtig das Fracksausen!«

Ich fiel Dina fast in die Arme. Ich war so froh, sie zu sehen! Sie – und ihr Auto, das ungefähr 10 m weiter hinten stand. Ich nahm ihren Arm. »Komm! Je schneller wir hier wegkommen, desto besser! Aber sag, gibt es eine Möglichkeit, von hier aus anders wegzufahren als über die Straße, über die wir gekommen sind?«

Wir waren am Auto, Dina drückte auf ihren Schlüssel, innen ging kurz das Licht an und mit einem Klicken öffneten sich die Türen. Ich krabbelte auf den Beifahrersitz und erlaubte mir, einen Augenblick lang den Kopf aufs Armaturenbrett zu legen. »Mensch, bin ich fertig!«

Dina war auch eingestiegen und ließ den Motor an. »Ich fahr den Weg hier entlang, dann komme ich vorne bei den ehemaligen Feldern der Kolchose raus. An denen führt ein recht ordentlicher Weg entlang, der schließlich auf der Straße nach Koppenbrück endet.« Sie fuhr los, dabei grinste sie kurz zu mir herüber. »Du musst nicht wissen, wo das ist. Ich habe das gerade nur für mich rekapituliert. Ich fahre nicht so oft wild durchs Gelände!«

»Auch nicht, wenn ein Merlo hinter dir her ist?«

»Uuuh – das würde ich nicht mögen.« Sie atmete tief durch.

»Sag, würde es was bringen, wenn ich das Licht ausschalte?«

»Sehr viel sogar – ich wollte dich gerade darum bitten!«

»Dein Wunsch ist mir Befehl!«

*****

»Um Himmels Willen, Maximiliane! Wo kommst du jetzt her? Und wie siehst du aus und warum kann ich seit Stunden dein Handy nicht mehr erreichen?« Atreju stand in der Tür zu unserer Hotelsuite und starrte mich an, als wenn ich als Monster aus der Havel gestiegen wäre. »Mensch, Max! Ich habe mir Sorgen gemacht!«

Allerdings musste ich zugeben, dass ich wohl nicht viel besser aussah. Dina hatte mir das Hosenbein aufschneiden müssen, weil das Knie mittlerweile so geschwollen war, dass ich an Ausziehen gar nicht mehr hatte denken wollen. Außerdem hatte sie mein Gesicht aufgeräumt: Sie hatte mit zwei Stichen den Riss in meiner Augenbraue genäht, die Schürfwunden auf Stirn und Wange desinfiziert und die Schwellung ums rechte Auge herum gekühlt. Allerdings half das nur bedingt – die Schwellung war inzwischen so weit gediehen, dass ich das Lid nicht mehr aufbrachte.

Wenn Dina nicht einen wirklich dringenden Notfall – Kolik bei einem der Hengste im Haupt- und Landgestüt – reinbekommen hätte, hätte sie mich sicher nicht nach Potsdam fahren lassen. Aber ich wollte unbedingt zu Atreju! Das Blöde war nämlich: Ich wusste seine Handy Nummer nicht. Ich muss die nie auswendig wissen, weil ich ja üblicherweise mit meinem Handy oder mit dem Apparat aus dem Festnetz bei ihm anrufe – und da habe ich überall eine elektronische Kontaktliste.

Mist! Früher wusste man die wichtigsten Telefonnummern auswendig, heute hätte ich sogar nach der Festnetznummer von Waldeck suchen müssen! Und einfach im Hotel anzurufen, war auch keine Option. Ich wusste nämlich den Namen desselben nicht mehr – wahrscheinlich wirkte sich die Gehirnerschütterung schon aus und ich hatte wirklich eine Matschbirne.

Ohne Handy ist man irgendwie aufgeschmissen. Ich hatte auch Kiehlmeyer anrufen wollen, aber wie ohne Handy?

Ich schaute Atreju an, der ziemlich wütend aussah. »Liebster, ich habe ziemlich viel erlebt und es war eher unerfreulich. Kannst du mich vielleicht mal in den Arm nehmen?«

Er zögerte einen Augenblick, dann breitete er die Arme aus. »Komm her, lille bamsen!«[53]

Ich kuschelte mich an seine Brust, senkte den Kopf und lauschte auf den Schlag seines Herzens. »Ich war bei Essling – diesem Vogel, der Vongehren in Polen die Pferde besorgt hat. Da steht Vongehrens Transporter – der, den die Leasing-Firma sucht. Und da geistert diese Vanessa rum …«

»Pssst!« Er küsste sanft meine Stirn. »Du gehst jetzt erstmal duschen – du siehst nämlich wild aus! Und danach steck' ich dich ins Bett, pack' dir einen Eisbeutel aufs Auge, ordre dir Futter und dann erzählst du mir, was du erlebt hast.«

»Das klingt gut – wenn du mitkommst unter die Dusche!«

»Das hatte ich eh vor.« Er gab mir einen kleinen Klaps auf den Hintern. »Ich muss dich doch auffangen, falls du vor Erschöpfung in die Knie gehst.«

»Apropos Knie«, fiel mir ein. »Hast du ein Ibuprofen hier?

---

53 – norwegisch: Kleiner Bär

»Wozu brauchst du das?«

Ich deutete auf mein blaues Auge. »Das ist nicht die einzige Folge des Sturzes. Das Knie habe ich mir auch angeschlagen. Und danach bin ich ziemlich ausführlich drauf rumgehüpft und jetzt tut's schweinisch weh.«

»Mit dir habe ich mir was angelacht!« Er löste sich aus meinem Arm, ging zum Schreibtisch und nahm das Telefon ab. Zweimal tippen, dann: »Ødegård hier – können Sie mir einen Streifen Ibuprofen …«, er schaute mich an, »Dosierung?«

»400 – das ist noch rezeptfrei.«

»Also, Ibuprofen 400 heraufschicken?« Er lauschte kurz, dann bedankte er sich, spurtete ins Bad und kam mit einem großen, weißen Bademantel wieder. »Ich weiß nicht, wie gut ich darin bin, eine Frau auszuziehen, aber ich werde jetzt mein Bestes geben. Setz dich erstmal hin!«

Das ließ ich mir nicht zweimal sagen. Ich war wirklich erschlagen, und das Knie fühlte sich an, als ob es mittlerweile Melonengröße erreicht hätte. Ich fiel rückwärts auf die Couch und erlaubte mir sogar, einen Moment die Augen zu schließen.

Atreju kam zu mir und legte den Bademantel neben mir über die Lehne. Dann ging er in die Knie, nahm mein rechtes Bein und zog mir den Schuh und den Socken aus. »So – das war jetzt wohl das heile Bein.« Er lächelte zu mir empor. »Und jetzt musst du kurz die Zähne zusammenbeißen – oder wir warten aufs Ibu.«

»Bis Ibu wirkt! Komm …« Ich streckte ihm das linke Bein hin – und musste mich zusammenreißen, denn es war alles andere als angenehm, als Atreju meinen Fuß anhob und die Klettverschlüsse meines Schuhs öffnete. Er zog ihn vorsichtig ab, dann rollte er den Socken auf – sehr sanft und mit Bedacht.

Ich hatte vorher gar nicht bemerkt, dass meine Sneakers nass geworden waren und ich feuchte Füße hatte. Doch jetzt, wo ich die nackten Zehen in den hohen Flor des Teppichs grub, merkte ich, wie kalt ich geworden war.

Atreju nahm meinen rechten Fuß in die Hand und knetete ihn sanft, bis die Durchblutung wieder einsetzte. Schon allein das war schmerzhaft genug. »Ich bin ganz vorsichtig, ja?«, kündigte er an, als er den linken Fuß nahm. Allerdings kam er nicht dazu, ihn warm zu kneten, als es an der Tür klopfte.

Eine Stimme rief »Zimmerservice!«, Atreju stand auf, schnappte sich ein paar Münzen aus einer Schale auf dem Schreibtisch, öffnete, nahm dem Zimmerkellner ein Päckchen ab, gab ihm Trinkgeld und ging ins Bad. Mit einem Glas Wasser und einer Packung Ibuprofen kam er zu mir, drückte eine Pille aus dem Blister-Streifen und hielt sie mir hin.

»Runter mit dem Zeug!«, befahl er.

Ich schluckte, goss etwas Wasser hinterher und öffnete meine Hose. »Kannst du links und rechts unten mal ziehen?«, fragte ich und hob den Hintern.

Atreju zog – und rechts ging gut, aber links brachte mich zu einem Aufschrei. Er ließ los. »Tut das so weh?«

»Schon. Aber ich krieg' diese blöde Hose runter!«, schimpfte ich und fädelte die Daumen ins linke Hosenbein. Einmal mit Schmackes drücken – und dabei die Augen schließen, bevor Atreju auffiel, dass sie tränten. Außerdem protestierte mein Magen. Da war zwar nichts drin, aber mir war dennoch flau. Immerhin brachte ich jetzt die Hose über das verschwollene Knie. Von unten half Atreju nach und so fädelten wir die Hose vollends aus.

»Faen! Satan i helvete«,[54] schimpfte er. »Das sieht ja böse aus!« Er strich mit einem Finger über mein Knie – und dieser kühle Finger tat gut! »Das muss ja übel schmerzen.«

---

54 – norwegisch für »Schei …! Satan in der Hölle!«

»Vorher ging's – irgendwie habe ich da so unter Schock gestanden, dass ich's nicht bemerkt habe. Aber jetzt – ich glaube, ich will noch ein Ibu und einen Eisbeutel!«

»Natürlich.« Atreju stand auf und holte mir noch ein Glas Wasser, dann gab er es mir zusammen mit dem Streifen Pillen. »Hier.«

Ich schaute die Pillen an. Ibuprofen – berühmt dafür, relativ rasch gegen mittelstarke Schmerzen zu wirken, aber ebenso berüchtigt, weil es auf den Magen schlägt. Und ich hatte meinen Hausarzt, den guten TomDoc, im Ohr: »Ibu niemals ohne Magenschutz! Sonst krabbeln Sie hier mit einem Magengeschwür an!«

Nun denn – der Magen ist bei vielen Pferden eine Schwachstelle, ergo hat man als Fachtierärztin für Hottemäxchen einen Magenschutz in der Notfalltasche. Meines zum Glück als Pulver. So konnte ich es für Großpferde, Miniponies und Tierärztinnen dosieren. Meine Tasche stand an der Garderobe – ohne die gehe ich nicht auf Tour. »Atreju, gibst du mir bitte mal meine Notfalltasche? Ich muss mit dem Ibu wohl auch noch einen Magenschutz nehmen.«

Ungefähr zwei Stunden später lagen wir frisch geduscht im Bett und ich hatte Atreju en detail erzählt, was ich bei Essling erlebt hatte. »Als ich dann durch den Wald gehumpelt bin, habe ich so an dich gedacht und mir gewünscht, ich wäre auf Waldeck mit dir auf dem Sofa!«

»Waldecker Sofas kann ich dir hier nicht bieten, aber …« Er lag auf der Seite, nun stützte er sich auf seinen Ellbogen, lächelte zu mir herunter und küsste mich ziemlich ausführlich und mit Nachdruck. Seine Küsse haben auf mich eine verheerende Wirkung! Ich vergesse da nämlich Haus, Hof, Hund, Kind und Kegel und ich hatte plötzlich überhaupt kein Interesse mehr an Vongehren oder Essling.

Aber bitt'schön – Atreju schien auch anderes im Kopf zu haben. Seine Hand glitt über meine Schulter in den Bademantel hinein und ich spürte, wie seine rechte Hand – leicht erkennbar an den schwieligen Fingerspitzen – Kringel auf meine Brust malten.

Wir hatten inzwischen einen Weg gefunden, miteinander umzugehen – sehr sanft, sehr zärtlich und mit Geduld. Und mir war es sehr lieb so. Immerhin war ich auch einige Jahre »außer Betrieb« gewesen und ich fand es angenehm und angemessen, dass wir uns jetzt langsam aneinander annäherten.

*****

»Holy Molly – du siehst goldig aus!« Atreju hatte geduscht und sich rasiert, den ersten Kaffee getrunken und nun brachte er Augen und Mund auf. Er saß mir am Frühstückstisch gegenüber, betrachtete mein zerdetschtes Gesicht und schüttelte den Kopf. »Sag mal, sollten wir vielleicht so einen Copy Shop in der Stadt suchen, der T-Shirts bedruckt? Du solltest heute Abend vielleicht eines mit der Aufschrift ‚Atreju ist unschuldig« tragen! Nicht, dass die Leute glauben, ich hätte dich verdroschen.«

Ich tastete ganz vorsichtig nach meinem rechten Auge. Es war immer noch geschwollen und der Schmerz zog sich bis zur Stirn. Da war auch noch Schwellung zu spüren. Und auf der Nase war ein Kratzer, ebenso am Kinn – ja, man hätte wirklich annehmen können, dass ich Dresche bezogen hatte.

Aber Atreju lächelte mich dennoch an. »Mit ein bisschen Schminke darauf sieht's bestimmt gleich besser aus«, tröstete er. »Aber sag, was hast du heute vor?«

»Kiehlmeyer anrufen und ihn beruhigen – ich vermute, der hat schon versucht, mein Handy zu erreichen. Und danach marschiere ich in eine Drogerie und besorge mir entsprechendes Make-up. Abdeckstifte, mit denen man so was tarnen kann, führe ich für gewöhnlich nicht mit mir. Und ich verwende eigentlich auch kein

Make-up. Normalerweise tut's mir ein leichter Puder, ein Hauch Rouge, ein blaugrauer Lidstrich und etwas Lippenstift.«

Atreju fasste nach meiner Hand und küsste sie. »Ich mag an dir, dass du dich nicht hinter einem dicken Verputz versteckst. Deine Natürlichkeit macht einen nicht zu kleinen Teil deiner Anziehungskraft aus, mein Schatz.«

»Charmeur!« Manchmal, wenn ich mit ihm zusammen war, hatte ich schon Sorge, dass meine Wangenmuskeln von dem fortgesetzten Dauerstrahlen irgendwann schmerzen würden. Dieser Mann tat einfach nur gut!

»Nur da, wo es dafürsteht, Kjaere!«,[55] lächelte er mich an. »Aber eigentlich wollte ich sicherstellen, dass du die Herren Essling und Vongehren ab jetzt der Polizei überlässt. Ich meine, jetzt haben die doch wohl genug in der Hand, die Herzblätter verhaften zu können!«

Ich rührte in meinem Müsli, bevor ich aufschaute, seufzte und sagte: »Lieber, so einfach ist es leider nicht. Ich vermute, dass meine Fotos vor Gericht nicht als Beweis anerkannt würden, weil ich sie illegal erworben habe. Über die Mauer zu steigen – das war Hausfriedensbruch. Und damit dürften meine Fotos nicht anerkannt werden.«

»Ja, die Fotos!«, Atreju verdrehte die Augen. »Aber dass Vongehren dich mal wieder umbringen wollte …«

»Wird er abstreiten!«, unterbrach ich. »Und wetten, dass Essling kein Problem damit hat, Stein und Bein darauf zu schwören, dass solche Dinge nie gesagt wurden?«

»Und dass dieser Mistkerl dich angefasst hat, zählt vermutlich unter ›er darf das Grundstück seines Freundes schützen?‹« Atreju sah wütend aus.

55 – norwegisch: »Liebste«

Ich nickte. »Ja, Atreju. Und wenn die einen guten Anwalt haben, nimmt er die Tatsache, dass ich abhauen konnte, als Beweis dafür, dass das Festhalten nicht unangemessen war.« Ich war nicht umsonst ein paar Jahre mit einem Juristen verheiratet gewesen. Wenn er einen einigermaßen spannenden Fall hatte, hatte er mir davon erzählt und ein paar Mal war ich dann sogar in der Verhandlung gewesen und hatte mir seine Plädoyers angehört.

Ich schob mir einen Löffel Müsli in den Mund – es war ein netter Brei mit frischen Beeren, Apfelstückchen, Walnüssen und mit Honig gesüßten Haferflocken – und kaute. Schlucken, räuspern. »Allerdings könnte ich mir vorstellen, dass die Polizei dem Herrn jetzt a uf die Finger schauen wird – und vielleicht warnen sie sogar diese Vanessa? Offensichtlich hat sie gute Chancen, nach ihrem Auftritt auf dem Turnier in Stargard mit einem Gewicht an den Füßen in der Oder zu landen.«

»Showdown in Stargard?«, Atreju sah fast amüsiert aus. »Weißt du, nach dem ganzen Theater, das wir wegen und mit dem hatten, würde ich zu gerne zugucken, wie der hopsgenommen wird. Wann ist denn das Turnier?«

»Nächste Woche. Am Donnerstag soll's losgehen, am Samstag ist das große Mannschaftsspringen, am Sonntag Nationenpreis. Ich vermute, dass die ihren Deal am Donnerstag oder Freitag abwickeln.«

Atreju stand auf, eilte zum Schreibtisch und kam mit seinem Kalender wieder. »Ich hätte am Freitag eigentlich Unterricht in Stuttgart, aber das kann ich verschieben. Und das Telefoninterview mit diesem Klassiksender kann ich – wie der Name schon sagt – telefonisch machen. Da ist es egal, wo ich bin.« Er klappte sein Notizbuch zu, stand wieder auf und ging zur Kaffeemaschine, um sie neu zu befüllen. Er grinste über die Schulter: »Glaubst du, deine gestrenge Chefin gibt dir nochmal Urlaub?«

»Ich kann ihr ja sagen, dass ich Überstunden abfeiern möchte.« Ich trank einen Schluck schon lauwarmen Kaffee, hob meine Stimme etwas und piepste: »Frau Doktor Kersten, kann ich ab Donnerstagabend meine Überstunden abfeiern? Mein Lover will mit mir verreisen!« Stimme etwas tiefer legen: »Tja, Maximiliane, Sie sind in letzter Zeit doch recht ausführlich mit diesem Herrn zugange, aber gut – ich will Ihnen nicht in die Suppe spucken. Fahren Sie – Sie haben ja wirklich genug Überstunden.«

Atreju lachte. »Also, das ist reizend von Ihnen, Frau Doktor Kersten. Aber hab' ich Ihnen eigentlich schon mal gesagt«, er ließ seine Hände zu meiner Kehrseite gleiten, »dass Sie einen wirklich süßen Hintern haben? Der lädt so zum Grapschen ein!«

»Aber Herr Ødegård! Sie sind mit meinem alter ego liiert – und die ist eifersüchtig! Die kratzt mir die Augen aus, wenn ich hier mit Ihnen rummache und mich befummeln lasse!«

KAPITEL 9

Atreju und mir war es ja fast ein wenig gaga vorgekommen, aus Berlin nach Württemberg zu segeln, wenn wir doch in wenigen Tagen schon wieder in den Norden reisen wollten. Aber es war nicht zu vermeiden. Ich hatte für den Dienstag meinem Kollegen Hubsi Kosnitz von der Albklinik zugesagt, die Narkose bei drei Operationen zu übernehmen. Darunter war auch ein zwei Meter 10 großes Shire Horse mit einem Chip am linken Hinterbein. Und bei einem Pferd ist ein Chip leider nicht essbar, sondern wirkt eher wie Sand im Getriebe: Ein Fetzelchen Knochen, oft von Knorpel umhüllt, das die saubere Funktion des Gelenkes verhindert und darum herausoperiert werden muss. Der Haken war in dem Fall nur, dass die Shires von dem Gestüt, von dem unser Patient kam, bei allen Tierärzten in der Gegend gefürchtet waren. In dem Bestand schien jede denkbare Allergie vertreten, obendrauf bestand die Züchterin darauf, dass ihre Rösser den »rassetypischen« langen Behang an den Beinen trugen, mit dem sie aussahen, als ob sie auf scheußlichen Schneestiefeln unterwegs wären. Unter diesen vielen, langen Haaren gedeiht Mauke, eine Hauterkrankung am Hufrand. Sie wäre einfach zu bekämpfen: Haare ab,

Kronrand trocken legen, antibiotische Creme, dafür sorgen, dass das Ross nirgends feucht steht. »Haar ab« war aber bei der Züchterin undenkbar, also laborierten ihre Rösser teilweise eine kleine Ewigkeit an ihrer jeweiligen Mauke herum.

Hubsi und mir hätte das bestimmt gereicht, aber damit die Behandlung eines solchen Riesen vollends zur Herausforderung für uns gedieh, hatten sie alle einen Kreislauf wie eine viktorianische Jungfrau. Und das dann narkotisieren – manchmal hatte ich das Gefühl, im Zirkus 28 Messer am lebenden Ziel vorbeizuwerfen, wäre einfacher. Wann immer ein Shire aus der Narkose wieder hochkam, war dem Tierarzt, der die Anästhesie gemacht hatte, nach Feiern zumute.

Abgesehen von diesem Rendezvous, hatte ich am Mittwoch »Praxisauswärts-Tag« mit sage und schreibe neun Terminen, am Donnerstag standen noch mal drei auf dem Plan, danach musste ich mich dann aufs Pferd schwingen. Aber ich konnte reichlich in den Abend hinein reiten – Atreju probte für eine Aufnahme des Forellenquintetts nächste Woche und dabei konnte es spät werden.

Aber er würde irgendwann heimfinden – und neuerdings pflegten wir unser Frühstück allmorgendlich mit der Frage »zu mir oder dir?« zu beenden. Je nachdem, wer morgens zuerst los musste, legten wir fest, wo wir schlafen würden, aber auf jeden Fall schliefen wir neuerdings in einem Bett und meist einer in des anderen Arm.

Am Anfang der Woche hatte aber noch etwas anderes angestanden: Wir waren am Montag kaum heimgekommen, als Heiko Kiehlmeyer schon auf den Hof gefahren war. Ich hatte mit ihm telefoniert und dabei war's gekommen, wie ich es vorausgesagt hatte: Meine Beweise konnten vor Gericht nicht verwertet werden, weil sie bei einer illegalen Handlung erworben worden waren. Aber natürlich werde er die Kollegen im Osten darauf ansetzen. »Die Tatsache, dass Vongehren, den wir suchen, da oben rumgeistert, müsste eigentlich für einen Durchsuchungsbefehl auf dem Essling- Hof reichen. Dabei finden die Kollegen dann das Fahrzeug und vielleicht noch das eine oder andere Pferd mit frischem Brandzeichen?«

Am Montagnachmittag war er dann allerdings am Fluchen. »Ich sag's Ihnen, Frau Doktor Kersten, die haben da oben vielleicht die Stempel und Dienstmarken ausgewechselt, aber die Denke und Vorgehensweise erinnert mächtig an die Vergangenheit! Ich erzähle dem lieben Kollegen da oben in epischer Breite, was passiert ist, was wir wissen, was wir vermuten und dass er sich hinter Essling klemmen muss. Darauf meint der Vogel, er kann ja nicht zu seinem zuständigen Ermittlungsrichter stiefeln und den bitten, aufgrund meines – ich zitiere – ›Blubberns‹ am Telefon einen Durchsuchungsbefehl auszustellen. Dazu bräuchte er schon was Handfestes. Und nein, Fax nütze ihm nicht – der Ermittlungsrichter sei ein Wessie und habe es total mit Papier. Ich solle also den ganzen Quatsch samt einer Bitte um Amtshilfe per Post schicken.«

»Das darf ja nicht wahr sein!«, hatte ich mich empört. »Ist das die überregionale Kooperation unserer Behörden?«

»Ich weiß auch nicht«, Kiehlmeyer hatte ratlos durch seine blonden Haare gewuschelt – und ja, er sah verstrubbelt sehr appetitlich aus! Aber ich bin neuerdings auf dunkelblonde, weiche Wellen festgelegt. »Ich glaube, ich werde bei diesem Fall noch paranoid! Stellen Sie sich vor: Ich hatte bei dem Gespräch mit diesem Kollegen in Zedwitz oder wie das Kaff heißt, teilweise das Gefühl, dass der nicht nur aus Faulheit abblocken will, sondern auch irgendwelche persönlichen Gründe hat! Ist das nicht schräg?«

Am Dienstag hatte ich dann mit dem Shire vier nervenaufreibende Stunden erlebt. Doch am Ende stand er und kam sich vermutlich mindestens so bedauernswert vor wie Hubsi und ich.

Nach dem Riesenross hatten wir dann das Kontrastprogramm erlebt: Mini-Ponyhengst, bei dem ein Hoden steckengeblieben war, statt, wie es sich gehörte, im Lauf der Entwicklung aus der Bauchhöhle nach unten außen abzusteigen. Das kommt öfter vor, nicht nur bei Pferden, und wird »Kryptorchismus« genannt. Der Haken daran ist, dass der im Bauchraum befindliche Hoden keine Samen produziert, dafür aber Hormone, die die betroffenen Knaben meist ziemlich aggressiv machen.

Am Nachmittag erledigte ich zwei Reitvereine – Impfen und Entwurmen am Fließband, in einem Verein 12 Pferde, im anderen neun. Von dort aus weiter zum Waldhof, wo nicht nur 12 reichlich struppige Ponys herumrennen, sondern obendrauf noch mindestens sechs Kinder, die so schöne Namen wie »Jeremy Pascal«, »Jouline Melody«, »Janna Emanuelle« und »Jennifer Harmony« trugen. Ihre Frau Mama – mit dem banalen Namen Ingrid geschlagen – träumte davon, mit ihren Ponys, Hunden, Kindern und Katzen zum »Star« einer Reality TV-Serie zu werden. Dann, so hatte sie mir beim letzten Besuch erzählt, werde sie meine Rechnungen »mit Zins und Zinseszins« bezahlen. Ich war mir ziemlich sicher, dass der Zahlungstermin vermutlich auf den St. Nimmerleinstag fiel, aber was sollte ich machen? Ich konnte doch die Ponys nicht ohne tierärztliche Hilfe lassen!

Am Abend war ich ziemlich geschafft und froh, das Handy abschalten zu können – Kollege Häffner machte den Nachtdienst, auf ihn kann ich mich verlassen – und mich bei Titus an den gedeckten Tisch setzen zu dürfen. Frau Häberle trug auf – und ließ sich nicht lumpen: Kürbissuppe mit einem Hauch Ingwer, Curry und einem ordentlichen Schuss Rahm; eine Lammkeule mit grünen Bohnen und handgeschabten Spätzle und zum Nachtisch ein noch warmer Apfelkuchen – und von dem stopften die Herren je zwei Stücke rein, obwohl sie beide vorher gesagt hatten, sie seien schon pappsatt. Ich brachte es aber auch auf ein und einen halben und hing dann auf meinem Stuhl wie der berühmte Schluck Wasser in der Kurve.

Dabei zog Titus mich auf. Er hatte mitbekommen, dass ich für morgen eine Shopping Tour plante, und er fragte, ob ich schon eine Größe größer ordern müsste. »Verpartnert zu sein, bekommt dir! Du warst schon immer ein wenig zu klapprig, jetzt siehst du besser aus.«

Er signalisierte immer wieder, dass er sich über Atreju und mich freute – was ich sehr lieb fand. Allerdings hatte mir Atreju verraten, dass Titus am Montag eine Ausreitrunde mit ihm gedreht und dabei gefragt hatte, ob wir jetzt als Paar vielleicht wegziehen wollten? Atreju hatte ihn beruhigt – er habe nicht die Absicht und ich hätte diesbezüglich auch nichts angedeutet.

Donnerstagmorgen: Arbeit, dafür gab's am Nachmittag puren Luxus: Ich fuhr nach Schwäbisch Gmünd – schon immer eine meiner Lieblingsstädte mit der mittelalterlichen Altstadt, der gotischen und der romanischen Kirche und den barocken Häusern am Markt. Dort ging ich erst einmal zum Friseur, und weil mir danach war, ließ ich mir auch gleich die Finger maniküren. Dabei tat mir die junge Dame, die das machen musste, fast leid – meine Pfoten sehen immer abenteuerlich aus und der Ausflug in den Osten hatte den Zustand verschlimmert. Ich hatte mir beim Sturz in der Remise eine Schürfwunde geholt, beim Rennen durch den Wald einen eh schon kurzen Nagel vollends abgebrochen und obendrauf hatte ich Schwielen – unvermeidlich, wenn man dauernd schwere Taschen, Ultraschall- und Röntgenapparat rumschleppt.

Mit gekürzten Haaren – schön nackenfrei und so froh, dass Atreju zu den seltenen Männern gehört, die Kurzhaarfrisuren bei Frauen mögen! Er findet, dass der Nacken einer Frau durchaus sexy wirkt und dass kurze Haare für Selbstbewusstsein stehen – marschierte ich durch die Fußgängerzone, fühlte mich wie im Urlaub und hätte den Moment gerne festgehalten. Vongehren & Co. waren mir nämlich gerade völlig egal. Ich genoss einfach, dass die Sonne, wenn auch schon sehr herbstlich, lachte und ich mich hübsch fühlte – der Charmeur Atreju bestätigte es mir ja auch oft genug – und dass ich Zeit für einen Einkaufsbummel hatte.

Er dauerte nicht lang, was mir sehr recht war. Ich verliere da nämlich schnell die Geduld. Aber ich kenne mich in Schwäbisch Gmünd aus und weiß, in welchen Läden ich die Chance habe, etwas zu finden. So hatte ich auch dieses Mal Glück: Schon im zweiten Shop lachte mich ein rauchblauer Hosenanzug – Marlene-Hose, schmales, aber ziemlich langes Jackett – an. Und dazu fand ich eine Bluse in etwas dunklerem Blau, und um das Ensemble abzurunden, fiel mir noch ein üppiger Pashmina-Schal in Türkisgrün in die Hände. Und dann fiel ich aus der Boutique fast direkt in ein Schuhgeschäft – und da gab's klassische Pumps aus weichem Leder in genau dem Türkiston meines Schals! Ich konnte nicht widerstehen, obwohl ich noch nicht so ganz wusste, wie ich auf Absätzen über ein Turnier himpeln würde. Aber wer schön sein will und so weiter – und ich wollte für Atreju schön sein. Ich sah ja jedesmal, wenn ich mit ihm aus Waldeck herauskam, wie die Frauen ihn anhimmelten. Selbst wenn sie keine Ahnung hatten, wer und was er war – sie fanden ihn toll. Und wer, wenn nicht ich, hätte sie verstanden?

Jetzt war es Freitag – und sehr, sehr früh. Um genau zu sein: Es war vier Uhr morgens, es schneite und war noch, wie Titus gesagt haben würde, »kuhgrabbe'nacht«. Aber Atreju und ich mussten los. Um diese Zeit morgens findet in einigen Dörfern unterwegs die »Rush Hour« statt und man bleibt immer mal wieder stecken. Ergo muss man davon ausgehen, mindestens eine Stunde, wenn nicht gar eineinhalb nach Stuttgart auf den Flughafen zu brauchen. Von Stuttgart aus würden wir nach Berlin fliegen, dort hatte Atreju einen Mietwagen für uns gebucht. Mit dem würde es dann weitergehen nach Stargard – ungefähr zwei und eine halbe Stunde Fahrt. Ich freute mich darauf. Zum einen war ich mir fast sicher, dass es heute Vongehren an den Kragen gehen würde. Ich hatte zwar noch keine

Ahnung wie, aber ich wusste, dass Kiehlmeyer die letzten Tage mit Volldampf hinter ihm und Essling her gewesen war. Und es musste doch mit Teufel zugehen, wenn er da nichts bewegen konnte!

Doch abgesehen von Vongehren: Der Ausflug nach Stargard bedeutete, dass ich Atreju 75 Stunden lang für mich haben würde! Er nahm kein Cello mit, er hatte keine Termine, seine Agentin wusste wahrscheinlich nicht, wo er steckte – er gehörte ganz mir.

Morgens um vier konnte er das aber anscheinend noch nicht als Anlass zur Freude sehen. Mir wäre danach gewesen, ein fröhliches Lied zu pfeifen, aber ich verkniff es mir angesichts der halbgeschlossenen Augen, mit denen er ins Bad stolperte und sein Spiegelbild angrunzte. Ich hatte schon geduscht, nun sauste ich in seine offene Küche und warf die Kaffeemaschine an, einen Spruch meines früheren Flötenlehrers, eines geborenen Sachsen, im Ohr: »Ohne Gaffee gönn'n wir nich' gämpfen!«[56] Den oftmals sehr leeren Kühlschrank hatte ich am Vortag gefüllt, nun bastelte ich Sandwiches, denn auf Lufthansa Pappbrötchen – die Sorte mit dem Plastikkäse, die sich fünf Jahre ohne Veränderungen hält – hatten wir beide keine Lust. Stattdessen würde es »a a'schtändig's Veschper«[57] geben.

Eichblatt-Salat, ein Joghurt-Creme Fraiche-Dressing, Roastbeef; Schwarzwälder Schinken, hauchdünn geschnitten, aber dafür dick belegt, dazu eine Scheibe Tilsiter und ein Unterbau mit Feldsalat und Dressing; Forellenfilets auf Rucola mit Sahnemeerrettich und schließlich Frischkäse, Preiselbeeren und Camembert. Das Ganze packte ich in fest verschließbare Dosen, steckte die samt ein paar Papierservietten, ein paar Wasserflaschen und Thermobechern –

---

56 – Ohne Kaffee können wir nicht kämpfen.

57 – Wenn ein Schwabe von einem »anständigen Vesper« spricht, meint er natürlich nicht den moralischen Zustand dessen, was da serviert wird. Ein anständiges Vesper wird eher durch das deklariert, was mein Großvater »ebbes gut's und möglichst recht viel« nannte.

mein bekennender Coffeeholic Atreju hat eine ganze Sammlung davon im Schrank und fast immer einen bei sich – in meinen Rucksack.

So – Toast in den Toaster, Butter auf den Tisch, Pfanne auf den Herd, Speck hinein, Eier obendrauf – und als Atreju, frisch rasiert und mit noch feuchten Haaren, in die Küche marschierte, duftete es nach gebratenem Speck und Eiern, nach Toast und Kaffee. Er grinste und lehnte sich an die Küchentheke. »Wer bist du und was hast du mit Mäxle gemacht?«, fragte er.

»Hinter die sieben Berge zu den sieben Zwergen geschickt. Sie verdoofte zunehmend, weil sie verliebt ist. Das kann ich als die böse Fee nicht zulassen!«, kicherte ich.

»Ah so.« Er setzte sich an den Tisch und hielt mir seinen Teller hin. »Dann schaufel mal darauf. Ich meine, mich daran zu erinnern, dass du mir mal erklärt hast, du seist als Hausfrau ein Totalausfall. Aber jetzt verwöhnst du mich nach allen Regeln der Kunst. So gut ist es mir noch nicht mal bei meiner Mutter gegangen. Die hatte nämlich nie Zeit, ausführlich zu kochen.«

»Ich koche gerne – wenn ich nicht täglich muss. Bei der Vorstellung, ich müsste, so wie dereinst meine Mutter, jeden Tag punkt 13:00 Uhr ein warmes Essen auf den Tisch stellen, kriege ich Zustände.«

»Wirst du bei mir bestimmt nie müssen. Zum einen kann ich selbst kochen, zum anderen werde ich die nächsten Jahre bestimmt nicht jeden Tag um eins zuhause sein.« Er trank seinen ersten Becher Kaffee, füllte gleich wieder nach und fiel in die Eier mit Speck ein, als wenn er drei Tage gehungert hätte.

Die Autobahn von der Schwäbischen Alb nach Stuttgart ist notorisch verstopft, weil Dauerbaustelle. Dadurch kam es, dass wir sozusagen mit fliegenden Fahnen und heraushängender Zunge auf dem Flughafen ankamen und nur froh waren, dass wir kein Gepäck aufzugeben hatten. Ich hatte meinen schicken Hosenanzug an, darüber meinen gefütterten Trenchcoat. Eine zweite Hose und zwei frische Blusen hatte ich in meinen Rucksack gestopft, obendrauf saubere Unterwäsche – immer noch weit unter 20 Kilogramm.

Atreju spielte »man in black«: schicke, schwarze Lederslipper, schwarze Jeans, ein schwarzes Hemd mit Stehkragen, einen schwarzen Pullover darüber, eine schwarze Lederjacke und als einzigen Farbfleck einen korallenroten Schal. Ich fand ihn sehr flott – und damit war ich nicht allein. Ich hatte mich auf dem Flughafen nur fünf Minuten entfernt, um eine Zeitschrift zu kaufen – und als ich zurückkam, war schon eine reifere Blondine in Leopardenleggings im Anflug auf ihn. Und obwohl er immer behauptet, so was gar nicht zu bemerken – er empfing mich mit einem innigen Kuss, als ich zu ihm zurückkam. Und ich verkniff mir ein Grinsen – ich weiß nämlich, dass öffentliche Zärtlichkeitsbekundungen nicht so sehr sein Ding sind. Aber wenn er fürchtete, mal wieder angebaggert zu werden, überwand er seine Abneigung und küsste ebenso ausführlich wie hingebungsvoll. Blondie mit dem Leo am Bein begriff die Botschaft und steuerte einen lockig-langhaarigen Jüngling an.

Gegen 10 waren wir in Berlin. Ich schaltete mein neu erworbenes Handy an – und keine drei Minuten später, als wir am Schalter für den Mietwagen standen, klingelte es. »Kiehlmeyer« stand im Display. Ich nahm ab und begrüßte meinen Lieblingskommissar, der das prompt als Anlass nahm, mich ein wenig anzuflirten – wie nett es sei, morgens meine Stimme zu hören. »Und hat Ihnen eigentlich schon mal jemand gesagt, dass Sie eine aufregende Stimme haben?«

»Nein, im Gegenteil. Ich werde höchstens dafür gelobt, dass meine Stimme beruhigend auf Pferde wirkt.«

»Das ist wohl was anderes!«, Kiehlmeyer lachte, wurde dann aber sofort wieder ernst. »Ach, Frau Doktor Kersten – ich würd' so gerne ein wenig mit Ihnen blödeln, aber ich hab' leider schon wieder ›mixed news‹.«

»Mal wieder aus der Abteilung ›Lorelei‹?«, fragte ich. »Ich weiß nicht, was soll es bedeuten?« Darüber hatten wir letzthin gefeixt.

»Ja!«, seufzte er. »Wobei sich das mittelfristig als gut herausstellen könnte. Ich hatte vor zwei Tagen die Faxen dicke, was die Zusammenarbeit mit dem Kollegen im Landkreis Ostprignitz-Ruppin – das ist das für dieses Zernitz-Lohm zuständige Polizeipräsidium – anging. Also habe ich mich mit der Landespolizeidirektion Brandenburg in Potsdam ins Benimm gesetzt – das ist die vorgesetzte Dienststelle und damit die, die den Herrschaften beziehungsweise dem einen Herrn, an dem ich in Ostprignitz-Ruppin immer aufgelaufen bin, Füße machen kann. Und das war ein sehr interessantes Gespräch!«

»Spannend! Erzählen Sie mehr!«, forderte ich ihn auf, als er gerade mal Luft holte.

Atreju verdrehte die Augen – er hatte auf einem Ohr mitgehört, während er ein Formular ausfüllte, seine Kreditkarte und seinen Pass darauflegte und es mit seinem charmantesten Lächeln der sehr beeindruckten Dame am Schalter zurückgab.

»Ja, also, das ist so: Der Kollege in Potsdam war sehr interessiert, als ich den Namen Essling erwähnte. Den Herrn kenne man – ob ich was gegen den in der Hand hätte? Sie würden nämlich schon versuchen, den mal richtig an den Haken zu kriegen. Dabei habe sich der Kollege Kollowski – das ist der Vogel in Ostprignitz-Ruppin – immer schon als Stolperstein erwiesen. Selbiger – und jetzt hoffe ich, dass Sie sitzen …«

»Nein, leider nicht. Ich renne gerade über den Berliner Flughafen auf der Jagd nach unserem Mietwagen«, informierte ich ihn. Atreju hatte inzwischen den Schlüssel und die Papiere bekommen und war sofort losgestochen. Also eilte ich hinter ihm her.

»Dann sollte ich ja fast warten!« Kiehlmeyer klang aber nicht, als ob er warten wollte, und sprach sofort weiter: »Also, passen Sie auf: Dieser Kollowski ist der Schwager von Ihrem Freund Essling! Er hat dessen Schwester geheiratet ...«

Vor meinem geistigen Auge entstand das Bild einer korpulenten Dame in einer geblümten Kittelschürze, mit neonfarbenen Lockenwicklern, die Arme, die sehr an Schinken erinnerten, in die Hüfte gestützt und im Brandenburger Dialekt keifend: »Kommst du auch schon heim? Warte nur, wenn du nicht bald die Gehaltserhöhung bekommst, sag' ich es Enrico!« Ich schauderte.

»Dieser Kollowski deckt den Essling schon seit Jahren und die Kollegen haben ihn sogar im Verdacht, dass er ihn warnt. Sie haben zweimal eine Razzia bei ihm gemacht – er wurde einmal verdächtigt, als Hehler geklaute Landmaschinen über die Grenze nach Polen zu verschieben; einmal war die Zollfahndung hinter ihm her, weil er irgendwelche Pferde aus Polen eingeschmuggelt hat – und in beiden Fällen ist er ungeschoren davongekommen, weil sein Hof sauber war wie mit Meister Proper geputzt. Der Potsdamer Kollege ist sicher, dass Kollowski seinen Schwager gewarnt hat – aber das müsste man ihm nachweisen und da hat man fast keine Chance. Und auch jetzt wieder: Er blockt, er verlangt von allem Möglichen schriftliche Kopien und Unterschriften vom Ermittlungsrichter und vom Staatsanwalt und von dem Standesbeamten, der die Großmutter getraut hat! Es ist zum Verrücktwerden – aber jetzt ist es wenigstens so, dass die Potsdamer sich einmischen werden und dass sie sich das Material anschauen und versuchen werden, Essling zu kriegen – ohne dass Kollowski involviert ist.«

Wir waren inzwischen vor dem Parkhaus angekommen. Atreju hatte seinen Koffer neben meinen gestellt und signalisiert: Er würde nach oben gehen, das Auto holen und mich aufsammeln. So konnte ich noch einen Moment mit Kiehlmeyer reden. »Also, für mich klingt das nach guten Nachrichten. Es wird Zeit, dass jemand dem Essling auf die Zehen steigt. Aber sagen Sie, Herr Kiehlmeyer: Haben Sie in Polen etwas erreicht?«

»Ja!«, antwortete er – und dann sofort hinterher, nach einem tiefen Atemzug, »... und auch nein. Die gute Nachricht: Für das Turnier ist als Ehrengast seine Hoheit, Scheich Walid Hamdan bin Kadid Al Haktum aus den Vereinigten Emiraten angesagt. Er wird in Begleitung seiner Tochter, Prinzessin Huriah Hind bint al-Haktum, erscheinen und hat natürlich eine eigene Sicherheitstruppe dabei. Die Brandenburger Landespolizei wird den Teufel tun, sich in irgendeiner Form mit denen anzulegen. Zum einen soll der im Land investieren, zum anderen könnte das nämlich internationale Verwicklungen geben. Aber man hat sich mit seinen Sicherheitsleuten irgendwie verständigt und sie vor Vongehren und seinen Tricksereien gewarnt. Ob und was das bringt, weiß ich nicht, kann sein wir laufen damit ins Leere.«

»Oh nein – haben wir bei dem Vogel immer Pech? Am Ende kommt der glatt noch ungestreift davon! Dann darf der beim Scheich auf den Schoß und der nimmt ihn mit seiner hochherrschaftlichen Privatmaschine, auf der selbstverständlich diplomatische Immunität liegt, mit ins Morgenland, wo er dann eine Beduinenbraut kriegt und künftig Araberpferde verticken darf!«, schimpfte ich.

»Wenn ihn nicht die polnische Polizei hochnimmt – die werden auf ihn aufpassen, weil sie sich sehr für seinen LKW interessieren.«

»Na, wenigstens was – und warum nehmen sie ihn nicht gleich hoch? Das Fahrzeug ist doch gestohlen.«

»Tja ...«, Kiehlmeyers Seufzer wurden mir langsam vertraut, außerdem war Atreju gerade mit einem schwarzen Mercedes-Geländewagen vorgefahren, ausgestiegen und hatte unser Gepäck eingeladen.

Nun nahm er mich am Arm, führte mich zur Beifahrertür und half mir hinein. »Sorry, kleinen Moment, Herr Kiehlmeyer – ich steige gerade ins Auto ein.«

»Klar ...« Er wartete.

»So, ich sitze!« Ich zog den Gurt über meinen Oberkörper und steckte ihn ein. Atreju war inzwischen auch eingestiegen, startete den Motor, progammierte das Navi und fuhr los.

»Also, das Problem mit den Polen ist, dass sie Vongehren nicht gleich hochnehmen wollen. Sie suchen schon seit einer kleinen Ewigkeit nach einer Bande, die so Spezialfahrzeuge einkauft, verändert und vertickt. Und sie hoffen, wenn sie Vongehren verfolgen, führt er sie zu diesen Leuten.«

»Toll! Da kann natürlich war weiß was schiefgehen!«, fluchte ich.

»Hoffen wir, dass dieses Mal nichts schiefgeht und die Polen ihn aus dem Verkehr ziehen. Und wenn die es nicht schaffen, krallen ihn sich vielleicht die Sicherheitsleute des Scheichs und übergeben ihn uns. Oder er fliegt beim Zoll in Berlin auf – die sind informiert, dass sie ihn nicht ausreisen lassen dürfen.«

»Tja – dann werden wir ja sehen, was geschieht. Ich halte Sie auf dem Laufenden. Wir sind jetzt unterwegs nach Stargard und das Navi sagt, dass wir in zwei Stunden und 46 Minuten ankommen. Wir schauen uns dann um und irgendwann in drei, vier Stunden melde ich mich noch mal.«

»Ja, gut – und passen Sie bitte auf sich auf! Lassen Sie sich von Herrn Ødegård an die Hand nehmen, lassen Sie sich nicht auf irgendwelche Abenteuer ein, treffen Sie sich nicht allein mit Vongehren oder anderen Bösewichtern, stöbern Sie nicht in einsamen Ecken rum – versprechen Sie mir das?«

»Ja, natürlich. Ich habe noch genug vom letzten Mal und mir tut auch noch ganz schön das Knie weh. Ich habe überhaupt keine Lust, mich nochmal in Gefahr zu bringen. Also, tschüss, Herr Kiehlmeyer!« Ich legte auf, steckte das Telefon in die Tasche meines neuen, schicken Hosenanzugs und lächelte Atreju etwas verlegen an. »Kiehlmeyer führt sich auf wie ein besorgter Papi.«

»Kein Wunder!« Atreju musste bremsen – die zweite Baustelle kurz hinter dem Flughafen und natürlich stand da der Verkehr. Er stellte sich dazu, dann lächelte er mich an, beugte sich herüber und küsste meine Wange. »Du hast ein gewisses Talent, in Unfälle verwickelt zu werden. Gleichzeitig scheinst du sieben Leben wie eine Katze zu haben. Aber dein Pierrot könnte dir erklären, dass man die nicht in dem Tempo aufbrauchen sollte, mit dem du in letzter Zeit vorgegangen bist.« Es ging wieder ein Stückchen weiter, er fuhr an, ließ den Wagen rollen und bremste dann wieder. Ein Blick zum Navi, dann stotterte er: »Sczecin … ne, halt. Szcezec – ja, verflixt, wer soll denn so einen Zungenbrecher aussprechen?«

»Äh – was willst du aussprechen?«

Er fuhr wieder an, dabei radebrechte er. »Szczecin … ob ich das hinkriege, bis wir dort sind?«

»Was übst du, Großer?«

»Den Namen der Stadt, in die wir fahren!« Er zeigte auf das Navi.

»Stargard - wo ist dein Problem?«

»Stargard ist der alte, deutsche Name, den die Leute dort aber bestimmt nicht gerne hören. Die sehen das ehemals deutsche Stargard als polnische Stadt, die zu Unrecht von den Deutschen okkupiert wurde. Wenn du nicht als Revisionistin angesehen werden willst, benutzt du besser den polnischen Namen – wenn du ihn aussprechen kannst.« Er schaute wieder auf das Navi und probierte es erneut: »Sczezc … nein, das ist es auch nicht. Szcecinki … auch nicht.« Er schaute etwas verzweifelt.

Ich schaute nun auch auf das Navi und las langsam ab: »Szczeciński – ja, das ist für eine nicht polnische Zunge leider etwas schwierig auszusprechen. Aber ich vermute, dass die Polen Waldeck oder Uløybukta schwer zum Aussprechen finden würden.«

*****

»Lille Bamsen?«,[58] Atreju klang ein wenig undeutlich, weil er den Mund mit Roastbeef Sandwich voll hatte.

Ich unterdessen hatte doch tatsächlich geschlafen, wachte jetzt auf und fröstelte – was kein Wunder war. Der Wagen stand nämlich mit offener Fahrertür auf einem Autobahnparkplatz und auf dem Einstieg drüben saß Atreju mit einer Cola-Dose in der einen und einem Sandwich in der anderen Hand. Ich gähnte. »Was is' n los?«, fragte ich.

»Ich wollte dich nur fragen, ob du eines deiner tollen Sandwiches willst, bevor ich alle aufgegessen habe.« Er war aufgestanden, stützte sich mit den Ellbogen auf seinen Sitz und grinste mich an. »Außerdem werden wir in ungefähr einer halben Stunde in Szczecindingens sein.«

Ich schaute auf die Uhr. »Ey – es ist ja erst halb zwölf! Bist du tief geflogen?«

»Nein, aber es lief ganz gut und an der Grenze haben sie mich einfach durchgewinkt.«

Ich konnte mir ein Grinsen nicht verkneifen. »Muss an dem hübschen Auto gelegen haben.«

»Klar. Die Zöllner wollten es auch von hinten bewundern.«

»Was ist das eigentlich für ein Teil? Mercedes …« Das war am Stern auf dem Lenkrad zu erkennen. »Und sonst?«

»GLE 350«, sagte Atreju. »Das Nobelgefährt unter den G-Modellen.«

---

58 – Norwegisch für »Bärchen«

»Hmm…« Ich streichelte über den Lederbezug seines Sitzes, bewunderte das mit Klavierlack und Edelholz eingefasste Armaturenbrett, das mit Leder bezogene Lenkrad und den Bildschirm daneben. »Sag mal, Liebster, kann es sein, dass du ein Snob bist, wenn es zu Autos kommt?«

Atreju studierte den Inhalt der Vespertüte und pickte schließlich ein Salami-Käse-Brötchen heraus. Er biss ab, kaute, schluckte und antwortete: »Nur, wenn es zu mir nahestehenden Tierärztinnen, Celli und Autos kommt! Dafür«, er biss noch ihm mal ab und sagte mit vollem Mund, »belohnt mich die mir nahestehende Tierärztin aber auch mit großartigen Sandwiches!« Er beförderte die Tüte mit den restlichen Sandwiches nach hinten, nahm noch einmal einen Schluck aus der Cola-Dose, bevor er sie in einen Müllbeutel packte, kletterte wieder ins Auto und beugte sich zu mir. »Gib uns einen Kuss, ja?«

»Ach du…« Ich lehnte mich zu ihm, ließ meinen Mund über seine Wange gleiten – obwohl es noch nicht einmal Mittag war und er sich morgens rasiert hatte, fühlte er sich schon wieder reichlich stoppelig an – und verharrte an seinem Mundwinkel. Da war das Grübchen, das ich so liebe, und da war die nun schon vertraute Mischung von etwas rauer Haut und festem Mund, der aber unter meinen Küssen entspannter wurde.

Wir küssten uns ziemlich ausführlich, dann löste ich mich und spielte keifendes Weib: »Nun fahr aber! Wir wollen schließlich heute noch ankommen!«

»Ich würde ja lieber ausführlich mit dir knutschen, aber bitte, Gnädigste!« Er ließ den Motor an und zog den Wagen aus dem Parkplatz auf die sehr belebte Autobahn. Draußen reihte er sich hinter einem polnischen Lastwagen in den fließenden Verkehr ein und nutzte den Windschatten, um am Radio zu drehen. Nach einer Weile hatte er einen Sender gefunden, der Cole Porter und Jerome

Kern spielte. Eben sang ein Bariton »Just one of these things«. Atreju lächelte zu mir hinüber. »Okay?«

»Aber sicher – ich mag das.« Und es amüsierte mich immer, dass er so gerne Swing hörte. Doch er sagte, es sei die Musik, mit der er groß geworden sei. Sein Vater war zwar klassischer Geiger gewesen und sehr ernst darin, aber Atreju hatte von ihm nicht wirklich viel mitbekommen. Seine Eltern hatten sich nie scheiden lassen, aber sie hatten auch nur selten und dann immer nur für ein paar Wochen zusammengelebt. Die meiste Zeit hatte Atreju in Uløybukta auf dem Hof seines Großvaters verbracht – und dessen Hobby war die Herstellung von Gitarren und Banjos gewesen. Außerdem hatte er in einer Swingband gespielt.

Ich sang auch mit – ich habe schon früher gerne im Auto gesungen, ich tue es, wenn ich alleine bin und wenn die Prinzessin hinten in ihrer Box döst. Sie mag es offensichtlich – manchmal schläft sie dabei so fest ein, dass sie leise zu schnarchen beginnt.

Wir waren eben bei Cole Porters zynischem »Miss Otis regrets« – die Geschichte der Lady, die herausfindet, dass ihr Liebhaber sie betrogen hat, ihn dafür erschießt und dann bedauert, dass sie heute nicht zum Lunch gehen kann, weil der Mob sie an der Weide erhängt hat.

Atreju sang ziemlich laut »Miss Otis regrets she's unable to lunch …«, und dann unterbrach er sich plötzlich. Er hatte gerade drei Lastwagen überholt, nun bremste er und ließ sich hinter den vorderen, weißen, einen großen Auflieger, zurückfallen. Hinter ihm hupte ein BMW, der es wohl eilig hatte, doch Atreju ließ sich nicht beirren, sondern zischte mir zu: »Zieh den Kopf ein. Der soll dich nicht erkennen!«

Ich hatte keine Ahnung, was er wollte und wer mich nicht erkennen sollte, aber ich senkte den Kopf, während er sich hinter den Auflieger zurückfallen ließ. Nun erkannte ich ihn: Obwohl die Folien mit der Werbung des Gestüts abgezogen waren und die Zugmaschine ein Kennzeichen aus der Ecke um Neustadt herum trug, war es eindeutig Vongehrens Zugfahrzeug – und durch die Fenster hinten konnte ich erkennen, dass er mindestens zwei Pferde an Bord hatte.

Atreju zog die Kapuze seines Hoodys hoch und setzte sich eine Sonnenbrille auf, dann ordnete er sich hinter dem Weißen ein. »Das ist Vongehren!«, erklärte er mir.

»Ja, ist mir klar – und wo ist die Polizei? Wollten die nicht an ihm dranbleiben?«

»Hinter mir ist ein Ford mit polnischem Kennzeichen – und die beiden Herren darin sind so auffällig unauffällig, dass ich mir durchaus vorstellen kann, sie sind Polizisten.«

»Ist er alleine?«, fragte ich.

Atreju schüttelte den Kopf. »Nein, er hat die Grönert bei sich.«

»Aber sollte die nicht ein anderes Auto hinterherfahren?«

Atreju zuckte mit den Schultern. »Weiß ich, was die mittlerweile ausgebrütet haben?«

»Nein, natürlich nicht.« Ich legte die Hand auf sein Knie. »Aber lass uns an ihm dranbleiben, ja? Ich bin von meinem Gefühl her ganz sicher, dass heute der entscheidende Tag ist.«

Für einen Augenblick landete seine Hand auf meiner und ich bekam ein zärtliches Lächeln ab. »Solange es nicht der Tag ist, an dem sich etwas über dein Leben entscheidet – aber das werde ich hoffentlich zu verhindern wissen.«

Auf jeden Fall aber blieb Atreju dran. Nach einer Weile ließ er den Ford hinter uns überholen und grinste mich dabei an. »Du kannst den Kopf heben! Wir haben einen Puffer zwischen uns und Vongehren.«

Ein paar Minuten später fuhr Vongehren von der Autobahn ab und auf einer Landstraße auf eine Stadt zu. Wir ließen den Ford direkt hinter ihm, folgten ihm und erreichten nach kurzer Zeit die Stadt. Dort war es einfach, den Turnierplatz zu finden – es gab jede Menge bunter Plakate mit dem Bild eines stilisierten Pferdes über einem stilisierten Hindernis und überall zeigten Pfeile in Richtung des Turnierplatzes – beziehungsweise dahin, wo wir den vermuteten.

Ich hatte Vorurteile zu korrigieren. Irgendwie hatte ich das Klischee einer grauen Betonwüste mit sozialistischen Plattenbauten im Kopf gehabt, doch dem entsprach Stargard beziehungsweise Szczeciński nicht. Im Gegenteil: jede Menge Grün, alte, teilweise barocke Gebäude, ziemlich neu renoviert. Mag sein, dass Szczeciński in Zeiten des real existierenden Sozialismus ziemlich grau gewesen war – jetzt war es das nicht mehr. Stattdessen hatte man renoviert – und in vielen Fällen sah man, warum die Polen als Restauratoren überall in der Welt begehrt sind. Sie beherrschen ihr Handwerk, und ich bedauerte, dass wir nicht mehr Zeit mitgebracht hatten. Aber vielleicht konnten wir uns morgen nach dem Frühstück einen kleinen Bummel durch die Stadt leisten? Sie schien es zu lohnen, während nach meiner Erfahrung ein Turnier am Morgen nicht viel zu bieten hatte. Die Prüfungen, die da liefen, waren eher die, zu denen sowieso nur ein paar Insider kamen. Die wirklich interessanten Dinge geschahen immer am Nachmittag und Abend.

Doch jetzt war es Nachmittag – und als der große LKW vor uns auf den Turnierplatz einbog, den Ford und uns im Gefolge, hatte ich Herzklopfen. Es würde etwas passieren – ich hatte nur noch keine Ahnung, was. Immerhin hatte ich aber einen Fahrer mit Überblick. Er entdeckte eine kleine, als Parkplatz ausgezeichnete Wiese, auf der noch ein Platz frei war. In den steckte er in Windeseile den Geländewagen, schaltete den Motor ab, schlüpfte in seine Jacke und rannte um den Wagen herum, um mir herauszuhelfen. »Komm – wir müssen uns beeilen, sonst verlieren wir ihn.« Er nahm mich bei der Hand und lief los – und ich stöckelte auf meinen Pumps hinterher und dachte, dass es keine gute Idee gewesen war, die auf dem Turnierplatz anzuziehen. Abgesehen davon, dass sie für die Bodenbeschaffenheit hier nicht optimal waren, fühlten sie sich auch ziemlich unbequem an. Ich knickte um, blieb mit dem Absatz stecken, tänzelte auf Zehenspitzen dahin und dachte, dass man den Erfinder der High Heels – und wie kommt's eigentlich, dass die schlimmsten Marterinstrumente von Männern gemacht werden? – dazu hätte verurteilen sollen, auf den Dingern wie weiland Hannibal die Alpen zu überqueren.

Aber ich hatte Atreju und seine starke, zuverlässige Hand, die Finger mit den meinen verflochten, die Handfläche wie ein schützendes Dach über meinen Knöcheln. Er hatte mich in den Schatten eines Stallzeltes gezogen, von denen da eine ganze Sammlung stand. Nun nutzte er sie als Deckung, um mich in Richtung des eigentlichen Turnierplatzes zu steuern. Dort stand seitlich ein großes, rotweiß gestreiftes Zelt mit polnischen Fahnen auf den jeweiligen Zentralmasten.

Wir kamen näher, nun standen wir hinter einer kleinen Gruppe aus drei Birken und diversen Büschen. Die Blätter hingen welke herab, noch gaben sie uns genug Deckung, machten es aber dennoch möglich, durch sie hindurch etwas zu sehen. Ich wusste nur nicht so genau, ob mir gefiel, was ich sah. Da war nämlich mindestens ein halbes Dutzend junger Herren, die aussahen, als ob sie bei einem nicht sehr talentierten Schönheitschirurgen vom Band gesprungen waren: alle grob geschnitzt, mit Figuren wie oberhessische Bauernschränke, alle in schwarzen Gabardine-Anzügen – offenkundig ein Sonderangebot »im Dutzend billiger« und deswegen in einer nicht eben gutgeschnittenen Einheitsgröße mit sichtbarer Beule unter dem linken Arm. Ich überlegte gerade, ob das Halfter für die Schusswaffe – und was trägt der Leibwächter von Welt dieses Jahr?

Pistole oder Revolver, Automatic oder lieber etwas weniger Störungsanfälliges, Einfaches? – zur Standard-Innenausrüstung dieser Anzüge gehörte und ob es Zufall war, dass die Vorstadtgorillas alle weiß und ziemlich christlich – nicht im theologischen, sondern biologischen Sinn – aussahen. Oder wurden die in Hinsicht darauf eingekauft, dass ihre Leben weniger wert waren als die von Glaubensgefährten? Und wie viel es wohl kostete, Leibwächter einzukaufen, die bereit waren, sich vor den Scheich zu werfen und ihm die kostbare Haut zu retten?

Die Herren in Schwarz waren aber nicht die Einzigen, die um das Zelt herumstanden und Personen schützten. Außer ihnen waren da noch vier Hampelmänner, denen man auf einige Entfernung die deutschen Staatsdiener aus der Besoldungsgruppe A134 1/3 mit Sonderzuschlag für Dumm-Rumstehen ansah. Ihre Anzüge sahen aus wie Überstände von der Jugendweihe, und bei ihnen musste man nicht darüber nachdenken, was sie im Halfter unter dem zu engen Jackett hatten: österreichische Glock 17 – das sind nämlich die Standard-Dienstwaffen deutscher Personenschützer.

Wir konnten nicht mehr näher herankommen, ohne die Aufmerksamkeit der Personenschützer zu erregen, aber dafür taten uns der Scheich und Vongehren jetzt den Gefallen, in den Vorgarten des VIP-Zeltes zu treten. Dabei war der Scheich dank seiner traditionellen Kleidung – ein blütenweißes, fast knöchellanges Hemd mit edel Ton-in-Ton bestickter Knopfleiste und Stehkragen und dem, was Titus den »Palästinenser Lumpa«[59] nannte, auf dem dunklen Kopf mit den buschigen Augenbrauen und den vollen Lippen. Es war kaum zu glauben, dass ein Mann wie er, der doch reichlich an eine Kröte gemahnte, Vater einer schönen Tochter sein konnte. Doch sie stand neben ihm, ein zierliches Figürchen in ei-

59 – Lumpa – schwäbisch für Lumpen, Putzlappen

nem knielangen Wickelkleid aus violetter Seide. Sie hatte einen in Rosé- und Violetttönen gemusterten Schal über ihr schwarzes, zum Ballerinenknoten frisierten Haar gelegt. Es sah fast spielerisch aus. Dazu trug sie klassische Pumps in der Farbe ihres Kleides – sehr elegant, sehr distinguiert und vermutlich so kostspielig, dass mein Monatseinkommen nicht annähernd gereicht hätte, das ganze Outfit zu bezahlen.

Vongehren unterdessen sah aus, als ob er den Seiten eines hippen Männermagazins entstiegen sei: gelbe, etwas zu kurze Chinos über nackten Knöcheln und braunen Wildlederslippern, ein honigfarbenes Polohemd mit dem Logo eines teuren Herstellers, darüber ein braunes Leinenjackett, das für mich nach »zu klein geraten« aussah – aber das scheint im Moment Mode zu sein.

Er hatte außerdem die Haare zurückgegelt, eine verspiegelte Sonnenbrille hineingeschoben – und er gockelte herum wie ein Weltmeister.

»Wo steckt seine Braut?«, flüsterte Atreju.

»Vermutlich im Stall – wenn sie noch lebt«, gab ich ebenso leise zurück. »Aber ich vermute, dass Vongehren sie noch eine Weile braucht. Sie soll ja das Pferd durch das M-Springen reiten, also wird sie wohl im Stall bei ihm sein. Und wir sollten uns jetzt eigentlich Richtung Meldestelle begeben – ich wüsste zum einen gerne, wann das M-Springen anfängt, und zum anderen, wann unsere Vanessa darin startet.«

Atreju fasste wieder nach meiner Hand und verflocht unsere Finger. »Also los – ab zur Meldestelle.«

Wir drückten uns vorsichtig nach hinten durch die Büsche, schlichen um ein Zelt herum und gingen auf den Turnierplatz zu. Atreju fragte: »Weißt du, wo die Meldestelle ist?«

Ich schüttelte den Kopf. »Nein, aber sie ist normalerweise ausgeschildert und relativ nahe am Richterturm.«

»Ah ja …« Er deutete mit dem Kinn hinüber zur anderen Seite des Platzes, wo eine große, sehr moderne Tribüne mit viel Beton, Stahl und Fahnen aufgebaut war. An ihrer oberen Seite war ein zusätzlicher Aufbau – noch eine, vermutlich exklusivere Tribüne, darüber eine Art Turm mit großen Panorama-Scheiben und einer ganzen Batterie von Lautsprechern, auf das restliche Publikum ausgerichtet. »Könnte deine Meldestelle irgendwo da drüben sein?«

»Mit hoher Wahrscheinlichkeit!«

»Na, dann los!« Er führte mich auf den Weg um den Turnierplatz herum, auf dem einiges an Betrieb war. Mir war es recht – unter all diesen herumwuselnden Leuten waren wir gedeckt und die Gefahr, dass Vongehren und Vanessa Gröncrt uns sehen würden, erschien mir recht gering.

Allerdings stellte ich fest, dass meine edlen Pumps eine Fehlinvestition gewesen waren. Für einen Marsch um einen Turnierplatz herum waren sie nicht geeignet. Ich hatte das ziemlich sichere Gefühl, dass ich mir am linken Schuh den Absatz bereits ruiniert hatte und dass der rechte auch bald fällig sein würde. Das war's dann wohl mit diesen Schuhen, aber gut – sie hatten mir für einige Stunden das Gefühl gegeben, gut und weiblich auszusehen und das war es wert gewesen.

So – wir waren an der Tribüne. An ihrer kurzen Seite vorbei – und da war der Wegweiser: Toiletten nach links, Ladengasse ebenfalls links, Versorgungszelt rechts, Meldestelle 20 m rechts, Pressezentrum 25 m links. Ich schaute in die Richtung und stapfte los – und ja, klar, die Meldestelle war ein Zelt, das unter der Tribüne stand. Davor standen einige Holztafeln, an denen diverse Listen hingen.

Atreju steuerte die erste an – er ist in so etwas immer sehr neugierig. »Ergebnisliste L-Springen« las er vor, zog dann eine Augenbraue hoch, schüttelte den Kopf und trat zur nächsten Tafel. »Resultate L-Dressur.« Die interessierten ihn auch, also trafen wir uns vor der dritten Tafel, die ich sehr interessant fand. Da hing nämlich die Startreihenfolge für das M-Springen um 14:30 h.

Ich schaute auf die Uhr – es war kurz vor 12. Nun denn, wir würden uns eine Wurst einpfeifen oder was es sonst Gutes auf dem Turnier gab. Danach würden wir Richtung Abreiteplatz gehen – ich wollte doch sehen, wie Vanessa Grönert mit dem Wunderpferd klarkam.

Aber nun erst einmal Startreihenfolge. Mit dem Finger glitt ich die Reihe mit Pferdenamen entlang – und ja, da war sie: Startplatz 6; Abfahrt 15:15, Kopfnummer 181, Mahagoni, Vanessa Grönert, Deutschland, Landesverband Baden-Württemberg, Reit- und Fahrverein St. Hubertus.

Aber war da nicht die Rede davon gewesen, dass sie zwei Pferde in diesem Springen reiten sollte? Das erklärte auch, dass sie nicht nach der normalen Startreihenfolge, die für diesen Wettbewerb mit F anfing, nach der also Mahagoni ziemlich im Mittelfeld gewesen wäre, sondern so weit vorne startete. Das Privileg gewährte man üblicherweise nur Reitern, die mit zwei Pferden im gleichen Wettbewerb starteten.

Also weiter in der Liste – und wie vermutet, ziemlich weit unten um 17:20: Kopfnummer 182, Pallimera, Vanessa Grönert, Deutschland, Landesverband Baden-Württemberg.« Momento – Pallimera? Den Namen hatte ich noch nie gehört. Und er passte auch nicht. Die Stute, von der die Rede gewesen war – Himmel, ihren Namen hatte ich mir nicht gemerkt, aber ich erinnerte mich: Sie war eine Tochter von Ganove-Linie und trug einen passenden Namen, also einen, der mit »Ga« anfing.

Pallimera – nein, das war nicht mit »Gallimera« zu verwechseln, und außerdem gab es bei Meldestellen eigentlich selten Tippfehler bei Pferdenamen. Sie haben nämlich den Pferdepass vorliegen.

Hatte Vongehren umdisponiert? Wollte er jetzt nicht mehr diese Ganove-Nachfahrin, sondern diese Pallimera verkaufen?

Ich ging nachdenklich an den Tafeln entlang – und die letzte war eine sehr breite, auf der eine sehr lange Liste hing: »Teilnehmende Pferde«, nach Kopfnummern geordnet. Ich suchte die 181, Mahagoni, Westfale, Wallach, F[60] von Mahari-San/Isotop, Züchter und Besitzer – da war Hendrik Vongehren auf dem St. Leonhards-Hof in Unterwilflingen eingetragen.

Gleich darunter 182: Pallimera, WBZD[61] , Stute, DB[62] von Pilots Sohn/Waldläufer, Züchter Enrico Essling, Zernitz-Lohm; Besitzer Enrico Essling, Zernitz-Lohm.

»Atreju, kommst du mal?« Er stand noch weiter vorne, nun eilte er zu mir. Ich deutete auf die beiden Einträge. »Wie findest du das?«

Er studierte die beiden Einträge, dann verzog er das Gesicht und zuckte mit den Schultern. »Du bist die Pferdekennerin hier. Ich sehe da nicht viel – eigentlich nur, dass dein Freund Essling offenbar eine ganze Menge Pferde gezüchtet hat.«

»Ich weiß inzwischen von zwei, aber mein Gefühl sagt mir, dass es noch sehr viel mehr gibt und dass das nicht zu dem Hof passt, auf dem ich meinen Stunt mit dem Lada geliefert habe. Außerdem: Warum züchtet der in Brandenburg mit einem eher unbedeutendem Hengst aus Bayern?« Ich schob meine Hand unter seinen Ellbogen und kuschelte mich kurz an ihn. »Ach, du … sag mal, wer hat den Satz von ‚welches Netz wir weben' gesagt und wie heißt es richtig?«

»›Oh welch verworren Netz wir weben, wenn wir nach Trug und Täuschung streben‹«, zitierte Atreju. »Das ist von Sir Walter Scott. Und es passt hier sehr gut, nicht? Das scheint wirklich ein sehr verworrenes, mehrfach ineinander verschlungenes Netz – und ob die,

60 – F = Fuchs
61 – WBZD = Warmblut-Zuchtverband Deutschland
62 – DB = dunkelbraun

die darin hängen, wirklich eine Chance haben, wieder rauszufinden?«

Ich antwortete nicht. Bei mir hatte nämlich das Hirn eingeschaltet und arbeitete auf Hochtouren.

Atreju schaute mich mit schräggelegtem Kopf an, nahm meine Hand und sagte: »Gut, gehen wir etwas essen!«

Er steuerte mich zum Restaurationszelt, wobei er den Arm um meine Schulter legte. Kurz davor schaute ich ihn an und sagte: »Ich komm' nicht dahinter – mir fehlen noch einige Infos. Aber zähl mal zusammen: Vongehren hat bei Essling angekündigt, dass er Vanessa Grönert zu ›entsorgen‹ gedenkt. Er kann das aber erst tun, wenn sie diesen Mahagoni geritten hat. Danach aber läuft ihre Uhr – und dann soll sie diese Pallimera reiten. Siehst du, welches Teil im Puzzle fehlt?«

»Unter den gegebenen Umständen …« Er steuerte mich ins Zelt, suchte nach einem freien Tisch, fand einen im vorderen Drittel links und führte mich dahin, dann drehte er sich zur Theke um. »Ich glaube, hier muss man sich sein Futter selbst holen. Was magst du?«

»Ich habe nicht viel Hunger – irgendein Fischbrötchen?«

»Mit viel Zwiebeln?« Er grinste. »Dann muss ich auch eines essen. Und was möchtest du trinken? Ich fürchte, Zitrone Natur haben die hier nicht.«

»Das glaube ich auch nicht, also nehme ich ein Mineral…« Ich stockte und legte die Hand auf meinen Magen, der sich schon den ganzen Morgen seltsam anfühlte. Es war nicht, dass er wirklich schmerzte, aber er schien anzumelden, dass er bald damit anfangen würde. Also orderte ich eine Cola ohne Eis. Bei mir hilft die manchmal, wenn mein Magen meckert.

*****

Ich hatte ein Fischbrötchen gegessen und eine Cola getrunken; für Atreju hatte es eine Wurst, ein Fischbrötchen und ein alkoholfreies Bier gegeben. Nun bummelten wir – beide hinter Sonnenbrillen, was nicht nur der erstaunlich hellen Herbstsonne geschuldet war, sondern auch der Tatsache, dass wir, falls wir Vongehren oder Grönert begegneten, nicht sofort erkannt werden wollten. Wir waren nämlich in Richtung der Stallzelte unterwegs – nachdem wir gesehen hatten, dass der Parcours für das M-Springen zum Abgehen geöffnet worden war. Also konnten wir davon ausgehen, dass zumindest Grönert Hindernisse und die Wege daraufhin anschauen würde. Und Vongehren würde seinen Scheich hüten und versuchen, der Tochter zu imponieren. Ob er sich wirklich einbildete, bei der Prinzessin eine Chance zu haben?

Wie auch immer: Wir hatten freies Feld und konnten uns die Pferde anschauen – der Veranstalter machte es uns einfach, er hatte nämlich die Stallzelte beschriftet. Vor jedem stand ein Schild, das nicht nur Auskunft darüber gab, welche Reiter hier untergebracht waren, sondern außerdem die Kopfnummern.

Beim Mittagessen hatten wir Gesellschaft von einem Paar bekommen, das in der Meldestelle half, gut Deutsch sprach und uns stolz darüber aufklärte, dass auf diesem Platz schon früher Reitturniere gelaufen seien. Hier sei früher eine Kavalleriekaserne gewesen, ein Teil der Stallungen sei sogar erhalten, umgebaut und werde beim Turnier mitgenutzt.

Tatsächlich stand am Ende einer ganzen Reihe von Stallzelten ein sichtlich frisch renoviertes Gebäude – dreistöckig, in jedem Stock eine Reihe von Fenstern. In der Mitte standen zwei Doppeltore weit offen und sorgten für zusätzliche Belüftung. Und davor verkündete das Schild, das hier die Pferde aus Deutschland, Tschechien, Slowakei, Österreich und Ungarn untergebracht waren – eben alle Kopfnummern von 170 bis 227.

Natürlich gab es Ordner, aber die unterhielten sich – und Atreju schnappte meine Hand und marschierte durch den Eingang, dabei nonchalant in Richtung der Ordner grüßend. Er sah aus als ob ihm mindestens ein halbes Dutzend von den in diesem Stall untergebrachten Pferden gehören würde. Ich humpelte hinterher, denn inzwischen taten mir die Füße in meinen oh-so-eleganten, inzwischen aber ganz schön angeschlagenen Pumps – beide Absätze hatten Kratzer abbekommen und links zog sich oben drauf einer über die Spitze – ganz schön weh.

Aber der Stall war toll! Ein breiter Stallgang, in dem man mit einer halben Schwadron durchreiten konnte, in der Mitte ein breiter Streifen mit Kopfsteinpflaster, von dem aus schmalere, gepflasterte Gänge zu den einzelnen Boxen führten. Zwischen ihnen lag Sand und der war perfekt in Mustern geharkt.

Die Boxen waren sehr großzügig, die auf dicke Holzbohlen gesetzten Gitter im oberen Teil grün mit kleinen, goldenen Verzierungen lackiert. Oben über jeder Boxentür prangte eine altertümlich verschnörkelte Tafel, auf der früher wohl Pferdenamen gestanden hatten. Heute allerdings waren in Plastik eingeschweißte Computerausdrucke an den Türen angebracht.

Vierte Box links – mein Blick blieb an dem auffallend hübschen, fast schon puppigen Kopf hängen: ein Dunkelfuchs mit Langstern und einer Schnippe,[63] dem cremefarbenes Langhaar ins Gesicht fiel. Manche Leute hätten ihn zu bunt gefunden, aber mir gefiel er – und das lag nicht zuletzt daran, dass er ausgesprochen hübsche, kleine Mausöhrchen hatte und große, gescheite Augen unter langen, geschwungenen Wimpern. Mir war, als wenn er mich zu sich rufen wolle, und ich ging auf ihn zu, die offenen Handflächen ausgestreckt.

---

63 – Ein Langstern ist, wie der Name sagt, ein in die Länge gezogener Stern, der auf der Stirn des Pferdes beginnt und den Wirbel, den die meisten Pferde da haben, umfasst. Und die »Schnippe« ist ein weißes Abzeichen auf der Nase.

»Na, du Schöner?« Kein Zweifel daran, dass der hübsche Fuchs – und wie schön sein rotbraunes Fell war, sah ich erst jetzt, als ich neben ihm stand – ein Junge war. Und nun schnupperte er an meiner Hand. Ich spürte seinen warmen Atem auf meiner Haut, seine Tasthaare kitzelten, und da war dieses unvergleichliche Gefühl der Berührung mit einer Pferdenase. Es wurde tausendmal schon mit »wie Samt« beschrieben, doch ich finde, dass das nicht wirklich trifft. Samt ist ein totes Material, menschengemacht, in sich kühl. Aber eine Pferdenase strahlt Wärme aus und ist belebt. Und nun erlaubte mir der Schöne, ihn zu streicheln und seinen Kopf in die Hände zu nehmen. Dabei spielten seine Ohren und ich konnte nicht widerstehen und schäkerte leise mit ihm: »Du erinnerst mich an meinen Allegro. Das ist auch ein ganz Hübscher, wenn auch mehr ein Lausbub und nicht so schmusig wie du.« Ich kraulte mit zwei Fingern an seinem Kieferknochen entlang und merkte, dass das meinem vierbeinigen Gegenüber sehr gut gefiel. Er entspannte die Lippen, ließ ein Ohr hängen und ich musste fast lachen, weil er damit so niedlich aussah.

»Wie heißt du wohl?« Ich zupfte an seinem Ohr und trat einen Schritt zurück, um auf den Ausdruck an seiner Box zu schauen. »Mahagoni« stand da – und ich schluckte. Von wer weiß wie vielen Pferden in diesem Stall hatte ich mir gerade den ausgesucht, um mich zu vergucken? Nun blutete mir mein Herz beim Gedanken daran, dass dieses sanfte, offenkundig sensible Pferd ein Handelsobjekt war, das in die Vereinigen Emirate verkauft werden würde, wo es dann vermutlich ein Bereiter ohne jedes Feingefühl so glatt bügelte, dass es sogar mit der vermutlich total untalentierten Prinzessin im Sattel große Springen gewinnen konnte!

Atreju hatte wohl gesehen, wie sich mein Gesicht verdüstert hatte. Nun trat er zu mir, legte eine Hand auf meine Schulter und streichelte mit der anderen über Mahagonis Nase. »Was ist, Mäxle? Du schaust so bedröppelt.«

»Kannst du mir gerade mal 315.000 Euro leihen?«, fragte ich.

»Öh …« Er griff in seine Hosentasche, zog ein Bündel Scheine und ein paar Münzen heraus – seine Gewohnheit, sein Geld immer einfach so in die Tasche zu stopfen, amüsierte mich schon lange – und betrachtete sie. Dann schob er sie wieder ein, schüttelte den Kopf und sagte: »Ne, du – ich scheine nicht genug dabeizuhaben. Und ich fürchte, am Bankomat kann man das auch nicht einfach so rausziehen.«

»Zu schade …«, bedauerte ich.

»Wolltest du ihn dem Scheich wegschnappen? Ich vermute, da müsstest du noch einiges mehr bieten. Vielleicht sollte ich das Angebot jener Plattenfirma annehmen, die unbedingt so was wie ›Cello Romance‹ oder ›The Music of Love‹ aufnehmen will? Inklusive Titelbild, auf dem ich mit einem nassen, weißen Hemd in der Brandung stehe und mein Cello liebend umarme?«

»Das arme Cello! Das wird da doch nass!«

»Und ich?«

»Hältst das besser aus als ein Cel…« Weiter kam ich nicht, weil Atreju mich mit einem Griff an sich zog, mir eine Hand über den Mund legte und zischte: »Klappe!« Dann schubste er mich fast grob in den schmalen Gang zwischen der Box des kleinen Fuchses und seinem Nachbarn.

Der Gang führte zu einer Sattel- und einer Futterkammer, jeweils zwischen zwei Boxen. Und er war ziemlich dunkel, nur durch ein Oberlicht beleuchtet. Aber nun hörte ich, was Atreju zu seiner Aktion veranlasst hatte: Schritte im Stallgang, zwei Männerstimmen – und beide waren vertraut.

»Verwechsel bloß die Injektionen nicht!«, grollte die eine Stimme mit deutlichem Brandenburger Dialekt – Essling!

Ihm antwortete – na, wer wohl? Vongehren natürlich und er zischte wie eine Kobra in Angriffsstellung. »Ich bin doch kein Idiot!

Das mit dem zartrosa Etikett ist für unsere Mädelchen, das himmelblaue ist das Knäbelein.« Er klang sehr nervös. »Aber du wirst verstehen, dass ich bei selbigem keinen Spritzenabszess produzieren will. Deshalb werde ich lieber dreimal als nur einmal testen, ob ich eine Vene erwischt habe, und ich werde super-super-langsam spritzen. Wir haben nichts davon, wenn der Onkel Doktor vom Scheich uns fragt, woher der liebe Mahagoni plötzlich den Hubbel hat.«

»Is' ja gut! Aber«, ich hörte, wie Essling mit seinen schweren Stiefeln scharrte, »es wäre dennoch kein Schaden, wenn du zu machen würdest. Ich hätte echt keine Lust, dem ebenso breitschultrigen wie geistig unterbelichteten, aber muskulär überentwickelten Beschützer unseres Prinzen aus dem Morgenland zu erklären, was wir hier mit dem künftigen Eigentum seines großen Herrn veranstalten.«

»Schisser!«, fauchte Vongehren. Und: »Halt mal da!«

Obwohl ich nicht um Ecken herum und durch Wände hindurch sehen kann, konnte ich mir gut vorstellen, was da nun abging. Vongehren hatte wahrscheinlich eine Einweg-Spritze – die mit dem himmelblauen Etikett – in der Hand und suchte die richtige Stelle zum Einstich in eine Halsvene. Die wiederum wurde von Essling mit dem Daumen gestaut – nichts was für mich nicht Routine gewesen wäre, 100-mal geübt, ohne groß darüber nachzudenken.

Aber was hatte er in der Spritze und warum war es überhaupt nötig, dem Fuchs so kurz vor dem Wettbewerb eine Injektion zu verpassen? Auf mich hatte der schmusige Junge nicht so hippelig gewirkt, dass eine Beruhigungsspritze angezeigt gewesen wäre. Gleichzeitig aber hatte er auch nicht das Gefühl vermittelt, er würde, wie mein Großvater gesagt haben würde, »ständerlings schlafen«.[64] Was also sollte es?

---

64 – Schwäbisch: Ständerlings schlafen – im Stehen schlafen

Andererseits – damals, als ich ihn das erste Mal zum Thema belauscht hatte, hatte er schon gesagt, dass er Vanessa Grönert brauche, weil nur sie mit Mahagoni fertigwerden könne. Was bei dem allerdings die Schwierigkeit war, hatte er nicht verraten.

»Mach mir das mal nass!«, verlangte Vongehren – und bevor ich wusste, wie mir geschah, hatte Atreju mich in die Futterkammer geschubst. Er schaute sich dort kurz um, dann flüsterte er: »Komm, hier rauf!«

In der linken Ecke der Kammer führte nämlich eine steile Stiege nach oben. Atreju schob mich hoch, drückte sich hinterher – und wir landeten auf einem reichlich staubigen Heuboden. Ich wollte gerade wieder aufstehen, als Atreju, auf dem Hintern sitzend, meinen Arm schnappte und mich über seinen Schoß zog. Dabei fing er mich so auf, dass mein Kopf an seiner Brust zu liegen kam, hielt mir den Mund zu und flüsterte: »Still! Essling ist im Umlauf!«

Und tatsächlich: von unten das Geräusch von Gummisohlen auf Steinboden, dann das Rauschen einer Wasserleitung. Ich schaute nach Atreju, der inzwischen auf Knien und Ellbogen ein Stückchen weitergekrabbelt war. Nun lag er flach auf dem Boden, ohne Rücksicht auf seine schicke Hose und das Hoodie, und er blies ganz vorsichtig den Staub weg, putzte mit der Hand nach und wedelte nach mir. Tonlos formten seine Lippen ein »Komm her!« und ich gehorchte. Er rollte ein wenig zur Seite, schaffte Raum für mich und zeigte mit dem Finger auf ein Astloch. Es war optimal: klein genug, dass man es von unten sicher nicht bemerkte, aber groß genug, dass man genug sehen konnte, und obendrein genau über dem vorderen Drittel von Mahagonis Box.

In der standen Vongehren und Essling. Vongehren massierte eine Stelle am Hals des müde wirkenden Mahagoni, Essling redete auf ihn ein. »Und was machst du, wenn die eine Doping-Probe ziehen?«, fragte er.

Vongehren zuckte mit den Schultern: »Bis die ausgewertet ist, bin ich bei den Beduinen. Und meinen Scheich juckt so was nicht – der hat einen Schwager, der regelmäßig dafür sorgt, dass bei seinen Pferden die Doping-Proben irgendwie nicht vorschriftsgemäß genommen wurden, dass die B-Proben verschwinden und was dergleichen Kalamitäten mehr sind.«

»Money makes the world go round …«, sang Essling – und das sogar erstaunlich sauber. Dennoch wich die Sorgenfalte auf seiner Stirn nicht: »Und du bist sicher, die Nummer mit der Grönert klappt? Mir ist das zu raffiniert. Da sind zu viele Möglichkeiten, dass etwas schiefgeht! Warum nicht einfach …« Er formte aus seiner Hand eine Pistole, tat, als wenn er sie abschießen würde, und blies dann nonchalant den Qualm von der Mündung.

Vongehren schüttelte den Kopf. »Du glaubst doch nicht, dass du in der Nähe des Scheichs eine Pistole ziehen kannst? So schnell, wie seine Gorillas da ein adrettes Lochmuster in dich stanzen, kannst du den Finger nicht krümmen! Und damit nicht genug – die polnische Polizei mag verpennt sein, aber so verschlafen, dass du hier weg und zum nächsten Flughafen kommst, sind sie dann auch wieder nicht! Meine Nummer ist die einzige, die klappen kann – wenn deine Information stimmt.«

»Keine Sorge, die stimmt. Du hast den Wall gesehen und ich kann dir versichern: Pallimera springt auf so was auf – aber nur ganz beschissen wieder runter! Ich hab's dreimal probiert – das erste Mal hat es mich fast den Hals gekostet. Es war reiner Zufall und mein märkischer Sandboden, der es mir ermöglichte, mich da noch wegzurollen. Beim zweiten Mal hing sie an der Longe – und bingo. Sie rafft das Konzept des In-out nicht. Sie macht einen Zwischenschritt, dadurch kommt sie zu eng vor das Rick und schafft es nicht mehr drüber. Und weil sie panikt, wenn sie sich eingesperrt fühlt, schmeißt sie sich irgendwie ins Rick – das übersteht auf normalem Boden wie hier keiner. Wenn wir Glück haben, wälzt sich Palimera dann über deine Ex-Braut. Und wenn 600 Kilo Pferd sich über jemand rollen, hat der keine Sorgen mehr …«

Er kam nicht weiter. Vongehren schüttete den Kopf: »Vanessa hatte kein Problem, sie über dein Coffin zu reiten. Das ist auch nicht so viel anders!«

»Doch, ist es! Das Coffin muss sie nicht in-out springen! Sie kann das In-out nicht! Glaub mir, bei dem relativ schmalen Wall[65] hier geht's schief und dann ist deine Vanessa«, er schaltete auf salbungsvoll, »ein Opfer des Sports geworden, den sie so sehr geliebt hat.«

Mir blieb ob der Kaltschnäuzigkeit, mit der die Herren einen Mord besprachen, fast die Spucke weg. Ich schaute Atreju an, der auch nur den Kopf schüttelte. Doch es ging noch weiter. Vongehren hatte etwas – eine Spritze? Eine Medikamentenflasche? – in der Hand, nun nahm Essling es ihm ab. Es war ein dunkles Medikamentenfläschchen, das er gegen das Licht hielt. »Ich weiß nicht, ob das so eine gute Idee ist. Pallimera ist doch eh aufgedreht wie nichts! Dafür haben wir sie ausgesucht und darum ist es um sie auch nicht sonderlich schade.«

»Sie muss richtig spinnen!« Vongehren nahm seinem Spießgesellen das Fläschchen ab.

»Und du meinst, dein ehemaliger Bettwärmer bleibt im Sattel, wenn Pallimera tobt?«

»Worauf du dich verlassen kannst!« Vongehren grinste dreckig, dann seufzte er. »Wenn die im Bett nur halb so gut gewesen wäre

---

65 – Der Wall ist eine relativ schmale Erderhebung, auf dem manchmal ein Hindernis steht und nach dessen Absprung sofort wieder ein Hindernis kommt. Der Wall wird »in-out« gesprungen, das heißt: Das Pferd springt auf, dann ohne Zwischenschritt sofort über das Hindernis auf dem Wall, danach – ohne Zwischenschritt – Absprung und aus dem heraus über das Hindernis unten.

wie im Sattel, hätte ich sie vielleicht noch ein bisschen behalten. Aber so! Die war schon beim dritten Mal langweilig!«

Atreju neben mir verzog das Gesicht – der mag es überhaupt nicht, wenn so über Frauen gesprochen wird. Er sah aus, als ob er in etwas Verdorbenes gebissen hätte. Ich streichelte über seine Hand und presste mein Auge wieder gegen das Astloch. Die Herren unten traten jetzt in den Stallgang und Essling sagte: »Okay. Dann verlasse ich mich darauf, dass du die Kuh hier vom Eis bringst. Ich bringe dann das Auto weg …«

Vongehren grinste. »Die Polizei, dein Freund und Helfer. Ich find's sehr praktisch, dass deine Schwester diesen Typen geheiratet hat und dass der brav tut, was die ihm sagt.«

»Der weiß, was ich mit ihm mache, wenn er es nicht tut!« Essling kicherte – ein wenig sympathisches Geräusch. »Also – ich marschiere los und bringe den LKW weg und du hütest unterdessen deinen Scheich und sein Töchterlein. Ich versteh' gar nicht, dass du ihr Angebot, Reitlehrer bei ihr zu werden, nicht annehmen magst.«

»Na, dankeschön! Sie frisst mich mit Haut und Haaren und ihr Papi lässt mir das Fell dafür abziehen, dass ich mich ihrer Hochherrlichkeit genähert habe. Ne, ne – lieber bringe ich einem sibirischen Säbelzahntiger das Walzertanzen bei!«

Essling lachte, dann klopfte er Vongehren die Schulter. »Mach's gut. Ich finde, wir waren ein gutes Team. Schade, dass wir jetzt auseinandergehen müssen!«

*****

Essling war kurz nach dieser Verabschiedung gegangen, gefolgt von Vongehren. Wir hatten dagegen nach ein paar Minuten auf dem Heuboden ausgeharrt, dann waren wir wieder in den Stallgang hinuntergestiegen und hatten uns von Heu und Staub befreit. Ich sah nicht mehr ganz so geschleckt aus wie am Morgen, auch Atreju wirkte nicht mehr wie dem Modemagazin für den Herrn von Welt entsprungen, aber wir fühlten uns wohl und ich hängte mich bei ihm ein, kuschelte mich ein wenig an ihn und ging mit ihm zum Turnierplatz hinüber.

Dabei steckten wir die Köpfe zusammen und unterhielten uns leise – bis wir weit genug vom Stall weg waren und ich mein Handy hervorkramen konnte. »Warte«, sagte ich leise. »Ich muss nur kurz Kiehlmeyer anrufen. Ich hoffe, dass er was machen kann, wenn er weiß, dass der Leasing-Lkw vermutlich mit Papieren unterwegs ist, die der werte Schwager von Essling unterzeichnet hat.«

Immerhin: Kiehlmeyer schien auf seinem Handy gesessen zu haben. Er nahm schon nach dem ersten Klingeln ab. »Hallo, Frau Doktor Kersten – sind Sie okay?«

Ich musste lachen. »Wenn Sie damit fragen wollen, ob ich mal wieder irgendwo im Schnee im Wald herumliege – nein. Ich steh' auf meinen Beinen, bin fit und munter, Herr Ødegård passt auf mich auf und um mich rum sind hunderte von Leuten, ergo wird mich wahrscheinlich in den nächsten 10 Minuten auch niemand umbringen.«

»Das ist sehr beruhigend!«, seufzte mein Kommissar. »Wenn es nach mir ginge, müssten die Polen nun eine Hundertschaft abstellen, die Sie umringt und darauf aufpasst, dass kein Bösewicht in Ihre Nähe kommt, aber wie ich Sie kenne …«

» … würde ich die Hundertschaft aufteilen«, unterbrach ich ihn. »Ungefähr 30 von den Vögeln würde ich losjagen, um Essling und den geklauten LKW einzufangen – der ist nämlich eben hier weggefahren, und ich vermute, dass seine nächste Station eine Autowerkstatt ist, in der das Ding nochmal ein bisschen umgebaut wird.« Ich holte tief Luft, sprach aber dennoch leise weiter: »Von den restlichen 70 würde ich 35 losschicken, dass sie Vanessa Grönert überwachen und dafür sorgen, dass sie ihr zweites Pferd nicht startet. Damit wird sie nämlich stürzen und sich vermutlich den Hals brechen. Der Rest könnte Vongehren und den Stall absuchen – ich vermute, da finden sich einige illegale Medikamente …« Erst in dem Augenblick fiel mir auf, dass Atreju nicht neben mir war, aber ich sah seine breiten Schultern und den dunkelblonden Kopf, wie er seitlich auf den Abreiteplatz zusprintete.

»Frau Doktor Kersten?«, hörte ich jetzt Kiehlmeyer an meinem Ohr. »Ich bin ziemlich sicher, die Polen haben Beamte in Zivil auf dem Platz. Ich weiß jetzt nur nicht, wo genau – aber ich werde die auf jeden Fall noch mal scheuchen und ihnen sagen, dass sie auf diese Grönert aufpassen und sie im Zweifelsfall vor ihrem zweiten Start festnehmen sollen.«

»Und vom ersten Pferd auf jeden Fall eine Doping-Probe ziehen! Da ist sicher was drin, was nicht reingehört!«

»Okay.« Während ich nach Atreju schielte – der bummelte mit seiner Sonnenbrille und einem Programmheft vor der Nase am Abreiteplatz entlang, als ob er gar nicht mitbekommen würde, dass da schon geritten wurde – zögerte Kiehlmeyer und sagte schließlich: »Mensch, Frau Doktor Kersten – ich würde mich am liebsten nach Stargard beamen lassen und persönlich auf Sie aufpassen. Ich habe ein ganz schlechtes Gefühl. Bitte, bitte versprechen Sie mir …«

Ich hörte nur noch mit Viertelsaufmerksamkeit zu. Ich beobachtete nämlich meinen Liebsten, der nun – mit dem Rücken zum Abreiteplatz – an einer Batterie von Mülleimern lehnte. Doch vor ihm standen Vongehren und Grönert, sie schon in weißer Hose, Stiefeln, weißem Hemd, weißer Krawatte, Helm und das blaue Jackett mit der Startnummer unter dem Arm. Sie hatte die Hand an seiner Schulter, die beiden unterhielten sich, er schien sie zu beschwören und schließlich beugte er sich zu ihr und küsste ihre Stirn. Dann hob er einen Daumen und marschierte davon, während sie Richtung Parcours eilte – klar, Hindernisse abgehen, Distanzen einschätzen. Atreju unterdessen ging in die Knie, hob etwas auf – und blieb unten, bis Vongehren vorbei war. Er wartete einen Augenblick, dann sprintete er los.

Zwei Minuten später – ich hatte mich inzwischen mit dem Versprechen, nichts anzustellen, von Kiehlmeyer verabschiedet – stand er schweratmend vor mir, nahm meinen Arm und japste: »Komm mit, ich muss dir was zeigen!« Er zog mich in den Schatten eines großen Würstchenstands, dort fasste er in seine Hosentasche und zog einen leeren Streifen Tabletten heraus.

»Kannst du die Schrift noch erkennen?«

Ich zog die Folie ein wenig glatt. »Travor 1,0«, las ich ab. »Kenne ich nicht. Wie kommst du dazu?«

»Pass auf, die Grönert klagte, dass ihr im Bauch so komisch sei, der Fisch gestern sei ihr nicht bekommen. Darauf hat er ihr drei von diesen Tabletten gegeben – die seien gegen Durchfall und Magengrimmen, ein wahres Wundermittel, das ihren aufgebrachten Bauch schnell beruhigen würde …«, erzählte Atreju.

Ich hatte unterdessen mein Handy zum Einsatz gebracht und »Travor 1,0« gesucht. Nun sagte ich: »Und ob das den Magen beruhigt! Das beruhigt alles – und drei davon? Das wären 3,0 – heidewitzka, das knallt rein!«

»Was ist das?«

»Pass auf, Goldstück: Travor ist ein Tranquilizer aus der Gruppe der Benzodiazepine – eine sogenannte ›Happy Pill‹«, erklärte ich. »Es wird bei Angst- und Spannungszuständen eingesetzt und soll beruhigen und entspannen – in der gebotenen Dosis, die ungefähr bei 2,5 pro Tag liegt, verteilt auf drei Portionen, also morgens, mittags und abends. Hier haben wir aber 3,0 auf einmal – nicht übel, oder?«

»Besteht da nicht die Gefahr, dass die Grönert im Sattel einpennt?«, fragte Atreju.

Ich schüttelte langsam den Kopf. »Nicht unbedingt. Aber bei diesen Dingern steht nicht umsonst auf dem Beipackzettel, dass man damit weder Auto fahren noch Maschinen bedienen soll. Die Reaktionsfähigkeit ist nämlich eingeschränkt, außerdem kann es sich auf das Nervensystem auswirken und die Koordination beeinträchtigen.«

»Oha!«, Atreju schluckte. »Und dann soll die ein bekannt schwieriges Pferd reiten? Ist das nicht irre? Ich meine, das Erste ist doch schon nicht ohne. Wenn sie sich mit dem den Hals bricht, ist das doch keine Werbung für den Kauf! Der Scheich will doch sein Töchterlein nicht loswerden.«

Ich schob den Tablettenstreifen in meine Jackentasche. »Atreju, der Witz ist, dass ihr das Zeug mit dem Ersten vielleicht sogar hilft. Der ist nervös, dem haben sie auch einen Tranquilizer gespritzt, damit er ein bisschen ruhiger wird. Nun kommt sie, das Medikament recht frisch im Bauch, also noch nicht voll wirksam. In dem Stadium löst es bei ihr vielleicht so eine ›Leck mich‹-Stimmung aus …«

»Ach ja!« Ihm dämmerte es. »Ich habe auf einer Argentinien-Tour einmal einen Züchter von Poloponys kennengelernt. Er hat Ariel und mich auf seine Hazienda eingeladen, wir haben gegessen und natürlich getrunken und irgendwann kam dann auf, dass wir einen Ausritt machen. Dazu hat der mir einen knallroten Fuchs unter den Hintern geschoben – und ich sag's dir: Unter normalen Umständen hätte ich die Hose bis zum Anschlag voll gehabt. Das Tier war heiß wie die Hölle und ging ab wie das berühmte Schnitzel. Aber ich hatte einen im Tee und fühlte mich unbesiegbar. Mir kam gar nicht, dass der Fuchs mich um den nächsten Baum wickeln könnte – und er tat's nicht. Ihn hat offenbar beeindruckt, dass ich so cool war …«

»Genau – und das könnte Vanessa G. auch mit dem nicht ganz so roten Fuchs helfen. Gerade die, die gerne Show und Tralala veranstalten, sind ja oft die ängstlichen, verunsicherten Pferde, die aus

Panik herumhüpfen. Wenn die einen Reiter kriegen, der da total gelassen reagiert, beruhigen sie sich oft einigermaßen.«

»Dann kommt sie also mit dem Ersten durch den Parcours und ist erst mit dem Zweiten richtig dran …«, vermutete Atreju.

»Ja, das vermute ich auch.«

Er nickte und steuerte mich in Richtung der Tribüne, aber ich schüttelte den Kopf. »Nö, du – ich will nicht auf die Tribüne. Ich find's am Einritt immer viel spannender. Wie kommen die Tiere rein, wie gehen sie raus? Verrät einiges über ihre Kondition und auch ihre Nerven …«

»Gut, von mir aus – dann gehen wir zum Einritt.« Da standen sogar ein paar Bänke, hauptsächlich wohl für die Pfleger – im deutschen Szenenjargon »TT« für »Turniertrottel« gerufen – reserviert, die da auf ihre Pferde warteten. Aber in der dritten Reihe war eine Bank frei, und da die sogar auf einem kleinen Erdwall stand, sah man von da aus gut auf den Platz. Wir setzten uns darauf und schauten dem ersten Starter, einem knochigen Braunen, zu.

Meine Konzentration ließ zu wünschen übrig. In meinem Kopf purzelten die Gedanken durcheinander. Ob die polnische Polizei Essling wohl schon hatte? Es wäre doch zu blöd, wenn der und sein Schwager mit ihrem Stunt davonkommen würden! Und scheinbar war es so, dass das Geld für den LKW Esslings Anteil an der Beute war. Er würde irgendwie die Karre bei einem Hehler abliefern, das Geld schnappen und dann mit einem Privatfahrzeug in sein Kaff zurückkehren. Sollte ihn die Polizei dort noch hopsnehmen, meinte er wohl, könne er mit »von nichts eine Ahnung, nichts gemacht!« davonkommen.

Und wo war Vongehren mit seinem Scheich? Der Fuchs fiel mir ein – so ein hübsches, liebes Kerlchen. Ob bei dem der Stammbaum wohl stimmte? Er hatte einen Westfalen-Brand – aber das hatte in diesem Umfeld ja nicht unbedingt etwas zu sagen. Wir wussten doch inzwischen, wie das mit den Papieren lief: Essling beziehungsweise Vongehren unterhielten Beziehungen zu einigen Rossschlächtern in der Nähe. Und bei denen kamen ja immer die Pferdepässe mit, wenn ein Pferd zum Schlachten abgeliefert wurde – schließlich braucht der Rossschlächter den Impfpass, um festzustellen, ob das Fleisch für den menschlichen Verzehr freigegeben werden darf oder nicht.

Bei der Gelegenheit ließen die den Herren Essling und Vongehren geneigten, wohl gut bezahlten Metzger dann den einen oder anderen Pferdepass verschwinden und übergaben ihn ihren Auftraggebern. Die warteten, bis ihnen ein zum Papier passendes polnisches, rumänisches, russisches oder ungarisches Pferdchen begegnete. Im Notfall, wenn zum Beispiel im Pferdepass vier weiße Beine beschrieben waren, das Ross aber nur drei hatte, konnte man entweder im Papier herumfälschen oder ein gewissenloser Tierarzt konnte vielleicht mit etwas unterspritzen, was ein Trauma auslöste – und man weiß, dass auf solchen Beinen später nur noch weiße Haare wachsen. Es gibt viele Möglichkeiten, Schmu zu machen, wenn man sich richtig darum bemüht.

Während Atreju sich interessiert Ross Nummer 2 – ein sehr hagerer, hochbeiniger Falbe, der aussah, als ob er mit Gold besprüht worden sei und unter den russischen Farben startete, also vermutlich ein Achal-Tekkiner war – ansah, versuchte ich, einmal kurz zusammenzustellen, was ich jetzt wusste.

Die Herren Essling und Vongehren betrieben zusammen einen Handel mit Billigpferden aus dem Osten, die sie mit deutschen Bränden und Papieren ausstatteten. Bei entsprechender Abstammung wurde so aus einem 5000 Euro-Durchschnitts-Hottemax ein 50.000 Euro-Kracher. Und wenn sich dann noch einer wie Mahagoni fand … obwohl – nein. Ich konnte mir nicht vorstellen, dass Vongehren die Chuzpe hatte, den Scheich betrügen zu wollen. Mahagoni und sein Stammbaum passten wahrscheinlich zusammen. Aber der TÜV, den Mahagoni mitbrachte? Ich anstelle des Scheichs hätte dem nur so weit getraut, wie ich das Pferd einhändig werfen könnte.

Ein Seitenblick auf Atreju – und ich musste grinsen. Der Falbe schien ihn doch nicht so sehr zu interessieren. Im Moment schaute er nämlich eindeutig auf die knackige Kehrseite der Reiterin. Die wiederum war des Ansehens wert: eine Brünette mit apartem Gesicht unter kurzen Haaren – der Helm ließ nur wenig davon sehen, aber es sah nach einem frechen Schnitt aus. Und das Mädchen saß gut im Sattel, geschmeidig und elegant.

Ich überlegte: Müsste ich jetzt eifersüchtig sein? Titus hatte mir mal erzählt, dass Atrejus Frau ihm ständig Szenen gemacht hatte. Er hatte nur einmal einer anderen hinterhersehen müssen, schon war sie auf 180 gewesen und hatte gekreischt wie eine Marktfrau in Krasnojarsk. Abgesehen davon, dass ich es unwürdig finden würde, ein solches Geschrei zu veranstalten – wenn ich Atreju nicht vertrauen würde, wäre ich nicht mit ihm zusammen.

Gut, ich bin nicht so naiv, zu glauben, dass er ein Heiliger ist. Wenn er wochenlang alleine auf Tour ist und ihm da eine charmante, liebenswerte Frau begegnet – unter gegebenen Umständen ist er da wohl so verführbar wie jeder andere Mann. Ich denke aber, er wäre gescheit genug, diskret zu sein.

Und ich bin davon überzeugt, dass er nicht von sich aus irgendwelche Abenteuer sucht, dass er gegenüber weiblichen »Fans« weitgehend immun ist und dass er mich liebt. Also habe ich keinen Grund, wegen jeder Frau, die ihm ein Lächeln entlockt, die Sturmfahne zu hissen.

Er war glücklich mit mir. Auch wenn er es nicht dauernd in Worte fasste – diesbezüglich war er doch ein schweigsamer Wikinger –, so gab es doch Momente, in denen er mich mit tanzenden Goldfunken in den schönen Augen anstrahlte und küsste. Und morgens, direkt nach dem Aufwachen, kam schon mal ein: »Schöner als mit einem Kuss von dir kann ein Tag nicht beginnen!«

Mit dem »ich liebe dich« beziehungsweise dem norwegischen Äquivalent »Jeg elsker deg« war er sehr sparsam. Zu meinem Amüsement brachte er das meistens dann, wenn ich überhaupt nicht damit rechnete. Neulich, beim Einkaufen, musste er noch zu einem türkischen Obst- und Gemüsehändler, der ihn damit begrüßte, dass er ihm eine Kiste ausgesucht schöner Vanille-Kakis brachte. Die hatte Atreju extra bestellt, obwohl er nicht sonderlich scharf darauf ist. »Aber du magst die doch so«, sagte er, als er die Kiste ins Auto lud. Und dann »Jeg elsker deg« und ein Kuss auf meine Stirn.

Ein kühler Wind strich über den Platz. Es war immerhin Mitte Dezember, bei uns zuhause lag an den Nordhängen Schnee. Hier war es zwar trocken und eine blasse Wintersonne beleuchtete den Parcours, aber der Wind schien aus Osten zu kommen und brachte etwas von der eisigen Tundra mit. Ich fröstelte und griff nach dem Schal, den ich mit einer Sicherheitsnadel an meiner linken Schulter festgesteckt hatte. Ich gehöre nicht zu den Damen, die Schals elegant drapieren können – ich verliere die Dinger immer oder ich wickle sie mir so um, dass die Leute mich fragen, ob ich Halsweh habe. Aber angesichts des kalten Windes war mir das egal. Ich löste die Sicherheitsnadel, legte mir den Schal über den Kopf, steckte ihn unter dem Kinn fest, wickelte mir die losen Enden um den Hals – so, deutlich besser.

Wahrscheinlich lief ich jetzt Gefahr, dass der Scheich mir einen Platz in seinem Harem als Ehefrau Nummer 22 ½ anbot, aber Atreju würde dann schon auf seinem dicken Schimmel vorbeikommen, mich zu sich in den Sattel ziehen und mit mir in die Wüste hinausreiten, wo wir wie Manon und Des Grieux – bitte mit der wunderschönen Musik von Puccini – verdursten und verhungern würden. Oder lieber doch nicht – Manon war eine Zicke und Des Grieux eine Heulboje. Außerdem vermutete ich, dass Dagi nicht wild darauf gewesen wäre, bei einer Affenhitze durch heißen Sand zu rennen – der hat mit mir gemeinsam, dass er Wärme nicht sonderlich mag.

Dafür aber gab sein Herr warm – und so schob ich meine Hand unter seinen Arm und kuschelte mich an ihn. Er lächelte – und da waren die Goldfunken in seinen Augen und ich schaute ihrem Tanz zu und dachte: »Zu dumm, dass man Glück nicht einkochen kann. Das hier, dieser Moment, würde drei Gläser voll geben und damit käme ich bei vorsichtiger Dosierung über seine nächste Tour.«

Die Stadionsprecherin ging mir schon eine Weile auf den Zeiger – sie quasselte in einer Tour und schaffte es dabei, polnisch, englisch und deutsch so ineinanderzumischen, dass alles wie dasselbe klang. Dennoch blieb mir etwas hängen: »... sto osiemdziesiąt jeden Mahagoni, Vanecha Chrönert, Niemcy, Badenia-Wirtembergia.« Ich ließ Atreju los und richtete mich auf, und während die Sprecherin ankündigte: »Head Nummer 181 Mahagoni with Vanessa Grönert, Germany, Baden-Wurttemberg ...«, reckte ich den Kragen und sah den Fuchs, der nervös im Einritt herumtänzelte. Eine sehr junge, zierliche Pflegerin versuchte, gleichzeitig ihn, einen Eimer mit Pflegeutensilien und einen Rucksack zu jonglieren, während Vanessa Grönert ihre Reitkappe schloss und dabei erstaunlich gelassen aussah. Ich hätte mich auf einem so heißen Ofen wahrscheinlich nicht so cool gezeigt.

Klingeln, Einritt – und Mahagoni ging ab wie vom Katapult geschossen, wobei er allerdings geschmeidig blieb. Er war eindeutig aufgescheucht, fast schon panisch, aber verkrampfte nicht dabei. Und seiner Reiterin musste man zugestehen, dass sie wusste, was sie tat. Leichter Sitz, Knie zu, Schenkel dran, ruhige, wenn auch für meinen Geschmack zu harte Hand – und was, zum Teufel, hatten die dem armen Pferd für eine Schlosserwerkstatt ins Mäulchen gebaut?

Ihm sah man die Trakehner-Vorfahren an – daran nämlich, dass er einen ausgesprochen feinen Kopf hatte. Ich hätte ihn vermutlich mit einer relativ feinen, einfach gebrochenen Olivenkopftrense geritten – er schien mir zu denen zu gehören, bei denen weniger mehr ist, und die am friedlichsten sind, wenn in ihrem Maul nicht pfundweise Metall klemmt, klappert und nervt.

Vongehren und Company sahen das offenkundig anders. Ich war mir nicht ganz sicher – ich bin keine Spezialistin für Gebisse, weil es mir immer die Klassiker, also Trense und Kandare mit Unterlegtrense, getan haben, aber das war wohl eine dieser Spezialkonstruktionen von einem besonders »kreativen« Schlosser. Man nennt so ein Teil Aufziehtrense. Es hat ziemlich große Ringe links und rechts, beide mit Gummischeiben, die angeblich verhindern sollen, dass die Ringe etwas am Maul einklemmen – ich fürchte, dass es in vielen Fällen genau diese Scheiben sind, die den Klemmeffekt auslösen. An jedem der Ringe waren zwei Ansatzstellen für Zügel – und in beiden hingen dünne Lederzügel, sodass Vanessa Grönert gleich vier Leinen in den Händen hatte.

Ich hätte ihr am liebsten zugerufen »Gib ihm ein bisschen Luft!«, aber wahrscheinlich gehörte sie zu denen, die glauben, man könne den Hals eines Pferdes gar nicht genug aufrollen. Manche Springreiter huldigen ja dem Glauben, dass sie so Spannung und »Energie« ins Pferd bringen können, das dann über dem Sprung so richtig aus sich herausgeht. Ich glaube eher, dass man damit die Springkraft reduziert und dem Pferd den Spaß am Springen nimmt – aber was weiß ich schon? Mir hat mal ein Springreiter gesagt, dass ich mit meinen »sentimentalen Mätzchen« noch nicht mal unfallfrei durch ein L-Springen[66] kommen würde – wobei in dem Fall das »l« für »lausig« stehe. Inzwischen habe ich allerdings schon ein CCI Zwei

66 – L wie leicht

Stern[67] gewonnen – aber ich vermute, das hätte dem Springreiter nicht imponiert, weil er von der »Feld-, Wald- und Wiesenhoppelei« nichts hält.

Schneid hatte Vanessa Grönert – das konnte man ihr nicht absprechen. Aber warum sie den eh schon kopflos dahinstürmenden Mahagoni auch noch aufpulverte, verstand ich nicht. Wollte sie damit zeigen, dass er selbst dann, wenn er raste wie ein Verrückter, noch sauber sprang? Und immerhin – diesbezüglich ließ er sich nicht lumpen. Er suchte sich trotz der Rennerei noch recht gut den Absprung, er bewies, dass er ein superschnelles Vorderbein hatte und mit viel Bascule[68] springen konnte.

Ich stellte mir vor, wie sich das anfühlte, wenn man darauf saß, und wie schön es sein würde, wenn Mahagoni nicht wie ein Wilder durch den Parcours stürmte, sondern mit Ruhe und Bedacht ans Hindernis geritten wurde. Und dann noch gut trainiert und gymnastiziert – er war nämlich bei aller Geschmeidigkeit ein bisschen »kantig« in den Ecken. Von Biegung und Stellung hatte er noch nicht viel gehört. Er glaubte wahrscheinlich, der Kram ginge ihn als Springpferd nichts an.

Leuten, die dem Glauben huldigen, dass Springpferde keine Dressur brauchen, würde ich immer gerne Atrejus Dagi vorführen. Er ist Lipizzaner, also Angehöriger einer Rasse, die seit Jahrhunderten als Kutsch- und Dressurpferde gezüchtet werden. Und wer den dicken Schimmel sieht und ein bisschen Ahnung hat, weiß sofort, dass er dressurmäßig gearbeitet ist. Die Muskeln, die seinen Hals

---

67 – Eine internationale Vielseitigkeit von der ziemlich schweren Sorte (dafür stehen die zwei Sterne). Dabei müssen Ross und Reiter sowohl Dressur wie auch einen Geländeritt mit an die 30 festen Hindernissen und einen Springparcours bewältigen – und der Springparcours eines CCI ist mindestens eine Klasse höher als der für ein L-Springen.

68 – Bascule: Das Pferd wölbt über dem Sprung den Rücken auf, sodass seine Haltung wie ein Bogen erscheint und der Widerrist (der Punkt, an dem der Hals in den Rücken übergeht) der höchste Punkt des Pferdes über dem Sprung ist.

und seine Kruppe so hübsch rund machen, kommen weder vom Rumstehen noch vom Rumrennen, sondern sind das Ergebnis der Gymnastizierung unter dem Sattel.

Aber Favory Dagmar XVII ist nicht nur ein sehr gutes Dressurpferd. Klassische Dressurarbeit wirkt auf Pferde wie eine Ballett-Ausbildung auf Menschen. Sie baut Muskeln auf, sie fördert die Geschmeidigkeit, und so wie Tänzer nicht nur lernen, zu tanzen, sondern außerdem jeden Normalbürger locker in einem Rennen schlagen würden, so kann Dagi seinen Körper nicht nur in Lektionen wie Seitengängen – aber bitte mit allen Vieren über Kreuz – und Pirouetten schwungvoll bewegen, sondern springt auch gut. Natürlich hätte er etwas Probleme, wenn er über zwei Meter hüpfen müsste – er ist eben ein Lipizzaner, relativ schwer und nur 165 Zentimeter groß. Aber bis zur mittleren Klasse käme er mit – und würde da bei der Siegerehrung garantiert vor einigen Springpferden stehen, denn er kann sehr enge Wendungen gehen und ist dadurch schnell.

Jetzt aber war Mahagoni dran – und ging über den Wassergraben und zeigte dabei, dass die 400 cm in dieser Wettbewerbsklasse kein Problem für ihn waren. Er hatte hinten und vorne fast noch einen Meter Luft, und auch die Mauer, satte 135 Zentimeter hoch, überflog er geradezu. Dabei schüttelte ich aber den Kopf: »Mädel, ein bisschen reiten wäre kein Schaden!«, schimpfte ich.

»Was meinst du?«, fragte Atreju.

»Siehst du doch! Sie sitzt praktisch passiv und lässt ihn machen. Dabei könnte der viel ruhiger und passender springen, wenn sie ihn richtig ranführen und beruhigen würde. Und das wäre für seine Knochen besser. Diese Sprünge und dann gleich noch eine enge Wendung hinten dran – das geht auf die Gelenke! So kann man Hufrollenentzündungen züchten – und wenn die erst richtig ausgeprägt sind, ist das Pferd fertig.«

Unten ging Mahagoni über die doppelte Kombination – und das war superknapp, denn er war – wieder nicht wirklich von der Reiterin geführt – zu weit hineingesprungen. Nun musste er in der Methode »Hubschrauber« – steil nach oben und irgendwie drüber – über den zweiten Oxer. Doch als begabtes Springpferd schaffte er auch das und düste auf die beiden letzten Sprünge – eine Triplebarre und zum Abschluss ein Rick, das insofern tricky war, weil es in blau-weiß lackiert war und die Stangen relativ dünn waren.[69]

Tatsächlich – am letzten Sprung klapperte es und die Stange fiel. Dennoch Beifall, als Vanessa Grönert aus dem Parcours ritt – und ich war ziemlich sicher, dass der Scheich sich von dem einen Fehler nicht davon abhalten lassen würde, Mahagoni zu kaufen.

Jetzt kam sie an uns vorbei – und ich sah, dass von hinten der Scheich, seine gesammelten Gorillas, die Tochter und Vongehren ankamen. Wollten sie hier den Handel vollziehen?

Hinter Vongehren tauchte jetzt die zierliche Pflegerin von vorhin auf – und sie hatte eine dunkelbraune Stute am Strick. Die war ebenfalls turniermäßig angezogen: Schlosserei im Maul, Springglocken auf allen Vieren, Gamaschen vorne, Streichkappen hinten, Springsattel auf einer weißen Schabracke, Vorderzeug mit Martingal[70] – unser Ferenc würde eine Briefmarke anbieten, denn »postfertig verschnürt hast du das Ross ja schon«.

---

69 – Pferde können blau-weiß nicht besonders gut erkennen, und je dünner die Hindernisstangen, desto schwieriger wird ein Sprung in der Einschätzung fürs Pferd. Die lieben Tiere können nämlich nicht dreidimensional sehen.

70 – Springglocken = glockenförmige Plastikteile, die über alle vier Hufe gezogen werden. Sie sollen verhindern, dass ein Pferd sich selbst in die empfindliche Rückseite des Hufes tritt und dadurch verletzt. Gamaschen: Sollen die Vorderbeine vor Stoß- oder Schlagverletzungen schützen. Streichkappen: Werden an den Hinterbeinen angelegt und sollen verhindern, dass die Pferde sich dadurch, dass sie selbst hineintreten, die Fesselgelenke verletzen. Vorderzeug mit Martingal: Das Vorderzeug besteht aus einem stabilen Gurt um die Brust des Pferdes, der den Sattel davon abhalten soll, nach hinten zu rutschen. Daran ist oft ein Martingal – ein Hilfszügel, der das Pferd daran hindern soll, ruckartig den Kopf hochzureißen und sich damit dem Zügel zu entziehen.

Und jetzt stand Vanessa Grönert praktisch neben mir, dabei hielt sie Mahagoni locker an einem seiner vielen Zügel. Die Pflegerin kam neben ihr auf und Vanessa Grönert griff mit der freien Hand nach dem Führstrick der Braunen.

Ich weiß nicht, was mich anfocht. Es ging alles so schnell! Der Gedanke, dass Vanessa Grönert nicht wusste, dass sie mit der Stute nicht über den Wall kommen würde, dass sie dort sterben konnte; die Vorstellung, dass Mahagoni an den Scheich verkauft werden würde – und dort wahrscheinlich nicht lange leben würde, weil er sich eine Hufrollenentzündung oder so etwas abholen würde …

Ich glaube, wenn ich wirklich darüber nachgedacht und es geplant hätte, hätte ich die Übung nicht geschafft. Ich riss Grönert Mahagonis Zügel aus der Hand, war schon im Sattel – dafür, dass ich eigentlich kein Held im Aufsteigen bin, gelang es mir da sensationell gut – und schnappte mir den Führzügel der Braunen. Und dann gab ich Gas – einfach so. Ich fummelte noch nicht mal nach den Bügeln. Stattdessen das linke Bein zurück, das rechte an den Gurt – und Mahagoni galoppierte an, gefolgt von der Stute. Ich sah vor uns eine Lücke – die Leibwächter des Scheichs waren angesichts der auf sie zustürmenden Pferde zur Seite gesprungen. Mitten durch und auf den Weg zum Stall. Aber da waren jede Menge Leute und ich hatte Angst, dass mir jemand in den Zügel fallen würde – und Himmel-die-Berge, warum waren das so viele und warum waren die Bügel so lang? Vanessa Grönert war doch nicht so viel größer als ich! Und Pumps sind übrigens zum Reiten ausgesprochen ungeeignet, weswegen ich sie schließlich wegkickte und mit Seidenstrümpfen in die Metallbügel trat.

Und weiter, weiter, zwischen zwei Ställen durch, an einigen mit Flatterband abgesperrten Koppeln vorbei. Da kam ein Parkplatz und vorne stand ein dicklicher Mann, das Baseball-Käppi verkehrt herum auf dem Kopf, Kaugummi kauend und mit einer Art Bauchladen. Er verkaufte wohl Parktickets, aber darauf, dass jemand an ihm vorbeigaloppierte und dabei auch noch ein Pferd im Schlepptau hatte, war er nicht eingerichtet gewesen. Er machte einen entsetzten Satz, krachte dabei in einen Mülleimer und landete auf dem Hintern.

Das Krachen erschreckte die Stute. Sie versuchte zu steigen, kam aber zum Glück nicht gegen meinen Griff am Führseil an, dafür rannte sie nun aber an Mahagoni und mir vorbei nach vorne und riss ihn mit. Nun stürmten beide Pferde über den Parkplatz, ich spürte, wie meine Hose hinten riss – tja, als Reithose war sie nicht gebaut worden. Und ich sortierte immer noch die verdammten Zügel – und hatte keine Ahnung, welcher da nun was bewirkte. Nur dass man für eine Parade eigentlich alle vier gleichmäßig einsetzen musste, oder?

Dummerweise war Mahagoni davon nicht beeindruckt. Er hatte nun wieder ein wenig aufgeholt und war einen Hals vor der Stute. Und da kam ein Abflussgraben, dahinter ein Stück Grünstreifen und dann die Straße, über die wir gekommen waren.

Mahagoni sprang – mit so viel Luft, dass er mit den Vorderbeinen auf der Straße landete! Ich zuckte zusammen – das Geräusch beschlagener Hufe auf Asphalt bereitete mir Unbehagen und meine Katastrophenfantasie setzte ein, sah das Pferd schon wegrutschen und auf der Straße liegen und ich bei meinem Talent würde wohl mal wieder auf den Kopf knallen – wahrscheinlich wär's dann endgültig Matschbirne und ich würde nur noch Unverständliches brabbeln.

Aber nein, Mahagoni konnte sich fangen. Die Stute allerdings rutschte, fing sich aber ebenfalls wieder, und nun galoppierten die beiden auf dem Seitenstreifen dahin und ich litt beim Gedanken daran, wie der harte Boden ihre Sehnen stauchte. Und dann war da noch ein Geräusch – so was wie »Tatütata!« Und irgendwie blitzte etwas in Blau-rot. Die Polizei war hinter mir her! Ich drehte mich und schaute über die Schulter – silber und blau, das war eindeutig ein Polizeiwagen. Super! Anstatt auf dem Turnierplatz endlich Vongehren hochzunehmen, waren die hinter mir her!

Zum Geier, was muss man eigentlich alles anstellen, damit die Polizei zuschlägt? Vongehren hatte Carina Müllerschön umgebracht, er hatte nun schon dreimal versucht, mich in die ewigen Jagdgründe zu schicken, er hatte geplant, Vanessa Grönert vom Leben zum Tode zu befördern, er hatte unzählige Pferdekäufer betrogen, er hatte ein geleastes Fahrzeug geklaut … und die waren hinter mir her!

Aber manchmal ist das Glück mit den Flüchtigen – und in dem Fall half mir einer der vielen Parks, die das Stadtbild vom ehemaligen Stargard prägen. Zwischen ihm und mir war zwar eine Leitplanke, aber im Gegensatz zu dem Polizeiwagen, der inzwischen schnell aufkam, kann man mit einem Pferd – vor allem einem, das so gewaltig springen kann wie Mahagoni – locker über eine Leitplanke hüpfen. Allerdings ließ ich die Stute los – ich war mir nicht sicher, ob sie es auch schaffen würde, aber ich vermutete, dass ihr Herdeninstinkt sie dazu veranlassen würde, hinter dem Fuchs herzugehen.

Aber auch wenn sie nicht mitkam – wir waren weit genug vom Turnierplatz weg, und bis sie zurück war, war das Springen gelaufen und die Wahrscheinlichkeit, dass Vanessa Grönert sie noch reiten würde, sehr gering. Also war die Aktion »Vanessa Grönert retten, Stute aus dem Verkehr ziehen« gelungen.

So – über die Leitplanke, die Stute ging mit. In den Park – und ja, da gab es zwar einen breiten Weg, aber von dem zweigte ein schmaler ab, der durch ein Wäldchen führte. Links Bäume, rechts Bäume, auf dem Boden Wurzeln – absolut keine Chance für ein Auto, hier durchzufahren. Und obendrauf bremste der Boden den

Fuchs, der jetzt vorsichtiger wurde und weniger kopflos dahinstürmte.

Eine Kreuzung, die Entscheidung: geradeaus weiter oder links ab? Ich entschied mich für links – geradeaus war ich sicher bald am Ende des Parks und danach war mir noch nicht. Ich konnte mich hier im Wald ja sogar ein wenig verstecken! Und ich hatte jetzt Kontakt zu Mahagonis Maul und meine Paraden kamen durch. Er wurde langsamer, er begann zu traben. Ich trabte leicht – und dabei bekam ich Spaß: Meine Hosenbeine rutschten hoch, meine Strümpfe lösten sich in ihre Bestandteile auf, die Innennaht am rechten Hosenbein gab nach – den Anzug konnte ich wirklich auf die Verlustliste setzen. Ob's wohl eine Versicherung gegen solche Ausfälle gab?

Noch eine Parade, einsitzen – und siehe, er ging Schritt und die Stute auch! Und dann ließ er sich sogar zum Halt parieren und ich streichelte seinen feucht geschwitzten Hals und sagte: »Du bist ein braver Junge! Und der Scheich kauft dich jetzt nicht mehr, also kommst du mit zu mir. Du darfst dich erholen und dann sehen wir, was wir miteinander anstellen! Aber erst mal muss ich nachdenken – wie komme ich jetzt aus der Nummer hier raus?«

Atreju behauptet, ich hätte einen ganz schrägen Sinn für Humor. Er hat ihn sogar schon »morbid« genannt – und ich kann's nicht abstreiten. Mich überkam nämlich in diesem Park im ehemaligen Stargard das Kichern – nachdem ich mir überlegt hatte, ob man in Polen für Pferdediebstahl aufgehängt wurde? Und als ich mit Kichern fertig war, pfiff ich »Miss Otis regrets she's unable to lunch today ...«. Na, immerhin hatte ich nicht meinen Liebhaber umgebracht – obwohl ... Atreju hatte bei meinem letzten Unfall behauptet, er werde noch einmal einen Herzinfarkt bekommen ...

Genug davon. »Nachdenken – ernsthaft!«, kommandierte ich meinem durchgeknallten Hirn. Das war wohl in den letzten Wochen doch mindestens einmal zu oft geschüttelt worden. Aber jetzt war wirklich Zeit, zu überlegen, was anstand. Ich konnte ja kaum den nächsten Spaziergänger fragen, wo im ehemaligen Stargard der Reitverein war, dort meine beiden »Fundstücke« parken und dann – ja, dann? Ich fasste nach meiner Hosentasche und stellte fest, dass ich schon wieder ein Handy verloren hatte.

Ich hätte aber auch nicht gewusst, wen anrufen. Kiehlmeyer zu erzählen, dass ich in Polen mit zwei Pferden gestrandet war, würde vermutlich wenig bringen. Und Atreju – doch ja, den wenigstens so weit beruhigen zu können, dass ich noch lebte, hätte was gehabt. Aber helfen konnte er mir auch nicht.

Also nochmal: ernsthaft nachdenken. Was brauchte ich jetzt und wer konnte mir dabei helfen? Ich brauchte … öh … tja … eigentlich brauchte ich die Polizei! Vor der war ich zwar eben abgehauen, aber das war impulsiv und blöd gewesen. Ich brauchte die Polizei, damit sie Vongehren verhafteten – und wahrscheinlich auch noch Grönert, was für die aber bestimmt gesünder sein würde, als wenn ich sie hätte reiten lassen.

Polizei – wo findet man die Polizei? Sollte ich zurück auf die Straße reiten und warten, bis sie mich fand? Oder auf den Hauptweg im Park?

Eine ältere Dame in einem lavendelfarbigen Kostümchen, die Haare passend gefärbt, dazu einen Schirm mit Goldgriff in der Hand, bummelte den Weg entlang und schaute mich sehr interessiert an. Wahrscheinlich sah ich goldig aus! Der Schal war vom Winde verweht und hing in Fetzen, meine Hose löste sich zunehmend in ihre Einzelteile auf, meine nackten Zehen in den Steigbügel wirkten auch nicht eben vertrauenerweckend und insgesamt wohl kaum so, wie sich die Passantin eine Reiterin vorstellte. Ich probierte es dennoch mit meinem freundlichsten Lächeln und fragte: »Polizija?« Das funktioniert fast immer.

Die Dame hatte schöne, braune Augen – aber jetzt schauten die mich verständnislos an. Ich probierte es also mit »Gendarmeria?«. Das brachte auch nicht viel, also noch mal »Polizija?«.

Dieses Mal klickte es. Sie übergoss mich mit einem polnischen Wortschwall. Ich seufzte und sagte: »Zu dumm, dass ich nie polnisch gelernt habe!«

Sie bekam noch rundere Augen, dann fragte sie: »Niemiecki?«[71]

»Wenn ich wüsste, was ›Niemiecki‹ ist, wüsste ich auch, ob das irgendwie passt!«, seufzte ich – und streichelte weiter Mahagoni, der immer wieder zappelte. »Braaaav, Junge!«

Die alte Dame lächelte. »Deutsche?«, fragte sie jetzt, mit einem sehr harten Akzent. »Polizija?« Sie deutete nach rechts. »Da, Straße! Entlang, entlang, rotes Haus, rechts – Polizija.«

»Ja? Ich soll auf die Straße reiten, dort bis zu einem roten Haus und dann rechts?«

»Polizija!«, wiederholte sie. »Rechts, rotes Haus!«

»Danke! Das ist sehr freundlich!« Die Stute hatte inzwischen eine junge Birke entdeckt und knabberte an einem kahlen Zweig – klar, Birkenrinde schmeckt gut. Ich schob Mahagoni zu ihr, schnappte ihren Führstrick und sagte: »Los – wir müssen zur Polizei.« Und dann musste ich wieder lachen – ich sag's ja: Ich hab' einen komischen Humor. »Ob ihr in die Arrestzelle passt?«

Durch den Park, dahinter kam eine »umgedrehte« Allee: links und rechts Häuser, in der Mitte ein Grünstreifen mit Bäumen. Da wohnte man bestimmt nett. Einige Leute waren unterwegs und blieben stehen, als ich mit den beiden Pferden die Straße entlangklapperte. Und dann tauchte ein großes Backsteinhaus auf und dahinter zweigte eine Straße nach rechts ab. Ich bog ein – und hörte Autos. Eines kam von vorne, eines von hinten – und sie zingel-

71 – polnisch »Deutsche«

ten mich mit quietschenden Bremsen ein – und Mahagoni wollte durchstarten. Ich hielt ihn beidhändig fest, redete beruhigend auf ihn ein und schaute auf eine ganze Sammlung von Herren – drei in Uniform, davon einer jung, mit militärisch kurzem Bürstenschnitt in Blond, Typ »Putin für Arme«; ein mittelalter, der mich an einen freundlichen Mops mit Glatze erinnerte, und ein dünner, baumlanger, der schon graue Schläfen und reichlich sonnverbrannte Falten hatte. Neben ihnen waren drei Zivilisten – und zwei von denen sahen aus wie Lieschen Kersten sich polnische Polizisten in Zivil vorgestellt hätte, während der Dritte mit runder Nickelbrille in einer olivgrünen Hose und einem blau-grün karierten Hemd unter einer Parka, der man die Herkunft aus der Armee ansah, wie ein Nerd wirkte, aber offenkundig etwas zu sagen hatte.

Er spielte aus – und zu meinem Entzücken sprach er deutsch, wenn auch mit einem sehr gutturalen Akzent. »Ich bin Lewandowski Donat. Sie sind Doktora Kersten?« Er streckte mir die Hand hin.

Ich sortierte meine Zügel in der Linken, drückte ihm die Rechte und sagte: »Ich bin Maximiliane Kersten – und ich hoffe, dass Pferdediebstahl in Polen nicht durch Aufhängen bestraft wird.«

»Sicher nicht!«, lächelte er und schaute dann etwas verunsichert seine Kollegen an. »Was machen wir jetzt mit Ihnen?« Er fragte noch einmal auf Polnisch, worauf der Putin-Verschnitt antwortete und zu uns trat. Er hielt Mahagoni und der Stute die offenen Hände hin und ließ sie schnuppern – offenkundig hatte er Ahnung von Pferden. Mahagoni blieb zurückhaltend, war aber freundlich mit einem Ohr vorne und einem in meine Richtung, die Stute unterdessen senkte langsam ihre Nase über die Hand und stupste sanft. Der Blonde sagte etwas, der Nerd nickte, antwortete auf Polnisch und schaute dann wieder mich an. »Mein Kollege ist auf einem Pferdehof aufgewachsen, er kennt sich mit Pferden aus und sagt, wir können hinten auf unserem Parkplatz ein kleines Stück Wiese einzäumen. Dann sattelt er sie ab, stellt sie dahin, holt Wasser für sie und bleibt bei ihnen, bis sie abgeholt werden. Ist Ihnen das recht?«

»Ja.« Ich fühlte mich ein wenig überfahren, aber mir taten inzwischen beide Waden weh. In entsprechenden Filmen und auf den Titelbildern einschlägiger Liebesromane mag es wildromantisch aussehen, wenn halbnackte Damen auf feurigen Rossen reiten – aber in Wirklichkeit tut's weh. Ich jedenfalls hatte knallblaue Waden – an denen hatten sich nämlich nicht nur die Bügelriemen gerieben, sondern auch immer wieder ein Stückchen Haut eingeklemmt. Und meine Füße taten auch weh – der Spann ist nicht unbedingt dafür geschaffen, ungeschützt in Steigbügeln zu stecken.

Der Herr mit Nickelbrille schaute an mir entlang, über die nackten Füße, die verkratzten und verfärbten Waden, die Fetzen meiner Hose. Dann lächelte er etwas verlegen, trat neben mich und breitete die Arme aus. »Sie sehen aus, als ob Sie einen Stuhl und eine Decke brauchen könnten. Ihnen ist kalt, nicht?« Er wartete gar nicht auf eine Antwort, sondern half mir vom Pferd und nahm mich auf seine Arme. »Piotr …« Er schaute den Blonden an und erklärte ihm etwas, der nickte, sammelte Führseil und Zügel, löste die Sattelgurte der beiden Pferde, schob die Bügel hoch[72] und führte sie ab.

Lewandowski Donat – wobei ich da schon ahnte, dass Lewandowski sein Familien- und Donat der Vorname war – trug mich ins Polizeirevier, deponierte mich auf einer Bank in einem reichlich abgewohnten Büro und holte zwei Decken. In eine wickelte er meine inzwischen wirklich eiskalten Füße, die andere faltete er auf und legte sie über mich. »Kaffee oder Tee?«, fragte er mich.

»Tee wäre toll!«, antwortete ich.

---

72 – Ein ordentlicher Pferdemensch löst immer erst einmal den Sattelgurt – der wird nämlich zum Reiten sehr eng geschnallt. Wenn man absteigt, erleichtert man es dem Pferd dadurch, dass man zwei, drei Loch loslässt. Anschließend werden die Bügel gesichert, indem man sie am inneren Teil des Riemens nach oben schiebt.

Er öffnete die Tür, rief »herbata« nach draußen und setzte sich dann auf einen ziemlich abgenutzten Schreibtischstuhl. »Sie gestatten?« Er griff nach dem Telefon, wählte eine Nummer und begann, in schnellem Polnisch zu reden. Ich schnappte zwei-, dreimal meinen Namen auf, konnte aber dem Ton nicht entnehmen, ob er mir wohlgesonnen war oder nicht.

Er war noch nicht fertig, als ein älterer Mann mit vollem, weißem Haar und einem Vollbart unter gütigen, blauen Augen in einem Kranz von Lachfalten eintrat, einen Stapel Papiere auf dem zweiten Schreibtisch parkte, wieder hinausmarschierte und dann mit einem Tablett mit einer Kanne, einer verbeulten Keksdose und drei Bechern wiederkam. Er stellte das Tablett auf dem dritten, leeren Tisch ab, schenkte die Becher voll und schaute mich an. »Ich bin Filip Krol – und was wollen Sie in Ihren Tee?«

»Zucker bitte!«

»Wie viel?«

»Öh …« Die Frage macht mich immer ein wenig verlegen. Ich bin nämlich sehr süß – und habe da die Wahl, weniger anzugeben, als ich eigentlich mag, und dann bitteren Tee zu trinken, oder eben so viel anzugeben, wie ich mag, aber dafür Blicke in Empfang zu nehmen, die von ungläubig bis missbilligend reichen. In dem Fall entschloss ich mich mal wieder zur Wahrheit: »Vier Stückchen.«

Filip Krol lächelte mich an. »Ich nehme fünf!« Er ließ vier in eine Tasse plumpsen, rührte ausführlich um, ließ dann fünf in die nächste fallen und zwei in die dritte. Jeweils umrühren, dann verteilte er – den ersten für mich, den zweiten für seinen immer noch telefonierenden Kollegen, den letzten für sich. Dann setzte er sich und sah zu seinem Kollegen hinüber, der noch einmal eine Wortsalve losließ und dann auflegte.

Er trank einen Schluck, dann sagte er: »Ja, Frau Doktor Kersten, wo fange ich an? Haben Sie Fragen an uns?«

»Natürlich!«, sagte ich. »Kümmert sich jemand um diesen Vongehren und die Vanessa Grönert? Und haben Sie den geleasten LKW gefunden? Könnten Sie außerdem meinen …«, äh, wie bezeichne ich Atreju in diesem Fall? – »… Begleiter verständigen? Der macht sich bestimmt Sorgen!«

Filip Krol schaute auf einen Zettel, den er aus seinem Papierstapel gefischt hatte. »Ist Ihr Begleiter ein Herr Ødegård?«

»Ja!«, nickte ich und trank auch einen Schluck Tee.

Krol hatte schon den Telefonhörer in der Hand. »Dann rufen wir den an und Sie sprechen mit ihm. Aber nicht gleich auflegen – ich vermute, er soll Sie hier abholen, nicht? Also muss ihm einer von uns erklären, wie er hierherkommt!«

»Ja!«, strahlte ich. Der Gedanke, dass Atreju kommen würde, wärmte mich von innen – obwohl mir klar war, dass er mir nicht gleich um den Hals fallen würde. Tatsächlich begrüßte er mich auch mit: »Sag mal, du Verrückte, was war das denn?« Aber er schimpfte nicht allzu sehr – seine Erleichterung, dass ich mich einigermaßen heil wieder angefunden hatte, überlagerte seinen Ärger darüber, dass ich überhaupt abgehauen war. Er erwähnte allerdings, dass die Polizei den Turnierplatz auseinandernähme, ihn angewiesen habe, bei ihnen zu bleiben und er nicht wisse, wie er da wegkäme, aber sobald er es schaffe, würde er mich einsammeln.

Sein diesbezügliches Problem löste dann Herr Krol, der Atreju erklärte, wie er zu uns kam, und dann dem Einsatzleiter auf dem Platz klarmachte, dass er meinen Herrn laufen lassen solle. Dann legte er auf, lächelte mich an und sagte: »Ungefähr eine halbe Stunde, schätze ich. Bis dahin dürften dann auch unsere Kollegen von der Polizei-Reiterstaffel hier sein. Die holen die Pferde und stellen sie erst einmal in ihren Stall. Da wird ein Tierarzt sie untersuchen und wir klären dann ab, wem sie eigentlich gehören und wo sie hinkommen.«

»Ich bin übrigens Tierärztin – und wenn sich niemand für die Pferde zuständig fühlt, nehme ich sie.«

»Gut. Ich notiere das.« Das war Donat Lewandowski, der dann mit einem Schluck seinen Tee austrank und den Becher abstellte. »So – und jetzt sollte ich Sie wohl von unserem Kollegen Heino Kiehlmeyer aus Aalen in Süddeutschland grüßen. Den müssen wir auch noch anrufen. Machst du das, Filipek?«

Krol nickte und fasste nach dem Telefon, Lewandowski unterdessen erzählte: Kiehlmeyer habe schon ein paar Tage mit ihnen Verbindung gehabt und sie hätten gemeinsam die Aktion vorbereitet, wobei natürlich eine gewisse »Unauffälligkeit« Gebot der Stunde gewesen sei. Schließlich habe man keine diplomatischen Verwicklungen mit dem Scheich riskieren wollen.

Dennoch habe man Vongehren, Essling und den Lkw schon bei der Einreise im Blick gehabt. Dazu habe man ihn von der deutschen Polizei übernommen, die ihm von Brandenburg aus gefolgt sei. »Und inzwischen haben wir den LKW sichergestellt. Wir mussten nur ein Einsatzkommando hinterherschicken – und auf die Art haben wir auch gleich einen Hehler festgenommen, den wir schon lange im Visier hatten. Und natürlich haben wir auch Essling – wobei man um den ein wenig diskutieren muss. Wir wollen ihn, weil er diesem Hehler nicht das erste Mal zugearbeitet hat, die Deutschen wollen ihn wegen Hehlerei und Betrug in xx Fällen, Tierquälerei und versuchtem Totschlag – ich vermute, das bezieht sich auf seine Attacke gegen Sie. Das Problem wird wohl von den Justizministerien ausgehandelt werden.«

Und Vongehren hatten sie auch – samt seiner Nichtmehr-Braut, oder wie immer man Vanessa Grönert in Bezug auf ihn nennen wollte. »Im Moment schweigen sie sich noch aus, aber das ist nicht unser Problem. Wir haben ein Amtshilfeersuchen aus Deutschland und demgemäß werden wir Herrn Vongehren und Frau Grönert morgen zur Grenze fahren und sie da der deutschen Polizei übergeben. Alles weitere ist dann deren Problem.«

An der Stelle fragte ich dann, was mit mir geschehe, worauf die Herren sich anschauten und mit den Schultern zuckten. Krol sagte schließlich: »Bei uns liegt nichts gegen Sie vor. Sie haben die Pferde ja nicht gestohlen, sondern sichergestellt und direkt wieder bei uns abgeliefert.«

Lewandowski hatte gegrinst: »Die Verkehrspolizei fand, Sie seien ganz schön schnell geritten, aber noch haben die ihre Radarfallen nicht ausgewertet. Vielleicht finden sie da Bilder von Ihnen, dann werden sie sich mit Ihnen in Verbindung setzen.«

Ich konnte nur zurückgrinsen: »Aber ohne Nummernschild am Pferd wird meine Identität schwer festzustellen sein.«

Kurz darauf kam Atreju – und klug und bedacht, wie er ist, hatte er mir eine Jeans, Socken und Sneakers mitgebracht. Ansonsten schimpfte er ein wenig, weil ich ihn wieder einmal Nerven gekostet hatte, aber es hielt sich in Grenzen, vor allem, nachdem ich ihm versprochen hatte, mich nicht so bald wieder mit irgendwelchen Bösewichtern anzulegen.

Die Polizei entließ mich dann in Gnaden – und auf Atrejus Frage: »Was machen wir denn jetzt?«, fragte ich ganz lieb und kleinlaut, ob wir nicht heimfliegen könnten.

»Weißt du, eigentlich möchte ich in mein Bett – mit einem warmen Kater auf dem Bauch, einem netten Whippet-Mädchen als Fußwärmer und dir als Teddybär!«, sagte ich.

Er lächelte, hängte sich ans Telefon und schaffte es tatsächlich, uns auf die Abendmaschine zu buchen. Und dann mussten wir schon los und ja, ich gebe zu, ich war erleichtert, als die »Bundeskrähe« auf dem Schild an der Straße auftauchte und wir wieder in Deutschland waren.

EPILOG

Tja, das war's eigentlich. Wir flogen heim, am Montag kam dann Kiehlmeyer, bedankte sich für unseren Einsatz und erzählte, dass Vongehren und Grönert auf dem Weg nach Schwäbisch Hall seien. Dort würden sie erst einmal als Untersuchungsgefangene in der Justizvollzugsanstalt landen, bis die Ermittlungen vollends abgeschlossen waren. »Ich gehe davon aus, dass wir bis spätestens Herbst nächsten Jahres eine Verhandlung haben werden – und dass Sie da als Zeugen aufmarschieren müssen. Das könnte was Größeres werden – wir haben für Vongehren eine ganze Liste von Delikten: Mord, Mordversuch an Ihnen und Frau Grönert, Betrug in mehreren Fällen, Unterschlagung – das reicht nicht nur für eine lange Verhandlung, sondern für viele, viele Jahre im Café Achteck – und das klingt bloß nett, ist es aber nicht. Es steht nämlich für das achteckige Zentralgebäude in der JVA Bruchsal, in dem die meisten in unserem Land verurteilten Schwerverbrecher sitzen.«

Ich fragte natürlich, was nun aus den Pferden werde, doch da konnte mir Kiehlmeyer nicht weiterhelfen. »Soweit ich weiß, wird bei denen eine DNA-Probe gezogen, außerdem gibt's eine neue Untersuchung über ihren Gesundheitszustand und wenn alle diese Daten beieinander sind, wird ein Sachverständiger sie schätzen und verkaufen – gegen Vongehren liegen ja Schadensersatzforderungen zum Beispiel von der Leasing-Firma vor.«

»Ahm – mich würde der Wallach interessieren. Kann ich den vielleicht kaufen?«, hatte ich gefragt.

Kiehlmeyer hatte mit den Schultern gezuckt. »Um ehrlich zu sein: Ich habe keine Ahnung. Aber ich schreibe eine Aktennotiz und dann sieht man weiter …«

Unser Leben kehrte zum Alltag zurück, nur hatte der jetzt ein Glanzlicht insofern, dass wir ihn nicht mehr alleine bestanden, sondern so oft wie möglich miteinander. Und das bedeutete, dass ich an freien Wochenenden schon mal ganz glamourös nach Salzburg oder Rom flog, um meinen Herrn spielen zu hören, und dass Titus – ihm war sehr daran gelegen, dass wir in Waldeck blieben – anbot, auf den Wehrgang zwischen meinem ersten Stock und Atrejus großem Studio eine Glasverkleidung setzen zu lassen, die es uns ermöglichte, trockenen Fußes aus seinem Heim in das meine und wieder zurück zu wechseln.

Wir vergaßen natürlich das, was wir »unseren Krimi« nannten, nicht, aber wir hörten wochenlang nichts – bis dann nach sechs Wochen meine Mailbox einen Anruf von Kiehlmeyer meldete. Neugierig rief ich sofort zurück, wurde prompt angeflirtet und dann mit einem Seufzen informiert: »Um die Zeugenaussagen kommen Herr Ødegård und Sie herum – Vongehren hat es geschafft, sich im Gefängnis illegale Substanzen zu beschaffen. Er ist tot – er hat absichtlich eine Überdosis genommen und uns einen Brief hinterlassen. Er habe keine Lust, den Rest seines Lebens im Knast zu verbringen, also hat er dem ein Ende gemacht. Aber er war nett genug, uns ein Geständnis zu liefern. Er hat die Müllerschön umgebracht – genauso, wie Sie sich das vorgestellt haben, Frau Doktor Kersten. Und als er merkte, dass Sie ihn durchschaut haben und an ihm dran sind, meinte er, er könne seinen Hals retten, indem er dafür sorgt, dass Sie Ihren brechen. Tja – war nix. Sobald Sie sich eingemischt haben, lief bei ihm alles schief. Und auf seine Art hat er Ihnen sogar Hochachtung gezollt – Sie seien eine nicht zu unterschätzende Gegnerin.«

Ich fragte nach Grönert. Ihr ging es relativ gut. Sie hatte einen festen Wohnsitz – bei ihren Eltern – und soziale Beziehungen, dazu hatte sie bei einem Freund ihres Vaters eine Anstellung als Bereiterin und dadurch eine günstige Sozialprognose. Also hatte man sie bis zur Verhandlung aus der Haft entlassen und Kiehlmeyer ging davon aus, dass sie für das, was man ihr nachweisen konnte, mit einer Bewährungsstrafe davonkommen würde.

Blieben wieder einmal die Pferde – und Kiehlmeyer seufzte, als ich die Rede darauf brachte, und sagte: »Keine Ahnung. Aber ich werde mich erkundigen und Sie hören von mir.«

Drei Tage später meldete er sich: Die Stute hatte man eingeschläfert. Ihre DNA-Probe hatte ergeben, dass ihre Papiere nicht stimmten, man vermutete, dass sie aus Rumänien gekommen war. Das an sich hätte niemand gestört, aber sie war – so erklärte mir der Kollege, der sie zuletzt betreut hatte – »platt wie eine Flunder«. Sprich: Sie hatte beim Turnier nicht nur ein Beruhigungsmittel intus gehabt, sondern auch jede Menge Schmerzmittel und Cortison. Anders wäre sie nämlich stocklahm gewesen – unvermeidlicherweise, weil sie auf beiden Vorderbeinen eine Hufrollenentzündung hatte und hinten die Sehnen kaputt waren. »Da war nichts zu retten. Als ich die Röntgenbilder sah, wusste ich, dass wir der armen Socke nur noch einen Gefallen tun können: sie so schnell wie möglich von ihren Schmerzen erlösen.«

Aber Mahagoni war noch da. Bei ihm stimmten Papier und DNA-Test überein. Er war tatsächlich – die tierärztliche Hochschule in Hannover hatte entsprechende Tests gemacht – ein Sohn von Mahari-San aus einer Stute von Isotop. Nur war er ein Jahr jünger als angegeben – also erst fünf statt sechs. Vongehren hatte ihn wohl älter gemacht, weil er für sein Alter schon einige Turnierkilometer zu viel auf dem Tacho hatte. Dazu hatte Vongehren eine Chip-Operation links hinten verschwiegen und bei der Ankaufsuntersuchung war auch keine Rede davon gewesen, dass an allen vier Beinen die Sehnen angeschlagen waren.

Auch er war beim Turnier voll mit Buta und Cortison gewesen und nun, nachdem er in der Tierklinik in Hannover gründlichst untersucht worden war, sah seine Prognose nicht toll aus: »Der braucht erst mal eine lange Pause, damit seine kaputten Sehnen ausheilen können – wenn sie noch ausheilen, was man bei solchen Fällen nie im Voraus sagen kann.«

Am Ende stand: »Würden Sie ihn nehmen?«

Ich hatte mich in den Knaben verliebt und mir war es, ehrlich gesagt, egal, ob er noch einmal als Sportpferd eingesetzt werden konnte. Ich wollte ihn einfach und ich fand, dass er es verdient hätte, erstmal in aller Ruhe seine Malaisen auskurieren zu dürfen. Und dann würde man weitersehen. Darum überließ man ihn mir für den Schlachtpreis, den dann Atreju mit dem schönen Satz, »Andere Frauen kriegen zu Weihnachten Juwelen, du kriegst ein kaputtes Pferd«, übernahm.

Drei Tage später kam Mahagoni zu uns, und obwohl es normalerweise heißt, es bringe Unglück, wenn man ein erwachsenes Pferd umtauft – mieser als es dem Fuchs gegangen war, konnte es nicht mehr werden, und wir schlossen diese Phase in seinem Leben ab, indem wir neue Papiere für ihn ausstellen ließen. Atreju suchte seinen neuen Namen aus: Maximus – passend zu Maximiliane.

ZUM WEITERLESEN

Amler, Ulrike: **Alles übers Reiten**, Basiswissen Pferd, Reitweisen, Reiten lernen; KOSMOS 2019
Mit den umfassenden Informationen in diesem Buch finden Reiteinsteiger schnell in den Sattel. Von der Suche nach dem geeigneten Reitstall über die richtige Ausrüstung und die ersten Reitstunden bis zu Reitabzeichen und Turnierstart biete Ulrike Amler kompetenten Rat und das nötige Basiswissen.

Kutsch, Andrea: **Aus dem Blickwinkel des Pferdes**, Neue Wege in der Ausbildung; KOSMOS 2019
Mit der von Andrea Kutsch entwickelten EBEC-Methode (Evidence Based Equine Communication) ist es erstmals möglich, die Perspektive des Pferdes einzunehmen. In diesem Buch beschreibt sie die neuesten Erkenntnisse über Pferdeverhalten und erläutert die Anwendung ihrer wissenschaftlich basierten Methoden in der Praxis.

Lubetzki, Marc: **Im Kreis der Herde**, Von wilden Pferden lernen; KOSMOS 2019
Tierfilmer Marc Lubetzki beobachtet und filmt seit 2012 ausschließlich Wildpferde. Während der Dreharbeiten wird er selbst Teil der Herde. Wie er das Vertrauen der Tiere gewinnt, und welche Schlüsse er aus seinen einzigartigen Beobachtungen zieht, beschreibt er in diesem Buch. Es gelingt ihm, Missverständnisse wie z. B. die Leithengst-Lüge aufzuklären und dadurch neue Anregungen für die Haltung und den Umgang mit Hauspferden zu geben.

Marlie, Wolfgang: **Pferde – wie von Zauberhand bewegt**; Edition WuWei bei KOSMOS 2016
Es muss kein Traum bleiben, Pferde wie von Zauberhand bewegen und reiten zu können. Wolfgang Marlie widmet sich seit Jahrzehnten der Frage, wie sich Mensch und Pferd näherkommen und eine gute Basis der Verständigung finden können,
damit sich beide wohlfühlen. Denn wenn Pferd und Reiter Freude empfinden, dann sind sie wie von Zauberhand bewegt.
Auch als E-Book erhältlich.

Wilsie, Sharon/Vogel, Gretchen: **Sprachkurs Pferd,** Pferdesprache lernen in 12 Schritten; KOSMOS 2018
Jedes Zucken von Ohr oder Nüster, jede Bewegung des Pferdes hat eine Bedeutung. Pferde reden mit uns, doch die meiste Zeit übersehen wir diese Signale. Mit diesem Übersetzungshelfer lernen wir, die Sprache unserer Pferde zu verstehen und uns mit ihnen so zu unterhalten, dass sie unsere Wünsche verstehen und sich verstanden fühlen.
Auch als E-Book erhältlich.

Wilsie, Sharon: **Mit Pferden sprechen**, Erfahrungen aus dem Alltag mit Pferden; KOSMOS 2019
Nach ihrem bahnbrechenden „Sprachkurs Pferd“ zeigt Sharon Wilsie nun die Praxis des „Horse Speak“ im Alltag. Anhand vieler Geschichten und Fallbeispiele demonstriert sie, wie die Pferdesprache im täglichen Umgang mit dem Pferd – am Boden oder im Sattel – richtig eingesetzt wird. Es wird deutlich, wie zu jedem Pferd eine vertrauensvolle Beziehung aufgebaut werden kann.

MEHR VON SIBYLLE LUISE BINDER

Binder, Sibylle L.: **Pferderassen**, Herkunft und Eignung, Temperament und Wesen;
KOSMOS 2020
Die Vielfalt der Pferderassen ist groß und jede Rasse hat ihre Liebhaber. Sibylle Luise Binder gibt Einblicke in die Besonderheiten der Rassen und stellt herausragende Vertreter in kurzen Porträts vor. Wunderschöne Fotos laden dazu ein, sich nicht nur mit der eigenen Lieblingsrasse zu befassen, sondern auch über die Pferde anderer Länder und Zuchten zu lesen.

Binder, Sibylle Luise: **Welches Pferd passt zu mir**, Pferderassen und ihre Besonderheiten; Kosmos 2017
Jeder Pferdefreund hat andere Wünsche und Ziele. Doch wie findet man das Traumpferd, mit dem diese in Erfüllung gehen? Sibylle Luise Binder porträtiert die beliebtesten Pferderassen: für sportlich ambitionierte Reiter, für Freizeitreiter, für Liebhaber großer Pferde, für Ponyfreunde ... und zeigt, wie der Weg vom Pferdetraum zum Traumpferd gelingt.

Binder, Sibylle Luise: **Die Erfahrungsschätze der Pferdekenner;**
KOSMOS 2017
Das Wissen der Pferdekenner ist ein Erfahrungswissen: Es wurde im lebenslangen Umgang mit Pferden gewonnen und an die nächste Generation weitergegeben. Sibylle Luise Binder hat viele Pferdekenner vom alten Schlag persönlich kennengelernt. Ihr Buch versammelt das unschätzbar wertvolle Wissen, das diese im lebenslangen Umgang mit Pferden gewonnen haben. Es hilft, Pferde besser zu beurteilen, Reitprobleme zu lösen und bietet alltagserprobte Tipps zu Zucht, Haltung, Gesundheit und Ausbildung.

Umschlaggestaltung von GRAMISCI Editorialdesign, Isabelle Fischer, München, unter Verwendung eines Farbfotos von Shutterstock / Mimadeo.

MIX
Papier aus verantwortungsvollen Quellen
FSC® C083411

Gedruckt auf chlorfrei gebleichtem Papier

ISBN 978-3-440-16189-0
Redaktion: Katja Pauls
Satz: DOPPELPUNKT, Stuttgart
Produktion: Claudia Frank
Druck und Bindung: CPI books GmbH, Leck
Printed in Germany / Imprimé en Allemagne